朱文楚

 著

风 ◇ 流 ◇ 录

ZHEJIANG UNIVERSITY PRESS
浙江大学出版社

目　录

1　刘大同与"大同共和国"

"桐叶一落天下秋",武昌首义的狼烟传到遥远的黑水白山间,在清王朝发源地,吉林省安图县举起五色义旗,成立"大同共和国"。

10　黄宾虹的辛亥革命春秋

一代绘画大师黄宾虹的青年时期正是亚洲资产阶级民主革命风起云涌的大时代。听,他在长江之滨贵池酒楼与谭嗣同慷慨抨击时政。看,他在徽州古城垣,结社"黄社",宣传共和。黄翁早年还是"南社"的中坚社员,《国粹学报》的主笔。

23　韩世昌:中国大班·总统顾问·慈善家

这是一位处在社会最底层的敲牛皮灰的徒工,是如何成为富绰的洋行中国大班?又是如何先后登上孙中山、黎元洪、冯国璋三位大总统顾问的高位?孙中山题赠横披"博爱",正是韩氏一生行止的最佳概括!

31　中国"火柴大王"刘鸿生传奇

刘鸿生真是位奇才，创办实业，不封故步、细大不捐，干一行就干出"大王"业绩。在半殖民地半封建中国，上海滩的洋行，世界性的经济危机，雾重庆的官僚资本，对民族资本几乎都是灭顶之灾，但这位"上帝的叛徒"坚持不懈奋斗自己的命运。读读刘鸿生传奇，于今天的创业不是有许多启示吗？

45　胡逸民和方志敏的铁窗缘

一位是国民革命军军法执法官，一位是闽、浙、赣三省苏维埃主席。一位是为蒋介石造过三座监狱的资深典狱长，一位是叱咤风云的红军领导人。《可爱的中国》就是在方志敏就义后，由胡逸民巧妙携出监狱而面世的。

58　邱清泉嫡堂弟与张淮南独生女的红色婚恋

蒋介石问他的嫡系爱将邱清泉："怎么你有一个兄弟在浙南闹事呢？"蒋介石命他的中组部特工总部副主任张冲（淮南）遣返其苏联妻子娜丹。邱、张两家都是浙南雁荡山里人，这两家族人共同演绎了一出中国现代史上异彩纷呈的故事。

71　雪窦山，幽禁张学良第一站

蒋介石老家溪口雪窦山山腰，张学良漫长幽禁生活的第一站。赵四小姐如何伴度这位爱国将军清苦岁月？请听与张学良共处二百四十多个日夜的钱君芷先生娓娓道来。

81　戴安澜将军远征缅甸抗日殉国记

"外侮需人御，将军赋采薇。师称机械化，勇夺虎罴威。浴血东瓜守，驱倭棠吉归。沙场竟殒命，壮志也无违。"这是毛泽东主席1942年挽戴安澜将军殉国的一首七律《海鸥将军千古》。但您可能不知道戴将军的后人与反法西斯盟军中国战区参谋长史迪威将军的后人还有一段绵绵瓜瓞的故事。

95　干涸的血泊

1994年，著名作家张抗抗发表了以她母亲在抗日战争年代一段悲怆缱绻的生活遭遇为题材的中篇小说《非红》。1997年年底，中央电视台播出了纪实片《迟归的英魂》。半个多世纪过去了，烈士的鲜血干涸了，但干涸的血泊里一个鲜活的形象站起来了。

108　孙荃，郁达夫的结发夫人

孤魂在南洋，在海外飘荡……他的故里在中国，富春江畔，满舟弄里，每逢清明、中元、除夕，一位被他遗弃但仍苦守在故屋里的老妇人一定会燃烛，焚香，祝祷。这位老妇人便是大文豪郁达夫的结发夫人孙荃。

122　河内，行刺汪精卫

《戴笠自述》有云："民国二十八年三月二十日，在越南河内，我们因制裁汪精卫，被当局捕去两位同志……是计划不周密，以致汪逆漏网，只打死汪的副手曾仲鸣。"原国民党军统局机要室中校助理秘书、现浙江省政协委员王绍谦，是制裁汪精卫事件的亲历者。

133　悲歌花冈，世纪诉讼

"二战"期间，日本政府、日本本土企业对被掳中国劳工法西斯式敲骨吸髓，骇人听闻！耿谆与"花冈暴动"的传奇已流传了半个多世纪，闻者无不为之义愤填膺。但是故事至今并没有结束……

148　蒋经国爱将贾亦斌嘉兴起义

解放战争三大战役结束后，石头城里的蒋介石计划筹建三十个新军，企图据江抗拒，半分中国。为此，蒋经国把复员青年军士兵培训成连排级军官的重任交给他的爱将贾亦斌。结果呢？"后院起火"了！

174　厦门要塞，"太子军"再举义旗

"太子军"从国民党"后院"杀出来，军事上遭到毁灭性镇压。"谛听鸡鸣喜报晓，义火重燃厦门秋"！胡亚力率领剩勇在厦门岛虎头山要塞，举起义旗，策应解放大军渡海，攻占厦门。

183　军统少将黄康永追随程潜湖南起义

黄康永（1910—1998），湖南宁乡人，1935年加入复兴社，开始军统生涯。一个军统特工是怎样反正，站到人民一边去的？本篇以口述形式，自白一位高级资深特工在湖南和平起义中的所思所行。

203　1949年汉中，孟丙南策反胡宗南记

"西北王"胡宗南在解放战争中溃退至汉中。1949年深秋，周恩来指派国共两党都有渊源的资深将军胡公冕到西安，策划策反胡宗南。执行这一任务的是胡宠爱有加的干女婿孟丙南。于是，秋风肃杀，陈仓古道，秦栈礼遇，蜀栈遭羁，三说古汉坛。孟丙南策反会成功吗？

217　胡适和他父亲胡铁花

"人心曲曲弯弯水，世事重重叠叠山。"此二句作为上下联，被镌刻在安徽绩溪上庄胡适祖坟墓碑上，为1928年建坟时胡适所手书。那个跌宕的世纪已一去不复返了，现在回头看看这位走向世界的中国文化名人的故事，真乃"世事重重叠叠山"，大有历史苍凉之感。

228　胡适和他儿女的故事

胡适虽然风流倜傥，但他一直伴着比自己大一岁的小脚糟糠之妻江冬秀，"从一而终"。他没有非婚生子女，只有和江冬秀的二子一女。这应该是一个美满的书香之家，那么故事就平淡无奇了？否，否。这里面藏有多少暧昧，多少缠绵，多少无奈，多少悲情呀！

237　大学者胡适和小脚夫人江冬秀

"胡适大名垂宇宙，小脚夫人亦随之"，是民国七大轶闻之一。这位力主婚姻自由，反对封建伦理，倡导五四新文化运动的主将胡适先生，却始终维持着这桩"父母之命、媒妁之言"的包办婚姻，伴着那位小脚夫人终生，何也？

294　蒋介石在大陆最后一位侍卫官往事漫忆

军事委员会委员长侍从室（通称蒋介石侍从室）是个怎样的机构？有哪些内幕？老蒋和其两个儿子的生活情状怎样？侍卫官们的职责与待遇如何？本文根据留在大陆的最后一位侍卫官项老先生的口述，披露鲜见于正史的逸闻。

306　我与蒋经国夫妇在赣南

蒋经国，这位曾经在海峡两岸都举足轻重的政治人物，因为日月春秋如白驹过隙，使得人们对他的印象渐渐淡漠。20世纪30年代末，杜希平随她的先生曾在赣南和蒋经国暨夫人蒋方良相处过一长段时间。

313　魏风江：泰戈尔的中国学生，尼赫鲁家族的中国友人

20世纪初，印度泰戈尔将其诗集《吉檀迦利》所获得的诺贝尔文学奖奖金悉数用于创办国际大学。这所大学中唯有一位中国学生，就是由蔡元培派出的魏风江。

331　张大千海外播画记

讲学大吉岭（印度），营造"八德园"（巴西），会晤毕加索（巴黎），乔迁"环筚庵"（美国），"摩耶精舍"失明画庐山（台北）……都是张大千在世界各地留下的精彩极致的画踪。

342　后　记

刘大同与"大同共和国"

"桐叶一落天下秋",武昌首义的狼烟传到遥远的黑水白山间,在清王朝发源地,吉林省安图县举起五色义旗,成立"大同共和国"。这是早于南京中华民国临时政府三个月的一个共和性质的地方政权。乌沉沉、血腥腥、路漫漫的中华封建帝制的地平线上,闪起一道白光,冒出一个人的名字:刘大同。他还是一位地理勘测家、玉石鉴赏家、诗人。

1994年仲夏,贵阳"八角岩"旅次,我有幸结识西宁刘永泉先生。我们在攀谈中聊起他的老家——山东诸城,我说诸城出土恐龙化石,轰动一时。他说,"我们诸城出了一位人物,可是惊世骇俗呀!"我问是谁,他说是"大同共和国"的肇始人刘建封(后易名刘大同)先生。他又说:"大同先生是我诸城本族人,按辈分讲,我是他的孙辈,因此他的行世距离我们时代并不远,但他的事迹几乎被湮没了。"

刘永泉接着向我讲述了刘大同富有传奇色彩的生平。我又好不容易从东北搜集了些有关刘大同的史料,缀连成文,掩帙之时,不禁赞叹道:刘大同,创时代诸多第一,不愧是"共和大同"第一人!

刘大同

第一人,踏勘长白山三江源

辽东第一佳山水,
留到于今我命名。

——刘大同

清王朝的发祥地长白山，几百年来被尊奉为"足不跻，目不览"的圣地，因此被一团深不可测的神秘烟云所笼罩，别说平民，就连清皇族对那里的地形、地名也知之甚少。图们江、鸭绿江、松花江发源也在这里，日本帝国主义处心积虑制造东、西"间岛"，企图吞并这块地方。革命志士宋教仁等为揭露日本阴谋，奔走呼吁。

1908年（清光绪三十四年），东三省总督徐世昌受命，组织力量勘测辽、吉两省省界，兼长白山山巅江岗和三江（图们、鸭绿、松花三江）之源。让谁去执行这项无比艰巨的任务呢？徐氏早就看准了一位人才，就是1894年（清光绪二十年）就来沈阳的奉天候补知县刘建封，委任他为勘界副委员兼领班，率测绘生5人、队兵16人，入山踏勘。这是一次规模空前的全面性的具有重大历史意义的地理勘查，勘测成功，从此奠定了长白山地名普查的科学基础。

4月下旬，刘建封一行离开奉天（沈阳），来到勘测大本营临江。一切准备就绪，于5月末初夏向长白山进发。他们"足踏靰鞡（即乌拉，东北地区冬天穿的一种鞋），头笼碧纱（避蚊虫咬叮），腰系皮垫（御寒湿）"，"犯风冒雨，越漳攀岩"，"循长白山麓，凌绝顶，履巉岩"，初步完成对长白山全貌的勘察。7月7日，他们第二次翻长白山，登上山巅之天池，刘建封激动地说："诸君若到天池上，须把银壶灌玉浆。"9月，他们回到临江大本营，先后四个月时间，刘建封完成了勘察长白山山形山貌的使命。

刘建封一行踏勘方圆，西起头道江花园，东止红旗河下游，宽约600里；北自松花江口，南迄团头山，长约360里。他们踏遍长白山的山山水水，对240多个名胜景迹地进行了详细的勘察考证。比如：他们"走过大荒三百里"，实地勘察了三江之源，终于寻到了松花江、鸭绿江之源头，乃"二水居然合而一，鸭绿汩汩向南流"。他们在一一踏查长白山诸峰的基础上，又用了10天的时间，开历史先河，刘建封给天池四周神秘的16座山峰均按其形状给予命名：白云，冠冕，白头，三奇，天豁，芝盘（左六峰较大），玉柱，梯云，卧虎，孤隼，紫霞，华盖，铁壁，龙门，观日，锦屏。

其中白云峰，刘氏描述道，其"为长白山主峰，如长剑倚天，一览众山皆小"。又如三奇峰"如朝如拱，天外三山，秀拔天成"。如不亲临其境，又无诗人、画家气质，哪得如此妥帖形象赋名？这16座山峰的名字，一直沿用至今。

在科技方法尚未使及，又那么闭塞苦寒的边境荒地，可以想见刘建封一行历尽艰险困苦的情状。刘氏曾有一次遇险，"白云有幸留知己，坠马河边死又生"，他寻循暖江源，到木石河，不幸在崖下坠马，致腹背受伤，痛得昏死过去。勘查队在河边扎营，让刘建封养伤。到了第四天，伤尚未痊愈，刘氏又带领大家出发了。他们从危道旧石坡再次攀登天池。旧石坡又名滚石坡，"石无大小，盆若、盎若、轮若者，踏之立转，怒如走丸，踏不慎，人目立蹶。"刘氏身系腰带，在随从卫兵扶持下，匍匐蛇行而上，终于"直上人间第一峰"，"寻到天池信有源"。

多么奇艳瑰丽的长白山呀！在"丰首而锐末"，"池水五色，阴晴风雨多变"的天池畔，他看到了16奇峰环池而立，高插天际，"襟三江，领三岗，奇峰十六，名胜二百，崔巍磅礴，蜿蜒于亚细亚东海隅"，而布库里山，"云光雪影，瑞气勃勃"。湖，清王朝发祥地布勒瑚里（元池），"龙盘虎踞气佳哉"；云，"看罢归来回首顾，白山依旧白云封"；雾，"欲到天池先患雾，入时不易出时难"；雨，"十日登山九日雨，踏残靰鞡两三双"；风，"有时借得春风力，直上青云不用梯"。冷暖，"雪崖上下五华里，暑度居然廿二差"。花草走兽，"龙吟虎啸紫貂啼"，"奇花异草不知名"。人烟呢，"一人两屋即成村"，"百里还称是比邻"。面对日本制造东、西"间岛"阴谋的现实，刘氏"几渡鸭江几流涕，三韩是我一车前"。忧国之情，跃然纸上。

就是这座巍峨的长白山，一直萦绕刘大同心间，乃至以后他因反袁而亡命日本，夏日登临富士山，"倚天傍海，四望茫茫无津涯"时，就自然而然联想到心中的长白山，因而感喟："富士之高，不及长白；富士之大尤远逊长白山也！"

除了给天池四周16个山峰取名外，刘氏踏勘长白江岗、三江之源的科学成果主要集中体现在他撰述的两部著作中：《长白江岗志略》，《长白设治兼勘分奉吉界线书》。前者凡10万字，是一部内容丰富、体例完整、史料价值很高的长白山地志。后者为刘氏与奉吉勘界委员李廷玉合著的勘查报告，对开发长白山、三江源头及维护中华祖国疆域具有重要的历史和现实价值。

此外，刘建封在踏勘时，即景抒怀，写下了60多首既有地学价值又充满诗情画意的诗歌，汇成《长白纪咏》诗集（本文引用诗文多据于此）。稍后，他组织技术力量，摄制了长白山的山、江、湖、泉、胜迹、矿山、工场、参园、猎场等景观照片，共有41幅，并配有说明文字，集成一书，名《长白山灵迹全影》，给光绪皇帝阅览。刘氏还绘制了《长白山江岗全

刘建封踏勘长白山摄影集《长白山灵迹全影》书影

图》，对神秘的长白山进行了科学的正名正地。

第一人，知县安图多建树

> 林肯放奴心，
> 格氏均产议。
> 世界有转移，
> 另造新天地。

——刘大同

1909年（清宣统元年）12月，长白山麓、二道江口、奉吉朝二省一国交界的安图设县治，成立行政机构。一年前曾在这里跋山涉水踏勘而功劳卓著的奉天候补知县刘建封，被东三省新督锡良力奏，荐任为首届知事。

刘建封在这块已经熟悉了的处女地做了近三年的地方官。因为他响应辛亥革命武昌起义，在中国大地上破天荒地成立了"大同共和国"，与清军浴血战斗后撤退，为清廷以"擅离职守，久不回署"等因由撤任。而这三年中，他主政安图，所作所为，正是围绕"大同"这一中心，在安图另造一个新天地。

开发安图，首先是移民垦荒，发展农业生产。为此，他制订并实践一些优惠举措。他动员辽宁海城凤凰厅移民近百户，发放荒地四万顷给他们耕耘。他又召唤故乡山东诸城子民迁移安图，并要求均带家口，前后有200户。他在头道沟及四道白河，建造旨在融和汉满两族百姓共同居住的"旗房"多间，拨地仵垦，并为他们提供耕牛、种子、农具等，使应召者有如归之乐。刘建封作为一县之长，对满族与移民汉人一视同仁。有一次，一个来自诸城的老乡犯了法，他为此恼怒，发判道："发配你回山东老家，不得再来！"

筑桥铺路，开辟交通，改变闭塞落后状态。刘氏组织民工，开凿红旗河道，打通往延吉的水道。他与松抚县合作，开辟娘娘库至松抚官道，接连奉吉两省公路。为此，他在娘娘库（现松口镇）沼泽地建造了一座月牙湖桥，长十丈阔丈余，改善了深山密林中的险途。

始创林警，开发林业。刘氏多方筹资，计白银三万两，创立了一支安图县的森林警察队伍——松（花江）图（们江）两江林政局警察大队，自己兼任统带。他掌握了武装，这对他日后的反清革命打下了基础。为了筹集这笔资金，他卖掉了在故乡山东诸城的地产。刘氏还组建营林所、林政局，保护并开发长白山取之不尽的林业资源。

兴工商，办邮政。他专聘工程师及工人，四处采探，在单道江创办了砖瓦厂、石灰厂。原来此地边民建屋，擂木为墙，剥树皮为瓦，条件极为简陋。刘氏创建商务所，又建邮政局，使得外面世界的气息渐渐飘进长白山区。

办学堂，设劝学所，成立教育公所。他把百年树人、尊师重教的好风气带进正待开发的长白山区。他还聘人修县志，他自己也专心撰写长白山地学著作。

刘建封才华横溢，孜孜不倦地另造一个新天地。短短两年多时间，加上早一年踏勘长白江岗、三江源的成就，使得他政绩卓著，远近闻名，"历任东督皆敬重之"。其实早在1905年他已参加了同盟会，是一位有政治抱负，勇于实践的反封建斗士。他来安图前，已在奉天结识了宋教仁、廖仲恺、徐镜心、赵中鹄、沈微心等革命党人，他们都抱有推翻封建清王朝，实行民主革命的共同宗旨。为了实践他的大同理想，1910年，刘建封应友人晓阳道人之邀，到其主持的辽东千山道义学校宣讲革命共和道理。听众除该校师生外，还有来自南方的革命党人。一时群情激奋，大有山雨欲来风满楼之势。

1911年，辛亥武昌起义前夜，安图县有家戏院开张，向这位刘知县求字联。他挥毫疾书道："鼓动起四百兆同胞，才算一台大戏；装扮出五千年故事，真成万国奇观。"此联充满革命的火药味，成了刘建封安图起义的信号弹。

第一人，创立中华共和制

> 桐叶一落天下秋，
> 梅花一放天下春。
>
> ——刘大同

清王室已是四面楚歌，还没来得及向在边远的安图为戏院书写革命楹联的刘大同兴师问罪，10月10日武昌起义了。刘氏得悉，即刻响应，宣布安图县独立，脱离清政权，成立大同共和国，并通告中外，有曰，"问天何事生娇子，占我中原二百年"，"黑水白山数千里，原来一片是腥膻"！

诚然，这个"大同共和国"是脱离清帝国的一个地方性的政权，反对封建制而实行共和政体。它比1912年元旦孙中山在南京成立的中华民国临时政府要早两个多月。它闪烁着历史光辉，不容人们遗忘，亦正如刘氏当时所吟：

> 桐叶一落天下秋，
> 梅花一放天下春。
> 试问秋兴共多少，
> 毕竟不如看花人。

这时，刘建封断然将自己的名字改为"大同"。同时，为他的三个孙子分别取名为"平民"、"平权"、"平等"（均为其独生子刘次鹏所生），以示他的家庭追求革命大同的情怀。

革命必然要付出流血的代价。刘大同不以僻远安图一隅为目的，举义后即屯兵县西北牡丹岭，俟机进军奉天（沈阳）。也正在这时，东三省新任总督赵尔巽率部前往安图，征剿大同共和国。两支军队恰在牡丹岭相遇，于是鼓声撼地，马嘶人喊声震天，斯时正刮狂风，搅得白雪血污混煞天地，"逐寇白山陲，我军酣战时。半天大风起，犹闻征马嘶。鼓鼙声未歇，血带雪花飞。"（刘大同《击贼遇雪·辛亥安图起义败敌军于牡丹岭》）起义军奋勇杀敌，锐不可当，一举把清军赶出了要隘牡丹岭，大获全胜。

牡丹岭初战大捷，这位书生革命领袖满怀壮志激情，在"秋高战马肥，飒飒西风急"的胜利声势中，打算远征奉天，认为"铁骑渡辽沈，衔枚尽熊罴。自古沙场上，胜负一局棋"。此际，东北反封建的民主革命风起云涌，庄河、复县、辽河、东荒（黑龙江）等地先后起义，但是彼此缺乏联系，更无统一指挥，没有一位登高一呼的革命帅才，因此被阴险毒辣的赵尔巽使用两面手段，各个击破。刘大同赋诗痛斥道："丰为祸川今被戮，辽东又起'勤王军'。赵家兄弟胡儿狗，忘尔祖宗是汉人。"赵尔巽之兄赵尔丰，曾是清廷驻藏大臣、四川总督，镇压保路运动，屠杀少数民族同胞，血债累累。赵尔巽牡丹岭大败后，回过神来，从郑家屯调来张作霖部，进剿安图。刘大同义军终因势单力薄，寡不敌众，且后方空虚，"率以后无继，为省军所败"。刘氏在奉天的住宅遭清当局查抄，书籍、家产被洗劫一空。

1912年3月，刘大同偕义军残剩部队逃至友人的千山道义学校，正值晓阳道人筹建道教会，他即襄助撰写宣言事宜。9月，刘大同自动卸安图知县任，取道奉天、大连，转道日本，南下广州。

长白山麓、三江之源的安图县"大同共和国"，尽管昙花一现，但在中国民主革命史页上画下了浓浓一笔。时间历程并不长，不到40年，一个统一的以工人阶级为领导、工农联盟为基础的人民民主专政的新中国——中华人民共和国成立了。此时他已85岁高龄，正安居在天津寓所。中央人民政府副主席李济深暨夫人自京赴津，专程造访刘大同，共庆中国新生。这位闪烁共和历史光辉的世纪老人无限欣喜，赋诗秉志：

> 人人盼共和，
> 徒嗔莫奈何。
> 今日新成立，
> 我先击壤歌。

好是一花天下春

> 笑对癯仙仔细询，
> 惟君清白净无尘。
> 纵然受尽风霜苦，
> 好是一花天下春。

——刘大同

刘大同的一生是追随孙中山先生不断进步的革命一生。安图起义失败，中华民国成立以后，他参加"二次革命"，反对袁世凯称帝，都付诸实际行动；他参加大连平民社志士在北京的炸袁行动；他指挥过倒袁的琅玡战役、辽阳战役。他在东京参加中华革命党后，被孙中山任命为该党东三省支部长。他还参加过攻克诸城战役。这位充满艺术才气的文人，还是一位军事指挥官，一位革命实践者。

1919年，刘大同到了广州，他偕友人、携弟子数十人去白云山拜谒祭奠"黄花岗七十二烈士"墓。1911年黄花岗之役与他的牡丹岭之战相隔仅一年时间，革命之惨烈，他感同身受。"黄花岗上黄花开，黄花碧血共一堆。有我招魂魂其来，凄风吹上越王台。"他的长诗《九哭黄花岗》开头这样写道。他赞扬72位辛亥先烈，"诸烈名已千古垂，直如日星耀八垓"。对比自己，"愧我马革未裹尸，年逾半百犹流离"。再看中国之现实，"中原满目尽疮痍，孰视如己溺己饥。东仇北敌国式微，安得猛士驰复驰。"刘大同一行，"我今坟前奠酒卮"，"哭之哭之两丝丝"。翌年，刘大同补立《九哭黄花岗》诗碑。

国民革命军北伐前夕，1925年刘大同在上海创办《野语》杂志，"在官言官，在野言野。笔伐口诛，焉哉乎也"。旗帜鲜明地贬斥时弊，进行反帝反封建宣传。

他反对蒋介石倒行逆施，独裁统治。1933年蔡廷锴、李济深等举行反蒋"福建事变"，在福州成立"中华共和国人民政府"。刘大同通电祝贺。

在日本侵华日趋严重形势下，刘大同以自己主办的《渤海日报》（天津）为舆论工具，反对蒋介石不抵抗政策，呼吁一致对外，抗日救国，并支持张学良、杨虎城两将军的"西安事变"。后来报馆遭蒋令封闭，刘氏险遭特务暗杀。

天津沦陷后，鉴于刘大同是辛亥革命元老的身份和同日本朝野人士有不寻常友谊的背景，日本侵略者当局诱他出山，赠巨款，希望他首先承认伪满洲国。刘大同大义凛然，当即撕毁日寇文契。"任他风雪十分苦，不受东皇半点恩！"

他是孙中山先生的信徒，在日本时曾相处过。他与廖仲恺、章太炎、景梅九、宋教仁、苏曼殊等革命者结交，感情深笃。章太炎曾为他的书法作品集《诸城三刘合璧》（三刘：明末刘子羽、清季刘石庵、民国刘大同）题写书名。宋教仁被袁世凯党徒谋杀后，他作诗《哭宋渔父》，化悲痛为决心，"有时试罢屠龙剑，好慰英魂挂墓前"。

反袁"护法斗争"遭挫折，他被迫"十年四东渡"，亡命日本。刘大同在日本很有名气。1914年他与中华革命党人寓东京一旅馆，见客厅前壁挂有一幅《怒目老人图》的中国画轴，觉得用笔还不错，因而题字在空白处；随即，他的流亡友人纷纷题诗画边，计43人，挤到没有一处可落笔了。不久，他们移寓巢鸭，刘大同欲向老板购走此画，老板说："我平时不易求得您先生一字，如今贵国名士一半在此图中了，即使用万金也换不得呀！"刘大同与日本朝野名人如头山满、犬养毅等都有深交。他画赠头山满，题云："墙外一枝梅，天天向我开。"

刘大同为民主革命、大同理想而奔走南北，历尽艰险，乃至屡濒于殆。他的遭际颇有传奇色彩，据他的《被难自述》所统计，一生中遭"抄家2次，引渡2次，驱逐7次，悬赏逮捕3次，监视2次，受审11次。"1938年，他在天津严拒附敌后，日伪特务竟采取暗杀手段，子弹射中他头部，"创甚剧而卒未死"，昏睡七日。脱险后他第一句话："头颅虽碎依然我，心地无他敢对天。"

胸怀大同的辛亥革命家刘大同，不仅是位充满激情的诗人，而且也是位与吴昌硕、徐悲鸿交游的书画金石大家。其豪放、洒脱的艺风文风一如其人。他的诗、书、画寄情于寒梅，体现一种高洁、真挚、自好、坚韧的意境。颠沛的革命生涯使他许多佳作流失了，而今仅留存《梅花吟》120首，《百花吟》200首、《岭南吟》120首，《咏百花洲》100首等，玩味刘诗，拙朴深远，朗朗上口，警策连绵，字字珠玑，首首耐人寻味。刘氏还善鉴玉石，收藏古玩，著有《古玉辨》、《古砖集》、《砚乘》、《名泉影》、《复太古》、《醒迷魂》等。今人兴致勃勃收藏、交易"古玉石"，以为牟利，殊不知百年前刘大同芝叟先生警告过，"君子比德于玉之可宝"，"古之君子，以佩玉者，为比德也，非为嗜好也"。

1952年7月1日，刘大同病逝济南，终年88岁。他的三位哲嗣平民、平权（又名心源）、平等分别定居于沈阳、高雄和天津。作者在写作此稿时，曾与刘氏三孙刘萍先生（即刘平等）通过几次电话，这位80高龄的老人，声若洪钟，当年，他在天津码头，曾以鲍克斯拳凌厉之势击败一位俄罗斯拳王，大长中国人志气。

山东、天津没有忘记刘大同先生。生前，他曾为故里芝畔村献地办学，并为此校题写校名的"芝里小学"，保存至今。寓津时，他将办画展所得收入捐赠给当地山东医院（今改名为天津市河西骨科医院），该院为此立碑勒名纪念。他的故宅已被天津市人民政府列为"大革命前后天津市革命基地之一"，作为重点文物保护单位。他的故乡山东诸城为他立"卓行碑"，备述这位乡先贤的革命生涯、不渝信念，赞曰："日月不停，照映其灵。山川永在，毓钟英名。桑梓骄子，后世模型。斯石敬勒，以彰其名。"

黄宾虹的辛亥革命春秋

一代绘画大师黄宾虹（1865—1955）的青年时期正是亚洲资产阶级民主革命风起云涌的大时代。听，他在长江之滨贵池酒楼与"戊戌六君子"之一谭嗣同慷慨抨击时政。看，他在徽州古城垣，结社"黄社"，宣传共和。再看，他将志向付诸行动，在潭渡村自家宅院内开锅熔铜，铸币，以扰乱清廷币制统治。黄翁早年还是"南社"的中坚社员，《国粹学报》的主笔。民国政府成立后，这位金刚之士却远避官场。也许这一选择是对的，不然现代中国画坛上何能出现一座扛鼎大山？

现代中国画坛的"北齐南黄"可谓无人不知。"南黄"即黄宾虹（1865—1955）"广收博取，不宗一派，浸淫唐宋，集历代各家精华之大成，而构成自己面目"（傅雷）；而且"愈老愈新，更上几层楼，终成一代巨匠，表现出我中华民族永不枯竭的创造力"（刘海粟）。殊不知，这位跨世纪寿翁大画家在20世纪初推翻封建帝制的伟大斗争中，也是一位追求光明并付诸行动的金刚之士。

笔者得益于黄翁倩婿赵志钧老先生。他不顾耄耋残障，出于对老泰山崇敬之情，从浩瀚的近现代有关文献中，钩沉出不少黄宾虹在辛亥革命前后活动的史料，笔者加以筛选组合成文。

贵池酒楼头　谭公慷慨言

1865年清同治四年，农历乙丑年正月初一，黄宾虹出生于浙江金华城西铁岭头村一户为逃太平军兵灾而客居的清太学生之家，名质，字朴存，长孙中山3岁、长章太炎5岁。他原籍安徽歙县潭渡村。来自黄山的丰乐溪经潭渡，天造地设一名胜滨虹亭，黄翁因极爱其风景，故号"滨虹"（后至上海，改为宾虹）。而他涉世后重要岁月又是在原籍度过的，所以他就以"宾虹"之名行世了。

黄宾虹14岁返故乡歙县应童子试，名列前茅。17岁在歙应院试，中秀才。数年后又补禀贡生。从此，他就在故乡问业于光绪进士汪仲伊先生。汪氏是位忧国忧民、紧随进步潮流的大学问家，而且精书画、音律和剑术，他的身教言传，对黄宾虹一生影响巨大。

1894年甲午战败，清廷与日本签订丧权辱国的《马关条约》。噩耗传来，国人悲愤，北京发生了以康有为、梁启超为首的"公车上书"事件。此时辞去扬州两淮盐运录事职，又放弃举人考试，在潭渡村因父丧丁忧的黄宾虹闻讯，立即致信康梁，谓"政事不图革新，国家将有灭亡之祸"。接着他的一位扬州朋友萧辰（也是康有为的朋友），将康氏刚完稿的《大同书》手本的一部分寄给黄宾虹。黄宾虹研读后，深加赞赏变法图强的改良主义。也是这位萧辰作中介，黄宾虹得以在贵池酒楼与维新勇士谭嗣同促膝畅谈。

皖南贵池，濒临长江。谭嗣同自浏阳赴上海途中，应萧辰之邀，在贵池驻足，会晤黄宾虹。他俩同岁。黄宾虹乍见谭嗣同，宽广天庭，双目深邃，举手投足间隐现一股豪侠气概，心中已仰佩不已。萧辰引他们在临江的旅社楼上，开了一席，坐定就吃起酒来。向来办事干练的萧辰，只顾饮酒，不多说话。谭嗣同更怪，不喝也不言，全神贯注倾听黄宾虹谈论，既不反对，也不作附和。黄宾虹的兴致很浓，高谈阔论，但渐渐觉得自己在唱"独角戏"，于是有点怪起谭嗣同来。此时只见谭嗣同往椅背上一仰，眼睛微闭，迅即站了起来，朗朗道："朴存兄说得对，对有野心的列强，我们当然要出拳头打击才是！"

黄宾虹（后左一）与南社第一次雅集同人陈去病（后左三）、柳亚子（前坐地右二）等合影

谭嗣同离开座位一二步，眼睛睁得圆圆的，紧握拳头，挥动双臂，声音更洪亮了："但是目前举国上下连五个手指头都合不拢，朴存兄、清渭兄（萧辰别号），请问力量

焉在？"

在讲了一通变法图强的道理之后，谭嗣同提高嗓门，好像对千人作演讲般振臂呼道："诸君，不变法，无以利天下！"

黄宾虹、萧辰大受感染，情不自禁鼓起掌来。谭嗣同摆摆手，让他们平静下来，继续滔滔绝不讲下去。鼓响了，酒楼的客人走尽了，他们唤来伙计，点了夜宵，其间谭嗣同取出随身携带的《莽莽苍斋诗草》，朗诵了几首。诗中提到女子缠足事，他又激动起来，大声说："国要开关，女要放足！"

"只要开关放足，何虑吾国不强！"谭嗣同的慷慨陈言，随着他手臂大幅度挥下，戛然而止。

三人吃完夜宵，冒江边浓雾走向码头，珍重道别。

这是1895年夏日贵池江畔酒楼的一幕，其情其境永驻黄宾虹心间。晚年时，在杭州栖霞岭寓所他和家人聊起了这幕情景，赵志钧作有心人，记录了下来。

贵池聚首后三年，康、梁在光绪帝支持下，推行戊戌变法（1898年6月21日），因慈禧太后"垂帘听政"而失败。谭嗣同等六君子不潜逃，挺身就缚，慷慨就义。噩耗传到徽州已是隆冬，黄宾虹大哭一场，伤心得几乎病倒，连声呼道："这个复生兄，是位豪侠中人，不怕天，不怕地。维新爱国，不惜头颅！可敬！可佩！可叹！"

1948年夏，黄宾虹应杭州国立西湖艺专之聘，将要离北平南下，因联想到菜市口断头惨事，好友谭嗣同殉难已50周年，他感慨地对家人说，"复生的出生，迟我50天，而今别我50年！复生洒尽苌弘血，虽不能复生，而复生之名，便是500年后，仍然活在世人的心中。"

同志结黄社　铸币潭渡村

"戊戌变法"失败祸及黄宾虹，他被密控"维新派同谋者"、"叛国"，行文已到省里。黄宾虹闻讯出走，去上海避居。

他在上海过了两年逃亡生活。1900年"庚子之变"，八国联军攻占北京，慈禧西逃。签订了丧权辱国的《辛丑和约》，清政府无暇顾及维新余党，黄宾虹得以返乡。他途经宣城响山村时，触景生情，山能发出响声，人岂是吞声忍气？他悲愤地写道：

苛敛追逮谷弃农，

盗由民化困穷凶。

却为当道豺狼迫，

狮吼空山一震聋。

这是一首反诗，黄宾虹一直秘藏，80年后黄宾虹的后人整理他的余物残诗时才发现。

1905年前后，亚洲资产阶级革命浪潮风起云涌，黄宾虹应邀到芜湖，任教于安徽公学。该校是家革命色彩十分鲜明的学校，当时陈独秀、刘师培、陶成章、苏曼殊、陈去病等是安徽公学的教员。

1905年，黄宾虹的汪师门同窗挚友许承尧在歙县创办新安中学堂，邀请黄宾虹任国文教席。于是。黄往返芜歙两地，执教两校，而且还邀同盟会员陈去病、陈鲁得同任教新安中学堂，把革命风气带进了徽州古城。

1906年，是黄宾虹革命生涯中可圈可点的一年。新安中学堂成立了"黄社"。该社最初成员是：许承尧（理事），黄宾虹（助理），陈去病，江纬，汪律本，陈鲁得等九人。他们打出明末思想家黄宗羲的非君论"为天下之大害者，君而已矣"为旗帜，宣称："遵梨洲（宗羲）之旨，取新学以明理，忧国家而为文。"明里研究诗文，暗中宣传革命，并且借新安中学堂学生许某家的大宅院集会活动，以掩人耳目。

黄社聚集会所就在黄宾虹宅院"怀德堂"。据黄的原配夫人洪氏回忆说："他每于三更半夜回家，同来许多素不相识的人，我要临时去做半夜餐给客人吃。吃好后他们便

黄宾虹故居院落

歙县潭渡黄宾虹故居大门

睡了，但我收拾好刚睡下，他们又要走了，我又得起来关门。"

黄社属于辛亥革命初期的反清结社，尚未归入同盟会政党系统，史料能留下来的极少。

这年冬季，为了筹集革命党人的活动经费，扰乱清政府的币制统治，黄社决定秘密自行铸制钱币。鉴于徽州地处重重大山中，交通阻隔，清廷统治力量较薄弱，革命党人多次商酌，决定在邑西潭渡村黄宅，由黄宾虹主持铸钱币。黄宾虹勇敢地承担了这项"性命关天"的使命。他陆续从外地运来了一批机器，又从山东请来了一位据说曾在太平军中铸过钱币的李姓师傅。次年开春，就在"怀德堂"后院开起炉来。院子里的几株桃树已绽开花蕾，熊熊烈火映照着黄宾虹和李师傅及工人们满是油汗的脸，他们兴奋地铸出了钱币铜坯，正待要印字时，被人告发了。幸亏衙门里有革命党的内线，十万火急地密告抓捕消息。黄宾虹无奈连夜拆埋机器，遣散工人，销毁现场。

这是黄家一件非同小可的事。黄宾虹的侄子黄警吾老人还记忆犹新，说："那天一大早，女老大（按，指洪夫人）叫我去帮两天忙。我去了，男老大（指黄宾虹）还没有走，在算账给那些年轻的外路佬。老李那个铸币师傅听说不走了。吃了晚饭，老李挑着行李先走，约摸到了洪坑村，男老大才骑马（出家门）走了，碰上了老李，一同到洪竹潭（洪夫人内弟）家，吃了半夜餐，与老李步行到朱家村上船。船已先搞好了，当夜就开。那时老二（按，指宾虹二弟黄赓）在呈坎教书，骇得有两个月不敢回家。"

黄宾虹上船后，告别李师傅，只身奔杭州，转上海。

几乎同时，新安中学堂监督许承尧以黄社"阴谋结社，颠覆大清"罪，将其控告到省城。许得密告，逃往北京。安徽巡抚恩铭正拟上本参劾，却被革命党人徐锡麟开枪打死。黄、许案就不了了之。据说徽州知府王振声暗地同情革命党，恩铭死后，他对黄宅手下留情，不去查抄。黄家人平安无事，连得铸币李师傅也得以在黄宅平安终老。

陈去病不久离歙游黄山，取道新安江，经杭州，赴上海。此际黄社同人大多再聚沪上，图谋反清革命大业。

南社四雅集 扬旗高昌庙

尚在1905年，广东人邓实（秋枚）、黄节（晦闻）等在上海创办以提倡国粹、鼓吹革命为宗旨的出版社"神州国光社"，并刊行《国粹学报》。沪上知名人士章炳麟、刘师培、陈去病等为其撰稿。翌年，在此基础上成立了"国学保存会"，确立《学报》

为其机关刊物，进而编印《国粹丛书》、《神州国光集》、《神州大观》，开展一系列以爱国为主题的进步文化活动，为资产阶级民主革命造舆论。

1907年初，黄宾虹到上海。惺惺惜惺惺，陈去病立即引荐，黄就加入"国粹保存会"，并担任《国粹学报》主笔；同时又主编《政艺通报》的技艺版、政治版。他还参与编辑《国学丛书》、《神州国光集》等，刊印了不少清廷禁书，

已是不惑之年的黄宾虹，思想成熟，艺术崛起。1908年他赴南京文艺学堂开讲西汉《公羊传》以经学为载体，鼓吹革命，与同盟会领导的南方钦州（广西）起义、河口（云南）起义遥相呼应。此时，黄宾虹已涉猎书画艺事，他所编辑的小百科型《神州大观》中有古书画金石选本。他是中国以铜版、珂罗版印刷我国古代绘画作品的第一人。他参加"海上题襟馆金石书画会"。该会是上海第一家书画艺术组织。他的画论处女作《宾虹论画》在《国粹学报》发表。1909年清宣统元年，黄宾虹交识时代俊彦，参加著名的文化社团南社。

南社1909年成立于苏州，前身是《国粹学报》（黄宾虹主编）和《复报》（柳亚子主编）。南社是辛亥革命时期的进步文学团体，鼓吹资产阶级民主革命，反对清王朝封建专制统治。柳亚子曾说："我们发起旧南社，是想和中国同盟会为犄角。"黄宾虹是最早参加南社的同人之一。在南社的14年历史（1909—1923）中，他参加了南社四次雅集：

——苏州虎丘张公祠成立大会，1909年11月13日；

——上海张园第三次雅集，1910年8月16日；

——上海愚园第五次雅集，1911年9月7日；

——上海愚园第六次雅集，1912年3月13日。

第一次雅集，正是中国几千年封建统治风雨飘摇的时刻，此际川鄂湘粤四省人民要求收回路权斗争风起云涌，内地百姓的觉醒对革命特别有刺激作用。清政府对革命党实行残酷镇压，而一批不怕死的具有资产阶级民主思想的知识分子又聚集在一起了，正如柳亚子赋诗那样，"寂寞湖山歌舞尽，无端豪杰又重来"。来了些什么人？共有17人，其中14人是同盟会员，他们是：陈去病、柳亚子、高天梅、朱锡荣、庞树柏等，黄宾虹、蔡哲夫虽然无同盟会籍，但他们是以国学保存会员资格出席的，是革命的积极分子。就是这次雅集，推定柳亚子和黄宾虹两人编印《南社丛刻》，柳负责选编；黄负责在上海印刷装订。南社寿命不长，其发起人高天梅在曹锟贿选中失节，成为众矢之的，社员内讧，进而解体。

民国人物风流录

　　1911年10月10日，武昌首义成功。11月4日上海光复。商团在攻打沪南高昌庙清军机械局前，商团执事先行告诉黄宾虹这一绝密军事行动，并要求他担任外线信息传递工作。黄慨然允诺。攻下军械局，上海全市震动，黄非常兴奋，将预先准备好的一面白旗挂出，高高飘扬（当年白旗示光明正大），传递革命胜利消息。接着，在他主编的《国粹学报》上刊登专文，云："《国粹学报》发刊亦已八十二期……际兹民国成立，言论结社得自由，同人等固当不懈而益勤思以发展其素抱，尤愿海内同志相与有成也。"

　　1912年元旦，孙中山在南京就任中华民国临时大总统。不少南社同人都趋石头城，在民国临时政府中央各部就任要职，连柳亚子也做了三天总统府秘书（主持骈文文件）。参加光复上海实际行动的黄宾虹却坚决不去南京做官；也不就安徽都督府（时陈独秀任皖督府秘书长）电召"虚位以待足下"，返皖做官，乃至与汪门师弟汪律本红了脸："要做官，你去。我坚决不去！"黄宾虹似乎已对时势有所感悟，"余痛时艰，薄世味"，开始避离政治漩涡，而一心一意从事他的美术期刊《真相画报》、《神州时报》、《时报》等编辑出版工作。也许这一选择是对的，否则在中国现代美术史上，何能出现一位"石涛之后宾翁实一人而已"（傅雷语）的扛鼎山水画大师呢？

渡　口

附录一 黄翁招婿记

1937年，74岁的黄宾虹应北平古物陈列所之邀，自沪赴平，担任故宫古物鉴定委员和北平艺术专科学校教授。他鉴定故宫（因日本侵华战争）南迁的古画，并对国贼易培基盗窃故宫书画案提出审查报告；同时应聘，兼任国画研究院导师。但黄翁一家甫抵古都，平津均已沦陷。老画家坚守民族气节，"伏居燕市"，"谢绝酬应，惟于故纸堆中与蠹鱼争生活"（黄自侃语）。有一位叫荒木石亩旳日本画家抵平，带来黄翁东瀛两位好友问候消息而登门拜访，被拒之石驸马大街后宅7号门外。黄翁说："现在这种时候，最好不见。私人交情再好，没有国家的事情大。"荒木无奈地叹了一口气，恭敬地对着黄宅鞠了一个躬，转身走了。抗战胜利后，1946年7月，徐悲鸿接任国立北平艺专校长，83岁的黄宾虹复被聘任该校教授。黄翁乔迁石驸马后宅35号—乙，租赁史家四合院西厢两个房间。

黄宾虹与如夫人宋若婴

这时黄宾虹宠爱的17岁小女儿映家患了黑热病，待字闺中。这个姑娘是黄宾虹与宋若婴所生。宋氏是安徽无为人，于1920年在上海为黄宾虹所娶，生二子一女。宋夫人常去房东史家搓麻将，一次遇见一个叫赵志钧的身材高大的青年，言谈举止显得憨厚诚实，一问，得知是陕西安康人，金陵大学官费农科毕业，抗战胜利后，随资源委员会由西康北上，在北平挂牌，接收日伪煤矿产业。此际国民党忙着打内战，资源委办事处无所事事，赵志钧就到同事史先生家中搓麻将消遣。

"赵先生长得一表人才，有家室了么？什么时候把太太带来，和我们一起玩玩小麻将？"宋夫人见过世面，善察言观色。

赵志钧脸孔一红，回说："不曾。"

史太太立刻接着说："现在胜利了，赵先生你该成家立业了。我们老史像你这个年纪……"

史太太大概在桌底下被丈夫踏了一脚，只好把后面的话吞进喉咙。宋夫人乘机把她叫了出去。她俩嘀咕了一通，不一会一起回到屋里，于是两个女人轮番向赵志钧进攻。

"赵先生府上在安康。安康我是知道的，那可是块风水宝地，秦头楚尾嘛。我们可

17

1948年黄翁（前左三）南下过沪，与巴林、散木、唐云、白焦等沪上知名书画家合影，后排左三为女婿赵志钧

黄宾虹

要讨你这份虎气啦！"

"赵先生，十八条半鸡腿你二嫂吃定了。宋夫人看中你啦！要招先生做乘龙快婿了。"

"我家闺女十七岁，长相像我，总不算丑吗？"

"哎哟，若婴小姐是个大美人儿！不然黄教授怎么会喜欢上您啦？唵，唵，我忘了介绍了，黄教授便是鼎鼎大名的黄宾虹老先生……"

史太太又一次失口，桌子底下的大腿被老公拧了一记，不敢再张口了。史先生谨慎地问宋夫人："映家现在怎了？志钧有30了。"宋若婴只好直说："还病着，我们想借

黄宾虹1935年摄于香港

志钧的关西神武，把病魔驱走！我们不计较年纪。她爸比我大得多了。男人年纪大，懂得体贴妹妹般女人呢。"赵志钧出身贫穷农家，打拼出今天这份饭碗不容易，所以接受了两个女人的好意。

选定了一个日子，赵志钧被带去拜见黄宾虹。西厢房黄翁画室兼卧室简陋景象使赵志钧大吃一惊，平房数椽，承尘已倾且漏，屋顶阳光竟几缕几缕地直泻进来，照得画案笔架上的大笔小笔特别醒目。一方端砚无比珍贵，砚内有残墨，这是老画家用墨的一贯风格。四壁无甚粉刷，倒是被拉着的绳子、挂满创作不久的画幅绝佳地装饰起来了。赵志钧虽不懂绘画，却目不暇接地看得如醉如痴了。乘这位青年无声地欣赏自己作品时，黄翁也默默审视他起来。这是一双目光无比深邃的眼睛，自上而下打量对方，似乎要看穿他的心。赵志钧觉得自己像变成个模特儿，身体全裸了——几句简洁的对话后，老人轻叹一声："中！中我东床之选！"

1947年初，赵志钧在抚顺矿务局任上与黄映家结婚，举行了十分讲究排场的婚礼。翌年，大规模内战在东北爆发，国民党军大溃败，资源委员会在东北的机构因之遣散，赵志钧回到北平老泰山黄宾虹身边。

赵志钧父女与傅敏夫妇

附录二　大耋归真录

1948年7月，黄宾虹85岁，应国立杭州艺术专科学校校长潘天寿之聘，离北平南下。启程前，北平艺专校长徐悲鸿登门送行，两人合作一画——黄画一块巨石，徐在石上添画一只展翅的雄鹰。

鉴于北中国战争形势，铁路已不通畅。黄宾虹一家南下分两批，先是黄翁偕婿赵志钧，带两大袋宝贝——一袋藏千方古印石、一袋盛去轴古画，乘飞机到上海，借住在姻亲江松如家，等候宋夫人携全家及细软，由天津走海路来沪（8月2日），然后一起乘火车赴杭州。在上海近一个月中，黄宾虹受到沪上徽籍亲友、美术界知名人士邓散木、孙雪泥、高吹万、巴林、空我、白蕉、唐云等轮番举宴欢

黄宾虹（傅雷摄）

迎。老友陈叔通办家宴，欢聚黄宾虹。宴后黄书篆联，陈牵纸，并赞黄之篆书"实为当代第一"。

黄宾虹到达杭州后，先是住国立艺专宿舍，杭州解放（1949年5月3日）后，校方专门为他赁屋，住进西湖栖霞岭12号带庭院的一幢小巧的两层洋楼。他十分满意，自称"愿作西湖老画人"。

黄翁晚年在杭州，画艺炉火纯青，拜访人、求画人极多，他都乐而接待。"黄山归客滞西湖，喜有芳邻德不孤"。他在栖霞岭和一位叫余炳如的当地老农交了朋友，题赠一幅《富春山色图》给他，题曰："观宋人长夏江寺卷，以富春山色写之。炳如先生一笑。庚寅八十七叟宾虹。"

1955年新年伊始，92岁高龄的黄宾虹赴京参加全国政协二届一次会议，给黄苗子留下"皮肤红黑，有点像饱经风霜的农民"，而和朋友、后辈接触，"非常和蔼恳切，总是带笑容，用粗朗的低音娓娓清谈"的印象。但是这位长者回到杭州家里，就感到胃部不适，进食越来越少，竟至卧床。医生当普通胃病诊治。黄翁在床头枕边放了纸笔，

黄宾虹女婿赵志钧（右）与傅雷二子傅敏（左）

半躺着作诗，有云："诗可解病，画可驱魔"。

3月，一位探视朋友偶尔谈起"戊戌六君子"之首谭嗣同，昏迷初醒的黄翁立刻清醒起来，感慨地说："这个复生兄呀，他殉难五十周年时，我还做过一副挽联，'千年蒿里颂，不愧道中人'。"很可惜，在旁侍候的家属只抢记到这两句，至于上联或则下联是什么，听不清了。有一次，他人讲起故宫国贼易培基，床上的黄翁立刻瞋目怒骂："可恶！该杀头！"12日，他的病已十分沉重了，对床头的家人、学生说："我有一件心事未了……我很想，以'和平'二字，做一百副对子……"又说，"我们中华大地，有三山五岳，既是无处不美，我们就要无处不游，打算……你们去游吧！"有时，黄翁处在半迷半醒中，手臂甩在被外，手指在被面上点点划划、勾勾勒勒。小辈看见了吓一跳。

"爸爸，你醒着吗？你在干什么呀？"

"唔，唔，我在画山水，我在画梅花……"黄翁说着说着，昏迷过去了。

鉴于黄宾虹教授病势恶化，3月16日校方（已更名中央美术学院华东分院）将他护送至杭州市第一人民医院。该院确诊他已是晚期胃癌。

一代宗师在世的最后一天——3月24日，还浸淫在他的诗情画意中，留下绝唱：

咦！何物美人，二月杏花八月桂；
咦！有谁催我，三更灯火五更鸡。

翌晨，3时30分，正是世间最干净、最清爽的时刻，黄宾虹先生把他毕生珍藏的古书画、古金石及本人遗作全部奉献国家，绝尘而去。

国学大师马一浮挽诗有云，"大耋归真日，人间失画师。才名同辈少，墨妙异邦知"。

韩世昌：中国大班·总统顾问·慈善家

这是一位处在社会最底层的敲牛皮灰的徒工，是如何成为富绰的洋行中国大班？又是如何先后登上孙中山、黎元洪、冯国璋三位大总统顾问的高位？作者采访上海韩氏故宅，看到客厅壁上悬挂的孙文题赠横披"博爱"，拍案叫绝，这难道不正是韩氏一生行止的最佳概括吗？

20世纪末的一个平常日子，笔者由老友李震东先生陪同，造访上海市原金神父路一座精致的但显然已经褪色的西式小楼（今瑞金二路150号），发现客厅里竟挂着一幅孙中山先生手书"博爱"的横披，系原件。横披长130厘米，高64厘米，"博爱"两字居中略偏右，每字42厘米见方。左侧上款题写"永清先生属"，下款落"孙文"，钤"孙文之印"方形印章。横披右方有较深的水渍，显然是经历世纪沧桑而留下的斑痕。现在已被精心保护起来，裱托后装在一个红木镜框里。

小楼主人金恩莲、韩恺母子向笔者讲述了韩恺的祖父韩世昌博爱世人的动人往事。

韩世昌在沪故居

资助革命　三任顾问

原籍湖北汉阳的韩世昌（字永清，1884—1948）是一位头脑灵活、办事干练、很会赚钱的商人，他十分厌恶腐败无能的清王朝，同情革命党人。他18岁时已能熟练地使用英语，抓住几次机遇，跳跃到英商南京和记洋行买办的金交椅上，总揽长江下游诸省商务，财源如长江波涛滚滚而来。此际已1910年，正是孙中山领导同盟会反清民主革命风起云涌之时。

民国人物风流录

1910年2月，同盟会员倪映典率广州新军起义，起义失败，倪殉难。此事对韩世昌震动极大。孙中山得悉后，在美国旧金山的华侨群众大会上发表演说，指出清王朝已是"破屋漏舟"，号召人们克服畏难心理，"速立以实行革命"，推翻清王朝。孙先生还以致信方式，动员国内各地的同盟会员，向全中国有识之士及海外华侨、外国友人募集资金，购买武器弹药，准备更大规模的武装起义。

1911年初，同盟会骨干胡汉民自南洋专程到南京，受命拜访他的友人韩世昌，转交孙中山的求援信，并细述中山先生的革命抱负及筹款起义推翻清廷的宏图。韩世昌慨然允诺。虽然他尚未

韩世昌

与孙中山谋面，但他十分仰慕中山先生的革命情怀和伟大人格，并同情、支持推翻清室的民主革命。"展堂（胡汉民字）兄，今天你既然上门来了，这是给我的机会，我哪有不效力革命之理！"据韩世昌长子韩安荆回忆，由于当时南京和记洋行的几家工厂尚在筹建之中，父亲资金并不宽裕，但他还是通过外商结汇的途径，将一笔约80万大洋（银圆）的巨款汇往檀香山。

武昌起义成功后，1912年元旦，孙中山在南京就任中华民国临时大总统。此时，韩世昌终于一睹这位开创中国共和大业的伟人风采。那天，孙中山先生在广东都督胡汉民的陪同下，会见了韩世昌，对他捐私款资助革命一再表示感谢，并挥毫亲书"博爱"横披相赠。嗣后，委任韩世昌为总统府顾问。

此后，韩世昌又先后被北洋政府总统黎元洪、代总统冯国璋聘为总统府顾问。他三次被聘任总统顾问的同时，还三次受勋。他被授二等大绶宝光嘉禾章、

孙中山

二等文虎章，又加授一等大绶宝光嘉禾章。他还被安徽省、湖北省礼聘为省政府顾问。冯国璋之后，徐世昌任总统，韩世昌以江苏省代表的身份当选为参议院议员。这位商人虽然获得了众多荣誉官衔，但他始终珍视中山先生给他的荣誉以及题赠给他的"博爱"横披。他常对家人说："中山先生大同博爱之精神，举世称颂。中山先生毕生为国为民，可以用一个'公'字来概括，而其精神则出于他的博爱心胸。吾与孙先生虽交往无多，然先生待人之谦恭，律己之廉俭，已深铭吾心。孙中山先生实为人中千古豪杰也。"韩世昌特别嘱咐后人："孙先生赠我墨宝'博爱'一轴，一为激励我辈及子孙要奋发图强，自己好了，不要忘记他人，要施爱国民；二为证实孙先生与我这个平民百姓有一段革命友谊。"

奔走两岸　消弭战祸

1915年12月12日至1916年3月22日，袁世凯在中国近代历史舞台上演出了一出短暂的称帝丑剧。过了一年多时间，1917年7月1日至12日，"辫帅"张勋又演出历时12天的复辟帝制的荒诞剧。闹剧刚在北京紫禁城闭幕，却在江南石头城上演了一段尾声：张勋部将吴捷臣屯兵浦口，虎视眈眈地欲孤注一掷，炮轰南京城。

当时，吴拥有六个团的兵力，装备精良；而隔江对峙的是江苏督军冯国璋的重兵，且冯联络了皖军，正在调动中。两军剑拔弩张，一场恶战一触即发，南京几十万生灵眼看将遭涂炭。就在这千钧一发的时刻，南京和记洋行大班韩世昌挺身而出，弃岸下船。高擎白旗使劲挥舞，高呼："吴将军，北方的弟兄们，不要开火，我是和

张　勋

平使者！""不要轰炮！冯大帅，江苏的弟兄们，不要开火，和平为上！"韩世昌不避危难，凭借他曾是孙中山、黎元洪两任大总统顾问的威望，奔走两岸，调停吴冯两军。

他只身进入北军大营，晓以大义，陈说"两虎相斗必有一死"之利害，并许诺重金慰劳（系他私款垫付）。吴捷臣终为韩世昌义举所感动，答应停战，将部队交与冯国璋改编。一场战争在韩世昌的斡旋下，终于消弭。

当时社会舆论对韩世昌置身家性命于度外，化干戈为玉帛这一义举，作出了高度评价："既出巨资，又亲临战场，南京城得以保全，万家生佛。舍韩某旷世无人！"冯国璋也十分感谢韩世昌，因此1917年他任代总统时，续聘他为总统府顾问。

支援英伦　扬名海外

1917年，第一次世界大战的第三个年头，协约国、同盟国陆海交战正酣，飞机也上阵了，彼此空袭。从2月起，德国实行无限制潜艇战，封锁英吉利海峡和协约国的所有港口，鱼雷袭击协约国来往船只，甚至中立国家的商船。当时英国伦敦因此被困，得不到外来的燃料与食物，且国内因战争粮食减产，供应不足，民众又冷又饿。英政府求救于尚未参战的中国，又通过英商，请求工商名流南京和记洋行中国大班韩世昌支援。济贫扶困，实行人道，为韩世昌一生之宗旨，况又起家于英商和记洋行，韩慨然允偌。当时南京"和记"已有了自己的长江专用码头、自己的轮船。这些轮船高悬中国国旗，满载中国的粮食、各种生活用品，源源不断，万里航行，运向英国。

此事鲜见文字记载，但在韩氏家族中代代流传，常以此举为自傲，给中英民间友好往来史增添多彩的一笔。

洋行发家　创办实业

韩世昌出身汉阳乌金（今武汉市汉南区）一个穷书生之家，父早亡故，与慈母相依为命。少时，全靠出卖力气来糊口，曾在一家洋行干过敲牛皮灰的苦活。饥饿与谋生艰难，使他设身处地体会到绝大多数中国百姓是生活在水深火热之中，所以他发家后扶贫济穷，不遗余力。

韩世昌发家颇有戏剧性，但与他敏锐地抓住时代机遇是分不开的，而这点并不是人人可以做到的，这就是韩世昌的故事了。机遇之一，便是列强打开中国门户，实行经济侵略时，迫使中国城乡接受他们掠夺性的通商，洋行便是其中载体之一。18岁时学会英语的韩世昌原是湖广总督衙门巡警道署的雇员，一个偶然的机会，被推荐到整日与高

孙中山先生题赠韩世昌"博爱"

鼻子蓝眼睛的外国人打交道的英商汉口和记洋行。在官商、洋商合流的这块拓荒地上，他勤奋工作，伺机学生意经，而他出色的中英文会话、翻译，便成了一座桥梁。首先是湖广总督张之洞发现了他，提拔他做通译，实际上成了官商、洋商的得力中介人。他的第二个恩人便是同乡、汉口和记洋行的中国大班杨坤山。杨向洋大班英国人季大班力荐年轻的韩世昌，终于使他正式进入"和记"，接着被派往长沙，做坐庄收购经理。几年后，他被调回汉口总行，升任稽查。

接着季大班派他到芜湖，襄助当地人王买办开办"和记"新厂。他诚实办事，进一步获得英国老板对他的信任。

1913年，29岁的韩世昌作为南京和记洋行的大班，利用洋人资金，大展身手。他的"和记"犹如一家集团公司，先后开办了杀猪厂、杀牛场、杀鸡场、制蛋厂、猪毛厂、制革厂、冷藏库等，还建成了自己的长江专用码头，他拥有拖轮和趸船。他在津浦铁路沿线、（长）江淮（河）沿岸，都设有收购站。他的收购网几乎囊括了苏北、皖北、赣东，乃至山东、河北等地的禽、畜、野味及土特产，如芜湖的肥鸭、泰州的嫩猪、德州的黄牛、南昌的板油、蒙城的野兔、亳州的芝麻、盐城的鸡蛋……经加工冷藏后，作为商品，通过他的货栈、轮船，源源不断向欧洲出口。据当时统计，南京"和记"的出口额占整个"和记"的总出口额的60%，每年获利达一亿银圆以上。韩世昌又抓住一战后欧洲经济萧条给东方带来的商机，当即赚了几千万元。

韩世昌充分发挥他外贸经营与交际本领，不过十来年时间，成了亿万富翁。

韩世昌在经营洋行生意的同时，也积极参与民族工业投资。他与当代中国一些著名实业家合股兴办各类企业，计有：永利久大化学公司（与范旭东、侯德榜），厚生纱厂

（与穆藕初），新生纱厂（与李迪先），大陆银行、盐业银行（与叶扶宵、徐寄庼），湘江地方银行（与钱永铭），南京大同面粉厂、上海大有余油厂、开滦煤矿、镇扬长途汽车公司（与六筱卿），武汉桐油公司（与贺衡夫），等等，不下十余家，名满大江南北。他先后被推选为武汉市商会会长、南京市商会会长。

韩世昌还在故乡汉口经营房地产业，几乎买下了华清街一条街，拥有90多个店铺、一个副食品市场（也是武汉市最早的一家）的产业。该街后来易名为"永清街"，一直沿袭到现在。

深入苏区　救死扶伤

韩世昌遵照孙中山先生"博爱"教导，一生事业中，义学、义赈、救死扶伤诸善举，占了很大比重。1930年，他年近50，功成名就，便退出洋行商界，举家迁徙到上海法租界金神父路，购屋定居，从此一心一意投入慈善事业。他被推任为"湖北旅京同乡会"会长、"华洋义赈会"董事、国际慈善机构"红十字会东南主会总办事处"监理、"上海红十字会"会长等。韩世昌坚持自己的慈善信念，凡有义举，事必躬亲，身体力行。特别值得一书的是，他冒着政治风险，不顾身家性命安危，前往国民党疯狂"围剿"的鄂豫皖苏区实行战地救护的事迹。

1932年，19路军"一·二八"淞沪抗战不久，蒋介石顽固推行"攘外必先安内"方针，对红军和苏区发动了第四次围剿，红军浴血奋战，双方均有不少伤亡。经历过战争风雨的韩世昌，超越党派之见，公开倡言：红十字会应高擎自己的旗帜，组织热心人士，开赴内战战场，本着救死扶伤的精神，救援交战双方的伤兵，掩埋不幸死者。然而响应者寥寥，因为这实在是一个太敏感的话题。韩世昌历来敢说敢做，别人不敢做，他偏要去做。就在这年七八月间，他率领全家男女青壮（其中有他的亲家、纱厂老板李迪先，有他的夫人及两个儿子韩安荆、韩安州和一个女儿）及几名亲近的红十字会成员，从上海乘江轮前往汉口，然后雇几艘大木船，溯长江支流东北行，冒险深入鄂豫皖苏区。

在瑞金二路150号韩宅客厅里，韩世昌的长孙韩恺先生遗憾地对笔者说："这应该是祖父世昌公一生最有闪光点的善举，可惜没有什么文字记载下来，而绝大多数的当事人也已谢世，最为可惜的是，当时拍摄下来的一些照片，也遭毁于'文革'！近年来，我们从尚健在的姑母口中，陆续知道了一些情况。"

当时，韩世昌的女儿还是位少女，她也踏上了遭围剿后的苏区土地。据她回忆：那里一片荒芜、破败，没有炊烟，没有人迹，连犬吠声也听不到，空气中弥漫着一股尸体腐烂的恶臭。女眷们不忍目睹如此惨状，便躲进舱内。天热难熬，挥汗成雨，饥渴时只能吃西瓜挡一阵。女眷们更难堪的，要小便了，只好溺在西瓜壳里，一双手一双手地传递出去倒掉。韩世昌乘坐的船桅杆上高悬着红十字旗，他手持红十字旗挥舞，也许已得到官方关照，所以没有挨冷枪，但炸弹的浓烟熏黑了他面颊。一路上，他们确实遇到国民党军队，也见过红军，然而只要一显示红十字旗，交战双方都爽快放行，他们经常弃船登岸，见到死者，就雇来民工用白皮木棺殓葬；遇到伤兵，不问红军、白军，都给包扎、发药，甚至进行战地急救。

子女们发现，平常快人快语的父亲，面对这片疮痍满目的故土，痛心疾首，默然缄口，仿佛变成了另外一个人。"也许他在默思着什么，转变着什么观念。"韩恺转述他姑母的说法。

前不久，上海长乐路272弄14号楼的住户们，在这幢将要拆迁的楼的围墙上发现了"世界红十字会上海分会"的两块石碑（14号楼就是该会会所），分别为该会人士乾妙居士、福航居士于1932年所竖。福航居士即韩世昌，时任"世界红十字会上海分会"会长。落款福航居士的石碑，铭有横书"风云"两个大字，左侧竖书为："云从龙，风从虎，物各从其类也。际风云之会合，为龙虎之飞变，世运将昌兆于此矣。"时值"一·二八"战云初散，表达了这位慈善家消灾祈福、渴望和平的愿望。一些古董商闻风而至，企图以高价收购这两块石碑，但居民们呼吁政府加以保护。

义赈兴学　不遗余力

韩世昌接受孙中山先生的"博爱"教诲之后，更热诚于慈善事业。他在汉阳、汉口出资十万银圆，创办五所贫民学校，免费供贫家子弟入学。在南京，他开办义学十多所，供贫苦少年读书。他捐资北平民国大学，被推选为副董事长。他又创办实业中学，是该校的总董事长。他广办义学，受惠学子达万余人。

1920年，南京流行瘟疫，韩世昌因之开办贫民医院十所，给穷人义诊并施药。他还出资在南京下关平道修路。1930年韩世昌定居上海后，更一心一意投入慈善事业。1931年武汉洪涝，他亲率上海红十字会救护队，汇合南京红十字会，前往汉口赈灾；同时又以他个人威望，向武汉商界募款，并立刻创办红十字医院，供灾民、贫民就医。

抗日战争全面爆发后，韩世昌将他的汉口私宅洋楼捐出，供红十字会及其医院使用，收住难民和病人。

韩世昌事迹留存于文字的极少，但载入了美国人勃德编纂出版于1924年的特大型典籍《中华今代名人传》。其中文版只印刷了500本，即毁版。

韩世昌有民族气节，八年抗战期间，坚拒大汉奸陈公博委以"湖北省主席"利诱，隐居上海租界。晚年，他不与蒋介石独裁政权合作，平平淡淡做百姓。新中国成立前夕，坚决不流亡海外，心地坦荡，眷恋上海。

中国"火柴大王"刘鸿生传奇

刘鸿生真是位奇才，创办实业，不封故步、细大不捐，干一行就干出"大王"业绩。在半殖民地半封建中国，上海滩的洋行，世界性的经济危机，雾重庆的官僚资本，对民族资本几乎都是灭顶之灾，但这位"上帝的叛徒"坚持不懈奋斗自己的命运。读读刘鸿生传奇，于今天的创业不是有许多启示吗？

刘念良、王惠玲（羽毛球国家一级教练、叶钊颖的启蒙老师）夫妇系笔者的老朋友。刘兄经常向我讲起他父亲中国"火柴大王"刘鸿生先生（1888—1956）的故事。刘兄说，父亲在旧中国先后创办了十七八家企业，行行以"大王"出名。因为他爱国，上过蒋介石的当。他也为周恩来看重。新中国成立伊始，他在香港，应周总理之邀去了北京。周总理称他是"民族工商业者"。原民建中央主席胡厥文称赞他"看事业、看问题，准确果断，所以他所经营的事业无不成功"，"确是少有的名副其实的爱国实业家"。

刘鸿生

从"上帝的叛徒"到中国"煤炭大王"

刘鸿生原籍浙江定海县，出生于上海。父亲是行驶于上海至温州海上客轮的总账房，但中年病殁，致使家道中落。他自少年就聪慧机敏，圣约翰中学毕业后，才17岁就考进了美国基督教圣公会主办的圣约翰大学，得英文名字"O.S.Lieu"。他以优异的学习成绩屡获学校奖学金，免缴极其高昂的学费，而且还有余钱，补贴寡母苦苦支撑的十口之家。他在一年级时，就被校长卜舫济博士和克莱夫主教看中。"O.S.，你是圣约翰的优等生，我们都注意到你。我们决定明年保送你到美国留学，把你培养成一个合格的牧师。留学四年后，你再回到上海，专任牧师，兼任本校讲师，月薪150元，还给你一幢花园洋房！哦，上帝祝福你好运！"这可是个人人向往、羡慕的天赐良机。但刘鸿生和家人商量后，却回绝了卜校长。

"O.S.，你是上帝的叛徒！去！去！你已经没有权利再在这里读书了！"卡舫济勃然大怒，赶走了刘鸿生。

这是清光绪三十二年（1906）的事。

被开除出圣约翰大学后，刘鸿生曾到公租界英国巡捕房当了一段时间翻译（他能说一口流利的英语），后来得到父亲生前好友、宁波同乡会会长周仰山的帮助，被推荐做了英商（河北）开平矿务局上海办事处经理考尔德（绰号"黄毛"）的跑街，月薪100元；另外，经手卖出一吨煤，可赏佣金八钱四分银子。这个20岁的刘鸿生勤快干练，又肯钻研生意经，干了这行，"处处为煤用户着想"，比如保住老户，开辟新户；按质论价，坚守信用；保证供应，不使脱销等等，使开平煤销遍上海，佣金成倍递升，成了"黄毛"一刻也不能离开的左右手。三年后，刘鸿生升任上海办事处买办。民国元年，开平、滦州两矿务局合并，挂英国国旗，他坐上了开滦矿务总公司买办的金交椅。

此际，刘鸿生在销售市场上大展身手，他与淄博煤、抚顺煤、淮南煤、贾汪煤、焦作白煤、安南鸿基白煤开展激烈竞争，并跨出上海市场，在长江三角洲及京沪铁路沿线诸要埠开设煤号及码头堆栈，形成一个较完整的开滦煤供应网。第一次世界大战爆发后，西方列强无暇东顾，他的开滦煤年售量达250万吨，年收入高达百万元。到一战结束时，刘鸿生在法租界霞飞路（今淮海路）购置占地30亩的花园大洋房，结交黄金荣、杜月笙等大亨，来往太古、汇丰等洋行买办，被上海宁波同乡会推任为会长，上海滩公认他为"煤炭大王"。

不过十来年时间，这位"上帝的叛徒"衣锦还乡了。圣约翰大学隆重欢迎他，授予他名誉博士学位，邀他任主席校董，卜舫济校长前倨后恭。刘鸿生胸襟大度，捐资母校，建造一座富丽堂皇的社交馆。

20世纪20年代初，刘鸿生一脚跨出英商开滦煤业，以自己的经济实力，经营起火柴、水泥、码头、纺织等与民生攸关的实业，英商终于发现这个"O.S."乃非同寻常之辈。开滦公司洋大班百拉亚发话了："O.S.，你走得太远了，你要全心全力为大英帝国效力呀！"上海"黄毛"从酒色中醒过来咆哮："你这小子，你是我的买办！我们给你钱太多了，要告你破产！"此际已是上海公共租界工部局五华董之一的刘鸿生（另四位是虞洽卿、袁履登、徐新六、陈廷锐）才不把几个"黄毛"放在眼里哩。他在"五卅"

惨案（1925年）和"九一八"事变（1931年）引起的一波又一波爱国浪潮的激励下，在上海租界里的会审公廨勇敢应诉，与英商开滦总公司打起了长达两年多的洋官司，于30年代中期胜诉而终。

在打官司过程中，他盘下了徐州贾汪煤矿的全部债权，成立了由他控股的华东煤矿公司。他宁愿损失因售开滦煤坐收百万元巨额的进益，再也不做洋商买办，受胯下之辱。而今，他自营煤炭业，堪称中国"煤炭大王"了。

"火柴大王"创建多业，商战使出"撒手锏"

20世纪20年代后期和30年代中期是刘鸿生向工商实业全面拓展的全盛时期。

说起"自来火"，当时中国还盛行有毒自燃黄磷火柴。1920年，刘鸿生斥资12万元，在苏州创办了鸿生火柴公司，高酬聘用外国技师和中国留美化学博士，生产安全火柴。他决心与瑞典的"凤凰"、日本的"猴子"匹敌。他兼并了长江沿岸"裕生"、"燮昌"、"大昌"、"耀华"及杭州"光华"等七家中小火柴厂，成立了中国规模最大的"大中华"火柴公司（1934年）。他的商战方略是：用"产销联营"方式分割市场，缚住同行手脚，如成立"华中地区火柴产销管理委员会"其限制区域包括江、浙、闽、皖等八省。

中年刘鸿生

他又用"联华制夷"和"联夷制夷"战术，各个击破洋商。尤其他与美商联合，实行产销管理后，迫使日本"猴子"就范，有效地限制日资火柴势力在东北、华北、鲁豫地区发展，以维持国产火柴较大、较稳定的销售市场。到1934年，"大中华"已拥有七个火柴制造厂和一个梗片（东沟）厂，资本增至365万元，年产火柴15万箱，成为全国规模最大的火柴公司。刘鸿生冠上"中国火柴大王"之冕。

刘鸿生的精明令人叫绝：他利用"火花"给上海华成烟草公司的"美丽牌"香烟刊

广告，每年广告费收入几千元。

同在1920年，刘鸿生看准"一战"后上海将发展成为东亚最大的商埠而大兴土木的苗头，决心在水泥行业一展身手，与唐山"马牌"（华资）、大连"龙牌"（日资）争高低。为此，他首先在国内水泥市场作了充分的调查，认为华资生产不足，供不应求；国外水泥运输成本高，销售价昂贵；第三，制造水泥原料中煤炭是要项，而他有的是煤。因此只要水泥质量过关，就不愁竞争不胜。接者他出国考察，先在日本吃了"闭门羹"，他没有气馁，携妻访问德国，如愿而归。他购买成套设备，并了解了整个生产流程和其中关键所在，甚至偷记了水泥锻制中的各项化学变化公式。这年9月，刘鸿生终于在龙华创办了"上海水泥公司"。他用重金挖来湖北一家水泥厂的一位德籍一流工程师，同时大胆聘用本国留美留德的工程师，解决了关键技术问题（转窑中水泥熟料结块）。成功地制造出为上海公共租界工部局检验合格的"象牌"水泥。一时间，在中国水泥销售市场形成"龙（东北日资）、马（京津华资）、象（江南刘资）"鼎足三分局面。

刘鸿生在商战中又使出"联华制夷"的撒手锏。他与唐山启新水泥厂"产销联营"，达成划分销区、稳定价格协议，于是一"马"一"象"联合起了来。他们乘"五卅"惨案所掀起的抵制日货爱国运动的热潮，驱赶日本"龙"，终使这一日产水泥在中国市场销声匿迹。接着南京中国水泥公司的"泰山"牌异军突起，刘鸿生继续采用"产销联营"方法，三家再次分割市场，平抑售价，使得大家都产销两旺，占全国水泥总产量的85%以上。至抗日战争全面爆发前，民族资本水泥产品主宰了中国市场。

刘鸿生经营煤炭业，必然要发展码头货栈业，但上海开埠后，黄浦江两岸的码头几乎被洋商霸占殆尽！而主要码头集中在英、日、美商手里。华资码头主要是官商招商局，仅五座。刘鸿生使尽招数，甚至不惜以"挂洋牌、聘洋人"的高昂代价，得以取得免税权，避免码头恶势力滋扰，终于在1918年至1926年间，先后在浦东董家渡沿江建成中华北栈码头、中华南栈码头和中华周家渡码头。1927年挂出了"中华码头"的牌子。"中华"成为当年华商码头之老大。刘鸿生之所以能立足浦江码头之林，其中重要因素之一是借了杜月笙的光。

刘鸿生购置周家渡码头地皮时，同时购进了对岸日晖港一家废置的毡呢厂（郑孝胥等办）及其设备。1929年刘氏夫妇游英伦参观世界机械毛纺业策源地里士城时，获得启示。所以在周家渡码头西栈创建了章华毛纺织厂。当时中国仅有北平军政部清河制呢厂、哈尔滨日商满蒙毛品纺织公司等少数几家毛纺织厂，且毛织物品位不高。刘氏的"章华"突破日本技术封锁，依靠留学生和南通纺织专科学校高才生（茅祖构、陈时鼎、彭汉恩等），解决了染整工艺关键问题（染料调制等），终于生产出合格的呢绒制品。他以金钱开道，打通宋子文、朱家骅等政要关系，承揽全部军呢用料；又通过杜月笙，打进邮电部门，挤走了外呢在这两大市场的商路。1931年"九一八"事变后，刘鸿生顺应抵制日货的爱国风潮，抓住商机，生产以"九一八"作商标的毛哔叽，立刻畅销市场。

1930年，刘鸿生和他人在周家渡码头合资兴办华丰搪瓷厂，不几年，"华丰"等五家民族资本搪瓷厂的产品，几乎包揽了中国搪瓷市场。

刘记托拉斯胎死腹中

刘鸿生的工商实业日益红火，让中外人士刮目相看。但他"创业唯新，不封故步"（胡厥文语），他雄视西方"冒险家乐园"上海滩，要力争自己一席之地。他计划把已建成的刘氏企业，还有不久前成立的企业银行（资金100万元）、大华保险公司，合并成一个托拉斯，拟请知名人士丁文江博士任总经理（据钱昌照回忆，丁氏是地质学家、学问大家，坚辞）。1930年刘氏托拉斯雏形以"刘鸿记账房"名称公开于社会，并在四川路造起了一幢八层"企业大楼"。刘氏的煤矿、码头、火柴、毛纺、搪瓷、银行、保险公司的办公机构，以及律师事务所、医务所、总账房等都分驻在该大楼的各层。第八层则是刘鸿生的新公馆。刘鸿生雄心勃勃，居高临下地指挥他策划中的托拉斯——"刘鸿记账房"。这时世界经济危机的黑浪已滚滚而来，他左逢右源，奋力拼杀，企图突围。

就在如此风云变幻之际，刘鸿生竟然接受了中央银行总裁、国民政府行政院院长宋子文和交通部长朱家骅的坚邀，就任人人视为畏途的国营招商局轮船公司总经理之职（1933年）。创于1872年（清同治十一年）的招商局是个封建官僚和半殖民地买办的混合体，"贪污成习，积重难返"，两年积亏达银500多万两之巨，无日不在风雨飘摇中。刘鸿生主持不到三年，却革除痼疾、陋习多起，如改组理事会、增设监事会、建立船长制、查办盗窃案等，并开辟了上海至青岛和上海至厦门、汕头两条海运航线；他还废止招商局内河航运客、货轮上的"买办制"（即经理制），堵绝"坐舱"、私卖铺位、勒索船客等舞弊行为，大大增加了总公司的业务收入。但这一举措极大地触犯了江浙两省地方官僚、豪绅、地痞的利益，特别是接任朱家骅交通部长职的俞飞鹏，视刘为眼中钉，俟机报复。刘鸿生虽然明智地退出了这块是非之地（1936年），但为日后抗战期间在大后方办实业遭报复种下了祸根。

　　刘鸿生再回到自己的"刘鸿记账房"，此际上海民族工商企业已纷纷倒闭，一片萧条景象。肃杀声中，银行、钱庄债主比肩接踵上"企业大楼"索债，迫得刘鸿生将所有权契、股票，乃至霞飞路花园洋房去抵债，还挡不住索债潮流。由于传言"刘鸿记账房"行将关闭，银行、钱庄银根收紧，刘鸿生借贷无门了！这时他想到出主招商局时，宋子文向他拍胸膛，对他"必要时经济接济"的承诺，于是登门拜访了这位圣约翰大学学长，请他关照中国银行发放贷款，以解燃眉之急。

　　"您用什么作抵押呢？我的亲爱的老同学。"

　　"我把刘鸿记所有股票作抵押，好吗？"

　　"哈哈哈，O.S.的股票价值，谁不知道，如今不跟草纸一样了吗？"

　　刘鸿生回家，大骂宋这个"势利朋友"。但现实是"刘鸿记账房"负债已超过它的实有资产两倍。刘鸿生实在无法调度资金，度日如年。摆在眼前的是，他积欠浙江兴业银行的一笔定期借款已到期，此项款额达360万元。怎么办？刘鸿生派刚从英国剑桥大学留学归来的四子刘念智登门拜访，向该行总经理徐新六求援。徐氏向小刘了解了老刘的困境，念智实事求是地讲了"刘鸿记"各个企业的窘况。这位上海滩上的知名爱国银行家（徐新六1938年8月24日民航飞机上遭五架日军飞机驱逐、袭击而殉国）仅说了句"你父亲的事业办得太多了，顾此失彼"，就同意贷款转期，并当场办妥了手续。刘鸿生的急难暂时缓解。

　　紧接着"八一三"上海抗战起，刘氏企业面临灭顶之灾，刘鸿生无法在上海生存了，他的尚未面世的"托拉斯"胎死腹中。

上海，杜月笙："四兄，多谢！多谢……"

　　刘氏企业大都分布浦东中华码头仓库区域，这和青帮大亨杜月笙的关照是分不开的。刘鸿生之所以能结欢杜月笙，这里还有一段故事。

　　1936年，刘家四公子刘念智从英国剑桥大学学成归国，父亲命他在中华码头当一名普通会计员。码头上帮会的徒子徒孙说："四小开来了！"上海滩有道"好人不吃码头饭"，上海所有码头都是黄金荣、张啸林、杜月笙、方回春的天下，其徒子徒孙控制了浦东、苏北、山东各帮苦力。要在那里立足，不给帮会头子燃红烛叩头就不行。

刘鸿生深谙此中三昧，正在考虑如何让四子去结交杜月笙而又不失自己身份时，杜月笙倒托人来拜会刘鸿生了。杜的意思是，要求刚留学回来的刘四公子去做杜公馆的家庭教师，教导杜七姨太的两个儿子（一个18岁，一个17岁）赴英国留学前学会上流社会的常用英语和礼仪。真是送上门来的良机。刘鸿生千叮万嘱，要念智不辱使命。

杜月笙

是年夏日的一个上午，刘念智充满好奇又忐忑不安地来到华格臬路杜公馆。门卫一听是刘家四公子驾到，又鞠躬又迭声传报。进入客厅，七姨太已打扮得花枝招展在等候了，立刻把他两个儿子从楼上唤了下来，"倷两个夸（快）来给先桑（生）鞠躬！"刘念智一看，这对"宝贝"身着纺绸长衫，头发梳得油光锃亮，左右站在七姨太身边，款款摇着折扇，心想颇有"白相人"派头，目光不期然落到他们手中有着王一亭书画的折扇上，只听得他们妈吴侬软语起来："倷两个夸点把扇子掼掉，倷看看，刘嘎（家）四哥多精神，英国派头！我伲要倷从现在开始就学英国。"

初次会晤，杜家两个儿子给刘念智留下了"孺子可教"的印象。如此，三个月内，刘念智每天陪杜家两少爷吃一顿西餐，或在"红房子"，或在杜公馆，或在刘公馆，教他们看英国菜单，如何使用不同的汤匙和刀叉。告诉他们喝汤时不能发出声音，咀嚼时不能自得其乐张大嘴巴、牵动腮帮，切不可当众掏鼻孔、剔牙齿，也不可用刀尖挑起食物往嘴里送……最难改正的是随地吐痰的陋习。一次他们在杜公馆吃西餐，只听到"嚯——"的一声，"啪嗒"一口浓痰吐在红漆地板上。刘念智讨厌地瞥了一眼，七姨太就轻拍了下老大的脑袋，"这是杜家少爷吗？这是英国绅士吗？"下人赶紧用纸把痰擦去了。

刘念智每天教他们一小时英语，用英格兰南部标准口音严格训练他们的发音。周末，陪他们去看英语原版电影；第二天，则要求他们用英语复述该片情节。他还带他们到江湾跑马场去学骑术，又去学游泳，打网球，玩桥牌。他再三说明，"这些玩意儿不一定要精，但须得会来几下，这才能跨进上流社会的门槛。"三个月下来，杜家这两位宠少爷与刘家四公子交上了朋友，不仅使七姨太满意，也让杜月笙十分高兴。

1936年12月某日，刘氏父子接到杜公馆送来的特别精致的赴宴请柬。刘鸿生兴奋地对四子说："杜先生请小辈吃饭，是破天荒的。我们成功了！"

他们，甫到杜公馆大门口，杜月笙和七姨太偕两个儿子快步迎来，当着众徒与路人大声说："四兄，实在辛苦你了！这两个孩子在你管教下，完全变样了。多谢，多谢！"

在酒宴上，杜月笙当着50多位客人，再次说："四兄！今天盛会难逢。照我们规矩，他们两个理应点起一对大红蜡烛，跪下来，向你磕三个响头来谢师恩。但是我知道，您是留洋新派人，不会接受的。现在，我代表我们一家，向您敬一杯酒，谨表感谢！"

杜老板此举此语，很快传遍上海滩。从此刘氏企业在浦东站住了脚。帮会的徒子徒孙再也不敢叫"四小开"，而是毕恭毕敬地改称"四先生"了。

重庆，蒋介石："鸿老先生，你要钱给钱，要原料给原料。"

"八一三"上海抗战后，上海陷日，租界成了"孤岛"。刘氏企业大都在租界外，顿时为日军所占据。在这民族危亡关头，住在租界里的刘鸿生毅然担当起中国红十字总会副会长兼上海市伤兵救济委员会会长、上海市抗日救国物资供应委员会总干事的重任，对抗日救亡工作，他"每天必到，事必躬亲，办事认真，一丝不苟"。他还组织刘氏企业伤员救护队，并动员子女参加"八一三"抗战爱国后援工作。他的煤业救护队干得最有声色。

1938年，原来谦恭有礼的火柴联营合作者植田贤次郎的庐山真面貌暴露，以日本军部代表身份，威逼利诱刘鸿生落水，出任伪上海市商会会长。"你的企业规模最大，财产价值不少。放在你的面前的只有一条路，就是与大日本合作。合作以后还可以保证你的企业日益扩大繁荣……"刘鸿生宁为玉碎，不愿瓦全，绝不与日本侵略者合作。在一个深冬之夜，他登上英商太古轮，出走香港。刘氏在沪所有企业，日军即以"敌产"接管，刘氏财产损失达一千万元以上。

刘鸿生办企业之心不死。他在香港，部署在港、渝、川东再创办火柴厂、毛纺织厂、火柴原料厂，并布置偷拆他的在沪工厂机器零部件。

1939年，刘鸿生由香港飞赴陪都重庆。到达重庆的第二天，他就接到蒋介石的请柬，邀他到黄山官邸吃夜饭，陪宴的有经济部农本局总经理穆耦初。席间，蒋介石口操浓重的宁波官话说："鸿老先生，我们盼望你久了！这个我是知道的，你为抗日救国，牺牲了你上海这个一千多万的实业，来大后方效力。你的精神可嘉！这个今天晚上，在我家里，我只请你和穆藕老两位便饭。"

蒋介石离席，以示郑重，像发表演说，信誓旦旦说："这个穆藕老可以作证，鸿老先生为国损失了一千万元，我可以偿还给你！"

接着蒋道出了今天请客的本意："只要鸿老先生提供机器设备，各种技术人才，这个你要钱，我给你钞票！你要原料，我就给你原料！你要工人，我就给你人，由你挑！"

刘鸿生听了，十分感动，赶紧离席作答："鸿生不才。但鸿生是爱国的，来到大后方，一定殚思极虑，全力以赴，保证完成委员长的任务！"

事后他才知道，大后方经济异常落后，物资匮乏，急需能人打开工业生产局面，孔祥熙就向蒋介石推荐了刘鸿生。刘鸿生出于抗日救国目的，立刻行动起来，筹建在重庆李家沱的中国毛纺织厂和在长寿县的中国火柴原料厂。

首先，汇拢机器器材。他派得力助手四子念良潜回上海，拆迁浦东章华毛纺织厂的机器。这是一件难度极高的事。刘念智回忆当时情况说，他"经历了一个十分惊险的场面"，因为该厂已"由日本海军占领，说是拆迁，实际就是偷运，从浦东偷运到浦西，即从日军防地偷运到公共租界，用个比喻来说吧，就是要从饿虎口中夺食。"怎么偷？刘念智用重金雇用了一个瑞士籍的犹太人来干此事。此君是上海滩黑道中人，一手持枪，一手要价（一吨一千元伪币），一手向日军司令部一名少将行贿，来打通关节。这个人面目狰狞，牙缝中吐出几个字："要死一起死！"就这样花了50万元代价，把500吨纺、织、印染设备及器材陆续启运。当时太平洋战争已爆发，香港陷日，只好运到缅甸仰光，再转运重庆了。

第二，工人。应刘鸿生召唤，上海刘氏企业的纺织工、挡车工、机修工——各种熟练工人长途跋涉，纷纷来到大后方。

但是机器滞留在仰光了。本来可以继续由海路运往越南海防，但海防也陷日了。于是只好通过异常艰辛的陆路，辗转滇缅公路运输了。刘念智通过侍从室，弄来了几张"予以紧急启运"的委员长手令，但军统局控制的西南运输公司，官僚机构叠床架屋，各自忙着发国难财，置"手令"不顾。刘念智奉父命，飞仰光，购买了12辆美国道奇卡车，决定靠自己人力来运输另从国外购来的新的300吨纺织机器。仰光至重庆道途艰险不说，关卡林立，贿赂公行，苦不堪言。车队好不容易到了上缅战略要地腊戍，与云南边城保山遥遥在望了，岂料西南运输公司奉交通部长俞飞鹏指令，不许刘氏这批机件装车内运！多次交涉无果。一等再等，结果等来日军占领了腊戍（1942年4月）。车队夹在中国远征军大溃退中，这300吨纺织机器不知流失何方。同行七人中一死三失踪，刘念智走野人山原始森林，九死一生回到重庆。刘鸿生痛心疾首地说："小人！无视国难！俞飞鹏是报我招商局一箭之仇呀。"

后来，500吨旧机器运来了，另外机件也拼凑起来了。工人有了。厂房也有了。现在只等"东风"——钱。几经战乱，刘氏家业委实枯竭了。刘鸿生想到蒋介石"要钱给钱"的诺言，但到哪里去找他呢？刘念智为此奔走财政部、经济部、工矿调整处、兵工署、四联总处、重庆各家银行……当时通货膨胀，银行放贷无法适应工业长期投放，资金周转步步困难。最后老先生出马，跑到曾家岩孔公馆，谒见孔祥熙数次（1944年，"四大家族"内讧，孔下台，仓皇出国），才有了个眉目，但叫刘鸿生气得双眼泛白！

——中毛、中火扩股成政府的特种股份公司，由政府投资，两公司均由宋子良任董事长，并由国货银行（宋孔合办）任总稽核；

——刘鸿生任此二公司的总经理，另派徐漠君、沈某（均系特务）分别担任中毛、中火的副总经理兼厂长；

——刘鸿生须筹组并出任官方火柴烟草专卖局局长，订出实施条例，每年创收几千万元。

刘鸿生长叹一声："蒋委员长要赔偿我一千万元，原来是这样一场戏呀！我这个昔日上海滩的大老板，如今成了他们的小伙计啦！"挣扎了一阵后，既然已入"四大家族"彀中，只好束手就范，继续奔走大西南、大西北，努力办厂。

就在抗战胜利前两年内，刘鸿生先后在兰州办了西北洗毛厂、西北毛纺织厂，在贵州办了酸钾分厂，在昆明、海口办了磷厂，在贵阳、桂林、重庆办了三家火柴厂（合股），在广西办了化工厂。这些工厂，尤其是中毛、中火的产品垄断了大后方市场，获利甚丰，而官股占了4/5。刘鸿生终于恍然大悟，蒋介石之所以屈尊请他吃了一顿饭、满口大话的原因了。

在无奈中做官僚资本马前卒的同时，刘鸿生秘密资助他的六子刘公诚筹建延安自然科学研究院。1939年秋，早一年去延安的刘公诚秘密来到重庆，为延安自然科学研究院募款。他见到了父亲。刘鸿生向他详细询问延安情况，不但不阻止他回去，而且还捐了5000元，并给了他去上海的路费，让他到那里去采购仪器。

香港，刘鸿生："我怎能留在海外做'白华'？我决定回去。"

抗日战争胜利后，刘鸿生回到上海，成了国民党当局和美国极力拉拢的对象。他被委任为善后救济总署执行长兼上海分署署长，他的四子刘念智被邀加入美国高层人士参加的"石匠协会"（MA Sonie Lodge）。刘鸿生把恢复上海企业的希望寄托在美军剩余物资救济分配上。他虽掌握分配大权，但处处受一个美军上校的掣肘，乃至把物资公平地分配给八路军和解放区都被指责为"支援敌人进行叛乱"，逼得他借口生病退休在家。后来刘鸿生发现，所谓剩余物资，都是些残缺陈旧器材，无法装备现代工业，倒是美国货大量涌进中国市场，廉价倾销，挤压得脆弱的民族工业奄奄一息。他在战后冷酷的现实面前，渐渐清醒了。

1946年6月，内战开始，国民经济面临总崩溃，已受重创的刘氏企业再也无法复苏。国民党军节节败退，国统区金融市场混乱不堪，法币如同废纸，于是1948年秋蒋经国以"经济管制委员会"副督导员身份到上海"打老虎"，借此推行金圆券。来势汹汹，一次小蒋把刘鸿生等沪上著名企业家召到南京路汇中饭店，当众对刘鸿生说："请老伯带个头，交出全部黄金、美钞、外汇，向中央银行兑换金圆券。拜托！"接着杀气腾腾动真格，王春哲被枪毙，申新大老板荣鸿元等下狱，刘氏的四家企业（水泥、码头、毛纺、煤矿）被迫交出金条800根、美钞230万元、银圆数千枚，换来几卡车形同废纸的金圆券。刘氏企业又挨致命一刀。

决定中国命运的三大战役结束了，国民党反动政府行将覆灭。作为一个国共双方都了解的民族大资本家，何去何从，刘鸿生害怕、苦恼、彷徨。

他一度想撤台，派人去台北购置地皮筹建糖果厂，在高雄筹建化工厂。但他吃足"四大家族"苦头，自知此为下策。

去香港吧，章华毛纺织厂的总经理等正携外汇，运去原材料、成品值500万美元待港，但他举棋未定，不敢贸然行动。

抗战时他在重庆曾两次见到周恩来。回家后他对子女说，周先生非常谦虚，平易近人，完全有异于那些国民党官僚，"在老蒋政府里找不到像周恩来那样的伟大人物。"1945年9月，毛泽东去重庆谈判，刘鸿生有幸两次晋见并聆听谈话。他对子女们说印象，认为"真想不到共产党的领袖是一位文质彬彬的人物，态度大方自然，谈笑风生"，"毛泽东讲话很有自信，看来共产党是真心诚意要和平的"。

这时已经成为共产党员的六子刘公诚回来了，参加刘氏的家庭会议。他阐述了当下时势和共产党保护民族工商利益的政策，再三劝父亲，相信共产党，留在上海。刘公诚还带来一位来自解放区的"王先生"，是他延安抗大的同学，也是共产党员。"王先生"三登刘公馆，全面完整地讲解共产党的各项政策，并举例类比像刘氏企业那样的民族工商资本会得到保护，在新中国建立后还是有前途的。至于刘鸿生老先生和他的家人——提及刘鸿生本人时，他当场避席——只要他们拥护共产党，奉公守法，生命、财产绝对安全。"王先生"对刘念智语重心长地说，解放军一渡长江，一定会很快解放上海。上海解放后，刘氏企业要复工，开展生产，供应社会，这时全赖刘老先生和您负责了。"王先生"又告诫刘念智，现在那个常败总司令汤恩伯，一到解放大军手里，败撤上海时，必定会炸毁所有工厂，破坏设备的，希望刘家人和工友们同心同德，保卫自己的厂房和设备。

1949年4月21日，人民解放大军胜利横渡长江。23日，攻占南京，国民党政权倾覆。惊喜又忐忑不安的上海刘家人守在家中观望。他们不忘"王先生"先前叮嘱，收听解放区电台的广播。果然，有一天传来了新华社的一条振奋刘氏家人的消息："请刘鸿生先生留在上海，不要走。解放军保证按照'发展生产，繁荣经济，公私兼顾，劳资两利'的政策，保护刘氏所有工矿企业，保证刘先生全家人身安全……"经历过日本侵略军野蛮掠夺和国民党巧取豪夺的刘鸿生，权衡利害，决定留在上海。

但刘公馆此际已被国民党特务严密监视起来了。上海市社会局长陈保泰每隔一小时会与刘鸿生通电话一次。刘实际上已失去行动自由，眼看危险已迫在眉睫了。刘家人密议，借口刘鸿生心脏病复发，正要将他送中山医院，但就在这天晚上，陈保泰亲自带着武装人员上门了，"汤总司令奉命令你立时就走！蒋总裁已派来专机，请刘老先生飞广州，参加紧急会议，以商国是。"不由家人分说，刘鸿生被架走了。

在广州，刘鸿生究竟是风雨故人，眼看迁穗的国民党残余乱成一团，"中央"控制不了事态恶化，也根本顾不上一个刘鸿生。刘鸿生趁乱往香港一走了之。

1949年5月25日，大上海解放了。刘氏家人把刘记企业恢复生产的情况，不断写信告诉滞港的刘鸿生。刘鸿生萌生归意。中共上海市委闻悉，十分支持，示意刘家人去接归。这年秋季，老二念义代表全家人赴港去接老先生。但香港五方杂处，各派势力、投机家、国民党特务、大陆逃亡官僚、政客……制造各种谣言；还有先期撤港的刘氏几家企业的实力派人士拉刘鸿生后腿。这时中华人民共和国成立的消息传到香港了。刘鸿生为之振奋，但还想再等一等、看一看。正在这时，周恩来总理派人来港，做滞港上海工商界人士的工作，欢迎他们回内地，为新中国服务。刘鸿生为周公的人格魅力所倾倒，对周围友人说，"我已是花甲中人了，我的一生事业都在国内。我可不想留在海外做'白华'！"因而他对二子念义说："现在你们都盼望我回去，我一个人流落海外算什么？好吧，现在我就回去！"

归计定，刘氏父子避开特务监视，深夜乘英商太古轮离香港，直驶天津。

北京，周恩来促膝恳谈："共产党是了解刘老先生的，民族工商业者嘛！"

刘氏父子甫抵天津港，就接到周恩来总理电报，邀请他们进京。刘鸿生终于有幸面聆新中国总理教诲了。总理对刘氏父子千里迢迢、风尘仆仆赴北京表示慰问，然后详细询问了滞港上海工商界人士的生活和思想情况，说共产党遵照毛主席的指示办事，保护民族工商业者的私人财产，包括工商企业和一切生活资料。工商业者可以保留过去的生活，不要有什么顾虑。

"政府还面临许多困难。国民党残余部队、土匪还待肃清；许多工矿企业、码头仓库、铁路公路受到严重破坏，亟须恢复。真可谓百端待举，现在是国家急需用人之际，我们真诚希望刘老先生在上海民族工商业界中起带头作用，和人民政府密切合作，共渡难关。共产党是不会忘记自己的朋友的。"

"民族工商业者。"刘鸿生两次听到这一称呼，不自觉地重复说了下。

周恩来犀利的目光一下看透了刘鸿生心底的疑惑，接着诚恳地对他说，共产党是了解你刘老先生的，把你和官僚买办资产阶级区别对待。后者，勾结帝国主义，丧权辱国，甘与人民为敌，作为革命的对象，政府将没收他们的全部财产，剥夺他们的政治权利。"刘氏企业将会得到政府的保护，这点刘老先生完全可以放还心嘛。"

如此促膝而谈，不知不觉两个小时过去，已是中午了，周恩来留刘氏父子便饭。席间，刘鸿生斗胆问道："请问周总理，我办的华东煤矿是否可以发还给我呢？"周总理微笑回答，矿藏、铁路和一切公用事业都是国家经济命脉，同国计民生有着密切关系，因此华东煤矿将由国家接管。"至于私人股份嘛，到适当时候，我们公平合理估价，全部发还给刘老先生。"（参见刘念智：《实业家刘鸿生传略》，中国文史出版社1982年版）

回到上海，刘鸿生激奋地对家人说："周总理，非凡人才！既大度又体察细微。对我们刘氏企业了如指掌，佩服，佩服！而且他允诺实事求是，使人信服！"

以后的日子，刘鸿生过得很平稳。他是陈毅市长的座上客，他对陈毅的文韬武略佩服得五体投地。为抵御美帝国主义的经济封锁，尽快恢复经济，他勇任中国人民救济总会上海市分会副会长、上海市失业工人救济委员会经济审核委员会主任委员。这是他第一次为新中国服务，为上海工人阶级服务。

在1952年的"五反"运动中，刘鸿生起初忧心忡忡，怕共产党不要自己这个资本家朋友了。但到结束时，政府宣布，刘氏企业家家都是守法户，他也因此与中央统战部部长李维汉交上了朋友。

1953年7月，刘鸿生得知抗美援朝战争胜利结束，感动得泪如雨下。他和他那两次参加中国人民赴朝慰问团的二子刘念义感触尤深，"我一生受尽了帝国主义的欺侮，现在真正感到，作为一个中国人是值得骄傲的！"

1953年、1954年，刘鸿生先后被选为全国工商联常委、一届全国人大代表。他还是全国政协委员、上海市政协常委、上海市人民委员会委员、民建中央常委、民建上海市副主任委员。

1956年初，公私合营政策已定，刘鸿生将价值两千多万元的刘氏企业全部实行公私合营，自觉走社会主义道路。在上海市资本主义工商业改造胜利完成的锣鼓鞭炮声中，刘鸿生平静地闭上了眼睛。是日：1956年10月1日。他的遗属可以享受五厘定息优厚待遇，但他生前最后嘱咐："定息可以分取，但不要多取，每人至多拿几万元，拿多了对你们没有好处。其余的全部捐献给国家，这是我对中国共产党一点微小的表示，也是我最后的嘱咐。"这是这位旧中国"工业大王"留下的最后一个彩色休止符。

中国工商界前辈胡厥文先生对刘鸿生的评价是："明察秋毫，恢恢大度。创业惟新，不封故步。细大不捐，勤攻所务。爱国心长，义无反顾。"

胡逸民和方志敏的铁窗缘

一位是国民革命军军法执法官，一位是闽、浙、赣三省苏维埃主席。一位是为蒋介石造过三座监狱的资深典狱长，一位是叱咤风云的红军领导人。但是此二人都落入老蒋南昌行营的看守所。他们是胡逸民、方志敏。世上巧合事不乏之有。他俩在狱中陌路认识，生死结交。胡在方的启示下，人生观有飞跃改变；方在胡的帮助下，写作惊世文章。君知否？绝唱《可爱的中国》就是在方志敏就义后，由胡逸民巧妙地携出监狱而面世的。

国民革命军法官

胡逸民（1890—1986），小名济彭，号耕萃，原籍山西临汾，清光绪十六年八月十八日（阴历）生于浙江永康县山西村的一户农家。兄弟五人，他排行第四。他的兄弟多半因他的政治风波受牵连而亡故。这位世纪老人亲历了现代苦难中国许多重大历史事件，正如他在他的《八十生辰初度》中感叹："化身栩栩风前蝶，舆论纷纷雨后蛙。"

胡逸民21岁考入浙江省立法政专门学校，25岁以第三名成绩毕业，获法学学士学位。翌年（1916年），赴北京参加北洋政府举办的中国第一次文官考试，考中司法官。凭此学历与资历，在他参加国民革命后，历任军法官、司法官、监狱长等要职，活跃于动荡的政治舞台。

同年，他南下广东，晋谒孙中山先生，追随他的国民革命事业。曾任香山县（中山县）法庭推事兼县署专审员。1923年他衔中山先生之命北上，在北京办《国风日报》，与著名报人邵飘萍的《京报》联袂，在北洋军阀的眼皮底下鼓吹三民主义，反帝反封建。不久，《国风日报》遭禁封。邵氏在1926年"三一八"惨案后为奉系军阀杀害。

为谋求召开国民会议，共商和平统一中国大计，孙中山先生抱病于1924年11月乘轮船北上，12月31日抵达北京。不日病重，胡逸民天天随于右任到协和医院、铁狮子胡同行辕去探望。1925年3月12日，巨星陨落，孙中山逝世。胡逸民参加了与李大钊、林祖涵（伯渠）、韩麟符一起的中央公园灵堂站灵。移灵西山碧云寺的出殡队伍中，胡逸民手捧香炉，护侍在中山先生灵榇前。

1926年7月，蒋介石以国民革命军总司令身份，在广州誓师北伐。时任曲江地方审判厅推事的胡逸民，由吴稚晖推荐，受命担任总司令部八大处之一的军法处执法科科长，并兼任监狱科科长，随蒋介石启程北伐。总司令部八大处另七处及其主官是：参谋处处长张延藩，副官处处长张治中，交通处处长陆福廷，军需处处长刘纪文，运输处处长俞飞鹏，侍卫团团长俞济时。

从此，执法与监狱便与胡逸民结下不解之缘，演绎着他富有异彩的一生。

胡逸民曾形象地说过，在大革命（第一次国内革命战争）中，他这位执法官行使了"三刀"。第一刀是杀劣绅。1926年阴历八月中秋，北伐军自江西宜章越大庾岭到湖南衡阳，途经安源煤矿公司时，工人群起围控经理黄鸿钧贪污工友月薪、滥施淫威等劣迹。北伐军执法队将他抓了起来，经胡逸民审定，判处枪决。杀了一个土豪，为民除害，大快人心，同时树立了国民革命军的良好形象。第二刀，杀了北洋军的一个军长、一个师长。不过这次执法有较复杂的政治背景，北伐铁军（一军）与钢军（七军）分别于汀泗桥、贺胜桥大胜北洋军阀吴佩孚，吴困守武昌。蒋介石督军，到达离汉口不远的丁家桥，而别有用心的汪精卫则在汉口自行组建国民政府，内争之矛盾骤起。进军途中的蒋介石此时南受孙传芳系的卢香亭夹击，只好回师击卢，获胜，俘卢部军长唐福山、师长张凤岐。经胡逸民审判后，判决此二人死刑。此举给蒋介石"打了一针强心针"，也振作了行进中的北伐军的军威。胡逸民的第三刀在胜卢以后，蒋介石设行营于南昌，北伐军第三军师长朱贵部因欠饷哗变，围困行营，被蒋侍卫团捕抓了近百人。当时白崇禧主张全部杀掉。胡逸民经过审判后，将为首23人判决死刑。此后，北伐军军纪严明，声势浩大，先后攻克上海、杭州、南京。蒋介石就在南京成立国民政府，形成宁汉分裂局面。

长自己志气、灭敌人威风的"三刀"之后，蒋介石羽毛渐丰，大革命形势骤变。1927年春，蒋介石反革命面目公开化，肆无忌惮策划"清党"，分裂国共合作，制造血腥的"四一二"事变，大批共产党人和革命左派分子惨遭屠杀。在这中国现代历史上黑暗、血腥的时刻，胡逸民这位军法官如何呢？他当然回避不了。他是直接见证人。因为他参与了审判和监禁。他写于1980年的《自传》中说道——

此时蒋介石命我组织清党审判委员会，委任我为委员会审判主席。并有黄埔军校军官伍瑾璋、刘伯龙等多人任委员。同时我又兼任江苏省第一模范监狱狱长。当时被捕的人很多，但我主张被捕之人必须有证据进行过共产主义活动的人，方可扣押坐牢，如被诬告，审判后应即释放，决不可误杀一人。我这样做，竟被审判委员会告密于蒋介石，说我使用共产党分子做秘书，并受共产党操纵。蒋介石不由分说，将我召回总部，大声责我，不容分辩，交手下侍卫扣押。但蒋在徐州、蚌埠一仗挫败，且被孙传芳赶回南京，各界人士对此议论纷纷。为顾全大局，蒋介石将军事交李烈钧、何应钦、李宗仁等负责，自己东渡日本以避锋芒。这是民国十六年（1927年）冬将尽头的事。我也由张群出面释放出狱。此时家乡来信告知我父丧，我即整装返乡。

就这样，胡逸民做了93天"清党"审判委员会主席，判了几多共产党员？开了几刀共产党员？释放了多少共产党员？不得而知了。

三造监狱三坐牢

胡逸民出身正统法政科，又在蒋介石身边为北伐出过力，因此颇得蒋介石器重；但他又非黄埔嫡系，且为人耿直，故随时又被蒋介石抛弃。他在中国现代监狱史上画下了奇特的一笔。他曾说过："我一生建造过三座监狱，坐过三次牢监。自己造监狱，自己坐牢监，方知因中苦，人道很重要。"

他造的第一座监狱是徐州军人监狱。1927年冬，胡逸民被开释，由南京取道杭州，欲返老家永康奔父丧，却在杭州遇到"清党"审判委员伍瑾璋、刘伯龙。此二人立刻向浙江军事厅控告胡通共。厅长蒋伯诚就立刻将胡逸民加以逮捕，投进小车桥陆军军人监狱。此乃胡逸民第一次坐牢。南京李烈钧将军获悉，即发电函到杭州，要求将胡解押到南京。但是蒋不理会。此际南京方面正与孙传芳激战于龙潭、栖霞山，前者大获全胜。情势明朗了，蒋介石重返南京。随即开始第二次北伐。际此，邵力子向蒋介石求情，成。蒋电令蒋伯诚放掉胡逸民。胡返南京后，重新任监狱科长，随蒋北伐，攻占徐州。鉴于军人犯法太多，拘捕太众，蒋遂命胡建造徐州军人监狱。建成，胡逸民委俞永仁为监狱长。

蒋介石赏识胡逸民造监狱的才干，又命他建造汉口军人监狱，由湖北省主席夏斗寅拨款。此为他造的第二座监狱。建成后，胡荐其胞兄胡文通任监狱长。

1928年，胡逸民帮助蒋介石策动杨虎城部冯钦哉击败唐生智，瓦解了汪精卫企图联阎（锡山）冯（玉祥）组织扩大会议反蒋计划，因而更得蒋介石器重。蒋遂命他建造南京中央军人监狱。此为他造的第三座监狱。造成后，他自己兼任监狱长。胡逸民到此时，他的典狱政治生涯到达了顶峰。其后，他屡遭厄运，坐了第二次牢，但促使他的人生哲学有了转折性飞跃，在他一生历程中留下光彩一笔。

民国人物风流录

1933年9月，蒋介石纠集一百多万兵力，对红军中央苏区进行第五次围剿。1934年7月，因熊式辉进谗言，胡逸民被蒋召到南昌行营，训斥一顿，宣布撤销所有官职，当即被关押到南昌绥靖公署军法处北营坊看守所。这是胡逸民第二次坐牢。这一关，就关了近两年时间。

北营坊里诉衷肠

胡逸民落身"北营坊"，狱方不敢太难为他，因为他终究是典狱界的老前辈，让他在狱内可以自由走动。一天，狱内有些噪动，盛传押来了一位共产党红军领袖。胡逸民

方志敏（中）和红军战友被关押在国民党南昌绥靖公署军法处北营坊看守所

怀着好奇心，走去看热闹。果然他看到四位红军，为首一位穿着棉袄衣裤，身躯魁岸，气度不凡，估计是位领袖式人物；其他三位都带着伤残。因为作战，拘押中又遭虐待，他们衣衫褴褛，面色憔悴而带黑灰，但他们都意气轩昂。这给看惯了国民党败将伤兵的胡逸民留下深刻的印象，"威武不能屈，贫贱不能移"。

第二天，胡逸民走去，隔栏相望，并主动与那位领袖式红军打招呼。对方不仅没有回应，而且用充满敌意的眼光对自己从上到下审视了几遍。他，就是被国民党官方报纸大肆宣传的共产党闽、浙、赣三省边区苏维埃主席方志敏。1934年1月，红军北上抗日先遣队军政委员会主席方志敏率部北上，在江西与安徽、浙江交界的陇首村同国民党军激战中被俘，后转辗关押到南昌北营坊看守所。蒋介石对此事很关心。胡逸民也知道了方志敏的来历，所以以后几天里又去看望了几次，双方都没有交谈。这样过去了近半个月。倒是国民党当局企图通过胡逸民从方志敏口中掏到些什么，所以看守所所长竟让胡逸民自由出入方志敏的囚室。久了，方觉得胡并不带有敌意，就与后者交谈起来了。

笔者收藏一份文字材料，实录了当年方、胡的交谈。这一珍贵的史料是胡逸民的侄子、浙江省黄埔同学会会长胡亚力先生提供的——

"我名叫永一（笔者按，永一，胡逸民的代名），我很同情你们，听说你们被俘，心中很是难受。我从前在'清党'时间曾经设法开脱了不少你们的同志——可爱的青年！"

"谢谢你！我们这次失败被俘，真是万分羞愧和懊恼。"母文（笔者按，母文是胡给方取的代名，即"敏"字的拆开）慨叹说。

"胜败是兵家常事，失败并不是从你们开始，古往今来，并不少失败的人！"永一只能这样安慰他们。

"不是那么说的，我们的军队，是应该胜利的，现在我们被俘，这不能不令我们极大的痛心！咳！"母文深深地叹了一口气。

"你们身边大概都已很困难吧？"

"我们身边是一无所有，但这并不要紧，我们向来就过着清贫的生活。永一先生，你如果有什么书籍，请借些来看。在牢里没有书看，真难过啦！"母文说。

过不久狱方奉国民党当局之命，将方志敏转移到一间"优待号"单独囚禁，并要他写材料，企图诱降。"优待号"正好在胡逸民单独囚室对面，互相都看得明白。新上任的看守所长比较好讲话，既然已有胡向方走动的先例，就乐得行个方便，让这个背景深远又脾气倔强的老牢头自由出入方囚室，而且昼夜不限。

这是转移后的第五个晚上，胡逸民来到方志敏囚室。他们谈着谈着，十分投契：

方志敏在狱中

"先生，新来的所长答应我每天晚上来与你谈话。表面上是让我来做说客，实际上可以借这个题目来和你谈谈天。官厅正想重用你，关于这一点，你的意见以为怎么样呢？"永一说着，看到母文在黄晕的电灯光下正在写作《我参加革命斗争经过略述》。

母文不禁大笑一声，说："永一先生，投降那是大笑话。自从我们被俘入狱之后，在这个区域里实际观察之结果，更证明从前我们所做的事是十分正确不错的。我们这次遭到失败，只能归咎于我们领导的错误，绝不是客观环境困难到非失败不可的。我们都是革命者，既遭失败，自无他言，准备牺牲就是了。投降？革命者只有被敌人残杀，而没有投降敌人的。"

永一听着听着，低下了头。看到母文的床板沿用指甲刻着的"视死如归"四个字，浑然一颤，抬起头，发现这位年轻的共产党人颜面虽憔悴，但愁容全无，双目如炬，一副大义凛然的样子，油然而生敬意，就问："你在写什么文章？"

母文微笑回答："狱中无聊得很，不过将自己以前参加革命斗争经过随便写写罢了。"

"请你仔细写好来，不要随便……"

"仔细写好来有什么用处？反正是拿不出去的。"

"那暂且不管，不见得拿不出去吧？如果你信任我，这件事我就可以替你出力。"

"先生愿意替我出力吗？那我将努力地写好来。写多少，算多少，至死而后已。我愿我写的文稿在我死后能送交我的同志。"

"我心直口快，说到就要做到，请放心地写好了。"

"那我真感谢先生盛意！请问先生是为什么而入狱的？"

"说来话多了。"

忍见方郎作国牺

面对如此胸怀坦荡的共产党人，胡逸民就毫无保留地将自己的身世及入狱经过全都告诉了方志敏。当他讲到早年追随孙中山先生，为病故先生执绋送灵，在北京香山加入国民党等情节时，方志敏热情地赞扬了他，为他今天坐牢愤愤不平。但是针对这次他自动来投狱——以忏悔罪恶这一做法，深不以为然，说：

"当然，我认为你过去的官僚生活，没有一件不是害人民的。只有舍弃自己一切，为贫苦大众的解放事业工作，才是正当途径。自己跑到监狱来悔罪，不过表示愚蠢罢了。我认为你真正的动机，还是上面所说的舍不得家资财产，不敢做做'违法'的行动罢了。我们革命的人说话是很耿直的。请勿见怪。"母文十分诚恳地说。

"你的话我非但不见怪，而且认为是真理。我还要将我做过的事告诉你。"永一激动地说。

像这样推心置腹的交谈不止一次。久了，胡逸民脚步不期然会走进"优待号"，两人目光相遇，似乎心灵交换一种意识，于是坐下来，随手取过一本书翻看起来。而这些书正是应方志敏的要求，帮助他从外面去搞进来的。这时方志敏依然埋头奋笔疾书，灵感之泉源源不断，精彩文字从笔尖流向纸面，凝固于人间。《可爱的中国》、《清贫》等十多万字不朽文字就是在这样的境况下写出来的，乃至"永一"与"母文"的谈话，也写进了他的日记。当局来人询胡逸民"劝说如何"，胡淡淡一笑："人各有志，不可强求喽。"

有一天，看守所内戒严，布满武装军警，气氛十分严峻，谁也不得靠近方志敏囚室，且在胡逸民笼子外密密麻麻站满了人。这种场面胡逸民见多了，轻笑一声，"不过是老蒋来了嘛。"果然，事后方志敏告诉胡逸民，蒋介石来看我了，开口称"先生"，

1951年版《可爱的中国》刊方志敏烈士画像

命人打开脚镣。我回答很干脆，"你快下命令吧。"蒋介石屈驾劝降彻底失败了。在方志敏讲述过程中，胡逸民不断嗤之以鼻，插了一句："蒋某人很会做作，是不能相信他的！"

在一个平常的漆黑的夜里，胡逸民照例踯躅到方囚。两人谈了一会儿，方志敏暗暗将一大包他的手稿（有的还是未竟稿）塞给胡逸民，双眼流露恳切之意，说："胡先生，你一定会获释的。我俩总算有过囚友之交。我没有别的什么要求，拜托你，你出狱之后，将这些东西交给上海四川路的鲁迅先生。"说毕，方志敏还专门写了一笺介绍信给胡逸民，以便带上见鲁迅。今晚，方志敏的言语举止很是慎重，阅历颇深的胡逸民心中明白，但又不便言破，更没有必要安慰，只要一字不漏记住这位大写的人的绝唱：

"我们许多谈话，不要外传，放在脑子里好好想想。"
"我未能完成宏愿。你今后走的路还长，望自重，要谨慎。"

"1935年8月6日……"胡逸民晚年回忆那个一生难忘的时刻时写道："方志敏被枪杀了。在生死诀别的一瞬间，我见他拖着一副沉重的脚镣，那坚定的眼神毫无半点恐惧之色，两眼多次望着我。我站在牢房门口，含泪相送，向方志敏告别。我是法官出身，执过朱笔，现在看到囚友赴刑就义，禁不住流下了眼泪。"

当时，胡逸民挥就七律一首，以作悼念：

伤心今日泪如丝，
忍见方郎作国牺。
三界英华今日尽，

一朝事迹夕阳知。

江山顿觉灵光灭，

草木同深陌上悲。

最是逢君偏易别，

泪痕犹染百杨枝。

方志敏牺牲后，胡逸民将烈士的遗稿藏在他床板背面，用绳子牢牢缚住，瞒过了狱警的多次检查。这年秋后，他由于右任出面讲情，亲家冯钦哉将军具保，得以获释。出狱时，他将方志敏烈士的遗稿藏在行李中携出。

出狱后，胡逸民遵方志敏的教诲，毅然决然不再追随蒋介石，过经商、农耕生活，以为自励自慰。

他当然把方志敏烈士的遗稿放在心上。在杭州休养了近半年，1936年他来到上海，径去寻找鲁迅先生，但此时鲁迅已

20世纪六七十年代胡逸民在香港过耕读生活

逝世。他不灰心，花了好大工夫，于同年11月18日，辗转找到著名救国会人士章乃器的夫人胡子婴。见面后，胡女士当即打开纸包，见一小卷稿纸上写有"可爱的中国"字样。胡子婴感到兹事重大，当即写了收条，办了交割手续，并请胡逸民吃了中饭。嗣后，胡子婴将它转交宋庆龄，宋庆龄先生通过她的渠道送往延安。

共产党人座上客

胡逸民风流倜傥，体魄健壮，思想活跃，喜好交游。红颜相好向影心，是中央大学的校花，给他生了个女儿，叫小影。戴笠，做胡逸民的朋友，却奸宿向影心，还引她加入军统，然后派她到汉奸"冀东防共自治政府主席"殷汝耕身边做特工。后来，向与毛人凤结婚。据说，蒋经国也对这女人倾心过。胡逸民虽执掌关、杀大权，但因为不是黄埔嫡系，屡被蒋介石宠宠罚罚、关关放放，玩弄于股掌之间。

在杨虎城部工作时的王炳南

胡逸民北伐之后历任芜湖审判厅厅长、江西省高等法院院长、江苏省第一模范监狱监狱长、中央军人监狱监狱长。他在任陕西省政府委员、杨虎城十七路军驻京办事处全权代表时，结交共产党人省府秘书长南汉宸和王炳南。不久，王炳南赴法国勤工俭学，杨虎城嘱胡逸民办理出国手续。胡不仅办好了手续，还资助了路费。王炳南在巴黎与周恩来、邓小平等一起勤工俭学，后转到莫斯科，就读于孙逸仙大学。

1946年5月国民政府还都南京后，中共中央派出以周恩来为首的驻京代表机构。常谓物以类聚，坐落在中央大学附近四牌楼其昌里4号胡逸民公馆的客厅，是为民主人士相聚的处所。出现了董必武、赵寿山等共产党知名人士的身影。还有一位中等个子、身着西装、手里常拿着《大众学习》杂志，伴着他的德国太太的常客，便是王炳南将军。于右任、邵力子两位国民党元老也是这里的常客。反蒋知名人士陈铭枢将军也常来胡公馆。客厅里还有一位年轻的客人，就是胡氏长子胡知原航校同学、空军八大队上尉飞行员刘善本。这年下半年，刘善本驾着蒋介石最先进的B-24型轰炸机投奔延安，成了国民党空军起义第一人。

胡公馆客人做了一件意义深远的事。一直跟在胡逸民身边的犹子胡岳宣就读中央大学，响应"一寸河山一寸血，十万青年十万军"号召，投笔从戎，中央军校14期结业后，即参加昆仑关大会战，惨烈异常。后任青年军二〇三师少校营长。抗战胜利后，任国防部蒋经国的预备干部局中校联络参谋，周末总在叔父胡逸民家里，因此结识了中共驻京代表团成员王炳南将军。他目睹国民党当局企图发动内战，荼毒人民，官僚贪污的现实，内心十分痛苦，打算弃军，到叔父的农场谋生。王炳南知悉这一情况后，反复教育、启发他"不要逃避现实"，"要面对这个独裁又腐败的政权"，"老蒋的国防部、小蒋的预干局就是你的战斗岗位"。经王炳南的介绍，胡岳宣于1946年10月，秘密参加了中国人民解放军，编入三野九兵团敌工部的序列。嗣后，他在贾亦斌将军的嘉兴起义、厦门解放战斗中发挥了作用。尤其后者，他作为厦门要塞炮兵教导总队三大队上校大队长，1949年10月17日率部起义，策应解放大军成功渡海，解放厦门岛。新中国成立后，他奉命在香港开展情报和突破美国禁运工作，作出不凡贡献。

就这样，胡公馆就成了惹眼的地方，保密局特务去探头探脑，蒋经国眼红这座漂亮的花园洋房。胡逸民又一次得罪蒋氏父子。1947年，蒋介石借口胡逸民抗战时不随他去重庆。就抓他投进南京老虎桥监狱，令胡气愤的是竟将他与汉奸陈公博、周佛海、刘乙青、江亢虎、周作人等关在一起。

胡逸民和其侄子浙江省黄埔军校同学会会长胡亚力

1949年4月，北平和谈破裂，4月21日毛泽东、朱德发布向全国进军令。李宗仁把最后一些残军带走，南京顿成"真空地带"。关在老虎桥监狱中一部分要犯已被国民党当局带走，留下的胡逸民等无人过问。这时原杨虎城部三十八军军长、中共地下党员孔从周将胡逸民释放，安慰有加。不日，南京解放了。

叶落归根颐天年

新中国成立后，胡逸民一度到北京，由林伯渠、董必武推荐到中华实业股份有限公司，任常务董事。但这位年届花甲的风雨来人，心怀"我何人斯"，以"归老于农"为由，匆匆离京返宁。但在南京又日夜不安，于1950年端午节，偕长女陵宝（他有三子二女，陵宝为穆秀英所生）去香港。

胡氏父女流落香港30年，处在社会底层，历尽人世炎凉，备尝生活艰辛。他借宿在老乡家，宿在缝衣板上，女儿则睡在板下。后到九龙新界乡下务农，三徙住所，最后终于在粉岭和合石坟场女儿新坟畔，搭了一间木屋定居下来，挂起昔年在南京时于右任为他书题的牌子"竝耕农场"。他的爱女经不起如此生活磨难，仅23岁为庸医误治而惨死，胡逸民借贷两次，才在这个坟场给予安葬。"海岛非乐土"，"谋生殊不易"！胡逸民老泪纵横地感叹。在台湾空军服役（少将）的长子和在台北开设妇产医院的长媳每月汇钱，接济他的生活。古稀之龄的胡逸民与孙女小宝相依为命。以前的这位典狱官现在专心农耕。什么种雪里蕻呀，养鸡放鸭呀，他都成了行家里手。"日出而作，日落而

民国人物风流录

晚年胡逸民

息，辛勤劳动"是他在香港生活的写照。耕余，他读书作诗填词，并写杂文。他在某报"民意论坛"上发表了《新界菜农今昔盛衰概况》，提出挽救新界菜农厄运诸多建议。渐渐地他在香江出了名，82春秋的胡逸民竟被评为"健康比赛冠军"；《中国学生报》誉他为"70岁的学生"；《工商晚报》称他"本港前清唯一秀才，胡逸民老先生老当益壮，诗人，法官，作家"。

胡逸民的生存能力可谓强矣。他自从结识方志敏后，遵照烈士遗嘱，绝不再去追随蒋介石，依附国民党政权，独立人生，不为困顿所击倒。富矣！

"归去不知身是客，醒来顿觉枕边湿。今年已向今朝尽，未念何如望鼓予。"他宦海春秋卅又三，香江风雨三十载，胡逸民人生旅行倦了。港湾在何处？当然是出生之地——老家。内地改革开放之初，谁也不知道，他偷偷回来过一次，老辣地扫视一遍，感到"可以"；1981年他91岁高龄，束装返内地，先在南京割治白内障后，终于回到故里永康，再也不想走动了。他情意缱绻地说："树高千丈，叶落归根。山西村是我出生之地，门前山是我归宿之处，残骨更要安葬在故土……"当地人民政府考虑老人乡间住屋过小，于生活上有诸多不便，就在县城武义巷新建住宅楼中拨供一个大套间给他安度晚年。

笔者闻讯，欲赶往永康采访这位世纪传奇老人，他的侄子浙江省黄埔军校同学会会长胡岳宣（亚力）先生说："不要去采访。他是个敏感人物，偷偷回来的，他的儿子是台方军界高官，有不便之处。也不要去打搅他了，他太老了，颠簸太多了，让他好好养息吧。至于资料，我这里都有。"他向我展示了一份弥足珍贵的手书——

此为胡逸民先生的日记文稿，描写他与方志敏同志一段谈话。胡当时为蒋军法官，因袒共嫌疑被捕。方系民廿四年八月六日为蒋处死。炳南（1982年2月）16日。

走了近一个世纪坎坷历程的胡逸民先生，夕阳凡五年，浸沉于故土无限温暖中终其一生。

20世纪80年代，胡逸民返故里浙江永康安度晚年

邱清泉嫡堂弟与张淮南独生女的红色婚恋

蒋介石问他的嫡系爱将邱清泉："怎么你有一个兄弟在浙南闹事呢？"蒋介石命他的中组部特工总部副主任张冲（淮南）遣返其苏联妻子娜丹，并绝对断绝往来。邱、张两家都是浙南奇山险峰深谷的雁荡山里人，这两家族人共同演绎了一出中国现代史上异彩纷呈的故事。

张冲（淮南）

温州湾南北，琯头村与蒲州镇

百千年来，七百里瓯江吸括苍山脉、雁荡峰峦之灵气，奔啸跌宕，流经浙南山乡农田、城镇要隘，入汇大溪、好溪、小溪等多条支流，浩浩荡荡到下游温州湾时，积淀了一个灵昆岛，南北两流并汇，泻入东海。

岛之北岸有个叫琯头的村庄，在温州市乐清市境内，狮子山雄踞瓯江口，那里出了位传奇人物，就是20世纪三四十年代斡旋国共两党、中苏两国，为国共第二次合作共同抗日作出历史性贡献的原国民党中统创建人张冲（淮南）先生。淮南先生英年早逝他乡，遗下二子一女。两位公子也较早离开人间。爱女张雪梅在家乡投身抗日救亡运动，后参加人民解放战争，与雁荡游击纵队创建人邱清华喜结良缘。都是半个多世纪前的往事了。21世纪充满和煦阳光的年代，邱清华、张雪梅这对恩爱有加的伉俪在"天堂"杭州颐养天年。

再说岛之南岸，温州市龙湾区蒲州镇上，有一户邱姓的农商之家，出了两个共一祖父的嫡堂兄弟——长兄邱清泉，小弟邱清华。他们都有自己固定的信念与忠诚的对象，当国民党军中将兵团司令长官邱清泉打到山穷水尽，为校长蒋介石在豫东陈官庄自裁，中国人民解放军浙南纵队副政委邱清华正在和他的战友们整装开进温州城，红旗猎猎作响，军号声声劲催，倾覆蒋家王朝在浙南的最后统治。

星换斗移，依旧江河行地，还是蓝天下一望无垠绿油油的稻田，浊浪滚滚的瓯江照样跌宕奔腾入东海，灵昆岛外大海上，时而飘来阵阵鱼腥味，偶尔传来黄鱼群的咕咕叫唤声。笔者有幸，1995年应邀随从邱氏夫妇返温州，参加张冲先生骨灰归葬故里活动。纵贯浙江南北行车途中，笔者与他俩讲谈岁月往事，虽然是雪泥鸿爪、片言只语，只要围绕那根中国历史大转换的年代轴柱，把它们串联起来，不是一个波诡云谲、颇多传奇色彩的故事么？

邱氏兄弟，分道扬镳

邱清泉长邱清华18岁，是邱氏二房长子，实际上的老大（大房及四房叔辈均年轻夭亡）。他们的父亲同住一屋，帮祖父经营鱼行兼做裁缝，维持一个大家庭捉襟见肘的温饱。邱清泉尚在浙江省立十中（温州中学）求学时，参加过温州的"五四"运动，说过豪语"道尹算不了什么，要做个历史人物，才不负一生"。他1922年就读上海大学，后转入黄埔军校，二期工兵科，参加国民革命军两次东征、北伐。北伐战争时，邱清泉任上尉连长，率工兵营，炸塌武昌宾阳门，邓演达所部第四军得以一举攻占武昌城。第二次国内革命战争时，邱清泉已擢升为蒋介石"剿共"南昌行营第一宣传处组织

邱清泉

科上校科长，曾撰写《向林彪、徐向前劝降书》（1931年9月）。1937年，他从德国陆军大学毕业回国。在抗日战争中，他曾参加过淞沪战役、南京保卫战、兰封战役、昆仑关血战，以及滇西策应中国远征军缅北反攻等重大战役，是一名深得蒋介石器重的嫡系勇将。尤其在（广西）昆仑关大会战中，时任少将师长的邱清泉率所部新二十二师，与戴安澜二百师、郑洞国荣一师，组成北路军，同日寇血战一个月（1939年12月—1940

抗日战争时期，邱清泉一家在昆明

年1月），惨烈空前。邱清泉曾赋诗记事述怀，云："岁暮克昆仑，旌旗冻不翻。云开交趾地，气夺大和魂。烽火连山树，刀光照弹痕。但凭铁和血，胡虏安足论！"

邱清泉的战绩传至家乡，邱氏家族引以为傲。邱家兄弟手足情深，抗战前后，邱清泉资助胞弟老三邱子静及两位堂弟邱名镐、邱清华就读中学。又荐邱名镐投考中央军校十一期，并在新二十二师任上尉特务连长。邱名镐对日作战勇敢，在广西八塘之战中殉国，年仅26岁。

邱清华是邱清泉最喜欢的小弟，当时尚在读初中。1937年上半年，这位热血青年因参加中共领导的抗日救亡运动，组织秘密读书会，被校方（温州中学）开除。次年初，邱清华进入刘英、粟裕领导的闽浙边抗日救亡干部学校学习，从此义无反顾地走上了共产党领导的革命道路。嗣后，他在乐清县雁荡山一带领导游击队，开展抗日武装斗争。这时邱清泉返乡探亲，知悉小弟清华所为，就派另外几位兄弟进山，假托"母亲病重"为借口，诓他出来。起初，邱清华信以为真，出了山，在瓯江行舟途中，他们或明或暗地"启发"、"教示"清华随清泉大哥到国军去效力，凭你才学，前途定当无量。邱清华终于明白此行目的。人各有志，坚持自己信念，任凭众兄弟劝说，心如止水，不动声色。船行到温州东门附近，邱清华借口要小便，上了岸，就迅速过小街穿陋巷，走脱了。

年轻的邱清华在共产党的培养下，经过严酷的对敌斗争实践，成为一位坚强的无产阶级革命战士。他历任中共乐清县委书记，括苍中心县委书记，永（嘉）乐（清）人民抗日游击总队政委。这期间，斗争严酷，既要同国民党顽军周旋，又要打击日本侵略军，战事频繁。从邱清华保存下来的十分简短的日记中便可知一斑。

——（1945年）2月25日（正月十三日）：虹桥起义。

——2月26日：成立乐清人民抗日游击总队。

——3月1日：白箬山战斗。

——3月3日：营盘岭战斗。

——3月30日（二月二十七日）：永乐人民抗日自卫游击总队成立。

——4月17日：顽军进攻丁岙，王鸿皋被杀。

——4月28日：在竹山与日寇遭遇。

抗战胜利后，在浙东纵队、新四军浙西部队北撤的情势下，瓯北斗争时处于极其尖锐、复杂的局面，他们斗争丝毫不懈怠，保存精干，积蓄力量，巩固革命根据地。1947至1948年间，全国解放战争已成由战略进攻转入战略决战局面，邱清华、周丕振等领导的括苍山游击根据地已扩展到温州地区的乐清、永嘉、玉环三县和台州地区南部四县边境，成为共产党

邱清华

领导的在浙南打击国民党反动统治的一支重要武装力量。这时，邱清华已是中国人民解放军括苍支队政委、浙南纵队副政委了。邱清华在一次报告会上说，他们从"手无寸铁"，"全靠在战斗中缴获武器弹药装备自己"起，到"解放战争三年多时间，括苍武装部队进行重要战斗40多次；缴获轻机枪150挺、步枪4000多枝；歼灭敌军9个营部（大队部）、28个连（中队）；俘敌县长2名、官兵6000多名"。据统计，这时的浙南游击纵队括苍支队已拥有1200多人枪，括苍地区各县区的人民武装也有1200多人枪。消息传到南京，1948年蒋介石问他的得意学生邱清泉："怎么你有一个兄弟邱清华在浙南闹事呢？"邱清泉十分尴尬，说几次找他"回来"，都为他拒绝。

邱清泉死心塌地效忠蒋介石反动政权，在"徐蚌会战"中，所部第二兵团是国民党军主力之一，但是从（1948年）11月东援碾庄圩黄百韬七兵团开始，就陷于人民战争的汪洋大海中，继12月孟集孙元良十六兵团、双堆集黄维十二兵团为人民解放军全歼，他自知"大势已去，报效有心，挽回乏力"（致蒋介石电），但仍作困兽斗，尽忠蒋介石。这时被困在陈官庄青龙集的国民党"剿总"总司令部接到《敦促杜聿明等投降书》，邱清泉也名列其内。杜把信给邱看。邱联想到18年前亲书对林彪、徐向前的劝降书，百感交集，但竟将这封给他带来光明希望的劝降书撕得粉碎。1949年元月，大雪覆

盖淮海大地，解放大军八面围拢，国民党残军四面楚歌。9日，杜聿明、邱清泉、李弥突围，结果是：杜被俘，李逃脱，邱10日在张庙被人民解放军包围。"似山之崩，地之坼"，据有关史料披露，邱清泉走投无路，他举左轮手枪扣射自己腹部自尽，但一时未死成，求卫士连长袁某用木壳枪补射于胸，终于气绝。中国人民解放军全歼国民党军5个兵团22个军约55.5万官兵的淮海大战就在这一天拉下了帷幕。

1949年5月7日，原国民党军二〇〇师少将师长兼温州专员叶芳，率部起义。中国人民解放军浙南纵队副政委、前线指挥部副司令员邱清华，率部于6日夜间进城，接管这座浙南陆海通道中心城市。温州解放后，很快浙南全境回到人民手里。新中国成立后，邱清华历任温州地委副书记，温州专员，浙江省农机厅长，浙江大学党委副书记，中共浙江省委教卫部副部长，浙江省政协副主席等职。晚年，他还出任浙江省台湾研究会会长，开展了有声有色的两岸联谊活动，为祖国统一大业，为温州市建设绘下了多姿多彩的一笔。

国共两党，张周谈判

在中国人民解放军浙南纵队向温州胜利进军的队伍中，有一位英姿飒爽的女战士——邱清华的革命伴侣，已故张冲（淮南）先生的独生女张雪梅。

张冲（1902—1941）作为国民党中统核心人物（国民党中央组织部调查科总干事，具体掌管南京特工总部香铺营电台对延安情报收、发报绝密事宜），曾以周恩来为目标，使尽手段，逮捕共产党人、革命者，破坏中共上海地下组织，从而得到蒋介石的信任。"九一八"事变后，日本帝国主义侵略步步进逼，中华民族到了最危险的时候，全国人民同仇敌忾要求抗日。国民党高层中也有一些有识之士感到是停止内战，国共再度合作，团结御敌，一致抗日的时候了。张冲便是其中一位。从1935年中共中央在长征途中发表著名"八一宣言"开始，经1936年"西安事变"，到1937年"卢沟桥事变"，抗日战争全面爆发，张冲在这历史瞬息万变的年月里，担负了一项绝密的特殊使命，就是参与或主持同中国共产党谈判，两党再度合作共同抗日大事。这时他的对手恰是曾挖空心思欲追捕的周恩来、潘汉年。中国现代政治风云竟有如此诡谲色彩！据张冲故乡浙江省乐清市有关部门提供的史料统计，张、周谈判有8地12次之多，大体是：

——1935年11月，在莫斯科，张冲作为陈立夫的副手，受蒋介石之命，在办理对苏复交过程中，寻找打通联系中共的渠道。后来，由驻苏武官邓文仪与中共驻共产国际代表团的潘汉年接触。

——1936年5月，在上海新亚饭店，张冲同周恩来、潘汉年谈判。张冲寻找周恩来，还是用老办法，在《申报》登广告"寻找伍豪启事"。

——1936年7月，先后在香港、南京、上海，张冲同潘汉年谈判。

——1936年9月，在上海，张冲同潘汉年谈判。事前，潘曾赴瓦窑堡，向中共中央汇报。然后携回《中国共产党致中国国民党书》，在上海交给张冲。

——1936年11月，在张冲的安排下，潘汉年在上海沧州饭店见到陈立夫。两方三人会谈中，潘面交周恩来书信，口头转述中共中央的《国共两党救国协定草案》中8项条件。

——1936年12月，西安事变后张冲赴延安密访中共中央，受到毛泽东、周恩来接见，竟夜长谈。在"西安事变"时，张冲在西安被扣，但他同潘汉年仍保持联络。

——1937年2月，在西安，顾祝同、贺衷寒、张冲同周恩来、秦邦宪、叶剑英就国共合作具体问题进行谈判。这之前，潘汉年于1月到南京，就"西安事变"结束后续谈判。

——1937年3月，先在杭州西湖"柏庐"，继登避暑胜地莫干山"白云山馆"，蒋介石、张冲同周恩来、潘汉年谈判。西湖谈判后，张冲还与周恩来在"柏庐"前合影留念。

——1937年4月，先在上海，潘汉年与宋子文谈判红军改编军费问题。接着在南京，宋子文、陈立夫、张冲同潘汉年两度谈判政治合作问题。

——1937年6月，在江西庐山，蒋介石、宋美龄、宋子文、张冲同周恩来谈判。

——1937年7月，在庐山，蒋介石、邵力子、张冲同周恩来、秦邦宪、林伯渠谈判。

通过频繁接触，特别是西湖谈判（含莫干山谈判）和两次庐山谈判，周恩来对张冲的了解与认识日增，给予的评价很高："为商两党团结事，几朝夕往还，达三四个月。此时，甚至以后，参与其事者固不仅先生（指张冲）一人，唯先生为能始终其事。"乃有"一登莫干，两至匡庐，几所奔走，靡不与闻。因先生之力，两党得更接近，合作之局以成。"（周恩来《悼张淮南先生》，见《新华日报》1941年11月9日头版）可见周恩来对张冲参与的莫干山、庐山谈判评价之高。

周公挽淮南，风雨忆同舟

国共第二次合作全民抗战开始后，张冲与周恩来私交日益加深。张敬佩周恩来的政治睿智和待人接物的恢宏大度，对身边人士说，"周恩来先生是当代出色的政治家"，

"如果共产党一旦取得政权，担任外交部部长的一定是周先生"。在陪都重庆，张冲以军事委员会办公厅顾问处中将处长（主联络苏联事务）、国民党中央组织部副部长的身份，努力维持国共合作局面，支持周恩来开展工作，保护他的人身安全。1941年发生皖南事变后，特务、流氓捣毁重庆新华日报发行部。张冲闻讯，赶往现场，陪周恩来在严寒黑夜中与宪兵交涉，要回被搜查去的《新华日报》。他对周说："一朝之中总有秦桧、岳飞。我们是忠，他们是奸。"有一次周恩来离重庆回延安述职，在珊瑚坝机场被拦住。这时张冲恰好到机场送行，见状，立刻掉转车头，飞驰直趋蒋介石侍从室，拉了侍从室主任贺耀组，径直去见蒋介石。他终于从蒋那里拿到手令，迅即赶往机场，把周恩来送上飞机。

张冲这种维护国共合作政治局面的大义举动，使国民党当局十分尴尬，蒋介石尤其嫉恨在心。1941年8月11日，张冲患伤寒病，鉴于日寇持续进行大轰炸，就住重庆郊外40多公里的山洞云龙旅馆，竟神秘地死去。这位历任国民党中央组织部调查科总干事、中央宣传部电影事业处处长、甘肃省建设厅厅长、中国驻苏联大使馆参事、国民党中央

抗日战争时期，周恩来、邓颖超与张冲在重庆

执行委员、国民政府军事委员会办公厅顾问事务处中将处长兼中央组织部代部长，这位曾于1937年直接与斯大林谈判，促成苏联对华三次军援达3.5亿美元巨额的抗战重量级人物，就莫名其妙地结束了生命！只有38岁！病时，身边只有年轻的夫人余柳照应。后来，据军委会顾问事务处官员夏仲高回忆："1941年7月，张冲患伤寒病卧床不起。当时重庆迭遭日机轰炸，病人不宜逃警报，张的左右将张移居郊外四十里的山洞，由其妻余柳服侍。起初，由我延请由南京往来重庆的伤寒科中医师张简斋诊治。因避敌机轰炸，每次到山洞去诊视，多在晚上7时以后，顾问事务处派出汽车接送……如此服了几贴中药后，病情渐有好转，大家都为张冲高兴。不料有一天，戴笠派军医处一个医生突然来到山洞，为张冲诊治，要给他打针。张不愿打。那个军医花言巧语哄骗余柳，说他注射的是专治伤寒的特效药，注进去马上见效，叫余柳放心，同时对张冲强行注射。余柳是个没有见识的家庭妇女，还劝张冲忍耐一下，还帮助那个军医注射。张冲心知有异，便对余柳说：'代我报告委员长，那个军医是受人指使来谋害我的，请委员长彻查……'从此张即入昏迷状态……不到两天，就传出张冲病逝山洞的噩耗。"

张冲暴卒后，中苏文化协会为他举行追悼会。周恩来在会上挥泪致悼词，说："张淮南先生虽曾是南京调查科总干事，但却为国共合作、团结抗日，不辞辛劳长期奔走，做出了许多贡献。我们共产党人，对于朋友是永远不会忘记的……"嗣后，他在为《新华日报》撰写的"代论"《悼张淮南先生》中说："碧血丹心，精忠报国，都是我们中华民族的优秀儿女，而张淮南先生正是其中杰出的一个。"（见《新华日报》1941年11月9日头版）

1941年11月9日《新华日报》刊登了毛泽东等人的挽联。毛泽东、林祖涵（林伯渠）、吴玉章、董必武、陈绍禹、秦邦宪、董必武、邓颖超敬献的挽联云："大计赖支持内联共外联苏奔走不辞劳七载辛勤如一日，斯人独憔悴始病寒继病疟深沉竟莫起数声哭泣已千秋。"朱德、彭德怀敬献的挽联云："国士无双斯人不再，九原可作万里相招。"周恩来敬献的挽联是："安危谁与共？风雨忆同舟！"叶剑英、李克农敬献的挽联："豺虎尚纵横大局岂堪重破坏，巴渝多雾瘴忠魂何忍早游离。"

蒋介石的挽词是："赴义至勇秉节有方，斯人不永干将沉光。"

寄语女儿，美丽灵魂

余柳是张冲生命旅程最后的伴侣，第三任夫人，同乡同里。她为张冲生了一个儿

民国人物风流录

子，取名种，但不幸早夭。张冲的第二任夫人是他哈尔滨中俄政法大学的同学，一位相貌漂亮、性格开朗的俄罗斯姑娘娜丹。1927年，身为国民党哈尔滨市党部委员兼青年部长的张冲，因进行地下反军阀政治活动，被张作霖逮捕入狱，直至张学良东北易帜，1929年才获得自由。羁押期间，娜丹时而送饭送衣，时而参加营救工作，终于走进了他的生活。张冲一出狱，他们就结婚了。娜丹随张冲一起去浙江乐清老家，并与张冲发妻高志骧见面，友好相处数日。不过张冲调到南京，担任国民党军情要职后，服从蒋介石指令，与娜丹离婚。他们生过一个孩子，也夭折了。

发妻高志骧是张冲老师高性朴（曾留学日本早稻田大学）的女儿。在张冲北上求学前结婚，生一子一女，分别取名张炎、张雪梅。张冲在外从政，高夫人一直留在乐清乡下做小学教师，抚养子女求学成人，从没有离开琯头村张家，与婆婆和睦相处。

张冲客逝重庆那年，张雪梅在浙江丽水处州中学读高一，飒爽英姿，一腔爱国热血，积极参加抗日救亡运动，锋芒毕露。学校军训教官当面警告她："你是共产党吗？可能还没有资格。要不是看令尊面子，我早叫他们把你抓起来了！"诚然，那时张雪梅还不是共产党员，但她已经在冒风险寻找党的关系了。1944年秋，日本侵略军第三次占据温州，瓯江北岸的乐清县城也因之沦陷。高中刚毕业的张雪梅流亡到县东芙蓉镇，终于找到党的关系。也许是天意，她第一次见到的共产党人就是她以后的夫婿、乐清县委书记邱清华。

尚在1940年12月，张冲给他的独生女张雪梅信中有云："一个人有健康身体，美丽灵魂，劳动习惯，平民生活，始可称佳人。我儿应常常记得此几句话。初中毕业试必定及格，以你学力当不在人后。高中考试不知如何？仍请函告。你将来要学哪一种，请你自己选择。择业如择婿，不可忽视。"父亲信中最后一句话是："以后关于择业、择婿等问题，于卒业后提与商酌也。"可憾不到一年，张冲没见到爱女卒业、择业、择婿而魂落黄泉。张雪梅抱定信念，选择革命道路，自觉地在抗日战争和人民解放战争的大熔炉中，净化灵魂，圆满个人生活。

在乐清县地下党组织安排下，张雪梅参加学生抗日救亡工作队。不久，组织上分配她和一批进步青年加入抗日友军——国民党县政府警备四中队，任文化教员。1945年2月，"警四"在中共乐清县委策划、领导下，举行了有名的虹桥起义，组建成一支战斗力很强的党的武装队伍——永（嘉）乐（清）人民抗日游击总队。邱清华任该总队政治部主任、政委；张雪梅任第二中队政治指导员。

八年抗日战争终于胜利了，但浙南老百姓仍生活在水深火热中。这年10月，永乐

张冲乐清故居，解放战争时期是共产党地下工作联络站

游击总队路过雁荡山区灵峰私立淮南中学（纪念张冲而命名的一所杭州流亡学校），适逢在开校庆大会。年方22岁的张雪梅，身着短便装，脚穿草鞋，背着行军包，腰间别了枝手枪，偕同另一位干部意气轩昂地步入会场，对一时不知所措的校董事长仇约三说："仇先生，我便是淮南先生的女儿，我闻讯赶来参加校庆，讲几句话可以吗？"接着这位女游击战士一跃而上讲坛，口齿伶俐地讲开了。她痛斥国民党温州专员张宝琛在日本投降后，仍继续"围剿"我抗日游击总队的滔天罪行，宣传共产党反对内战、和平建国的基本方针。张雪梅在台上讲，台下十分安静。讲完后，同学们报以敬慕眼光，目送这位张淮南先生的女公子离去。在大路上游击二中队正在那里整装接应。此事在邱清华日记中，也有言简意赅的纪录——

（1945年10月）7日（九月初二日）：淮中校庆，我宋、罗两部及二中（按：即游击总队二中队）在×××宿营。宋、张（按：即郑梅欣、张雪梅）二同志在纪念会上演说。总部（按，即总队）夜至高塘。

在解放战争期间，张雪梅在括苍中心县委先后任秘书，秘书处主任，县委委员。在艰苦的游击战争中，为传递情况，保护同志活动，输送革命力量，中心县委决定，在地处南来北往、入海又便利的琯头村设立一个联络站，最后选定在张冲先生的故居。张雪梅秘密回家同母亲商量。高志骧因为没有在法律上同张冲办离婚手续，且一直住在张宅，仍是张家媳妇。听了女儿的话，她欣然同意。这样，国民党已故中将处长张冲的故宅成为共产党的地下联络站。因为有了这一层特殊的保护色，应该说是比较安全的。组织上选派一位叫周阿花的女党员，以张家娘姨身份作掩护，担任地下联络员。这位忠诚朴实的老太太现在还健在。

1947年春，黑暗的中国大地黎明在即之时，温州湾南北这两个有着特殊背景家庭的一对年轻人，在催生新中国的火与血战斗洗礼中，邱清华与张雪梅结成革命伴侣。在琯头村的母亲，高夫人托阿花大姐，给他们新婚夫妇送去了几套新衣服。

新中国成立后，张雪梅脱下军服，从事新闻工作，历任温州日报总编辑，浙江日报副总编辑。现在她已退下来颐养天年，但经常与丈夫邱清华发挥自身特殊优势，为祖国统一大业热心工作。

邱氏泽乡，张冲魂归

"度尽劫波兄弟在，相逢一笑泯恩仇。"鲁迅先生的这一句诗，当年曾为廖承志同志致蒋经国先生信中所引用，而今用于海峡两岸邱氏兄弟实在适宜不过了。20世纪90年代初，居台的邱清泉将军遗孀叶蘅君夫人，邱清泉三弟抗战时任云南大理县、宜良县县长的邱子静先生，邱清泉外甥女黄美英女士暨夫婿何朝育先生先后来大陆，到故乡温州探访。亲人再度聚首，促膝叙旧。何、黄夫妇数次返故乡，以巨款赠予，帮助温州文化事业建设，备受乡亲称赞。

谈到捐赠由来与过程，邱清华先生对笔者说："美英首次来大陆，到杭州看望我时说过，'眼见为实，小舅，大陆各方面的情况比我们在外面听到的传言要好多了。以后我还要来。'1991年春，我在北京参加全国政协会议，美英从台北打电话到杭州，又打到北京，提出要捐赠一笔钱建造温州育英图书馆的意向。我欣喜赞同，并鼓励她尽早实现。为此，这年从5月到8月，我三去温州（笔者按：当时金温铁路与高速公路均未建，南下温州，需时12小时以上，道途艰辛），同当地政府及有关部门商谈，又到实地考察，落实了朝育、美英夫妇捐赠项目具体事宜。在往后两年里，我又数次到温州，会见先期而来的他夫妇俩，参加了几个捐赠项目的奠基仪式、开业仪式。"

"诚然，当年温州已是国家确定的14个沿海对外开放港口城市之一，有相应的优惠政策，软硬投资环境均较理想。我们温州人思想开放，办事踏实，吃苦耐劳，工作效率高。对岸的亲人如此爱乡，自己老乡能不至诚至义配合他们吗？"

何朝育先生、黄美英女士伉俪于20世纪末在温州捐赠的项目先后计有：

——温州大学育英图书馆，面积为6729平方米；

——温州医学院附属育英儿童医院，面积近1万平方米，设有300个床位；

——温州师范学院育英大礼堂，是一座5000平方米、可容1800个座位的宫殿式大屋顶的现代化建筑物，有升降舞台，有中央空调；

——温州医学院附属第一医院育英病房大楼，面积一万平方米。

此外，这对邱清泉的外甥伉俪还分别在故里捐款举办公益事业多项，如建造蒲州小学、啸秋学校（原池底学校）、体育艺术学校宿舍，修桥、铺路、造亭等。

"临别频回首，依依杨柳斜"（张冲诗）。在邱氏后人乐施善助、福泽乡里的同时，1995年张氏后人暨乐清父老乡亲在琯头村瓯江侧畔、狮子山上为张淮南先生举行了隆重肃穆的遗骸移葬仪式。这年适逢抗日战争胜利50周年。

张冲1941年客逝重庆后，一直暂厝郊区歌乐山。50年后，1992年，中共中央统战部、中共浙江省委先后对张冲骨灰返乡安葬及其仪式、立碑等问题作出批示，并为建墓、树碑拨了专款。嗣后，张冲故乡乐清市委、市政府专门成立了张墓筹建协调小组，一位市委副书记任组长。1995年初，张冲墓及其附属设施完工。张冲先生故旧、当年重庆"周公馆"秘书、原国务院秘书长童小鹏审定《张冲先生事略》碑文，并落款题写了"张淮南先生之墓"碑石。

1995年5月12日，张冲魂归乐清故里。

笔者以《团结报》浙江记者站副站长的身份随邱清华、张雪梅夫妇前往浙南乐清市参加了张冲先生骨灰安葬仪式。在墓园，看到乐清市政府撰立的《张冲先生事略》碑石。有云："淮南先生从事国内团结和国际外交活动，曾参与恢复中苏邦交、第二次国共两党合作、苏联对华三次巨额军援、联合国际反法西斯阵营等重大历史事件，为促成抗日民族统一战线和坚持团结抗战，为中华民族最后打败日本侵略者作出了卓越贡献。""淮南先生一生致力于国民革命和团结御侮，当抗日战争艰难岁月，力维国共合作大局，反对投降，鞠躬尽瘁，死而后已，为国共两党领导人所赞誉。"张墓东侧还有一座碑廊，镌刻了当年毛泽东、林祖涵（林伯渠）、吴玉章、董必武、陈绍禹、秦邦

邱清华、张雪梅伉俪在张冲墓前

宪、邓颖超、朱德、彭德怀、叶剑英、李克农、钱之光、徐冰、陈家康等中共高层人士的挽联；周恩来撰写的《新华日报》"代论"《悼张淮南先生》。碑廊中还有蒋介石书撰的挽联；有《国民政府明令》（1941年10月9日），中云"中国国民党中央执行委员兼代中央组织部副部长张冲，老行忠贞，才识明毅"，"抗战军兴，调迁军事委员会办公厅事务处处长，襄戎幕，益著勋劳。兹闻因病逝世，良深悼惜，应予明令褒扬，以彰忠荩。此令。"

笔者在墓园入口处还看到一块由居台国学大师南怀瑾先生书题的碑石"国士无双"。南先生是乐清人，抗战时流亡到重庆，多得张冲提携，至今不忘旧恩。他还为张墓建造捐了款。

笔者在安葬仪式现场，目睹了在哀乐阵阵声中，琯头村男女老少别戴白花，围束素巾，自发地络绎不绝来到狮子山麓的情景。张冲先生墓前摆满花篮、花圈、挽幛、挽联。张冲先生的骨灰盒为他独生爱女张雪梅捧着（张冲长子张炎，新中国成立后周总理安排他到新疆工作，后病故），贤婿邱清华护送，轻轻放入墓穴。墓穴还有（左、右）两个，一个放了原配夫人高志骧的骨灰盒；另一个空着。台湾余柳女士（当年迫于环境改嫁，随先生去台）再三表示，百年后，归葬张冲穴右。诚如主持仪式的乐清市委一位书记所说，"张冲先生虽逝世多年，但我们乐清人民并没有忘记他，我们永远缅怀其历史功绩"，"今天我们在此举行张冲先生骨灰安葬仪式"，"他的遗愿终于实现了，我们可以告慰他的英灵了"。

这是一个感人的乡祭，艳花将谢，人生易逝，但蓝天不老，狮山青翠永远，瓯江碧流万古悠悠。

雪窦山，幽禁张学良第一站

　　蒋介石老家溪口雪窦山山腰，弥勒道场雪窦寺紧邻，生意做得兴隆的上海中国旅行社雪窦山招待所，突然接到南京当局的命令，全部包租，停止对外营业。1937年1月13日，羊肠山道出现一批军警、便衣布哨，过不久，一群人拥着一位英姿勃勃的中年男子上山而来。此人就是前不久发动"西安事变"的张学良。张将军从此失去人身自由，这里便是他漫长幽禁生活的第一站。赵四小姐如何伴度这位爱国将军清苦岁月？请听与张学良共处二百四十多个"月没横参，北斗阑干"的钱君芷先生娓娓道来。

　　"西安事变"和平解决后，陪蒋介石回南京的张学良将军1937年伊始，即被幽禁，交由军统特务看管。在他长达半个多世纪失去人身自由的生活中，第一站在何地？日子是怎样过的？笔者在20世纪90年代，赴蒋氏父子故乡浙江溪口参加一项大型社会活动时，有幸邂逅原上海中国旅行社雪窦山招待所经理钱君芷老先生。90高龄的钱老告诉我，当年张学良将军在南京被蒋介石扣押、失去自由后，就被军统送来奉化雪窦山招待所，实行幽禁，他则以招待所主人的身份与幽禁在这里的张学良将军共同生活了八个多月时间，朝夕相处，并且成了朋友。

深山梵殿新客来

　　出溪口西行10公里许，便是四明、天台两山脉交汇的浙东名山雪窦山。这里因为拥有巉岩、险峰、急流、飞瀑、平湖及古刹、石桥、梵宫、名人亭榭等自然和人文胜迹，历来为游人流连忘返。宋代仁宗皇帝因为曾经梦游过这里，所以赐名"应梦名山"。明代哲学大师王阳明赋诗赞曰："高阁鸣钟僧睡起，深林无暑葛衣寒。蛰雷隐隐连岩瀑，山雨森森映竹竿。"历代佛寺都坐落在山水最佳处。雪窦山中有座始建于唐朝、鼎盛于宋朝的雪窦寺，被称为"天下禅宗十刹"之一；又因为是弥勒道场，遂与五台山、九华山、普陀山、峨眉山汉传佛教四大名山比肩，扬名海内外。另外一个因素，就是蒋介石与张学良了。

　　现代中国旅游史上首先发现这块宝地，恐怕是上海中国旅行社，1934年该社上海总部旅馆部主任钱君芷，受命来到这处九峰环抱、两溪夹流、风景绝佳的雪窦寺西侧，建造了一幢砖木结构的平房，装修成初具规模的招待所，挂起了"中国旅行社奉化分

民国人物风流录

张学良

社"的牌子。当时，招待所有10个客房、1间餐厅、1间客厅，除经理嘉兴人钱君芷外，还有1名领班、6名侍应生。开业后接待的第一位外国客人，便是名噪一时的英国李顿爵士。他是代表"国联"来华调查日本侵略我东北事件的。

雪窦山招待所成立第二年，蒋介石返乡扫墓。一天，他兴致勃勃从雪窦山天柱峰妙高台别墅来到招待所，看到厨房清洁，客厅地板打蜡，客房铺地毯，还有席梦思床，当即表示满意。与钱君芷交谈中，知道招待所要想扩建，但没有土地，因为雪窦寺的庙地不能动。蒋当即表示，让钱去圈地，圈好后告诉武岭学校的校务主任邓士萍，由他买下来，送给中旅招待所。邓是蒋在溪口的财务代理人。嗣后，钱君芷圈了5亩地，扩建了招待所。

第三年，1936年清明节，蒋介石、宋美龄夫妇来到溪口扫墓，电话召钱君芷到雪窦山顶相量岗的武岭学校农场。一见面便问生意好不好，愿不愿意把招待所办下去。得到肯定答复后，蒋介石要他进一步扩大业务，说客源肯定没有问题，中央也可以帮他介绍。就在这年年底，风云突变，中国抗日战争史上出现了戏剧性转机，"西安事变"发生并和平解决了。国民党军事委员会与中旅社上海总部签订合同，包租奉化中旅分社雪窦山招待所全部厅房，不得对外营业招揽顾客。钱君芷经理想到昔年蒋介石对招待所扩建有力支持，所以乐于接受，并留下来继续工作了。

过了不久，溪口武岭学校的邓士萍上山来，神色严重地对钱君芷说："你将要承担十分要紧的任务！首先把招待所前进最好的两间朝南房间打通，合并成套间，布置成一间书房、一间卧室。卧室内一切都要洋装，安置两张席梦思床，还要连通走廊，接上后进一间，改装成卫生间，用抽水马桶。"末了，邓士萍还补充一句："房间、餐厅都要装壁炉，有暖气设备，保温！"

江南水乡山村，即使天寒地冻，也从未有保温装置的人家，那么是一位北方贵客要住进来了？钱君芷虽满怀狐疑，但不敢多作打听，因为这是军事机密。

1937年1月13日下午5时多，山道上出现五六顶轿子，还有一批军警、便衣前后布哨。不一会，一群人拥着一位英姿勃勃中等个子的中年汉子，来到雪窦古刹畔的中旅社招待所。他抬头看到招牌，吁了一口气，微笑道："哈，原来是中旅社。"这使他一下回忆起当年出色的南京中旅社首都饭店开张时，他以副总司令身份包了最豪华的总统套房，享受了一下。思绪又飞驰到他经常出入的西京招待所和发生惊心动魄枪战的华清池五间厅、三间厅招待所。才一个月时间，"阶下囚"的位置倒转了。但他丝毫不后悔。这位汉子就是与杨虎城将军一起发动震惊中外的"西安事变"的张学良将军，时年36岁。

和张将军一起住进雪窦山招待所的有赵一荻（即赵四小姐），侍从副官俞副官、杜副官、邓姓男护士。赵四小姐当时的身份是张学良的秘书。她长得很漂亮，举手投足间无不显出大家闺秀的风度。她出身浙江兰溪县有声望的人家，父亲赵庆华曾任北洋政府国务院秘书、交通部邮政司司长。赵一荻有10个兄弟姐妹。因为大姐夫冯越武是张学良帅府的高级幕僚，她随大姐赵绛雪在天津一次舞会上邂逅张学良，从此结下情缘，托付终身。她不施脂粉，但肤色白腻。她不烫发，剪齐领短发。穿着简朴而落落大方，一眼看去，让人感到是位有思想、有追求的新女性。她操一口标准的国语，和钱君芷经理交谈时，讲流利的上海话。

赵一荻

按原貌重建的中旅社雪窦山招待所

这天陪同张学良上山的有时任陕西省主席邵力子暨夫人傅学文。邵、张私交笃深，邵氏夫妇住了下来，陪张学良、赵一荻达一个月之久。陪同上山的还有时任杭州市市长周象贤、省会警察局局长赵龙文等，他们是当天下山的。

几乎同时，蒋介石也回到了溪口。他因华清池越墙逃骊山时摔坏了腰，回故乡养伤。住在溪口郊外鱼鳞岙"蒋母（王采玉）墓道"墓庐40多天。当然，此时此地他再也不会去看看这位拜把兄弟了，而是派了一连宪兵警戒整座雪窦山；又派了30多名军统特务，驻扎雪窦寺作"内侍"，配备一部电台、一辆汽车、一名医师，轮流住进招待所，日夜监视。军统队长叫刘乙光，黄埔六期生，一辈子监视张学良，由少校升至少将。此人与副队长许建业，堂而皇之地住进钱经理隔壁的房间。

山居如恒读古书

雪窦山千丈岩瀑布

蒋介石规定张学良的活动范围是：东不出宁波镇海口，西不过百官曹娥江，周围60公里地方可以不经报批"自由"往返。然而张学良在这限度内，无论走到哪里，特务们也是紧紧尾随的。比如他到山下溪口镇武岭公园内月印潭去游泳，特务们也作"陪游"跟随；甚至连他早晨起床后的爬山活动，特务们也是跟随不舍的。

"近年来有些报纸载文，说是张将军在杭州笕桥航校任职的旧部，纠集几百人，策划闯山武力劫救？"笔者问。

钱先生不以为然地说，首先是没有听说过，因为他处在张将军和看守两方的中间，而且是朝夕相处的。其次，雪窦山高峻险要，当年并无盘山公路，只有一条登山石道。进山前首先要过"入山亭"。此地已有武装宪兵扼守，可谓

"一夫当关，万夫莫开"；而山顶相量岗，也有宪兵设防。招待所、雪窦寺前后左右，都布有明岗暗哨，监视得十分严密。蒋介石有令，凡上山去看张学良，必须获南京军事委员会批准；到溪口后，先住武岭学校，再由蒋家代理人邓士萍打电话上山，"入山亭"的宪兵才能放行。当年来探望张将军的大员确有不少，如有过深交的宋子文、吴国桢、宋子良、钱大钧、陈布雷、贺耀组、祝绍周、何柱国，还有东北知名人士莫德惠等等。

赵一荻与张学良

但从未听到笕桥航校的人来过。况且张将军是义送蒋介石这只老虎归山的，他自知后果。上了雪窦山，他很沉着，渐渐也喜欢这里了，有耐心长期住下去的打算。日前，笔者在浙江省档案馆里看到一页张学良在雪窦山致何柱国将军（曾是东北军驻山海关的旅长）的亲笔信，有云"弟山居如恒，近状静"。也未提到"各师长来谈"事。何柱国抗战胜利后，到杭州医治眼疾，终老杭州。

"还有一件事，传说蒋介石请了一个老学究，给张将军讲国学，蒋经国上山伴读，确否？"

钱老先生对笔者的第二个问题肯定了上半部分。他说蒋介石确是请了溪口一位老秀才，每天上午9时许，用轿子抬上山，给张学良等讲四书五经。蒋经国也恰是这年4月从苏联留学回国归来溪口的，也确在镇上剡溪畔他的"小洋房"里读古书写汇报。但是从未上过雪窦山伴读张将军。蒋经国在苏联痛骂过蒋介石，加入了共产党，现在归来了，被"定点"在小洋房里读古书，实际上是洗脑子。你想想，老蒋怎么会把被苏共"赤化"了的儿子和被中共"赤化"了的拜把兄弟两个放在一起读书呢？第二，从辈分上讲，张学良长蒋经国一辈，在讲究伦理的旧中国，他们这个最高的阶层，绝不会那么不伦不类地读书。我是见证人，没有那回事。事实上，张学良也有意回避蒋经国，他每次下山去溪口，只到镇西的武岭公园——中旅社奉化分社设在这里——从未去过下街三里长街，或蒋氏丰镐房，或蒋宋别庄文昌阁。钱先生说，当时张将军和蒋经国都是名重一时的敏感人物，彼此都十分谨慎，更何况前者是蒋家的"阶下囚"。

张学良读古文，也是遵命例行公事。听课地方就在餐厅。那里有一张乒乓桌，老秀才与张将军各坐桌子一端，一个讲，一个听。大概张将军怕冷清，或浪费讲授资源，他就邀请钱经理和俞锦文副官一起来旁听。前者是交通大学毕业生，后者也是大学生、爱好文学。有时，招待所的侍应生、军统小特务也会被叫来听听。老秀才讲不出新意，依旧是迂腐的一套，在国难当头的岁月，人们自然不会感兴趣，但张学良将军仍听得很专心，尊重老师，并不发问。老秀才并不天天都来，遇到下雨，或是其他原因，就不进山。后来讲的、听的渐渐疲沓了，也就无形停顿了。这样的讲课、听课，前后不过两个月罢了。

垂钓观瀑忧怀国

于凤至

张学良将军是位典型的军人，自从和夫人于凤至在德国戒掉毒瘾（鸦片）后，身体渐渐壮实起来，脸色也红润了。来到雪窦山之后，他生活有规律，每天5时即起身，在山道上跑步半小时，再做体操，然后回招待所洗澡。吃过早饭，安排停当，便听老秀才讲古文，或者读信、阅报刊。报刊中有赵四小姐的英文版，是由武岭学校定时送上山来的。午饭后，休息到下午2点钟，其后时间是自由活动。这时张学良邀请副官或年轻特务，打乒乓球、篮球、网球，或玩单杠，或爬山，瀑布下淋浴。有时他驾着自己的"奎斯拉"敞篷汽车出去兜风，有次开到了宁波。当然，特务们忙着启动吉普车，紧随"侍卫"。张将军有时显得烦躁不安，就一个人去垂钓，或观千丈岩瀑布，或听开山石排炮。

和张将军患难与共的除赵四小姐外，还有他的发妻于凤至夫人。"西安事变"时，于夫人伴二子一女在英国求学。张将军上雪窦山后三四个月，于夫人带着女佣王妈自英国赶回上山，这时赵四小姐便下山到上海，住在思南路4号张公馆。于家是东北有名的富户，因蒋介石对日不抵抗主义，放弃东北，致他家蒙受很大损失。于夫人年岁大于张学良，大家风度，十分贤惠。张将军、赵四小姐都十分尊重她，叫她为"大姐"。于夫人在山上陪住了一个多月，离去再赴英国。赵四小姐再由沪返山，继续陪伴张将军，苦守那几乎与世隔

张学良、于凤至在雪窦山

绝的清冷岁月。终于，卢沟桥的炮声扫除了张将军心中、眉宇的阴霾。平时他总让伙房送饭到房里用，这天晚上，他出来与大家一起吃，而且破例喝了酒。席间，他神情开朗地说："我所盼望的这一天终于来到了！我唯一希望的就是抗日嘛，以后，我就是死在这里，也心甘啦。"

平时，刘乙光等监管人见他，总是立正，喊声"副座"（张学良任三军副总司令、西北"剿总"副司令等高职），张则嗤之以鼻。今天，他以指挥长官的风度，挥挥手臂，兴奋地说："我带你们打日本鬼子去！"

从那以后，晚上，他经常拉几个小特务一起玩牌，玩得很开心。输了，就拿出钱来，让他们到招待所小卖部买汽水、糕点之类食品饮料，请客分食。

听说他还给蒋介石写信，请缨抗日，其结果可以想象。不过他考虑自己的处境，也较现实地打算暂时住下去，所以托钱经理觅地筑屋了。

四棵楠树一楹屋

在与世隔绝的世界里生活，是特别倾爱人间情味的。张学良、于凤至的子女都远

赵一荻与张学良

在英国读书。他与赵一荻生了一个儿子，当时已有五六岁了，但不在身边。一天，恰好钱君芷的儿子维棠上山来玩，赵四小姐一见就喜欢得不得了。张学良端起"莱卡"照相机，拍了又拍，其中一个镜头是，小维棠扒在一只脚盆边，抓黄鳝在玩。张学良欣赏钱经理的文士气质和商人干练，一次便对他吐露心事："钱先生，你们这里大小是个招待所，竟让我一人包租了下来，使得你们生意做不成，人家游客也上不得山来，我过意不去啦。"说着，就拿出500英镑，交给钱君芷，委托他就近买块地皮，造间普通屋子，以后好做邻居。当时英镑币值很高，500英镑相当于法币1.5万元至2万元。山里造房子哪要这么多钱。

钱君芷受托，就在距雪窦寺西北里把路的一个叫水涧岩的地方，买了块靠山的地

雪窦寺内的两棵"将军楠"

皮，过了些时日，造成了一幢洋铁皮屋顶三开间的二层楼房。该屋楼下三间，左、右作厨房和佣室，中间为过道。楼上三间，分别作书室、起居间和卧室；卧室之后附有洗手间。楼上楼下，每间门面均12尺。进深楼上16尺，楼下10尺。建房同时，钱君芷还专门移栽了四棵紫玉兰，此为张将军喜爱之物。小楼坐落在一条小山沟内，半里路外有条50米高的小瀑布，随四季转换，流水时大时小而变化，但不会枯竭。钱君芷还叫工友用剖开的毛竹作明渠，将山泉引到屋前，流入一个水泥砌成的水池内。当时雪窦山没有电，夜间点起一二盏嗡嗡作鸣、光色白炽的"汽油"灯，与山泉的呜咽、松涛的低吟做伴，真有言不尽的人生五味。小楼落成之日，赵四小姐依偎在张学良身边，十分满意新

居，当即决定作乔迁准备。但是南京军事委员会给了他们当头一棒：你张学良搬离中旅招待所这么远的地方，谁来负责你们的安全？当时蒋介石把张学良看管在雪窦山，称是为了"教育"并"保护"他的人身安全，以防蒋的学生"报复"。

境遇如此，现实无情，张将军长叹一声，趑入紧邻雪窦寺，和他的友好知客僧又新和尚播弄花木。他经常欣赏寺桥畔那棵顶如华盖的"翰林松"。传说古时奉化县尹要砍掉这棵古松，被本地籍的一位告老翰林戴洵劝止了，一直留到现在。张将军和又新和尚就在大殿后藏经楼院落中，一起植下四棵从四川捎来的楠树，以志友谊。

蒋经国（右）、张学良（中）、军统队长刘乙光（左）

转眼又是秋虫鸣唧的时节了，山风猎猎，天高气爽。中秋节后第二天，招待所厨房不慎起火，顿时烈焰高蹿，仅有的四个灭火机，两个坏了，只有两个使用，真是杯水车薪，只好任大火疯燎，一直烧到下午2时，整幢招待所焚毁殆尽。钱君芷指挥众人，把张、赵的行李书物抢出，搬入一涧之隔的雪窦寺。是夜，人们都宿在寺里，钱君芷则下山到武岭公园奉化中旅社办公室过夜。翌晨，他赶赴宁波转道上海，向中旅社总部汇报灾情。使他终身抱憾的是，当他回山时，张学良将军一行已经被转移到安徽黄山去了，他竟没有送上张将军。

但是张将军留给他一封亲笔信，钱君芷满怀惆怅地读了好几遍。信中说，我们在一起过了八个月，对于钱先生给我的照顾，表示感谢。事与愿违，你替我造的房子，无法使用，麻烦你送给又新法师吧。

"这不是死别吗？"钱君芷顿足痛悔。又新和尚告诉他，张将军在雪窦寺只住了两三天，被他们带走了。

水涧岩小楼因久无人居住，日晒风雨中颓圮了。雪窦寺后院的四棵楠树，其中两棵毁于1956年8月的台风，另两棵存活至今，已60多岁了，树干挺拔刺穿蓝天，枝叶繁

赵一荻与张学良

茂，树围1.23米，高18米，一番生机勃勃景象，犹如一座纪念碑，无言地向海内外游客诉说半个多世纪前那节英雄史事。这两棵楠树就因此被人们颂称为"将军楠"。

张学良从奉化溪口雪窦山的"第一站"开始，先后被押往安徽黄山居士林，江西萍乡绛园，湖南郴州苏仙岭、沅陵凤凰山，贵州修文阳明洞王文城公祠、贵阳黔灵山麒麟洞、开阳刘育乡、桐梓天门洞小西湖，重庆歌乐山戴公馆等诸多地方幽禁。1946年11月，他被押往台湾，海天一隅，将军依然如笼中鸟被幽禁，一直到蒋氏寡头政治结束后若干年。

当年毁于大火的雪窦山"第一站"，经人民政府拨款，已经按原样重建，1988年对外开放，挂出了"中旅社旧址——张学良将军被幽禁处"牌子，内部陈设一切依旧，不过东边原招待所经理、员工用房现已打通，辟成张学良将军史迹展览室。历史不随时间风雨而褪色。

戴安澜将军远征缅甸抗日殉国记

　　"外侮需人御，将军赋采薇。师称机械化，勇夺虎罴威。浴血东瓜守，驱倭棠吉归。沙场竟殒命，壮志也无违。"这是毛泽东主席1942年挽戴安澜将军殉国的一首七律《海鸥将军千古》（见安徽省政协文史资料委员会编：《戴安澜将军》，安徽人民出版社1992年版），带着浓郁的感情色彩，高度概括了中国赴缅抗日远征军戴将军及其所部二〇〇师官兵英勇善战、力挫日寇、惨烈牺牲的历史壮举。读了下面拙文，您就会体味到这首诗撼动心魄的魅力了。但您可能不知道戴将军的后人与反法西斯盟军中国战区参谋长史迪威将军的后人还有一段绵绵瓜瓞的故事。

　　5月的阳光多灿烂！然而1942年5月南国的阳光却翳上了阴云，从反法西斯战争前线传来噩耗，屡克日军，战果赫赫的中国远征军二〇〇师师长戴安澜将军在边战边撤途中，因战伤严重，无法抢救医治，牺牲于中缅边境。戴将军殉国的消息震动海内外。毛泽东诗挽《海鸥将军千古》；周恩来挽"黄埔之英，民族之雄"；朱德、彭德怀挽联"将略冠军门，日寇几回遭重创；英魂羁缅境，国人无处不哀思"，邓颖超挽横披"气壮山河"。（见《戴安澜将军》，安徽人民出版社1992年版）

　　笔者与戴将军女公子戴藩篱女士暨夫婿俞继华先生交游有年，从他们口中了解一些戴将军的人品与事迹，再从他们赠予的《戴安澜将军》一书中钩沉史料，撰成拙文，回眸六十多年前，中华民族的精英是怎样冒着敌人的炮火前进的。

戴安澜

外侮需人御　首战古北口

戴安澜1904年11月25日诞生于安徽省无为县东临长江的风和村，与皖南著名米市芜湖隔江相望。1922年他跑出安徽，沿江而下，来到南京，求学设在水西门的安徽公学，师事著名教育家陶行知先生，接受新思想、新道德、新文化教育。1924年，他应叔祖戴端甫（保定军校三期）召唤，与家乡一批热血青年奔赴广东，考入黄埔军校三期步兵队。此时起，他将学名由炳阳改为安澜，号海鸥。

1926年，戴安澜黄埔军校毕业，正北伐军兴，但他奉命留守东江江防，隶属于徐庭瑶师。嗣后，被调参加围剿苏区红军的内战，历任排长、连长、营长、团副、团长。事后，戴安澜对这一段同室操戈的历史一直引以为憾。

1931年沈阳"九一八"事变和上海"一·二八"事变后，日本侵略军肆无忌惮地越过山海关，占领热河，进逼长城。华北危急。1933年3月10日，日军进攻古北口。时任十七军二十五师一四五团团长的戴安澜，奉命率部由徐州北上，星驰古北口，增援守军东北军一一二师张挺部，坚守右翼阵地，指挥部队，在南天门高地与敌血战三昼夜，连续击退日寇三次进攻。戴团的一个军士哨远离指挥部，七名士兵击毙伤日军100多人，最后全部战死在阵地。日军为他们掩尸，并插了块墓标，写云"支那七勇士之墓"。古北口一役，团长戴安澜负伤犹战，初现他蔑视顽敌、勇敢善战的抗日军人精神源泉，正如他在慰劳将士书中所言，"我黄帝子孙怎甘为野蛮民族之奴隶？我莽莽神州怎忍沦于异域？"

1937年卢沟桥事变后，戴安澜战北麾南，裹创再战，先后参加了保定漕河战役（1937年9月）、彰德漳河战役（1937年10月）、鲁南台儿庄大会战（1938年3月）、武汉保卫战（1938年8月）、广西昆仑关大血战（1939年11月至1940年1月）等抗日战争几个大战役。他由七十三旅旅长（十三军）晋升为二〇〇师师长（五军）。

在震动中外的台儿庄大会战中，戴安澜率七十三旅火攻陶墩，智取朱庄，激战郭里集，驰援台儿庄外围，浴血苦战中艾山四昼夜，击退敌军数十次进攻，使敌丧胆。可笑的是，因为戴旅长身躯高大魁伟，日军电台竟说，"中国军队有位俄国军官，指挥有度。"台儿庄战役结束，戴安澜获授宝鼎勋章。

在异常艰苦的桂南军事要冲昆仑关大战中，戴所部二〇〇师是装备精良的机械化部队，承担主攻火力，与在海军陆战队、空军配合下的有"钢军"之称敌五师团展开铁血拉锯战，昆仑关三失而三克。此时此地，正是北宋朝狄青元帅元旦夜关的古战场。1939

年除夕，戴安澜身先士卒，会同郑洞国部荣一师、邱清泉部新二十二师正面强攻，于1940年元旦占领四四一高地，4日进占九塘，第三次克复昆仑关，击毙日军十二旅团长中村正雄中将。此仗打得日寇闻风丧胆，在《璧还九塘》布告中承认"在此地带之上，蒋军比任何方面空前的英勇，这是值得我军表示敬意的。"戴安澜赋诗记云，"仙女山头竖将旗，南方顽寇尽披靡"。是役，戴安澜又膺宝鼎勋章，被赞为"具有狄青风度将军"，"当代之标准青年将领"。

戴安澜将军在广西昆仑关

参加多次抗日大战后，戴师整训了一段时间，装备了最新苏联军援。二〇〇师遂成为国民革命军中的第一支机械化战斗部队——由两个战车团、两个摩托化步兵团和汽车兵团、工兵团、炮兵团、搜索装甲兵团组成。装备之先进，当时堪称一流。

浴血东瓜守　显威草鞋兵

1941年12月7日，日军偷袭美军珍珠港，太平洋战争爆发。世界反法西斯阵营因此确立。

日本军国主义者野心勃勃，继续向南太平洋推进，翌年占领菲律宾、马来西亚、新加坡和印度尼西亚后，又向缅甸、泰国及印度进攻。这一战略进军，直接威胁中国大后方唯一的国际通道——滇缅公路上。但英国自从敦刻尔克大溃败后，孤守英伦本土，鞭长莫及，无法顾及远东缅、印殖民地，但又不甘心被日本军队占领。在这样的背景下，中国与英国结成军事同盟。1942年元旦，在美国总统罗斯福建议下，成立了以蒋介石为统帅的盟军中国战区。接着罗氏派来了美国陆军中将史迪威做蒋介石的参谋长，协助组建中国远征军，挺进缅甸，会同英缅军并肩抗日。

本篇记述的是1942年中国远征军由滇西入缅，五军二〇〇师戴安澜部将士对日寇作战，惊天地泣鬼神的事实。至于1944—1945年间中国驻印度远征军再度入缅，协同盟军反攻，与英军在胜利中会师，则不在述中。

入缅远征军由第五军（杜聿明）、第六军（甘丽初）、第六十六军（张轸）3个军10个师组成，其中戴安澜部二〇〇师、廖耀湘部新二十二师和孙立人部新三十八师等为主力部队。中国远征军司令长官是罗卓英，副司令长官是杜聿明，他们都归中国战区参谋长史迪威统一指挥。

但由于指挥系统混乱，几经反复，在云南保山板桥待命的戴师，终于在1942年3月3日出国，9000多官兵身着新军装，乘着军用大卡车，军威凛凛地进入缅甸，先后自北而南，深入腊戍、平满纳、东瓜等军事要地，接替英军防务。出发前师长戴安澜曾公开对他的部众说："此次远征，系我国唐朝以来扬国威之盛举，虽战至一兵一卒，必死守东瓜。"此际，日军已从泰国的毛淡棉入缅，占领首府仰光了。地处仰光（下缅）与曼德勒（上缅）之间的东瓜（或译同古）战略价值极大，绝不能落入敌手，否则日军可长驱直入北进，危及我云南大后方。

奔赴缅甸作战的戴安澜

首战皮尤河

东瓜保卫战之首战是3月19日在前哨阵地皮尤河打响的。皮尤河在东瓜城南30公里处。敌五十五师团擅长山地作战，气势汹汹地从仰光沿公路北进。戴安澜派他的摩托化步兵团和五九八团急行军到皮尤河，接替英军布防，并在皮尤河大桥下装好炸药，守株待兔。19日，敌步兵见英军撤防，驱摩托车队疾驶大桥。我军即引爆炸药，大桥塌陷，敌军乱作一团。我埋伏部队枪炮齐下，伏击战打得十分漂亮。二〇〇师首战大获全胜。英缅军官十分感谢中国二〇〇师的成功掩护，竖起大拇指赞道："你们打得好！"

拉锯东瓜城

序战皮尤河挫折了长久以来长驱直入

日军的锐气，但这仅是大战前夜的表象。戴安澜久历沙场，预知一场血腥的拉锯战即将展开，在部署战局时考虑到自己身后，3月22日给妻子王荷馨和姻亲寄了绝命书，中云："余此奉命固守同古……决以全部牺牲以报国家养育。为国战死极光荣。""余如战死之后，妻子精神生活已极痛苦，物质生活更无来源。望兄等为我筹善后。"

就在这一天，敌两个联队在铁甲车和飞机掩护下，从我前沿阵地进发，从24日起，五十五师团从地面上、大树上，以轻重武器配辅山炮，再加飞机空袭，轮番进攻东瓜，先后达六次。每一次都被二〇〇师击退。有一次，敌骑兵绕道袭击我师指挥部，戴师长与诸参谋官佐都沉着应战，把敌击退。傍晚，敌迂回偷袭东瓜城北的克容机场，那里仅有我一个工兵团警戒，而且正在破坏铁路，留守的一个营对付不了强敌。25日机场失守。紧接着敌军从南、西、北三面包抄过来，形势危急。

现下，东瓜已成孤城，面临肉搏一战，以决输赢。戴安澜召集各级军官开会，自己当众立下遗嘱："马革裹尸，醉卧沙场，是军人正当归宿。今如师长战死，副师长代之；副师长战死，参谋长代之。"命令团、营、连、排的主官均以此例立下战前遗嘱。戴安澜调整兵力部署，为确保与外界联系，将主力撤往城东——此处尚有一条公路为我控制——作战；城内留五九八团，由团长郑庭笈率三个步兵团坚持。争夺战打到27日，敌军出动30多架次飞机，轮番轰炸我东瓜阵地。接着双方短兵相接，乃至炸弹都发挥不了炸敌作用。二〇〇师固守阵地，城东对外通道仍为我所有。敌黔驴技穷，于28日竟

戴安澜全家在远征缅甸前夕留影

施放糜烂性毒气。我已有准备，伤亡不重，阵地岿然不动。敌伪装英缅军及缅土人，驱牛车（车内暗藏炸药）企图混进东瓜城，也为我识破，反倒一举缴获敌迫击炮7门及枪械、防毒面具等无数。28日深夜12时，敌迂回再次偷袭我师部。师部特务连与敌拼死血战，伤亡惨重，且求援电讯中断，形势异常危急。戴师长派出缅甸土著，持他的手令，越过火线，向五九八团郑庭笈团长告急。郑团出动，我内外夹击，使用戴安澜制倡的"百米决斗，刺刀、手榴弹解决问题"战术，终于将残敌赶走。

转移叶达西

28日、29日，中国远征军副司令长官杜聿明调廖耀湘新二十二师、黄翔游击支队，攻击南阳车站，牵制进攻东瓜的日军。戴师阵地因此压力减轻。29日晨，戴安澜接杜聿明命令，二〇〇师撤离东瓜城。为蒙蔽日军，戴派一个营防守色当河大桥之敌佯攻，且战且退，引敌离开阵地，乘火力交错之际，戴师的三个团、五军的一个团，在30日拂晓前都平安渡过色当河，撤出东瓜阵地，然后炸毁大桥。戴师连火伕在内，一个不少转移到安全地带叶达西。这天上午，日军又向东瓜城倾泻枪弹，大概是发泄被歼五千多官兵和联队长横田大佐之愤吧，但进了东瓜城，却是一座弹痕满目的空城而已。

戴安澜来到叶达西时，为他所掩护平安撤离的英缅军第一师随军记者乐恕人（路透社）、白德思（《泰晤士报》）立即前来采访他。他们终于目睹这位中国军人的风采：戴将军只穿一套夏用黄色军衬衫（短）裤，更突现他那熊腰虎背的健壮体魄。他身挎武装带，别了支普通手枪。战场12个日日夜夜，使他破烂了一套将军制服，军帽也被炮火熏磨得变色变形而不能再戴了，他只好光着头，圆面庞变得瘦削了，显出棱角，带有硝烟与饥饿的苍黄，但一双眼睛仍是神采奕奕，充满英武与机智。在两位记者的再三要求下他断续用安徽腔的国语简略讲述了东瓜保卫战的始末。

"OK！将军讲得真生动！这是一个非常生动的战役故事。"

"戴将军，刚才我们收听到日本军方电台，他们说东瓜是太平洋战争以来最艰苦的战斗之一。您是这场战斗的主角啦！"

"我要感谢我们全师的弟兄们，"戴安澜神色凝重地回答："他们用生命来捍卫国家荣誉，他们都给家人写了绝命书。"

"将军阁下，你能否告诉我们，贵军三面受围，还有一面是滔滔江水色当河，你是怎样指挥你的士兵平安撤出东瓜平原的？"

戴安澜浅浅一笑，他那圆脸上有一双酒窝，此时呈现出成熟男性的魅力。在旁助谈的郑庭笈团长接上说：“我们师长的战术原则是出敌不意。因为我们苦守东瓜一旬多，给敌军造成与东瓜城同存亡、鱼死网破的印象，哪会料到我们战略目的达到后突然走了。同时中国军队都是草鞋兵，跑步没有大声响，渡河也不用脱鞋……”戴安澜听着，脱口说：“天兵啦！”

两位英国记者低头一看，这位少将师长果然赤脚穿着双草鞋，“草鞋兵！天兵！”在场人们都欢呼起来了。

驱倭棠吉归　误战曼德勒

东瓜保卫战是一个成功的固守防御战例，它实现了战略上与战术上的胜利。戴师创下了孤军深入下缅，勇敢地同四倍于己的日军作战，歼敌5000余人的战绩，震动了日本军部。敌司令官饭田祥三郎中将惊呼，“东瓜之战，敌抵抗既顽强，又善夜战和阻击，使我军遭到了重大损失。”敌酋东条英机更认为“东瓜一役为（日俄战争）旅顺攻城以来未有之苦战”。东瓜战役的胜利，使美英盟军大为振奋。美国官方称东瓜保卫战是“缅甸保卫战所坚持的最长的防卫行动”。英国魏菲尔上将、亚历山大中将（英缅军总司令）等亲来慰问戴安澜将军。4月7日，蒋介石偕夫人宋美龄来到缅甸梅谋，召见戴安澜，并邀他和史迪威、罗卓英、杜聿明一起进餐；是夜，又留宿戴住在他隔壁的卧室。翌日，在中英军事会议上，蒋要戴站起来，报告东瓜战役的全过程。英军将领啧啧称赞，蒋介石大为奖励。

3月11日戴抵达平满纳。16日，各团战斗单位进入阵地。新二十二师、九十六师（余韶）也渐次进入阵地。杜聿明率司令部参谋校官到达平满纳，部署指挥事宜。由于英军“弃缅保印”战略上的错误，致战局突变，西线英军一师、装甲七旅约7000人在仁安羌油田被日军三十三师团的两个联队围困，断水断粮，处于绝境。应英方请求，杜聿明调新三十八师（孙立人）去解救。孙师长派刘放吾部一一三团主攻平墙北岸日军。此役我大获全胜，歼日寇千余，英军全部及随军美籍记者、传教士等500人一并脱险。但在整体上，西线已陷入被动情状。接着东线棠吉频频告急。中路我五军也有被夹击的危险。于是史迪威与罗卓英决定放弃平满纳战役计划，准备规模宏大的曼德勒会战。

由于史、罗指挥上贻误战机，又轻信不准确的情报，使得二〇〇师疲奔于东线、西线间，而日军则乘虚北进，威胁上缅通往中国边界的重镇腊戌，以形成对中国远征军的包围圈。在这样情势下，二〇〇师受命回师东线，抢占腊戌的前卫棠吉。但在途中

史迪威将军（右）与蒋介石、宋美龄夫妇合影

与敌遭遇，战斗激烈，二〇〇师急行军3天，赶到棠吉时，该地已落入敌手。4月25日，戴安澜亲自上前线，指挥所部两个团包围棠吉，从凌晨战斗到黄昏，经过惨烈巷战，终于克复这一战略要地。史迪威闻讯，意识到自己战略失误，竖起大拇指说："近代立功异域，扬大汉声威，殆以戴将军第一人！"

此际，中国战区大本营已意识到北缅形势严重，代表军事委员会的中国远征军参谋团团长林蔚中将叮嘱杜聿明，立即星夜北上，部署保卫腊戍，阻挡日军北犯。

但事与愿违，史、罗坚持要打曼德勒战役，正在调集兵力，杜聿明无奈命令戴师放弃已占领一天的棠吉。此举正中敌人下怀，日五十六师团则以棠吉为基点，大举北进，于4月28日占领腊戍。越一周，日军竟攻占我国云南省边境重镇畹町。接着，滇西腾冲也陷敌了。敌步步进逼，其先头部队深入我境内100多公里，占惠通桥，与怒江对岸驻在保山的中国军队隔江对峙，昆明震动。

5月8日，缅北又有两座通往我云南的要隘八莫、密支那陷落日军——中国远征军返回祖国的退路完全被切断了！

尚在东瓜保卫战结束，集结休整时，4月2日，戴安澜给他居留在昆明的三子一女覆东、靖东、藩离（女儿）和澄东发电报报平安时说："自到缅甸以来，因为路途遥远，电台联络困难，许久未能发报……苦战了12天，至3月29日突围，现在已安全到达了，望你们勿念。"接着笔调一转，叙来絮絮父子之情，"祖母的健康，靖儿的病况，望你们来信告诉我。""你们的母亲，想必在全州，我已另有电告她，我想她一定也是很好的。""篱儿要皮鞋，不成问题，现在还在打仗，无市场可买，稍迟再买回来给你们。"但是，父亲给女儿藩篱这双皮鞋最终没有买成……

突围野人山　沙场竟殒命

1942年5月初，开始了中国远征军的黑色日子。半个世纪后，全国政协委员郑庭笈回忆往事，痛心地说："从此，中国远征军走上了惨极人寰的惨败境地。戴安澜师长率领我二〇〇师忍辱负重，举步维艰，北撤……"

腊戍陷日后，中国战区盟军一片混乱，几乎解体。原来就无斗志的英军，一触即溃，他们的统帅魏菲尔干脆下令总退却，在中国军队掩护下，循入印度英坊，转道西行新德里。原定留在缅甸处理善后的司令长官罗卓英，脚底生油，紧步史迪威后尘，弃十万中国远征军不顾而退入印度。中线杜聿明及新二十二师北撤途中雨季阻道，改途入印。唯有东线二〇〇师腹背受敌，穿越望不到边际的热带丛林，向西北八莫，密支那方向撤去，他们一心要回祖国。

但八莫、密支那也先后陷敌了，此路不通！二〇〇师只好循入山峦重叠、峻岭连绵的野人山和高黎贡山，终日在不见天日的原始丛林中穿来钻去，认着北边中国方向迤逦而行。这是一条亘古稀有人迹的道路，瘴气弥漫，猿猴尖嘶，野象奔突，疟蚊、蚂蟥、毒蛇遍地上下都是。二〇〇师官兵们行军中疲惫不堪，一旦坐下之前，若不清扫周围一米见方草丛，顿时就会被蚂蟥叮牢，吮血流淌不止，因此血竭而死！5月已是雨季，大雨滂沱，雨滴有铜钱般大，打在人身上很疼，雨一下便是一周半月，丛林小道全被淹没，地面烂泥过膝。更可怕的是饥饿，饿死的官兵随路可见，可怜尸体胀肿变形，爬满蛆虫，加上蚂蟥吸血，蚂蚁侵蚀，大雨冲刷，数小时内就变成白骨架。

饥饿！部队给养中断了，官兵们饥肠辘辘，喝水充饥吗？不行，溪里的水大都浸泡腐尸而有毒，只好小心翼翼舔芭蕉叶上的雨水。要是能从猴子窝里找到些剩余野果（不会有毒），那是大幸了，但免不了遭到群猴攻击。唉，真是人间炼狱！五九九团的排长黄志超幸运回来了，回忆这凄苦，他说："当进入野人山时，已全部吃光了。那里没有人烟，断绝给养来源。吃的是野菜野果，喝的是生水，加上蚂蟥叮咬，疾病丛生，死亡日益增多。特别是跟随回国的侨胞，因传染而死亡的更超过部队。在行进的道路两旁，每隔三五十米，就有一个倒在路旁的尸体。这种惨绝人寰的情景，真是触目惊心。士兵们破口大骂：'死在战场，心甘情愿。拖死在野人山，死不瞑目！'"

一位投笔从戎来到缅甸前线打日寇的上海女学生李明华，随五军军部战干团过野人山，亲历了饥饿与死亡，"很多官兵因饥不择食，吃了有毒的野菜而丧生"，"细雨蒙蒙中发现一间茅屋，屋门半开着，里面已睡满了人。我不忍心惊扰他们，放轻脚步走进去，身体太疲倦，不久就入睡了……天已大亮，心中纳闷睡着的人们为何无动静。再度细看，他们早已气绝，脸手浮肿。"

日军并没有忘记这支尚在野人山行进的中国军队。他们在电台广播中凶狠地叫嚷道："要奠定东亚和平，非消灭五军，尤其二○○师不可！"

二○○师每通过一道封锁线，都要与敌军展开血战。为避开敌军沿途追剿与伏击，他们白天隐藏在丛林中，派出分队，打扮成缅民，侦察公路、河流情况。入夜，大部队在侦察分队带领下，或穿越公路，或编筏渡河。就这样，他们先后渡过了南盘江、瑞丽江等一道道湍急险恶的横断山脉大川。5月中旬，他们顺利地通过了腊戌—曼德勒公路。但是，在穿行细包—摩谷公路时，同日军五十六师团遭遇了。

5月18日夜间，二○○师六○○团与敌五十六师团的两个联队接上了火，战斗激烈。戴师长指挥五九九团左翼包抄敌军，团长柳树人、副团长刘杰阵亡。战斗在拂晓前结束，我两个团伤亡惨重，只剩两个营兵力，而且令所有官兵焦急万分的是，师长失踪了！大家多方搜寻也无结果。师参谋长周再之又一次冒生命危险，重返战场搜索，终于在路旁草丛中发现了戴安澜。他胸部、腹部均中弹，血流不止，伤势十分严重。他们把他抬了回来。二○○师在师参谋长周再之和五九八团团长郑庭笈的主持下，召开干部会议，决定五九八团为前锋，五九九团随师部护卫戴师长，六○○团殿后，继续向祖国方向行进。会上，戴安澜师长口授一道命令："如果我不幸牺牲，由郑团长指挥全师，撤回祖国。"

化悲愤为力量，二○○师继续在缅北雨季热带丛林中穿行，他们用担架抬着师长，冒着一直不止的倾盆大雨，艰难前进。没有药品，连药棉也没有，天气湿闷又炎热，蚊蝇一群群而来，伤口化脓而溃烂，戴安澜高烧不退。清醒时，他得知我云南省龙陵陷敌，战略要地保山受威胁，他回国杀敌更心切，命令部队"火速前进，返回祖国，不要顾我伤势"。部队在煎熬中前进，终于到达临近中国边境的茅邦村了。戴安澜吃力地指着地图，指示："此处渡河，沿河西进，祖国只有三五日路程了……"

大雨大概是下透了，骤然停止，太阳立时露出脸来。5月下旬的阳光是十分灿烂的，尤其在北回归线地方，昼长夜短，日照特别慷慨，把光明多留人间一些。1942年5月26日下午5时，一轮红日高挂大树枝头，酷热不亚正午。竟日昏迷的戴安澜突然精神抖擞，要卫兵扶他坐起来，整整他的衣衫。火辣辣的夕阳衬红了他的颜面，他似乎从来没有这样容光焕发过。他嘴唇嗫嚅一阵，如有嘱咐。郑庭笈得到报告，急急赶来，俯身担架，贴近戴安澜，"师长，您……"他清楚听到师长那安徽腔的国语——"反攻！反攻！祖国万岁……"

为国尽忠，马革裹尸，军人视为至高归宿。威慑日寇，誉载盟军的反法西斯英雄，中国远征军第二〇〇师少将师长（死后谥晋中将）戴安澜殉国那年仅38岁。

国共悼将军　懋绩美利坚

二〇〇师遵照戴安澜生前遗嘱，确立了指挥机构。工兵营奉命赶制棺材，将师长入殓，五九八团护卫棺椁继续行进。这支队伍在茅邦附近渡过瑞丽江，然后沿江西行。由于天气炎热，师长遗体无法再存，队伍核心领导决定就地连棺椁一起火化，捡出遗骨，装入木箱，继续护卫前进。6月2日，二〇〇师经最后一搏，突围南（坎）八（莫）公路，终于在南坎跨进中国领土。经腾冲、泸水，7月14日戴安澜将军灵柩到达昆明，云南各界恭迎路祭，翌日公祭。二〇〇师也在昆明集中，作短期休整。出国时该师有9000多名官兵，此时只剩下4000人，耗员一半以上，其中参战死伤1800人，撤退死伤3200人。90%官兵患了疟疾。

戴安澜将军殉国噩耗在国内掀起经久哀潮。尚在二〇〇师途经中缅边境时，一位老华侨闻讯送来一口留作自用的楠木寿棺，供作盛殓戴将军遗骸。戴将军灵柩队伍自昆明出发，途经贵阳、柳州、桂林、全州。每过一地，军民都举行公祭，贵阳百姓还设香案进行路祭。1943年4月1日到达五军留守地广西全州，举行了国家级规模的追悼大会，国共两党领导人都撰写挽联挽诗词，高度褒扬将军英勇抗击日寇、壮烈殉国的功绩。蒋介石特派军事委员会西南办公厅主任李济深为代表致祭。

抗战尚在进行中，戴将军故乡未光复，所以将军灵柩暂厝全州。全州是二〇〇师发祥之地。戴将军遗孀王荷馨夫人决定将国民政府的特恤金全部作建立"安澜工业职业学校"之用。

远在大洋彼岸的盟国美国，对戴安澜将军的牺牲也非常震动，1942年10月29日，由美国国会授权富兰克林·德兰诺·罗斯福总统签署命令，向这位"1942年春缅甸战役协同援英抗日的作战英勇，指挥卓越，圆满完成所负任务，实为我同盟军人之优良楷模的中国二〇〇师故师长戴安澜将军颁授懋绩勋章一座"。后不久，美国副总统杜鲁门、陆军部长史汀生签署了勋章的《荣誉状》，有云："戴安澜少将作为中国陆军二〇〇师师长，在1942年缅甸战役中著有丰功伟绩，声誉卓著。戴将军出色地继承和发扬了军事行动之最佳传统，为他自己和中国陆军建树了卓越的声誉。"

美国总统颁戴安澜将军懋绩勋章

新中国成立后，1956年，中央人民政府追认戴安澜为革命烈士，毛泽东主席签署"革命牺牲军人家属光荣纪念证"颁给戴将军遗属。戴安澜家乡芜湖市人民政府两次重修坐落在长江之滨小赭山麓的"戴安澜烈士墓"（民革中央主席王昆仑题写墓碑）。墓园枕青山、面长江，悠悠白云，滔滔江水，民族英雄不朽！

斗转星移，白云苍狗，半个多世纪前美国总统颁发的懋绩勋章和《荣誉状》遗憾地遗失了。1983年，戴安澜长子同济大学建筑学院院长戴复东（原名覆东）教授以哥伦比亚大学访问学者身份访美时，鉴于勋章等已遗失，致信里根总统，要求补发一张勋章的照片及"荣誉状"存根的复印件。是年年底，戴教授收到一枚美国政府寄来的重新铸造的复原懋绩勋章和杜鲁门总统、史汀生陆军部长签署的《荣誉状》及美国陆军部存档原件复印件。此前，美国陆军部副参谋长帕里特·丁·何兰曾致信戴复东，告诉他里根总统和陆军部决定满足你的要求，为之再造一枚原样的懋绩勋章。

史迪威女儿"半个中国人"

中国战区参谋长史迪威将军因不满大后方国民党官僚贪污腐败，大发国难财的现状，同情坚持在敌后抗击日寇的八路军、新四军，为蒋介石所排斥，于1944年8月无可奈何地离开中国。

笔者有幸，半个世纪之后，在一个杏花春雨江南的日子，由戴藩篱、俞继华伉俪及原中国战区统帅部主任联络官曾锡珪将军的女儿曾英武介绍，在上海市徐家汇华亭宾馆晤见并采访了史迪威将军的长女易·史文思。

乍一见面，我感到这位身着一件橘红敞领衬衣而满头银丝的女士，酷肖乃父史迪威将军。一眼看去，她长得非常健康。她开门见山作自我介绍："我是史迪威的长女，叫南希·史迪威·希鲁克丝，我还有一个中国名字，叫史文思。结婚后从丈夫姓，叫易·史文思。我喜欢史文思这个中国名字。"

"先生，您知道史迪威吗？"她倒反问我来。

"中国人像知道'史迪威公路'（中印公路）一样知道史迪威将军。我像知道中国远征军二〇〇师师长戴安澜将军一样，知道中国战区参谋长美国陆军中将史迪威。他是在我国抗战最艰苦的岁月，来到中国的，帮助我们抗击日本法西斯。"

她显然很满意我的回答，满脸阳光地说："我在中国历史上最好的时期，又一次来到中国。"

我一时没有理解她那句话的深邃含意，就随口问："对中国的印象如何？"

"中国改革开放，好，非常好！中国人确实开始富起来了。中国人人人都在做生意啦。"

大家先是一愣，接着就失声而笑了。上海人尤热衷此道。

易·史文思口操北京话，所以我与她很容易交流。她说这是自己第13次来中国了，目的有二：一是应邀去重庆，参加为纪念史迪威将军诞辰110周年而举行的一系列社会活动；二是"我带来了一个美国旅行团，用20多天时间，到中国内地游山玩水。这也是我的生日之旅，庆祝我的80岁生日！"

哇！是位八旬老太。看上去不过60挂零，因为从西方女士的头发上弄不清她们的年龄，而且又不便打听。我祝福她的健康，感谢她这份中国情愫。

她睁大眼睛说："这不用奇怪，1920年我六岁就来中国，当时我父亲在北京大使馆当武官，从此我就有了'史文思'这个中国名字。我妹妹就在这年出生在北京，后来成了位中国画画家。"

她滔滔不绝地继续说下去。

"第二次是1926年到1929年。父亲是美军驻天津步兵团的营长，我们在天津住了三年。那时候中国城市里有外国人的租界。"

"第三次来中国是1935年到1938年，住在北京——那时叫北平了。我们一直待到日本侵略中国、中国全面抗战开始才回美国。想不到此别中国，竟暌违38年！

"第四次是1976年，尼克松总统访华后，中美关系解冻，我就兴冲冲到北京来了。我也是唐山大地震的见证人。那是中国历史上难忘的岁月。"

民国人物风流录

　　"第五次是1979年。以后我几乎每隔一年就来一次中国，每来一次，都会发现中国有很多变化。不少中国高层人士是我的朋友。在我美国加州家里，客厅壁上挂着一幅中国字的条幅，是张爱萍将军为我写的，这可是无价的艺术品呀！我曾两次见到宋庆龄夫人，她请我到她家里吃饭。李先念主席的女儿李小林陪我游杭州，真是难忘！"

　　她眉飞色舞地叙述那次泛舟西湖的一个小故事："我们的手划船划到湖中央一个岛边，叫三潭印月的小瀛洲。我指着水面上三个美丽的石塔，问导游小姐，您知道那里有什么故事吗？她一时答不上来。我就告诉她，这是中国的远古时代——好比希腊神话英雄时代——鲁班兄妹造的三只香炉，下面镇压着黑鱼精灵哩！"

　　她说着哈哈大笑起来，把我这个杭州人也引笑了。我说，"您可是半个杭州人了。"她说，"我不仅是半个杭州人，半个上海人，半个北京人，我应该是半个中国人！"

　　易·史文思女士接着认真地说："黄华先生称赞我父亲，说他对中国国情了解，对中国人民信任，对中国前途有信心。我想，这对今天研讨中美关系是一种有益的启迪。我要发扬父亲理解中国、信任中国的精种，同时，我也是中美人民友好传统的当事人之一。我还有两位中国妹妹哩——我的中国画画家胞妹前几年去世了——这位妹妹曾小姐，她的父亲曾将军是我父亲的军务秘书，在缅甸丛林、在印度，与我父亲一起度过上百个难忘的日日夜夜。这位妹妹，戴小姐，她父亲是有名的二〇〇师师长戴将军，是位了不起的反法西斯英雄，打日本人神出鬼没，解救美国人出重围，最后在战场上牺牲了。我国罗斯福总统授他勋章，现在里根总统又补发了这枚勋章。我心里高兴呀！"

　　她说着用双手抚捧自己的心胸，我们异口同声说谢谢。她睁大眼睛说："这不用奇怪，因为我心里是半个中国人！"

干涸的血泊

她有一个当作家的女儿，张抗抗；她有一副永葆青春的嗓音，待人接物富有魅力；她还有一个滴血的故事，被抗抗写成了小说。半个多世纪过去了，烈士的鲜血干涸了，但干涸的血泊里一个鲜活的形象站起来了。让我来续写小说未曾写完的故事吧。

序　曲

20世纪80年代初，我在浙江人民出版社《东方》文学季刊编辑部工作时，有位嗓音非常甜美的女同事。听说她是从中学退休后受聘的。她的文学气质极易感染人，周围常常聚着一批纤巧的儿童文学作者，乃至烂漫如春花的小读者，与他们一起燕子呢喃，甚至像在舞台上那样念台词、唱歌……她的姓名是朱为先。

朱为先老师在作者、读者面前是那么和蔼、体贴、温馨，但在编辑同人间却显得有分寸，乃至拘谨、寡言。记不清是哪一次她对我说："人家说大器晚成，可我们的抗抗倒是少年老成。她的婴幼时代，是跟着我在'革大'——杭州茅家埠隔离室里度过的，又随我去乔司农场、留下果园探望她在'改造'中的爸爸。儿童文学理应鸟语花香，但实际中的少年时代尝点人生辛辣，也不无坏处。"

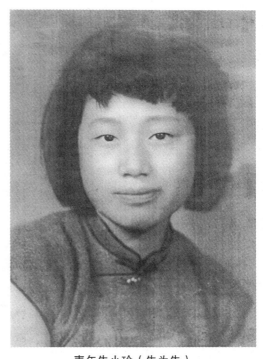

青年朱小玲（朱为先）

呀，朱为先原来就是著名作家张抗抗的妈妈。

后来《东方》编辑部解体，同人们各奔东西。我与朱为先虽然同在一个城市，却殊少会面，只是在电话中聊聊别后，而她那甜美的声音，犹有歌唱演员常葆青春的秘方，我真怀疑她出身于电影演员。1994年，张抗抗发表了以她母亲在抗日战争年代一段悲怆缱绻的生活遭遇为题材的中篇小说《非红》。1997年年底，中央电视台播出了该台摄制纪实片《迟归的英魂》，我看到了朱为先讲述、寻觅革命烈士贾起的全过程，终于恍然大悟：她原来真的是这个殷红的《非红》故事的女主人公！她被叫作朱小玲。

我立即打电话去询问。电话里依然是那个甜美的声音，但间夹啜泣，"是真的，这一切都是真的。"

朱为先——朱小玲藏着一个揪人心魄的故事。

战火与饥馑

1941年冬，17岁的朱慧仙（为先）离开内迁松阳的湘湖师范，东去瓯江上游的浙江战时行政中心丽水度寒假，过不久，她要好的同学捎来十万火急的消息：朱小玲你上了黑名单了，特务要来抓捕你了，幸好被金海观校长挡回去，"本校查无朱小玲其人！"

朱小玲是朱为先的别名，她在天目山浙西一中读书时，因为长得活泼可爱，又有银铃般的嗓音，被同学们取了个小名"小玲"，她快活地接受了。小玲是热血青年，向往革命与壮烈，倾心阅读红色书籍，她在一个同学的介绍下，填写了参加中国共产党的登记表。没多久，她被接回老家浙北德清县洛舍镇，她的父亲是这个镇的镇长。以后，她转学到湘湖师范。这家几乎和晓庄师范齐名的学校此时已由萧山内迁到浙西南仙霞岭山区的松阳县，那里相对安全。但没想到，介绍朱小玲入党的那个学生被捕了，从此，天真烂漫的朱小玲被覆罩在中统特务头目"天目王"贺扬灵的阴影中。

松阳不能再去了。朱小玲被一位姓孙的朋友（共产党员）介绍去金华，参加一支进步的抗日队伍朝鲜义勇队。金华是战时的浙江经济、文化中心，沪杭甬的进步文化人及救亡团体等云集在这里。国民政府军事委员政治部所属的朝鲜义勇队和台湾义勇队在金华都设有办事处。朝鲜义勇队驻金华办事处主任李苏民（黄埔军校出身，少将军衔）与台湾义勇队（刚受到政治部的嘉奖）队长李友邦接洽，联合组建"韩台剧团"，于1941年10月成立。喜欢话剧的朱小玲来到"韩台剧团"，如鱼得水。她特别仰慕李队长（团员都称李苏民为队长）。这位朝鲜爱国志士经常在薄暮或晨曦中独处山林，面向东北方，吹奏朝鲜民歌《阿里郎》，箫声沉缓凄凉，寄托他对故国三千里江山的无限哀思。团员们也都爱怜这个活泼天真的女孩，把她的耍调皮当作艰苦生活中的快活添加剂。为了更好地宣传，大家学日语、朝鲜语，每人都拥有一个朝鲜名字，朱小玲则被叫作"金路"。

　　1943年春，日寇发动浙赣战役前夕，"韩台剧团"奉命转移至三战区长官司令部所在地江西上饶，正式挂牌，并准备排演大戏《北京人》（曹禺）等，开始招募人员。"皖南事变"后"最前线剧团"因为一些共产党员身份已暴露，被浙西行署解散，这时导演李扬（共产党员）偕演员贾起（共产党员）等正从天目山转遂昌来到金华，闻讯，加入"韩台剧团"。"韩台剧团"阵容壮大了。在上饶、铅山一带公演进步话剧《北京人》、《心防》（夏衍）、《结婚进行曲》（陈白尘）、《塞上风云》（阳翰笙）、《得意的人》（宋之的）以及剧团自编剧《复活》等。这时朱小玲有了同台搭档，就是被叫作"金志强"（朝鲜名字）的贾起。贾起是个英俊的青年、出色的演员。

　　剧团平时生活节奏很紧张，谁也没有细瞧过谁，但上了舞台，进入了角色后，贾起的形象倒被朱小玲摄进脑海里了。哦，这是一个颇气派、既英气又不乏柔情的男人，天庭宽广，面膛厚实而有棱角，五官端正，眼睛明亮而眼神凝重，嘴唇的线条也很分明，一头浓密的黑发梳了富有时代特征的分头——这正是一张很讨女孩喜欢的正派男性的脸庞。而他的言行举止，无处不显现他深厚的文化素养与丰富的生活阅历。

　　1942年初夏，日寇沿浙赣铁路步步进逼，国民党军节节败退。自东而西，金华、龙游、兰溪、衢州、常山、江山、玉山相继失守。"韩台剧团"却接三战区长官司令部莫明其妙的命令，沿浙赣东进，开拔前线做战地宣传工作。一路上满目凄凉，村庄在燃烧，同胞遭杀戮，横尸荒芜田野，国民党的败兵如潮水涌来。快到衢州城时，他们与国民党的败军遭遇，差点挨他们的子弹。但赤手空拳的"韩台剧团"还是进了城。连夜刷写了日文、中文、朝文的标语，又贴了不少传单。前面义乌已陷敌，无法向金华挺进，只好再翻越怀玉山，过常山、玉山，返回上饶。但一到驻地，发现全部衣物、行李乃至道具全部被败兵抢光了。剧团已无家可归，团员们大骂顾祝同，继续上路，翻越武夷山，进入闽北，辗转崇安、建阳、建瓯，到达闽北闽西之大邑南平。一路上跋山涉水，几乎在走阴阳界，但他们还是刷写爱国标语，唱抗日歌曲，发表救亡演说，不忘自己的宣传使命。来到南平后，衣、食、住尚未有着落，就与各界组织了一场歌咏晚会，又接连公演了两场话剧《心防》与《结婚进行曲》。在这两场抗战大戏里，贾起担纲主角。

　　"如果这时能吸上一支'哈德门'，我可以成为全世界最幸福的人了！"未卸装，贾起用报纸卷老烟丝，深深吸着，叹口气说。剧团拿不到军饷，团员们天天为一顿饭所窘，这时谁若能掏出一包花生米来分食，大家都会欢呼"万岁"。朱小玲很想为这位大哥去买包好点的烟，但不敢表露这份感情，而且她还感觉到在饥馑、劳顿背后还藏着更严重的事。

民国人物风流录

　　果然，1943年春，"韩台剧团"奉召返回江西上饶。团员们已风闻朝鲜义勇队要与"韩国光复军"合并。李苏民队长召集全团人员说，大家都已听说了，这将是不久的现实。你们自己抉择，各奔前程吧，可别等到被赶去洗脑子！此话的潜台词是"集体加入国民党"。此际正是国民党掀起第三次反共高潮的前夜。"各奔前程"的决定是台湾义勇队特支书记潘超与"韩台剧团"核心小组联合作出的，把共产党员、革命进步力量撤走，转移他地。

　　面对昔日的舞台与场地，如今人去楼空，朱小玲不禁悲从心来，坐在门槛上，抱头呜咽起来。抽泣间，她突然感到有一双手重重地按在她肩上。那是贾起的手，她一扳上那手就知道了。贾起俯首说："别难过，金路，这是我最后一次使用你这个名字了，我们一起走吧！"

　　朱小玲仰首，抬起晶莹的双眼，吃惊地问："金志强，我们一起走，但往哪里走啊？"

　　"有地方走，我们一起走。"

　　"抗日？救亡？"

　　"是的。参加义勇军，打鬼子，杀鬼子！"

"走西口"

　　贾起告诉朱小玲，他的老家在东北，父母住在山东青岛。沈阳"九一八"事变后，张学良率东北军退到关内，大哥赶去东北，参加抗日联军打游击，抵抗日本鬼子。为了东北父老姐妹不受日寇凌辱，也为了中华民族的前途，我们应该冒着敌人的炮火，前进白山黑水，与日本小鬼子决一死战。

　　朱小玲立刻跳起来，拍着手，高声叫好。她读过关东才子萧军的《八月的乡村》、端木蕻良的《科尔沁草原》，那巍巍长白山，那滔滔黑龙江，那马蹄声响由远而近，那呼啸着挥着大刀砍向敌人的头颅，那燃起篝火齐唱《游击队员之歌》……多令人神往！

　　"好，我们闯关东，打到敌人后方去，那才是真正的抗日！"

　　但从南到北，大半个中国的路程，哪来盘缠？朱小玲建议先到德清洛舍镇，"我爸爸是镇长，心眼好，会资助我们北上抗日的。"贾起说："有了路费，我们到上海，乘海轮到青岛，到我家再取些钱。然后再北上。我爸爸在海关做事，爸爸妈妈很支持我抗日救亡。然而现在怎么办呢？纵穿一个浙江省也要不少花费呢。"朱小玲说："我们先到常山，常山师范学校有我的老师，他会帮助我们的。"

常山师范余老师安排武汉大学、山东大学肄业的贾起教心理学课，又让朱小玲做教务员，辅导学生文娱活动。他俩始终不忘抗日救亡宣传，教学之余，自编自演街头剧《夜之歌》，为这座浙赣边界小县城留下了一曲《走西口》的隽永歌吟："哥哥你走西口，小妹妹我实在难留，手拉着那哥哥的手，送哥哥到城门口……"朱小玲扮小妹，送情哥哥——贾起扮——去投奔义勇军，抗击日本侵略者。手拉手，他们唱着，走到城门口。守门的警察是余老师扮的。他们一面用计谋对付警察，一面用歌声感化警察，好心的警察竟然放小伙子出门了。

贾起

放暑假了。他俩领到了酬金，转道衢州，顺衢江、兰江、新安江、富春江——钱塘江诸条支流北行，过国统区，穿游击区，潜行沦陷区，一路上风餐露宿，既艰辛又浪漫，但是就不交流过分的感情，也不深探彼此的政治身份，因为是非常时期的非常环境，只要互相信任便心照不宣了。但是过了富阳、新登，进入天目山区，这时贾起面有愁云，举止显得犹豫了。按商定的计划，他们将到西天目山山麓的於潜休整，然后翻越有两三天路程的羊角岭，就可以到达杭嘉湖平原的德清洛舍镇了。

朱小玲自从填过党表后，就自觉遵守党的纪律，她深信贾起是位共产党员，在没有正式接上组织关系前，是决不能打听他的政历的。岂不知贾起更有苦衷：一直追求进步与光明的贾起，卢沟桥事变后，告别父母亲，前去上海参加抗日救亡工作。1939年他与同学吴某离沪来到浙西南山城遂昌县，投奔在那里任第四政工大队队长的上海美专同学，从此他就以文艺宣传为己任，开展抗战工作。他演唱《松花江上》等抗战歌曲，声泪俱下，感人至深。他文章也写得很有激情，尚存的《遂昌早报》中，发现刊有他的一篇《九一八感言》。他是该报主要撰稿人之一。党组织很重视对这位才华横溢的进步青年的培养，1940年贾起在遂昌参加了中国共产党，他的入党介绍人就是李扬。1941年1月"皖南事变"发生，第二次反共高潮波及遂昌，李扬偕他转移到西天目山，组织"最前线剧团"。贾起很有演剧才能，主演了《日出》、《雷雨》和邵荃麟的《麒麟寨》，在於潜城里反响很大。"皖南事变"后，党组织意图建立一条秘密"地下走廊"，将浙南皖南撤下来的同志输送往苏北抗日根据地，在浙南流动的"最前线剧团"便是其中的一个中转站。但已引起了号称"天目王"的浙西行署主任、中统特务头子贺扬灵的注意，贾起也上了"通缉"的黑名单。剧团只活动了四个月，解散了。李扬、贾起转移到金华，经介绍，加盟"韩台剧团"。朱小玲哪里知道这一切，而且她忘了自己也是被通缉的。而这一点，贾起并不知道。走於潜，行天目，无疑是闯虎山，贾起闪过犹豫的念头。

但是一股说不清的感情潜流淹没了犹豫，贾起同意随朱小玲重返於潜——没有大哥的保护，这位小妹妹怎么能翻越羊角岭！这一天是1943年6月17日。

误入"白虎堂"

6月17日下午，他们来到天目溪畔的小山城於潜。贾起带着朱小玲直奔观山师范学校，找到昔日"最前线剧团"同人周梦雷投宿。但这位女音乐教师并不认识朱小玲，犹豫接待。朱小玲就很快辞走，与贾起约定明天破晓时分一起翻越羊角岭。临行，贾起嘱咐道："这里是贺扬灵的天下，上街时千万要小心！"

"没有关系，我在西天目禅源寺读浙西一中时，常来於潜，熟悉得很，城里还有同学。"

朱小玲进了城厢，果然遇见了两位在县税务科供职的浙西一中男同学兼同乡，但他们都住在集体宿舍，无法接待她。她想起湘湖师范学生会主席曹平山是於潜人，其家为当地一大户。于是随便打听了一下，就找到了曹宅。曹平山一见朱小玲，眼珠骨碌一打转，旋即十分客气地接待了她，忙说我正要出差去，今晚你就同我母亲住在一起吧。安顿下来后，傍晚时分朱小玲又到观山师范，告诉贾起自己的住处，并伴贾起到曹家走一遭，以便识路，明早好来叫。她还想把贾起介绍给曹。朱小玲涉世未深，怎么知道人世的深浅与善恶。她陪贾起找不到曹平山，估计他已出差了。两人在冷寂无比的街上走了会，就各自回宿处去了。

天目山区的夏夜十分凉爽，多日劳顿，朱小玲一觉睡到翌晨被鸡啼才唤醒。她起床后，从厢房一脚跨进客厅，只见两个穿黑拷绸衫的陌生男子一坐一站，朝她直瞧。

"小姐是朱小玲吗？"

"我——就是。"

"我们那里先生请你走一趟！"

究竟有过逃脱通缉经历，朱小玲顿时警觉起来。不好，又来追捕我了！她借口去洗个脸，就迅即从厨房侧门窜了出去，一口气跑到税务科，向同学同乡告急。盛君、宋君要她立即奔昌化——他们做她的后卫——出昱岭关，逃往安徽地界。但是朱小玲坚持要找贾起一起逃奔，于是盛、宋陪她疾奔观山师范。周梦雷见了大吃一惊："贾起已出门找您去了！"朱小玲顿时冷汗直冒，大叫："不好了！特务在等着！特务在曹家，两个！"大家估计，贾起已遭不测。周立即帮朱小玲化了装，催她向昌化方向逃跑。朱小玲坚持说："我要同贾起一起逃，他们不认识贾起。贾起找不到我会回来的！"还是盛、宋熟悉地形，建议朱小玲在观山脚下天目溪渡口守候，以便进退。"快！快！那里是必经之路。"朱小玲被拉着沿山路跑，来到渡口处，见有一间小柴房，闪了进去。盛、宋则在大路上徘徊望风。

朱小玲的心几乎提到嗓子口，正在从缝隙向外张望时，见一个穿蓝短衫的男子，侧身由远而近走来，啊，贾起终于回来了！她推开窗扉，扑出半身，大声喊道："金志强，我在这里！志强，快来！"那男人一愣走近伸颈。朱小玲顿时明白过来，但无法逃脱了。这张全然陌生的脸狞笑着："自投罗网！"这个汉子一把抓住了朱小玲的手臂，把她从窗口拖了出来，凶神恶煞地骂斥："小媳妇敢往娘家逃！"

"放开我！我不认识你！"

"救命呀！强盗！坏蛋！"

一路上，朱小玲狂叫着、挣扎着，但一个女学生怎奈孔武有力的特务打手。不远处观动静的两个同学跌足叹息。她很快被绑架到国民党於潜县党部。在走廊上，她看到被绑着的贾起。她正想叫他，被他投来的一个镇定眼色制止了。贾起紧闭着嘴，很快被押走了。

为何双双被捕？直到朱小玲被押着到曹宅去取行李——行李中还有《大众哲学》等红色书刊——才恍然大悟。"这个曹平山混蛋出卖了我！他是知道我在湘师被通缉的。"在押去警察局的路上，他们一时轰动了县城一条街。朱小玲在人群中看见了盛、宋两同学，便乘机喊叫："不得无礼，我爸爸是洛舍镇长，他会来保我的！"

关进警察局一段时间，朱小玲终于知道，曹平山的胞兄曹平旦竟是县党部书记长。

"唉，我真傻，犹如林冲误入白虎堂了！"

朱小玲在牢房中焦急异常，悔恨不已。由于自己的轻率与无知，竟牵连了贾起。贾起为我受苦了！也许贾起有更重要的任务，我对不起组织！现在该怎么办？现在最要紧的是统一口径，保护贾起。于是她在女牢中闹开了，装作耍小姐脾气，要吃这，又不要那，好在她身上还有点钱，差使小牢子去买油煎粽子。吃了一口又不要吃了，给了点小费，叫小牢子送给"未婚夫"金志强吃。其实她已将一张小纸条塞进粽子芯里，交代了"供审"口径：家庭地址，父母姓名，此次来天目山目的是回洛舍镇结婚等等。在以后的几起提审中，朱小玲就一口咬定贾起是自己的未婚夫。贾起也是这样回答的。敌人反复审问他带来多少人马，武器藏在哪里，潜往何处打游击……原来当局把一起情报与他俩搅在一起了。但既已抓了起来，怎能放走。十多天过去了，敌人没有动静。未知凶吉的朱小玲有点失望了，她想用绝食的方式来抗议，争取获释。她又以同样的方式传言贾起。第二天，朱小玲宣布绝食。她心中有偶像支持，自信能成功。第二天傍晚，她在饥饿中煎熬时，一个衣衫褴褛的老头在女牢门口徘徊，似乎在与牢警争执什么。牢警大声呵斥："放你回去，算你便宜了，还要什么东西！""我的铺盖！"正在推推搡搡时，一团纸抛进了女牢。朱小玲眼快，抓住了。等老人走后，她展开来看。是贾起的笔迹："不到最后关头，不能自杀"朱小玲眼泪汩汩而下。西天目山有个险崖，叫作"倒挂莲花"，传说开山祖师高峰和尚在那里参禅，两次坠崖，都为韦驮菩萨现身托起，安然无恙。现在，这位英俊伟岸的韦驮就是贾起。有了他，朱小玲把牢底坐穿也不怕。

烈士的鲜血

被捕一个月后的第二天（8月17日），朱小玲的堂哥与表弟赶来探监了。是她那两位在於潜税务科从业的同学拍去电报告诉了朱父。朱父筹了笔款子，并在省党部通了关节，让他们带来保释女儿。但是朱小玲怎么也不愿出去。"要保，你们把志强也保出去，否则我就陪他坐下去！"朱家兄弟没办法，又赶到天目山国民党浙江省党部浙西办事处活动，得到肯定答复后，就急忙翻羊角岭，返德清再次筹款。

但仅过了一天，浙西行署就来於潜，将贾起、朱小玲解押到西天目山南庵行署调查室拘留所。所谓调查室，就是臭名昭著的贺扬灵的中统特务机关，专门折磨共产党人和进步人士的人间魔窟。朱小玲被关在东间女牢，西间是男性政治犯牢房，中间的大屋则住着看守特务。朱小玲常听到西间有熟悉的带有烟痰的咳嗽声，说明贾起在那里，就哼一两句"走西口",以通音讯。这里比不得在县监牢,不能传递食物,连给他递包烟都不允许。

朱小玲倒无甚事,浙西行署贪婪地等着一笔赎身巨款。

贾起是一位坚定的革命者,在於潜警局已受过"坐老虎凳"、"灌凉水"等酷刑,到了南庵,又一次受酷刑。但他"什么也没说","什么也没有承认"。"始终也没有动摇过","贾起是坚强的"。南庵拘留所同囚室难友诗人关非蒙后来证明说。

最难挨的是等候时间。朱小玲焦躁地等着家里补送保释金。这可是性命交关!她幻想着一旦家人来了,她与贾起一起获得自由,抗日、爱情岂不两全其美!但是现实是:她倾听贾起的干咳声,特别绞心,心想劣质纸烟在损害他的肺?他又一次受了重刑,伤了筋骨?要是在剧团里,她典当自己的手表换点钱,给他买点进补的……这样痛苦的日子又熬了个把个月了。

8月中下旬的某一天,她发现南庵的那些特务匆忙来去,神色仓皇,运送长官行李,押解犯人。再三打听,得知日寇要进犯西天目了。反正身不由己,不容多想。正在这时,她看到贾起了。他被武装士兵押着,步履艰难,面色憔悴,正朝着自己这方向移

西天目山巅仙人顶

来。朱小玲大叫："金志强！志强！"把双手伸出囚室木栅，想拉住贾起，但被特务推开了。贾起驻足，用无限爱怜又似带忧伤的眼光扫了下朱小玲，以平常的声调说："不要紧的，我去去就会回来。"贾起走了，夕阳留下他长长的身影和凄厉的脚镣碰击声。

朱小玲很快被转移了。她被押到调查室主任家属队伍，由专人监视着做女佣，在深山坞里待了四五天。待到她回到南庵原来那间囚室，却听不到西间那熟悉的干咳声了。第一天如此，第二天仍如此。她试着唱《走西口》："哥哥你走西口，小妹妹我有句话儿留……"没有回音。朱小玲心慌了。她抓住送饭的小特务打听——

"你还不知道？日佬儿要来进攻，我们把你们都好好转移了，留下你这条小命了。"

"什么？一个姓金的？那个要犯？要犯能带得走吗？长官圈了红圈，送西天了……"小特务终于道出了贾起的结果。

朱小玲顿觉天崩地裂……

"……第二天早上，这批囚犯被押送出去，说是天目山形势紧张，把犯人送到安全的地方去。押解的国民党军队大约有二三十人。过了一个时辰光景，山那边传来了连续的枪声和口号声，中午时分，原来押解犯人的那批军人从原方向回来了。"关非蒙在回忆中如是写道。他是最原始的贾起牺牲的间接证明人，这位非中共的诗人现在是浙江大学的退休教授。

朱小玲在当时真的天崩地坼了。她号啕大哭。哭了又哭，哭了还唱——

哥哥你走西口，只恨我不能跟你一起走，只盼你哥哥早回家门口……

她把饭菜撒了一地，哭得晕了过去。如此周而复始地痛哭了三天。她怒吼，要来了白布、笔墨、香烛……她在白布上画了贾起头像，把被单撕成长条做布幔，布置成一间灵堂。

哥哥你走西口，小妹我有句话儿留……紧紧拉着哥哥的袖，汪汪的泪水扑沥沥地流……"

8月底，朱小玲的老母走了300多里山路越岭来到西天目，送给南庵魔窟一大笔赎金。但晚了，损失无法挽回了，失去的永远失去了。朱小玲在告别难友时，关非蒙悄悄地对她说："那次他走的时候对我说，'我有个女友叫朱小玲，希望你有机会告诉她。'他心中装的是你呀！"

人世间续写了故事外的故事

朱为先（朱小玲）的心一直在滴血，尽管她终于有了自己的家庭，走过艰难的人生之路。女儿张抗抗在上中学时就知道那个山东青年贾起了。

"年青的贾起背着行李向我走来，只是那么一个缥缈的瞬间，我甚至从来没有看清过他的容貌，他便消失在天目山苍莽的丛林之中了，唯有那一声凄厉的枪响……"这位著名的女作家又说："那个被妈妈以悲壮的敬意和至爱的情怀，无数次讲述的故事，从一开始就萦绕着徘徊不走的悲恸和忏悔。妈妈坦言的悔恨和内疚，使我深感贾起之死在她一生中留下的伤痕和阴影。由于那种错失之无法挽回，她的伤痛确实是无以排解和无从解脱……"

"于是有一天，我决定要写出这个故事。"

这就是张抗抗写作以母亲的生活经历为主要内容的长篇小说《赤彤丹朱》的来由。这部小说的第一部以"非红"为题发表在《收获》1994年第6期上。翌年，天津《小说月报》2月号转载了它。《赤彤丹朱》长篇小说于1995年由人民文学出版社出版，并收入张抗抗五卷本自选集。

世上真有不可思议的事。似乎贾起的游魂在冥冥之中作牵引，当世界反法西斯战争胜利50周年之际，1995年春，青岛市规划局干部赵传康由日本出差回国，在上海机场候机厅等候转机返青岛时，为了消磨时间，从同行同事手中借阅了对方刚刚买来的这期《小说月报》，又恰巧读到了《非红》这篇。读不多久，"贾起"的名字进入了他的眼帘。再读下去，有关情节也似曾相识。他惊愕地联想起，岳母曾向他夫妻俩讲起过的二舅贾起南下抗日，一走杳无音讯的故事。小说里写的竟是一模一样的故事。他就向同事要下了这本刊物。一回到青岛，将这本刊物先给妻子读了，然后两人急忙赶到岳母家。岳母贾子义是贾起的小妹，排行第五，读着读着，她眼泪流下来了，说："贾起，就是贾汉卿，是俺二哥呀！抗战胜利了，全国解放了。我们就是盼不回来你们二舅舅。你们奶奶盼得眼睛也瞎了！"为了寻找贾起，他们西去武汉、南下上海，还到处托人在南京、浙江寻找，都得不到一个确切的说法。贾起的战友、同学也在打听他。有的来青岛寻找；有的通过组织了解；他的入党介绍人李扬在80年代中，曾致信朱为先，证明贾起在遂昌与他一起过组织生活；朱为先也想寻找贾起的就义之处，但莽莽天目山林，英烈忠骸落在何处呢？而且向人民政府申请烈士，也缺乏具体根据。如今《非红》牵引了贾朱两家人，岂非天意！噙着眼泪，这位退休的中学女教师贾子义立即打电话到济南，把四哥贾民卿唤来青岛。兄妹俩再次认真阅读，仔细推敲，认定文中的贾起是他们青岛贾家的二哥无疑。

同年3月30日，这位大学退休教师贾民卿寄信到黑龙江省作协张抗抗处打听消息。信转到北京中国作家协会，到了张抗抗手中。抗抗的手"微微颤抖起来"，"那是真的，是真的么？"故事终于撮合在一条线上了，诚如浙江一家报纸的一段导语所说："生活中的故事变成了小说，小说又引起了新的故事。"烈士把故事留下来，活着的人们续写了这个故事外的故事。在政通人和、国泰民安的现今，用不多的时间，给这个连环故事画上了一个壮美的句号。

收到女儿转来的贾民卿信后，朱为先惊喜交加，复信时边写边哭，竟写了一天。她说，贾起牺牲时间是在1943年8月20日前后。他在狱中坚贞不屈，就义也是从容不迫，"不要紧的，我去去就会回来。"是他的绝唱。

应贾家要求，1995年盛夏，这年特别酷热难当，古稀之龄的朱为先奔走各方，为贾起英勇牺牲取证。这对以后确定贾起的烈士身份起到了重要作用。

1996年5月，贾子义应邀来到杭州。两位从未谋面的感情因素上的亲人，因为一部小说牵引，终得聚首。贾子义亲密地喊朱为先为姐姐。朱为先还把在杭州的老战友都找

朱为先全家福，右二是她的先生张白怀，右一为长女张抗抗，左一为次女张婴音

来相聚。

这年6月，青岛市民政局派出三人调查小组赴杭州、临安、於潜（现已归入临安市）调查。朱为先的丈夫、老报人张白怀陪着他们跋山涉水，开展活动。调查组获得了大量直接与间接的史料，证明贾起是位坚定的共产党员，是位英勇的烈士。

贾起家乡人民政府对这位子弟的描述是："贾起是我党在国民党控制区培养起来的文化战士，在残酷的对敌环境中，积极投身抗日救亡运动，在特殊身份的掩护下，积极为党工作。被捕后，临危不屈，严守党的秘密，并为之献出了年轻的生命。"为此，青岛市市南区人民政府要求青岛市人民政府追认贾起为革命烈士。

青岛市政府向省政府提出如是请示。1996年3月31日，山东省人民政府作出了《关于批准贾起同志为革命烈士的批复》。

日月经天，江河行地。54年后，一个活生生的年轻的共产党员形象，一个充溢生活激情、爱恨分明的抗日热血青年的形象，在干涸的血泊中，重新站立起来了。

尾 声

这是一个完全纪实的故事。既然是故事，自然有结尾，尾声可谓余音绕梁，三日不去。《书经》云："恶贯已满，天毕其命。"天目山乡民额手称庆的是，陷害忠良的曹平山，在贾起牺牲不久，年纪轻轻的竟然脖子生起恶疮来，糜烂，穿孔，毒气攻心，嗷嗷声中丑陋地死掉了。

曹平旦自知罪恶深重，西天目山一解放，就逃匿他乡，可谓天意的竟一头撞进网来。他在杭州开木材行，恰被做《浙江日报》记者的朱为先在外勤采访中瞧个正着。人民政府将他依法逮捕，就地正法了。当时判决书上列举的第一条罪状就是杀害共产党员贾起。

1997年，中央电视台映播了纪实片《迟归的英魂》，大江南北吹遍一股"故事以外的故事"热风，这时朱为先收到了一封从长沙寄来的长信。出乎意外的是，这封信是原"韩台剧团"团长李苏民先生的儿子写来的。朱为先知道，李队长娶了位湖南女子成家。新中国成立后，他以朝鲜民主主义人民共和国商务相的身份访问过北京。此后半个多世纪，音讯杳了。如今李公子来信，怎么不令人兴奋？朱为先立即回复了一封热情洋溢的信，但至今都无回音。

笔者告别时，朱为先含蓄地说："也许这个故事之外还会有故事吧。"

孙荃，郁达夫的结发夫人

孤魂在南洋、在海外飘荡……他的故里在中国，富春江畔，满舟弄里，每逢清明、中元、除夕，一位被他遗弃但仍苦守在故屋里的老妇人一定会把八仙桌抬到堂屋门口，茹素的她破例去买回一些荤腥，烹烧焐炖得香喷喷，还有一壶烫热老酒，一一放到八仙桌上，燃烛，焚香，然后跪在一个蒲团上，叩首又合十，嘴唇规则地抖动，不知向那个冤家诉说什么，祈愿什么。这位老妇人便是中国现代大文豪郁达夫的结发夫人孙荃。

郁达夫

白净的颜面，高耸的颧骨，薄薄的嘴唇，两眼炯炯有神，聊起天来富有感染力……郁达夫这位大文豪我没有见过，但他的形象非常清晰，因为我曾与郁天明先生有一面之缘。我又与郁飞先生在浙江人民出版社共事过，午休时睡一个房间。郁飞说过，父亲郁达夫死得太早，1945年"二战"结束后，在苏门答腊岛被尚未放下武器的日本宪兵杀害，只有48岁，近半个世纪来的风风雨雨淡化了他，人们不可能像熟识郭沫若的形象那样认识郁达夫。但是郁飞长得与父亲一模一样，可说是"一个模子印出来"的呀。

郁天明与郁飞在容貌体态上有着惊人的血缘共同特征，虽然他俩是同父异母的胞兄弟。郁天明是郁达夫和孙荃的儿子，郁飞是郁达夫和王映霞的儿子。

才女，出身非凡的家族

孙荃的名字原来叫兰坡，订婚后郁达夫给她改名为荃。为此1917年10月16日，在日本名古屋八高读书的达夫还写了这首诗——

赠君名号报君知，

两字兰荃出楚辞。

别有伤心深意在，

离人芳草最相思。

孙兰坡，清光绪二十三年（1897年）九月二十一日生于浙江富阳县大青乡宵井村的大户乡绅之家。说起宵井孙家，和富阳龙门孙家、场口孙家、春建下塘孙家一起，都是三国东吴孙权的后裔。现在龙门镇已得到开发，成为有名的旅游胜地，除了完整的古民居外，2200多年的历史人文积淀是最主要的因素。孙兰坡的父亲除了拥有祖业外，还在贝山寺经营造纸业，生产出来的元书纸、土纸，受沪杭一带纸行的欢迎，因此财源滚滚而来。他富有而知书明理，在村中用自己的宅屋办书塾，招收本村和邻村儿童入学。他的一个儿子是秀才，另一个儿子是日本留学生。他十分钟爱自己的女儿兰坡。但

孙荃

清末民初，即使在江浙地区，乡间的女孩子不可能到县城的洋学堂读书，因此孙兰坡只能在家族私塾里读了几年书。好在她有一个书香氛围颇浓的家庭，有她爱读的唐诗。诗里那些闺怨、春怅、秋愁、别哀的句子，很能拨动这位少女的心弦，同时还可以去向她的大哥孙伊清请教。如此熏陶、练习，闺中的兰坡竟能下笔赋诗了。

她所受到的传统训练便是女红，她的刺绣，针脚细密，颜色配得活，绣品经得起时间的考验。她手下的布鞋，耐看又结实，一直到老年还是这样质量，孙儿们穿奶奶做的鞋，常引得邻家大婶们要他（她）们脱下来细看评赏。裹粽子更是她的绝活：煮熟的粽子剥出来，有棱有角，一粒米饭都不粘在粽箬上，这一声誉名扬乡里，凡婚嫁人家都争着请她去裹"娶亲粽"。

孙兰坡是个大青乡一带出名的美人儿，大眼睛，挺直鼻梁，瓜子儿脸庞。她既能干，又有文化，家里又富有，凡是见过她的人都说，能娶来这样的小姐做媳妇，那是前

郁达夫（立）、孙荃（坐）

世修来的福分！这福分给富阳县城里的郁家三儿子郁文（达夫）沾上了。郁家此时已家道中落。郁达夫三岁时，在县衙当司事兼行医的父亲因病亡故了。一家老少六口——祖母、母亲、郁氏三兄弟和一姐姐——全靠郁母独力支撑，为了儿子们的前途，她出人意料地把三间住屋、六亩薄田，以及一部半"庄书"（登记庄内田、地、塘、山、宅的册籍）抵押出去，将郁华（曼陀）、郁浩（养吾）、郁文（达夫）三子送出山城，上了高等学府，老大与老三还东渡留学日本。陆氏是一位颇有魄力、令三个儿子敬畏的寡妇。是她的主张，娶进大青首富人家的女儿兰坡作自己的三儿媳妇、郁达夫的妻子。

其实明底细的人知道，郁、孙两家原是老亲。据郁家宗谱记载，祖上富阳郁宸章与宵井下台门孙天佑结义一生，情同手足。他们死后，两家后人遵遗嘱，将他俩合穴葬在屠山。后代郁、孙两家后人常一起去扫墓。郁家曾有两代男子娶大青宵井孙家女儿做媳妇。郁达夫母亲陆氏的娘家也在大青乡。还因为郁家是"庄书人家"，郁、孙两家经常走动，彼此家风家底都是十分了解的。

如此通家之谊，郁达夫与孙荃的结合是顺理成章了。郁家那时家道中落，连郁达夫自己也感觉"我所经验到的最初的感觉，便是饥饿"。但是老泰山看重郁家的是书香世家，三个儿子都奋进求学，前程似锦，因此他愿意接受郁达夫这位乘龙快婿。1917年8月28日（农历七月十一日），留学日本名古屋第八高等学校的郁达夫，乘暑假回国返乡，与孙兰坡订婚。时郁达夫22岁，孙兰坡21岁。富家女嫁与书香门第的留洋学生，还是匹配的。

西楼，留着他俩的唱和

郁达夫知交郭沫若说过，"达夫的诗词实在比他的小说或者散文还好"。达夫有幸，他早早地遇到了知音，能够同他唱和的伴侣。他一生中曾有的四个女人走进他的生活，但唯有结发草荆孙荃理解他那感伤而耐人寻味的诗词。且听他们的唱和，分不出彼此，几乎出自一支笔：

风动珠帘月明夜，

阶前衰草可怜生。

幽兰不共群芳去，

识我深闺万里情？

（孙荃《秋闺》之二）

故里逢君月正弯，

别来夜夜梦青山。

相思尚化夫妻石，

汝在江南我玉关。

（郁达夫《题阴符夜读图后首》之一）

郁达夫与孙荃订婚返回日本之后，接着便是阳历岁末了，除夕之夜他从名古屋写了一张明信片给未婚妻，书七律一首，中间颔联颈联四句写道——

人来海外名方贱，

梦返江南岁已迟。

多病所须唯药物，

此生难了是相思。

富春江畔呼应的是未婚妻孙荃的无限柔情：

淋漓襟上旧啼痕，

难断柔情一寸根。

111

正尔愁心无托处，

何堪梦里遇游魂。

　　因为经常与未婚夫唱和，又因为郁达夫要她多读晚唐诗，感受李商隐的纤巧神韵，孙荃的七绝大有进步。1919年1月17日，郁达夫将心上人的《有感》一首与他在1917年写的《奉赠》五首一起发表在杭州《之江日报》上。试看，难分伯仲：

一纸家书抵万金，

少陵此语感人深。

天边鸣雁池中鲤，

切莫临风惜尔音。

（郁诗）

笑不成欢独倚楼，

怀人坐断海南州。

他年纵得封侯日，

难抵春闺一夜愁。

（孙诗）

　　1920年，郁达夫将孙荃两首七绝《寂感》略加润色后，夹在他自己的诗中，发表在日本的《太阳》杂志上，几乎可以乱真了——

深闺静坐觉魂销，

梅影横窗气寂寥。

无奈夜长孤梦冷，

书灯空照可怜宵。

（孙诗）

鸿雁西来插翅斜，

秋风吹冷夜芦花。

青山隐隐江南暮，

小杜当年亦忆家。

（郁诗）

郁家珍藏着一封家书，信中郁达夫告诉孙荃，1919年夏他将在名古屋八高毕业，预备下半年升入东京帝国大学。但长兄北京来信，10月间京师将举行高等文官考试，"颇欲乘兴西游，只愁路费恐多"。家书又道："梅子黄时，晴雨无常，汝起居亦佳否？"这封信是用清逸、工整的小楷书写的，像刻书排版的那样，字间、行距十分规范，颇费工夫。其本意是郁达夫供未婚妻在

富阳郁达夫故居

闺中习字临摹用的。信末署名"郁文，己未（即1919年）夏历七月八日"。信尾还有他的两方闲章："从吾所好"、"我是春江旧钓徒"。这封信虽谈不上是情书，却是郁达夫初恋的见证。

"豆蔻花开碧树枝"（郁诗），沧沧长流的一江春水，孕育这对才子才女的爱情。1920年7月，就读东京帝国大学的郁达夫放暑假返乡，在富阳县城满舟弄（后改名达夫弄）宅屋里与孙荃完婚。这幢三开间祖传楼屋里，有一间南向的西楼，是郁达夫度过童年读书的地方，凭窗可以眺望"一川如画"的富春江。钱塘江的源流之一新安江自黄山入浙，流至桐庐富阳段称富春江，一路山水风光极佳，江面"风雨晦明，春秋朝夕"，郁家的西楼可尽收眼底，因而郁达夫誉称"西楼抵得过滕王高阁"。如今西楼里多了位女主人，建立了新家庭，续写诗情画意的爱情故事，并且繁衍生息了二子二女。

结婚后，郁达夫为他的学业和"创造社"的事业，继续往返东京上海之间。

从1920年到1926年，孙荃无论在富春江畔的西楼，还是随丈夫到安庆（郁达夫任安徽法政专门学校英文科主任），还是在上海（郁达夫与郭沫若、成仿吾办"创造社"），还是住北京什刹海（郁达夫任北京大学统计学讲师），这不算太短的六年间，虽然为生活奔波，日子拮据，却享受着一家人的天伦之乐，孙荃还称得上是位幸福的少妇。

弃妇，郁家接纳的媳妇

1927年，郁达夫在上海、杭州狂热地追求王映霞，爱得死去活来，对王说，"那事情（指与孙荃离婚）若不解决，我于三年之后，一定死给你看！"（1927年3月14日日记）

平心而论，在那五四一代文化人群体中，对"父母之命、媒妁之言"封建婚姻的反动，摒弃发妻，与自由恋爱的女性同居是见怪不怪的，更何况是万分罗曼蒂克情调的郁达夫。但是，寡母给他择婚的孙荃，是郁达夫曾经倾情恋爱过的，而且为他生育了二子一女，第四个孩子也已经"怀材抱器"了。郁达夫终究是位君子，两个女人中，他虽然选择了小他11岁、健美丰满、充满朝气的新女性王映霞，但发妻孙荃仍在他思虑中。这年的3月11日，他写信给王映霞，要她等他三年，说"那件事情"（离婚），"至于我的决心，现在一时实在是下不了，一时实在是行不出去"，郁达夫认为，太残忍了，"因为她将要做产了"。天真的郁达夫设想，"将来我一定可以做到的，并且在未做到之先，你也尽可以不睬我"，以此来缓冲，简直像在写小说。

这年的5月，为避上海'四一二'腥风血雨之灾，也为养病（黄疸），郁达夫到了杭州。王映霞祖父王二南十分欣赏他，爱惜达夫的文才，欣然接受这位东床；但绝不能让自己钟爱的孙女做小妾。此时达夫的二哥养吾恰好来杭州，老人正告养吾，让达夫从速返富阳老家，解除与孙荃的婚契。那个时代只要有男人的一纸"休书"，婚姻问题便解决了。端阳节那天，郁达夫抖擞精神回到富阳满舟弄，向敬畏的母亲诉说自己与王映霞的情事——孙荃并不在现场，还在北京什刹海畔的租房里，而且怀着自己的孩子。清心寡居的陆氏是位坚强的女性，赡养着守寡的婆婆，含辛茹苦把三个儿子培养成材。如今在自己门下又要制造"新寡"，不成！她对郁达夫说，你到北京去把她接回来，住在郁家。兰坡就是我的儿媳妇，我要把她当作自己的女儿看待，析出一份祖产在她名下，永远住在郁家。

这是母亲最好也是最有分寸的回答了。郁达夫从命，于是9月再次北上，执行"挈妇"返乡任务。途中他联想翩翩，怎堪回首！1923年10月，他由东京帝大同学陈启修推荐，赴北大任讲师，先住在大哥郁曼陀的西城巡捕厅胡同家中。翌年春天，孙荃带着大儿子龙儿来了，于是他们搬出大哥嫂家，乔迁到什刹海北岸的一处小出租房里，在湖光柳荫中，为应龙儿要求，郁达夫爬上树去摘青枣，一家过着欢乐自在的日子。其间，他的好友鲁迅来探望过一次，在屋前的葡萄架下，谈得十分投契。鲁迅还抱过龙儿。

1925年，郁达夫独身南下，到武昌师范大学任教。11月返上海与郭沫若、成仿吾等筹建"创造社"出版部。1926年3月，应中山大学文科院长郭沫若之邀请，从养病地杭州转上海，带着浪漫主义想象，直趋广州，任中大文科教授。但只不过三个月，在北京的妻子拍来了"龙儿病重"的电报，待到他取道海途赶到时，大儿子已经在端阳节那天夭折了。夫妻俩紧抱痛哭一场。在墓地，给龙儿下葬，烧纸钱……

但是1927年情态完全变了，他狂爱、狂追王映霞的同时，也曾回首他的"糟糠"，2月7日的日记中也曾有过自忏：

我也该觉悟了，是resignation（按：认命）确定的时候了，可怜我的荃君，可怜我的龙儿、熊儿（按：即郁天明），这是一个月来，竟没有上过我的心，啊啊，到头来，终究只好回到自家破烂的老巢里去。这时候荃君如在上海，我想跑过去寻她出来，紧紧抱着痛哭一阵。我要向她confess（按：忏悔），我要求她饶赦，我要求她能够接受我这一刻时候的纯洁的真情。

但是此刻他又不能忏悔了。他默默到了北平，不向任何朋友、同事作声张，在长兄那里无颜面一转——法官曼陀当然谴责他，不许他犯重婚罪——匆匆带着挺着大肚子的发妻和一儿一女，默默地回到上海。这种难堪的聚首，他实在受不了，就托一位同乡将孙荃母子仨带回富阳郁家。

孙荃，一个深山古老遗族的弱女子，一个半封建半殖民地社会里的伶仃者，自然摆脱不了弃妇的命运，那么就凭命运来播弄吧。出乎她意料的是，平时严厉有加的婆婆，竟慈爱地正式接纳了她。聪明的陆氏还把祖产中郁达夫那份划到了她和三个孙儿的名下。并且还不定期地写信给这位小儿子，催他寄钱养家，造成分居不离婚的事实。

1927年6月5日，郁达夫在杭州聚丰园酒店请客，宣布与王映霞订婚。男方，达夫二哥养吾以家长身份赴宴。1928年春，郁达夫发请帖，宣布在日本东京精养轩结婚，但这是虚晃一枪。三月他们才在上海东亚饭店，不事声张地举办婚宴，用现在的话来说，低调。事实是，郁达夫与王映霞结婚前，他与孙荃既无离婚协议书，也未登报解除婚契的声明。

郁达夫虽然没有伴孙荃及三子女回富阳，但在这年的10月4日收到日本一家杂志社汇来的250元稿费，除了购书外，"托汪某（按：郁的朋友）汇了一百元去富阳，系交荃君作两个月费用的。作给荃君的信。"（1927年10月4日日记）

天外，风雨茅庐的倾覆

按君子协定，郁达夫每月提供他的荃君和三个子女生活费50大洋。这50元，在当时可是一笔不小的数目。郁达夫无恒业，经济来源全靠文学创作的版税。在他创作的旺盛期，当然收入颇丰。

每月支付前妻及子女生活费50元，王映霞是知道的，但到了1931年1月，郁达夫已在王二南的诱导下，将自己的著作版权全部赠予王映霞，并签署了法律文书，经济权被新欢一把抓住了。所以支付给发妻的生活费用实际上是王映霞在操作的。1932年10月郁达夫（时在杭州西湖医院养病）致王映霞的明信片中，多次提到了这件事："富阳钱，请勿寄去，且慢点再说。""以后的五十元，就照我那封快信里的办法，积到过年，一起还她。""五十元一月的那地方以后请勿寄，就照我昨天快信中所说的那个办法，到年下算个总账，弄弄清楚就是了。"为了取悦王映霞，甚至说"以后就一刀两断，不再往来。若弄不到钱，则索性连这四五百元，都一并抹去不提"。甚至骂他的荃君为"泼妇"，子虚乌有的说在杭州马路上"遇见泼妇孙氏和一不识少年男子……"后来又在信中承认："她们并没有离开过家乡，倒是我的眼睛进化了的缘故，一笑。"

但实际上并非如此。1931年，上海"左联五烈士"事件后，郁达夫3月被迫离沪，一度辗转返富阳老家，见到了严母及结发妻子，给孙荃留下一纸感愤书，云："钱牧斋受人之劝，应死而不死；我受人之害，不应死而死。使我得逢杨爱，则忠节两全矣！"此言古怪，他在游桐庐富春江钓台也题壁，以泄时愤。可见，还是当年唱和的原配妻能理解他心境的。

但是，郁达夫与王映霞结合后并没有过上他所期望的安定生活。不听鲁迅先生劝阻，移家杭州，结果带来了无穷无尽的烦恼与灾祸。罄其积蓄建成的新居"风雨茅庐"（产权归王映霞所有），他只住了三天，"鸣鸠占巢"（按，郁达夫《毁家诗纪》"之四"中之句，意谓"霞君已另有男人"），却成了毁家的肇始。此际日本大举侵华，"半壁江山"沦陷，全国军民奋起抗日救亡，郁达夫作为军委会政治部第三厅少将设计委员（厅长郭沫若）、中华全国文艺界抗敌协会理事，1938年年底，曾去徐州、山东、河南前线，冒着敌人的炮火，"千里劳军此一行"。但终因被"釜底抽薪"，背负奇耻大辱，"奇羞难洗"（按《毁家诗纪》中最后一首《贺新郎》中句），迫使他1938年年底，离开福建，远走南洋新加坡。1939年3月，在香港《大风》杂志（旬刊），发表《毁家诗纪》。1940年5月31日在《星洲日报》刊登《郁达夫启事》："达夫与王映霞女士已于本年三月脱离关系，嗣后王女士生活行动完全与达夫无涉，诸亲友处恕不一一函告，谨此启事。"

郁达夫与王映霞的婚姻关系风风雨雨地持续了12年，从此画上了句号。王映霞回国后在交通部干了一段时间。1942年，在重庆与招商局官员钟贤道结婚，婚宴场面极大。

12年啊，遭遗弃的孙荃依旧苦守在富阳郁家，出入满舟弄，踯躅富春江边。1937年"八一三"淞沪抗战后，王映霞扶老携小，避难到富阳，曾多次见到孙荃。觉得她并不是什么"泼妇"，而是一个身着土布衣、笃信菩萨、牵儿带女的极普通的村妇。就这么一位村妇，支撑着一个被命运摒弃了的家，抚养郁家儿女。孙荃哪知道杭州"风雨茅庐"即将倾覆的厄运。

国殇，郁氏一门仨成仁

自1927年下半年孙荃从北平回到富阳后，一直住在满舟弄（现名达夫弄）郁家过日子，在婆婆的全力支持下，艰辛地抚养她为郁达夫生养的一子二女（大儿子龙儿在北京夭折），一直到日本军队侵占富阳，才携子女避难宵井娘家。

日本侵华战争给富阳郁家带来血腥的灾难，罄竹难书！

——1937年12月24日，杭州、富

富阳鹳山郁氏兄弟双烈园

阳同时沦陷，日军铁蹄践踏富阳城乡，二子郁浩一家避难环山，老母陆氏不愿随行，避居长子在鹳山所建的房屋"松筠别墅"，日军侵占了这所别庄，逼迫这位70多岁的老太太为他们烧饭，陆氏坚决不从，当夜逃往后山，终因大雪封道，被活活饿死、冻死在山上。

——毕业于日本法政大学的郁家长子郁曼陀，自1914年起历任京师大理院推事、司法部司法讲习所、同泽新民储才馆、朝阳大学的刑法学教授，大理院东北分院刑庭庭长，江苏省高等法院第二分院刑庭（管上海租界）庭长。他是一位卓有成就的法学家、正直爱国的大法官。上海沦陷后，第二分院迁租界孤岛，郁曼陀坚持爱国立场，严拒

117

流亡南洋苏门答腊岛的郁达夫

汪伪政府胁迫、诱降，1939年11月23日一早刚出家门去上班，被汪伪"76号"特务杀害于自家门口，时年56岁。新中国成立后，中央人民政府以毛泽东主席的名义，向郁曼陀家属颁发革命烈士证书。家乡人民在鹤山修建了郁曼陀衣冠冢，并造了一座"双烈士纪念亭"，纪念他和弟弟郁达夫以身殉国的壮烈行为。

——1940年5月31日，郁达夫与王映霞在新加坡结束关系分手后，全身心投入抗日救亡运动。1940年下半年继续任《星洲日报》副刊编辑，撰写抗日时论的同时，为国内来新加坡的抗日救亡剧社（金山、王莹率领）作宣传，还呼吁南侨文化界义卖文稿或自由捐助，集款支持中华全国文艺界抗敌协会。1941年岁末，太平洋战争爆发，他任新加坡文化界战时工作团主席、战时工作干部训练班主任。1942年1月，陈嘉庚领导的新加坡华侨抗敌行动委员会成立，郁达夫任执委兼新文化界抗日联合会主席。2月，新加坡沦陷前夕，因重庆驻新领事馆拒签回国护照，郁达夫被迫流亡到苏门答腊岛。后定居小镇巴爷公务，化名赵廉。他开设赵豫酒厂，一次偶然中，他显露了流利的日语，被迫做武吉丁宜日本宪兵总部通译。由于侨奸洪根培告密，宪兵队终于调查证实赵廉就是著名作家郁达夫，之后对他实行暗中监控。1945年"八一五"日本投降后，乘盟军尚未接管苏岛的间隙，8月29日晚，日宪兵总部将郁达夫劫持至郊外，极其残忍地掐死。1952年，经中央人民政府批准，追认郁达夫为革命烈士，烈士证是发到富阳郁家孙荃手里的。

富阳的儿子在外被日本法西斯杀害，他们的父老兄妹在家乡更惨遭日寇虐杀，其情状令人发指。富阳沦陷八年间被屠杀的百姓有2431人，致伤残的有1928人，被毁房舍有54240所。就在日军制造"千人坑"惨案的富阳宋殿村，1945年9月6日，日军驻杭州最高指挥官、一三三师团长舒地嘉在该村向中国军队第三战区长官司令部递交投降书。为纪念这一历史事件，该村易名为"受降村"。

祭奠，达夫弄里的倾诉

富阳光复后，孙荃带着儿女回到幸存的满舟弄郁家宅屋。坚强的婆婆已殉难，现在全靠她来支撑门户了。这时她终于读到了郁达夫的《毁家诗纪》（1939年3月发表在香港旬刊《大风》），后来又获知了郁达夫噩耗。达夫呀，你迷途知返，于是毁家纾难！为国殉难！

孙荃对丈夫原先有过的那种怨恨，随着时间的推移，渐渐消除。这三代寡居、妇人做栋梁的郁家，艰难岁月是那么地悠长呀！近一个世纪以来，晨光熹微时，夜幕覆盖时，满舟深弄里传出了木鱼橐橐声。青灯黄卷，伴度孙荃没有尽头的寂寞年华。孙儿们每从杭州去富阳达夫弄老家看望奶奶时（长子郁天明时在浙江省高级人民法院工作），冷不丁上西楼她的房间时，常发现她口中念念有词地端坐着，桌上摊着一张黄纸。黄纸上布满用火柴梗蘸印泥的红点……

孙荃夫人在为海天之外的孤魂祈祷？在为她和达夫的孩子们祝愿？她清心寡欲，长年茹素，乃至闻到荤腥气味都会感到恶心，但是每逢清明、中元、阴历大年夜这三个中国传统大节日时，她总是要把平日不用的八仙桌抬出厅堂门口，破例上街去买回荤腥，烹烧焙炖得香喷喷，放到八仙桌上，还有一壶他最喜欢的黄酒，也烫得热气腾腾了，又取出烛台香炉，毕恭毕敬地祭奠曾经遗弃她的丈夫，不幸沦落在海外的孤魂。她跪在一个蒲团上，叩首，再拜，嘴唇有规则地在抖动，诉说深埋在心底的感情，说个没完，神情专注。堂前上方悬挂着一幅放大了的郁达夫当年的照片，镜框下面是长子郁天民写的"爸爸的遗像"。两边挂着一副对联："绝交流俗因耽懒""出卖文章为买书"。是达夫遗墨，那是他1932年在上海时写下的短句。

郁达夫，依旧在孙荃的心中。萦绕着她的总是他俩那些美好的往事。老人晚年经常向孙辈们讲述着这些。她说，尚在（20世纪）20年代初，郁达夫带她去上海，会见好友郭沫若、成仿吾，筹建"创造社"。那天郭寓来了好多人。成仿吾拿出一块从湖南家乡带来的腊肉，准备煮了供大家一起吃。可是郭沫若的日本夫人安娜不会做。孙荃见状，大胆进厨房，帮安娜做饭做菜，但两人语言不通，要盐要油什么的沟通不了，只好唤郭沫若进厨房有声有色地做翻译。

"达夫的故乡富阳是风光明媚的地方，我竟然没去过……"1963年郭沫若为实践这个愿望，专程去看望故友遗孀孙荃夫人。但事不凑巧，因为相邻一家豆腐店的锅炉爆炸，将达夫弄一号郁家老屋炸坍了，孙荃暂住在豆腐店幸存的一间小屋里，那天县里通知她，有位中央首长来看她，没有具体说是谁，时间紧迫得连换个地方接待也来不及，只好煮茶等待。郭沫若在公安干警严密护卫中来了，只见老屋一片残垣瓦砾，几只麻雀飞飞跳跳在觅食，哪有兰坡！郭老只好带着遗憾走了。两位老人竟失之交臂。其实孙荃在50步开外的小屋里等候而不敢离开半步。

政府为保留历史文物，很快按原样在达夫弄1号原址重建了一幢三开间的两层楼砖房"郁达夫烈士故居"。郁达夫故居被保存下来了。海内外评论认为：没有孙荃夫人，就不会有郁达夫故居，她自1920年从宵井村嫁到这里的郁家，以一个中国传统女性的忍耐、贤妻良母的品德辛劳一生，养育了郁达夫的三个子女，使他们个个成为社会上的有用之才。长子郁天明毕业于苏州东吴大学，新中国成立之初，在浙江省高级人民法院工作，后来回到富阳文化馆工作，出版了《郁达夫诗词抄》（与周艾文合作），填补了郁达夫研究的空白。他的女儿郁嘉玲，现任杭州市政协副主席。岁月悠悠，白云苍狗。孙荃夫人在郁达夫故居里整整生活了50多年，虽然她随丈夫去过安庆、上海、北京，但她一生中的大部分时间是在故居中度过的，历经战争、政治风云，这幢房子就是她的不幸人生、含辛茹苦为母始终的见证。1978年3月29日，听着春江荡荡流水声，她平静地闭上了双眼，享年82岁。

尾 声

郁达夫在他的小说《沉沦》（1921年）中，借对主人公家乡背景富有感情色彩的交代，实际上是在描述富春江和他故居的西楼："他的故乡，是富春江上的一个小市，去杭州水程不过八九十里。这一条江水……江形曲折，风景常新，唐朝有一个诗人赞这条江说'一川如画'……他的书斋的小窗（按：结婚后是他和孙荃的新房，再以后是孙荃独处的卧室），是朝着江面的。虽然这书斋结构不大，然而风雨晦明，春秋朝夕的风景，也还抵得过滕王高阁。"凡是为郁达夫而去富阳的人，观瞻达夫故居和西楼，无不是第一目的。不过因为城市整治，原来富春江南码头向北伸去的那条达夫弄也消失了，但是"郁达夫故居"被移建到富春江畔的"郁达夫公园"内。2007年的一个秋日，我踏访了这座名屋。

这是一幢三开间一进深和一个天井的二层楼屋，黛瓦白墙，坐北朝南，面向富春江。石库墙门外有个开放式的小花园，形象十分年轻的郁达夫石雕坐像居中，鲜花簇拥。踏进天井，发现紧靠院墙，左右各置一只大水缸，还栽有两棵枝叶繁茂的乔木。这里复原了孙荃夫人生活时的格局。故居的门额，悬着"郁达夫故居"的横匾，是他的侄婿、郁风的丈夫黄苗子先生题写的。楼上正中的匾额则是丰子恺先生书题的"风流儒雅"。跨入厅堂，正中板壁上挂有一幅中堂，画面是竹啸风摇中的郁达夫，题款中说是为纪念郁达夫殉难40周年而作。左右对联则是郁达夫"丙子首夏"手书："春风池沼鱼儿戏，暮雨楼台燕子飞"。写得俊秀飘逸、潇洒自如，恰似达夫性情。字画轴下，是一张搁儿，一张八仙桌、一对太师椅。都已陈旧，可能是原物。引起我注意的是：东西两壁挂着的一字轴、一画轴，分别是鲁迅先生1933年手书《阻郁达夫移家杭州》七律和日本忘年交、恩师、汉诗诗人服部担风先生的瘦梅画。后者，达夫1919年曾有七绝一首答谢，"赠我梅花清几许，此生难报丈人恩"。还有两个镜框，分别嵌了两张照片：一张是郁达夫（左）和长兄郁曼陀（中）、二兄郁养吾（右）合影；另一张是他的绝照，满脸胡子，就是在最后一处流浪地苏门答腊的留影，称"赵胡子"者也，照片下方的说明词是"郁达夫烈士"。这些陈列朴素明了，但孙荃夫人的痕迹却难寻觅，可是布展方疏忽了？须知没有她苦守在郁家，哪会有留存今天的"郁达夫故居"？

令人联想绵长的是西楼的小窗，眺望"一川如画"的富春江，"碧桃三月花如锦，来往春江有钓船"（郁诗），少妇眼中又添了一层情思，"无奈夜长孤梦冷，书灯空照可怜宵"（孙诗）。我在这西楼流连久久，适台风肆虐不久，春江暴涨，浊水荡荡东去，犹80年前红尘滚滚，逝去的春花秋月，道不尽人间思念。

河内，行刺汪精卫

《戴笠自述》有云："民国二十八年（按，公元1939年）三月二十日，在越南河内，我们因制裁汪精卫，被当局捕去两位同志……是计划不周密，以致汪逆漏网，只打死汪的副手曾仲鸣。"

笔者在20世纪末，采访了在浙江江山市颐养天年的原国民党军统局机要室中校助理秘书、现浙江省政协委员王绍谦老先生，他是制裁汪精卫事件至今尚健在的亲历者。

奉命制裁

戴笠

王绍谦先生说：国民党"军统"是恶名远播的间谍机构，它直接听从蒋介石的命令，死心塌地为蒋家反动政权服务，诚如戴笠经常向部下说的，"抱定一手接受派令，一手提着头颅，成功为敌人所杀，失败为领袖所杀。"军统内部纪律，封建加法西斯，残忍可怖。军统常常超其范围，滥捕滥杀，骇人听闻。

王老先生还告诉笔者，军统业务是多层次的，主要是对付共产党和其他革命派及反蒋势力。干杀人勾当，一般是行动特务的事。著名爱国人士吉鸿昌、杨杏佛、史量才、杨虎城、李公朴、闻一多等都死于他们之手。不过在抗日战争期间，戴笠也奉命制裁了一批臭名昭著的汉奸。如汪伪政权的"军政部部长"周凤歧、"外交部部长"陈箓、上海维持会会长唐绍仪、"上海市市长"傅筱庵、"76号"头目李士群、流氓头子大汉奸张啸林等等，而当时最为轰动的，则是在河内行刺汪精卫事件。

国民党二号要人汪精卫在党内持不同政见已众所周知，不料他于1938年年底，率其党徒，不动声色地离开重庆，取道昆明，飞赴安南（越南，时为法国殖民地）首府河内（12月29日）。此行目的昭昭，是要另立旗号，组织与重庆相抗衡的伪政府，做中华

1938年，汪精卫在办公室

民族的叛徒。

1938年12月22日，日本首相近卫文麿发表第三次对华声明，提出所谓"调整日中关系三原则"。早有降日之心的汪精卫一到河内就立即响应，于12月29日发表"艳电"，致重庆国民党中央党部总裁蒋介石（他自己是副总裁）、国民党中央执委，公开提出以降日为目的响应"近卫三原则"，"以期恢复和平"。这是一份降日自白书。"艳电"同时在香港《南华日报》上全文刊载。汪精卫这一赤裸裸的叛国行径，使重庆国民党中央党部愤慨不已，一致决议宣布永远开除其出党，撤除其一切职务。1939年元旦后，蒋介石命戴笠派遣杀手，奔赴河内，制裁汪逆。

戴笠江山小同乡王绍谦时任戴笠随从少尉秘书，兼负责戴的译电和私人信件收发，因此是这次刺汪事件的亲历者、参与者，内幕知之甚详。

香港部署

1938年底，日寇大举向中国内地进犯，国民党政府和军队向川黔大后方撤退，戴笠在汉口法租界巴黎街8号–5公馆，吩咐王绍谦在长沙等候，到时随他赴东南地区视察。但1939年元月，王突然接戴笠密电，急赴香港。当他和戴笠随身侍卫王鲁翘（山东人，1936年追捕并在广西梧州西江别墅击杀反蒋大侠王亚樵者）一起到香港思豪酒店时，才知道汪精卫已叛逃河内，军统有重大行动在即，集中人马赴港待命。

调集的人马来齐后，戴笠在他的铜锣湾晚景楼公寓里部署刺汪行动。为了先给老汪一点颜色看看，戴笠命军统香港站行动人员对《南华日报》社长林柏生"小试牛刀"，吩咐"只许伤，不致死"。果然一粒子弹击中了林的一只眼睛，吓得他逃出香港。林柏生者，汪精卫的心腹，遗臭万年的"艳电"就是由他一手操办而见报的。后来此人跑到南京，做了汪记中央的宣传部长。

击林事件结束了，戴老板开始部署刺汪行动。

——命天津站站长陈恭澍先行赴河内，组成行动小姐，陈为行动总指挥。陈恭澍曾经策划狙击华北汉奸王克敏。

——陈部属军统武功教官唐英杰为行动组组长。

——资深特工、化学工程师、军统训练班爆破教官余乐醒为参赞机要。

——王绍谦、季若恂留港，专事对刺探汪精卫来往密电破译，王为军统香港站译电负责人。

戴笠强调说："这次行动是报批委座而由局本部直接指挥的，但重大行动必须报告重庆，不得擅自妄动。"其实这次行动的背景，戴笠也只知道些许，他哪里会知道，到蒋介石下制裁令时，还在"争取"汪精卫，还暗里派人向汪频送秋波。

部署完毕后，戴笠留王绍谦在公寓里便饭。饭后，戴笠用热毛巾擦脸、拭拭鼻涕（1937年患鼻瘤开刀后留下的后遗症），对这位江山小同乡、同学挚友王蒲臣的侄子说："绍谦，这里算是后方了，我把你留在这里。我去后，你先在这里专门接收河内、重庆来往的密电，译好后送到薄扶林道64号（按，军统香港站），再拍发密电。要亲自拍发，亲自送去。"

没几天，戴笠用了"何永年"的化名，领了护照，飞往河内，去坐镇指挥。

政治交易

陈恭澍、王鲁翘等到了河内后，由先行到达的军统香港站庶务方炳西接应，安排在市区一幢不显眼的一楼一底民宅里。他们买了一辆二手货的福特轿车，双排座，启动快。不日，戴笠突然出现了，说是过来看他们的。在斟酒慰劳时，他偏首，透过水晶酒杯，闪烁着凶煞目光，十分严厉地说："这是一次十分难得的机会，不但要好好掌握，也应做出突出表现。否则，我们将死无葬身之地！"

第二天上午，戴笠在飞回重庆之前，交给陈恭澍一张名片，要他单线与名片上的人物徐先生联系，嘱咐道："他有时也会和许念曾先生联系的。许先生是我国驻河内总领事，大官。你们有困难的话，可以去找徐先生，但他不是我们家里的工作同志，要有礼貌，要有分寸。"此后，戴笠便神秘地时隐时现在河内。

陈恭澍小组开始工作，但寻找汪精卫住所颇费工夫，还是徐先生告诉他们：在哥伦比亚路高朗街27号，一幢精致的别墅里。那幢小楼原是粤军朱培德将军的公馆。陈小组去实地侦察了次。那里偏远河内市区，是外国侨民的高级住宅区，高大的棕榈树、大王椰子树夹道，马路干净宽敞，高级小轿车穿梭来往，喇叭声响少，非常幽静。27号汪寓是幢西班牙式花园洋房，三层楼，临街门外有一方草坪，隔开人行道、大街。后门隐蔽在一条曲折的小巷中，出入可避人耳目。透过后院，可以清楚看到二、三层楼的落地大窗。此楼大门紧闭，稀见人影。但入夜后却有二三名安南巡警，来回警戒。

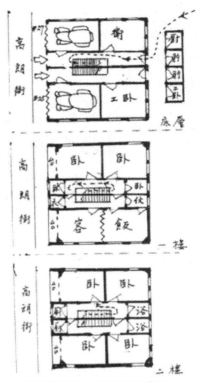

河内高朗街27号别墅示意图

数天后，香港转来重庆密电，透露汪精卫有离开河内赴日，或作欧洲游的迹象，要陈小组从速监视汇报。这些在国内为所欲为的军统特务，如今在这块人生地不熟的法国殖民地，深感触角不灵，只好求助许念曾总领事。没隔几天，许回话来了，汪精卫确有离去意图，他正在等待他的密使高宗武与日本今井武夫谈判的结果。而目前近卫内阁恰恰下台，刚上台的三沼内阁正在调整对华关系中，因此汪精卫近阶段绝不会贸然离开河内。

"许先生这消息……"陈恭澍有些将信将疑。

"可靠。我们的圈子内很多是行家，哪像你们不懂政治！"许念曾傲慢地说。

陈小组立即复电。戴笠满意他们的工作。

许总领事所谓的政治，就是蒋介石幕后与汪精卫在做的政治交易。2月初，蒋派他的侍从室要员给汪送去50万元支票一张和三本护照，劝汪氏夫妇的代理人曾仲鸣去

1992年，王绍谦（左）会见返故乡探亲的毛森（右）

法国疗养，条件是不去上海或南京另树旗帜。汪收下钱后板起脸说："什么委员长，下流到绑我和陈璧君的票，把我们逼出国！"退回护照。蒋气得大骂："娘希匹！不可救药！"戴笠领悟领袖意图，不久便诡秘地出现在河内。送去一批长短武器及弹药，指示陈小组"须作必要准备，但不可轻举妄动"。从此，陈小组就处临战状态。再过些日子，已是2月末梢了，陈小组已侦察到汪氏夫妇的卧室在三楼主间，而且通过徐先生搞到了房间的钥匙。

正在这时，3月19日，重庆转香港发来了戴老板"亲泽"级密电："着对汪逆精卫予以制裁。"但要求陈小组不动声色地采取软性行动，造成汪氏是不慎死于事故的假象。这也是军统杀人的一贯手法。此际，参赞机要少将余乐醒出来演示了两场毒汪的软性行动。

软性行动

陈小组获悉，汪精卫每天早餐的面包定做于市内一家烤面包店，日送两次。余乐醒取出他行囊中几瓶无色无嗅的剧毒药水说，我们来个软性行动，神不知鬼不觉地报销老汪，岂不大好？于是陈小组行动起来，由于他们没烤面包工具，就去买了各式面包，将剧毒药水从各个部位注射进去。过了会，切开面包，发现凡接触药水的部位，都变成了大豆般的硬块。反复试验，都没法消除显著痕迹。于是原拟截拦送面包车的伙计，换上自己人送毒面包的计划只好放弃。

一计不成，再施一计。余乐醒取出一个金属小罐，拧开盖子，内盖犹如胡椒粉瓶盖，有许多小孔。他将一种极易挥发的剧毒药水灌入罐内，盖好。正好汪寓要修理浴室水龙头，陈小组扣押了前去修理的水暖工，派出一名自己的行动员。该人修好水龙头后，就把余乐醒交给他的毒罐头藏在浴缸底下，打开外盖，把门窗关紧。按设计，毒液罐头因为浴室升温，挥发加快，那么入浴的汪逆必然赤条条地去见阎王了。但是他们等了好几天，汪寓没有传出出事的消息，显然，这一招软性行动杀汪计划又失败了。

他们一直不知故障出在何处，直到1941年，陈恭澍做了军统上海区一区区长，被

"76号"抓捕后，陈璧君亲自来过堂，大声呵斥："你们在我浴室里摆了个小罐，那是干什么的？哼！"陈恭澍终于明白，老余那一招被发现，又失算了。

软性交锋的失败，彼此已心照不宣。更使汪精卫焦虑的，接任近卫的平沼内阁对自己的"热诚献贞"竟然尚未接受，因此无法"热恋"起来。在这变幻莫测的"真空"间隙，3月20日，汪精卫突然决定，出行距河内80公里的风景区丹道镇三岛山。许总领事通过徐先生，迅即将这情报传至陈小组。陈小组这批人立刻兴奋起来，因为刺汪计划已由软性转入硬性行动了。

飞车狙击

但是陈小组无法侦知老汪此行是否是一时心血来潮郊游？还是感到高朗街不宁，易地休养？还是借道北遁？事态瞬间万变，既然老板已下制裁令，那就乘机下手为上。

陈小组迅即调整部署，6名行动员全部出动，飞车追踪，拦路狙击。这也是军统杀人的一贯手法。5年前，他们在沪杭公路上杀害了著名爱国报人史量才。当时史氏逃入乔司乡下一口水塘，杀手赵理君穷追不舍，当场将史射杀。1年前，陈恭澍在北平煤渣胡同口狙击

汪精卫（右一戎装）出逃河内前，龙云昆明送行

日伪平津政府"行政院长"王克敏，子弹射进了王的座车，王逆竟幸免一死，而车内日本顾问山本荣治当场毙命。

过不久，陈小组的一名华侨雇员小魏打来电话，说汪氏夫妇乘坐93号牌照黑色轿车，9时多从府宅大门开出，直向正在维修的红河奈莫大桥方向驰去。陈小组的福特车即刻发动，朝红河大桥大街赶去。果然见前面有辆93号轿车，陈恭澍尾随不舍。不料，福特车也被一辆满载安南警察的吉普车盯上。这是辆敞篷警备车，装有一挺轻机枪。陈恭澍与王鲁翘交换了下眼色，彼此会意，这定是河内警方奉命保护汪精卫的，看来只能见机行事了。

南京鸡鸣寺宁远楼，汪伪国民政府

现在三辆小车各怀鬼胎，谨慎地驰过奈莫大桥，一上峭壁陡立的山区公路，黑色轿车不顾路面崎岖，疯狂疾驰。福特加大油门，猛追上去，不过几分钟时间，两车快要靠近了。王鲁翘一眼看见正在用手遮脸的汪精卫，急呼道："就是他！"唐英杰正待探身出窗射击，刹那间，黑色轿车一个急刹车，福特呼地冲向前去，超过了200多米。

待福特转过身来，黑色轿车已朝返程方向飞驰而去，而后面赶来的安南警备车正好夹在中间，见状不慌不忙地调头，跟着返回。陈小组行动员几乎要吼了："那些安南佬在笑我们！""汪精卫这个老滑头，兔子给溜了！"没有办法，只好返程，虽然仍试图赶上去，来个破釜沉舟，但车开到奈莫大桥时，单行限速，而且他们那两辆驰过去后，红灯亮了，王鲁翘气得破口大骂："便宜了这对狗男女！当年没有在孙凤鸣的手枪下报销，他妈的！今天又在老子手里逃掉了，老子总有一天结果你，把你的脑袋壳当夜壶用！"

回到住所，陈小组检讨狙击失败经过，分析认为，汪逆已有准备，而今彻底暴露。怎么办？与其让他如丧家之犬逃命，不如趁他惊魂未定，来个迅雷不及掩耳之势，夜袭汪寓，用利斧砍死他，然后走为上——陈小组迅速撤走河内。陈恭澍同意这干法。

夜袭汪寓

陈小组立刻部署夜袭汪寓，制裁汪逆事宜：六人进入汪寓行动，由唐英杰指挥，并带王鲁翘去行刺；陈恭澍驾车在外接应。

当夜（20日）11时40分，陈恭澍驾福特，把六名行动员送到高朗街左侧一条巷道停下，正当王鲁翘等钻出车，欲向暗处隐伏时，两名安南警察从暗处走过来，挥着电棍，要他们把车开走。华侨小魏看这阵势，一下明白了，便向陈恭澍捏捏指头，又摊摊手掌。陈将身上所有的钱都掏了出来，交给小魏。小魏将钱塞给他们，又咕噜了一阵，两个安南警察被打发走了。陈恭澍向暗处的同伙打了个手势，然后开车在附近巡行，以准备随时接应。小魏隐入树荫，专事望风。这里唐英杰、王鲁翘带领众人伺机越墙。

他们沿着老榕树枝丫交叉的侧巷中蛇行，来到后院一道矮墙下，唐英杰整整腰间挂着的钢斧钢剪，一个纵身，跳上围墙，随即剪除一截电网，然后把其他五人连拉带拖上墙，都进了后院。不巧得很，他们落地之处，正是汪精卫卫队值班室，立刻被惊动了。一个卫士为壮胆，对围墙射出了一梭快慢机子弹。唐英杰、王鲁翘十分冷静，没有回击，冲到卫队门口，控制着门、窗出口，举起枪，轻声而严厉地命令："举起手来，你们被包围了！谁乱动，老子就扫射！"一个行动员跃了进去，利索地缴了他们的械。

汪精卫

唐英杰命陈邦国等三个行动队员看守卫队室，并警戒后院和底层，王鲁翘不待吩咐，飞步奔上楼梯。唐英杰迅速把余槛声派在二楼接应，紧随而上。他们在楼梯转弯处和一个年轻侍者打了个照面，"不许叫，滚进去！"王鲁翘用手枪在那人后脑捅了一下，将他一脚踢进储藏室，把门反锁了。

唐、王两人直奔三楼已经侦定的汪精卫夫妇卧室——中间那间主室。卧室门紧闭，里面寂静无声。来不及多想，王鲁翘掏出早就搞到的此门钥匙，因为亢奋过度，手指发抖，好不容易将钥匙插入匙孔，又不料用力过度，竟将一截折断在里面了。唐英杰轻叱一句："饭桶！"抡起钢斧向房门砍去，没几下，一块木板被击落了，露出尺把见方的一个窟窿。唐英杰探头瞧去，借助门廊路灯微弱光亮，只见大床底下趴着一个男人，头和上身已钻进床底，露出穿睡裤的大半个屁股和双腿。唐英杰轻啐一口："老汉奸，好大个屁股！"回首疾问王鲁翘："是他吗？""是的！"认识汪精卫的王鲁翘匆忙中想当然，不假思索地回答。

"乒！乒！乒！"清脆三响，眼见三条火舌射入那个胖子的屁股及腰背，那人连"唔"一声都没叫完整，就瘫在楼板上，血流满地。

在马路上，汪寓两次传出枪声，牵动了驾车巡行的陈恭澍每根神经，他猜测："得手了？失利了？怎么还没有撤出来？"看手表，已是零时9分。此刻瞥见一个安南便衣若无其事地在巡逻，就见机地把福特开到另一街面去。正在这时，汪寓枪声起伏，灯光通明，一片喧哗声。

据后来汪家人自述：军统杀手来了之后，底层卫兵陈某欲逃入车库，胸部挨了子弹。仆役戴某、厨师何某也被打伤，血流如注。汪氏外甥陈国琦从二楼冲出来，顷刻间遭一个军统的枪击，打伤了大腿。汪氏秘书汪屺在二楼窗口狂叫"救命"。汪氏贴身随从会讲法语，由汪的女婿陪着打电话，用法语结结巴巴向河内警方报警。

再说，陈恭澍在混乱中开车过去接应，在人影绰绰中，只见余槛声在马路对面探头探脑。笨蛋，不怕暴露自己！陈恭澍不屑开车过去，按了几下喇叭，余闻声窜过来，钻进福特。

"唐组长他们呢？"

"已经得手了！"

这时警笛尖鸣，警车呼啸而过，陈恭澍料想唐英杰他们会随机应变，自觅退路，就急忙将汽车驶出了现场。

死了曾仲鸣

唐、王二人射击后迅速逃下楼，穿过院子翻围墙，短小精悍的唐英杰一跃而上，翻身欲下时，尚在院内的王鲁翘急得大叫："你还不拉我一把，小心我的子弹！"唐只好把已经挂下去的身子再收缩上来，伸手把王鲁翘拉了上去，一同逃出包围圈。

回到住所，陈恭澍满怀喜悦迎接他们。王鲁翘迫不及待汇报："事情办完了，英杰兄打了三枪，我亲眼看到枪枪击中汪逆的腰部和屁股，只见他两条腿抖动了几下，就再也不动了，整个身子蜷伏在床下。所欠的是，没有看清他的面孔，因为下面枪声一乱，我们来不及进房间，就撤出来了。"

陈小组也付出了代价：在院子底层担任警戒的陈邦国、张逢义及二楼的某等三个行动员因被警方合围，无法撤出，被河内警局抓捕去了，连同这年秋天到了上海被法租界巡捕房逮住的王鲁翘，一起被法国维希殖民当局判了七年徒刑。1945年，日本投降后，世界反法西斯战争结束，法国河内当局则以"爱国志士"之誉释放了这四人。军统局也给他们补发了一大笔工资。

那么陈恭澍呢？他有辱使命。1941年10月，在军统上海一区区长任内，被"76号"捕获，降日伪，助敌诱捕他的"同志"，同时参加汪伪特工机构"政治保卫局"工作。自"76号"头子李士群被日本主子毒死后，该机构就改成前者的名称，其局长是军统投日分子万里浪。

那么他们处心积虑策划，不避艰险行动的目标汪精卫呢？3月21日上午，许念曾总领事打来了电话："你们搞错了，那个人好好的，一点事情也没有。受重伤的快要死的是曾仲鸣……"

陈恭澍等人顿时目瞪口呆。

原来3月20日这天，汪精卫的亲信、秘书曾仲鸣——曾任国民党中央执委、国防最高会议秘书主任——应召，由河内大陆饭店来汪寓，曾妻方璧君由香港来河内，到汪寓与丈夫相会。入夜，白天惊魂未定的汪精卫，将自己的卧室让给曾仲鸣夫妇住宿，自己和陈璧君另觅他室。岂知这一调换，曾仲鸣做了替死鬼，中国

曾仲鸣、方璧君夫妇

抗战一段黑暗历史继续下滑。"茫茫后死之感，何时已乎！"（汪精卫《曾仲鸣先生行状》）。此事是出于偶然，还是老奸着意安排，也许永远是个谜了，当时曾仲鸣还未气绝，在医院抢救时，他挣扎着，为汪精卫的支票签了字，然后到阎王殿去应卯了。因为汪精卫出逃后，所携金钱为避免遭冻结，都以曾仲鸣名义存入银行的。

戴笠闻知，气得暴跳如雷，饭也吃不下。不过事后想想，"我们的同志，还勇气甚足，敢去打，而在法国统治下的河内，我们能造成有声有色、轰轰烈烈的一幕，也算是难能可贵的了！"他又检讨说，"当时，应该在达〔奈〕莫桥上把他打死。不在桥上打，而在晚上行动，已经失策"，"我们检讨当时的得失，是计划不周密，以致汪逆漏网，只打死汪的副手曾仲鸣。"（《戴笠自述》）

尾　声

"三二〇"事件一闹，反倒便宜了汪精卫。22日，日本政府接其河内总领事馆报告

后，开始重视汪精卫这个"尤物"了，派老牌特务、日侵华军参谋本部中国课课长影佐侦昭负责接应汪精卫，护送离开河内。是年5月31日，汪精卫、周佛海等抵达东京，与日本主子谈判在南京建立伪政权事。汪逆在东京发表"反共建国"讲话。返回中国后，1940年1月23日，汪逆与臭名昭著的汉奸王克敏、梁鸿志在青岛会谈，合组统一伪"中央政府"。3月30日，汪伪"国民政府"在南京挂牌。

汪精卫正式附敌，成为十恶不赦的汉奸后，戴笠还是不肯放过他，命原军统北平区代理区长毛万里任上海区总督察，办理行刺汪精卫专案，但没有结果。

汪精卫在河内吃了苦头后，心有余悸，于是在他的南京鸡鸣寺"国府主席"官邸筑起十五尺高的围墙，又加设三道防卫线，以防再来个"唐英杰"飞墙走壁、斧砍房门的不虞了。

汪伪"国民政府"三巨逆：汪精卫（中）、王克敏（左）、梁鸿志（右）

悲歌花冈，世纪诉讼

　　"二战"期间，日本政府、日本本土企业对被掳中国劳工法西斯式敲骨吸髓，骇人听闻！

　　耿谆与"花冈暴动"的传奇已流传了半个多世纪，闻者无不为之义愤填膺。但是故事至今并没有结束，中华民族宽宏胸怀换来的是什么呢？且听对这位留着山羊胡须的河南大爷、宝刀不老的抗日英雄耿谆先生铿锵道来。

掳　押

　　耿谆1915年出生于豫中襄城一户书香之家，自幼深受中华伦理传统熏陶。因为少年时耿谆家遭受土匪抢掠，从此家道中落，无法完成学业，只能从他自己所摆书摊的群书中，选读些"名将传"、"名臣传"类史籍及字帖，填充旺盛的求知欲。

　　1932年，17岁的耿谆从军。从此，到被俘押日本前，他一直在国民党十五军六十四师一九一团，做过团部上尉军械官与连长。1937年抗日战争全面爆发后，耿谆随军北上山西，参加过忻口战役、中条山游击战斗。1944年5月，随部回师河南，布防洛阳城郊西工大营（昔时吴佩孚的大营盘），投入惨烈的洛阳保卫战。敌使用坦克、重武器轮番进攻耿连阵地西下池整整一天，耿谆身负六伤，终于成功地掩护六十四师向邙山撤退。昏死过去的耿

耿谆

谆被抬到战地救护所施行急救。不久，一九一团撤至洛阳城内。10天后，伤口略加复合的耿谆重返苦战中的前线，带领他的连到东关车站御敌，殊死战斗一天，腹部被子弹中穿。1944年5月28日，九朝故都洛阳陷落了，中国军队三个师为之牺牲。因重伤倒在战

场的耿谆被俘了，他命大，竟活了下来。

抗日战争后期，日本连年穷兵黩武，国内经济不堪重负，为弥补劳力严重不足，东条英机内阁通过"促进华人劳工入境"决定，于1943年、1944年间先后在中国抓捕、掳押了近四万名中国军人及农民、商贩、店员、学生等平民，运往本土，分配到35家公司的135个工地上去，从事暗无天日、朝不保夕的奴隶劳动。耿谆虽重伤不死，却陷入了这一生不如死的苦难境地。

1944年7月，耿谆等一批战俘由西工营房被押往石家庄战俘营，辗转北平清华苑战俘营，南下青岛码头。日寇从中挑选了健壮的300人，人人被绑着，刺刀胁迫下驱使上海船，关押在装矿石的底舱，向日本方向航行。他们在海上走了七个昼夜，其中一人哭喊着跳海，另两人因折磨身亡，被日寇扔进海里。途中，日寇得知耿谆是战俘中军阶最高的，推他为队长。

耿谆等一行在日本下关上岸后，辗转陆路（其间又死了一人），于农历七月底被押运到东北地方的秋田县花冈町（现大馆市）。花冈是铜矿矿区，开采时污水需排出，经营的株式会社鹿岛组（现鹿岛建设公司）迫使中国劳工开凿河道、渠沟排污。耿谆等295人到达后，第二天就开始服此苦役。

苦 役

历史文档证实，日本战时内阁已将虏押、强迫中国公民在日本从事非人劳动，纳入它的对外侵略战争整体计划。此举无疑是战争犯罪行为。

耿谆之后，日本战争机器又从被侵略的中国陆续虏押来700多名男性劳工到花冈，加起来近千人。他们被编成一个大队三个中队，仍推耿谆为大队长。既无契约，又无报酬，他们在敌国天天要干15、16个小时重活，无论烈日、风雨、冰雪，都要出工。稍不小心即遭监工鞭打。更严重的每人每天定量只许吃四合米（一平碗），顿顿半饱尚不能，饿得人人瘦弱不堪。饥饿的阴云笼罩在花冈"中山寮"（中国劳工宿地工棚）。到第二年（1945年）农历三月间，米、面粉没有了，先是给两包马骨头熬汤，和一些干萝卜缨，后来配给不是粮食的橡子面。天天有人饿死。难忍饥馑，常有劳工借解手机会抓树叶吃、挖草根吃，也因之中毒而到毙。还有劳工趁给病号挖土洞蒸衣服、被子时，将蒸死的虱子、小虫抓来吃掉。一名干焚尸活的中国劳工，因为饥火烧肠，竟割下块同胞的尸肉充饥……他跪在大队长耿谆面前哀哭无泪，只求一死。还有个叫薛同道的河南籍劳工，才20岁，因病掉队，收工途中得到一位日本老太扔给的一个饭团，竟遭监工惨打致死……

临近北海道，秋田的严冬来到了，饥寒交迫的花冈中国劳工，又一次直面死亡灾难。他们大坝活做完后，开始挖四米宽、两米深的地下水道。水沟里都结了冰，要打开冰凌渣，再跳进冰水挖石子。他们没有布鞋，穿的都是草鞋，收工后往回走，很快鞋与脚冻结在一起了，若不经慢火烤过，脱鞋时会将皮肉一起扯了下来。鹿岛组没有配发棉衣给他们。寒风刺骨，大雪没膝，劳工们照样被驱出工。冻得实在开不了步，他们将水泥纸袋撕开，绑在腰间，御阵子寒。更可怜的是那些病号，饥肠辘辘，寒骨悚悚，辗转反侧，哀号着"队长，我饿极了，老冷呀……"饥寒中煎熬，生命那么脆弱，花冈每天都有中国劳工死亡的记录。但是鹿岛组在填表时，都写什么"患痢疾"、"日射病"。

劳动强度日甚，倒毙的中国劳工几乎天天都有——到后来一天死去四五人，日方初时是死一个火化一个；后来为节省燃料，竟积聚到一定数量，一起焚尸。

耿谆作为大队长，眼见得自己同胞在这座人间地狱中，役若牛马，一个个被折磨死去。来时近千人，不到一年时间竟被虐害死去近300人。他对贴近的难友愤然道："如此惨状，忍无可忍！"

鞭　毙

"二战"结束前夕，面临覆巢的日本军国主义，在作兽性的垂死挣扎。1945年6月，鹿岛组花冈出张所所长河野正敏、中山寮寮长伊势智得及几个监工血腥虐杀中国劳工，已经发展到恶性膨胀程度。

——山东籍劳工王廷邦，年老力衰，不堪劳役，上山自缢未遂，被监工福田毒打致死。

——河北籍劳工肖志田因饥饿，夜间出外觅食，抓回后，河野所长用木棍砸烂他的双腿。五天后肖悲惨死去。

——山东籍劳工刘发贵不堪鞭笞而逃跑，抓回后，监工福田、长崎等一批人用麻绞索绳沾滚水抽打，两天后刘身亡。

"日寇豺狼心肠，视我为亡国奴，驱之牛马不如。"大队长耿谆悲愤不已，分别与劳工难友串联酝酿举事："犯危难而死，胜过坐以待毙，受屈辱而死者千倍！"劳工中的核心分子已在摩拳擦掌准备暴动了。而促成他们举义的导火索就是"薛同道事件"。

——薛同道已经病（饥饿所致）得不能上工了，耿谆大队长让他休息，他哭着说："队长，我因病不上工，口粮就会减半，我饥得更厉害了，不就死的更快了？"他坚持跟大伙去上工。他返回时掉了队，得到一位日本老太给的一个饭团，但尚未移到嘴边，就被监工发现，边踢边骂，"小偷的干活！"拉回中山寮，不给饭吃。晚间，集中中国劳工，监工们将薛拉出来，月木棍、皮带轮番殴打。薛同道被打得翻来滚去，血流满地、屎滚尿流。监工小畑还不"解恨"，取出"撒手锏"——用公牛阴茎晒制成的皮鞭，没头没脑地向薛抽去……薛就活活惨死在日寇的抽打狞笑毒骂中。

"辱我民族太甚！损我国人太甚！"被迫"围观"陪受罪的中国劳工眼睛都出血了。

花冈的中国劳工忍耐已达极限。耿谆与李光荣、刘智渠等十多人密议，定于6月27日举事。

暴　动

但是暴动日子往后推迟了三天。没有别的原因，就是因为27日这天正逢"老头太君"（50多岁）和"小孩太君"（10多岁）这两位一向暗中较善待他们的监工值班，为了避免伤害他们，延期到30日举行。事隔42年后，当耿谆再度造访日本时，这位叫越后谷义勇的"小孩太君"到东京成田机场迎接中国恩人，深深鞠躬致谢、道歉，并在日本一路伴耿。

"风萧萧兮易水寒，壮士一去兮不复返"。这是一场慷慨赴死的暴动。

50年后，耿谆在接受一位日本记者采访时坦承："暴动方案完全是我定的，我决定的方案是必死。""暴动中的一切部署，只有我向他们下达战斗命令，整个情况只有我掌握"。

暴动完全是义举，耿谆与他的难友还"约法三章"：不准入民宅；不得恐吓老人和儿童；不准擅自离队。为什么"必死"？因为这是在敌人本土岛国日本，举目是敌，举足无不陷坑，你能把队伍带到哪里去？曾有一次机会，耿谆在翻译屋里拣了一片破纸带回去，展开细看，原来是张残缺的日本交通图。他在这张地图上，看到了花冈的地理位置，它邻近本州岛最北面的青森县，两地有铁路相连。青森濒临一个海湾（陆奥湾），过一道海峡（津轻海峡），便是北海道了。耿谆当时与几个核心难友商定，暴动后就直奔北海道方向，在海边集结，如能夺得船只，"则漂流大海，任其所之；如不得手，背水与敌决一死战之后，全部投海自尽"。而且，耿谆规定"小队长以上，须各自准备自杀之利器，以备不虞"。

……举义那时刻——混沉长夜，梦游睡乡的11时——到了。按耿谆布置，次郎（少年班劳工中被监工要去作侍候的小孩）熟门熟路地打开了监工们住宿的房门，但未能按耿谆部署的袭击计划行动，由于外围防守30人临时失措，入室进袭的20名骨干分子耐不住，闯进去先动手了，刘锡才一棍把电话机打落，日寇惊吼而起，死命夺窗逃命，李光荣等人举锄头、劈圆锹（他们唯一的武器），分别砸死了平日恨之入骨的三个监工：猪股清、小畑之助、桧森昌治；另一个监工长崎与劳工搏斗多时，刘锡才返身助战，一鼓作气劈死了他；翻译任凤歧为虎作伥，干尽坏事，也被干掉。原计划还要埋锅造饭，饱餐一顿再走，但来不及了。计划中李光荣率50名中国劳工，袭击美军俘虏集中营，解救了异国难友。按原计划，刘锡才率50人袭击警署，夺取武器——但此时敌人警报四起，不绝于耳，眼看将遭包围，耿谆果断拉起队伍，离开中山寮，但越铁路北去青森趋津轻海峡的大路不好走了，仓促中摸黑朝西南有山方向撤退。这时已是深夜1时了。

这座不高的山叫狮子森，耿谆一群尚在攀登山腰，山顶已传来敌人的狂啸声。敌方警察、宪兵、在乡军人两万多人居高临下狙击，渐渐四周合围，漫山遍野剿捕起义的中国劳工。劳工们用山石进行回击，竟击退敌人三次进攻。第四次，石块用完了，于是用锄头、铁锹、树棍呼啸着同敌人肉搏。四面夹击中，当场100多位同胞殒命、10多位同胞跳崖，喊杀声惊天地泣鬼神。血战下来，只剩二三十人了，山坡上，已经是最后时刻了，耿谆对身边的难友说："你们各自为战吧！我，以身报国！"欲取事先准备好的刀子，但刀子丢失了。耿谆强行取过李克金的绑腿带，喊了声"不要迟疑了"，一头拴上树杈，一头套进脖子，用脚猛蹬下，但没死成。因为发出喉音很响，被李拉了下来，坠地。敌人赶过来了，口鼻淌血的耿谆被抓走了。

山上山下极其混乱，参加暴动的中国劳工非死即被捕。耿谆的小号兵王占祥哭着对难友说："大队长归天啦！他走好！是我给他磨的刀子！"这位甘肃籍的回族士兵幸存了下来，回国后参加八路军，当上了营长。

近700名花冈中国劳工参加的起义失败了。

胜　利

米代川的水依然川流不息，津轻海峡的浪涛照旧搏击巉岩，秋田平野的太阳开始烤炙大地——异国的山水从来没有如此木然！花冈起义活下来的二三十名中国劳工第二次成了"俘虏"，他们被倒绑着手臂，押到花冈（现大馆市）共乐馆前广场，用铁蒺藜围了起来，罚跪三天三夜（7月1日至3日）示众，没有给过一口水，没有进过点滴食，白昼受日本海骄阳烤晒，夜间遭北海道的寒流针砭，饥肠辘辘，瞌睡绵绵，稍微呈现疲意，就被警宪和在乡军人用木棍猛击头颅。就这样，又有一批中国劳工血肉模糊地倒毙。一位幸存下来的劳工说："这种精神和肉体的酷刑"，"是千刀万剐的凌迟"。三天下来，130多人惨死于"共乐馆"广场。

另一处现场：耿谆等12人作为主犯，被押去花冈警察署，以后转禁秋田县监狱，先后被审六次，当然少不了酷刑伺候（现在耿谆还留着痼疾，脖筋扭动时会"磕啪"作响）。

"中国政府给你什么任务？"来自东京的大佐宪兵司令问。

"我的军阶很小，根本谈不上接受政府任务。"耿谆被优待坐着，还得到一个苹果。

"是不是中国政府授给你颠覆日本的任务？"

"不是！暴动是为了挽救我同胞劳工的死亡。"

"你们出去后，往哪里去？什么地方接待你们？"

"为了不在中山寮饿死。出去寻找生路，哪里也没接济。"

"按法律，打死人是要抵命的。"

"中山寮我战俘死去数百人，何人应该负责？你们日本人来偿命吗？"耿谆接着说："我杀人，我抵命，我愿剖腹！"

宪兵司令拍案结束审讯，临了叽咕几句。一位叫王刚的翻译（中国东北籍留学生）忙趋耿谆："队长，他说你伟大！"

1945年9月11日——日本向盟军无条件投降后的第27天——耿谆在秋田县法院的法庭上被"宣判死刑"。

"刑场在何处？"耿谆问狱吏。

"在仙台，宫城县的仙台是秋田的南邻。"

"哈哈！死能上仙台，也大快事也！"

　　紧接着戏剧性的故事接踵而至：一位反战大学生小长光（曾行刺过东条英机）闯进死重犯监狱，向耿谆等展示"小字报"："日本战败"、"世界和平"。

　　三位中国留学生及20位中山寮难胞进监狱，慰问耿谆等12位难友，告诉日本真的战败了！"队长你可以到东京去了！"耿谆则对获得自由的同胞说，你们出去散心要三五人结群在一起，不准入日本民宅，不许做坏事，要保持中国人的尊严。在监的中国人，好事接踵而来。

　　——一位美军军官在日方监狱长、庶务课长陪同下来巡视，同耿谆握了手。

东京法庭审判日本战犯

——耿谆虽然还穿着囚服，但在狱中成了座上宾。狱长请去品茗，课长恭立、倒茶。他在狱中读了吉田松荫的《攘夷论》，"自从入狱泉，悉却颅内尘"。

——1946年5月，耿谆等15人出狱，并由美军派员护送到东京。自此，这位曾经被虐待、被侮辱、被判死刑的中国劳工，翻转身来，成为控告日本法西斯滔天罪行的最切身的见证人。

正义胜利了。中国劳工反败为胜了。

1947年11月26日，国际远东军事法庭BC级法庭在横滨开庭，鹿岛组花冈出张所所长河野正敏等七名战争罪犯押上被告席。庭长、盟军上校铁武斯说："战争制造者以及战争中的犯罪人是要澄清的，他们的罪是要究明的，以儆来兹。"1948年3月1日，大雪纷飞，横滨法庭对花冈出张所的战犯作了宣判：

前出张所所长河野正敏判处无期徒刑。

前中山寮寮长伊势智得判处绞刑。

前中山寮辅导员（即监工）清水正夫判处绞首刑

前中山寮辅导员福田金五郎判处绞首刑。

前大馆市警察署署长三浦太一郎判处20年徒刑。

前花冈派出所特高课巡查部长后藤健三判处20年徒刑。

前花冈出张所庶务课长柴丑三郎，判处无罪释放。

中国劳工最终胜利了！但他们付出了无比沉重的代价。

白　骨

"可怜无定河边骨，犹是春闺梦里人。"为了侵华战争的需要，日本战时东条内阁决议，利用伪"华北劳工协会"，在1944年7月至1945年6月间，先后三次虏押、绑架年轻的中国军人（包括少数八路军官兵、游击队员）、公民共986人到日本秋田县花冈矿山做苦工，服役中遭虐杀、暴动中牺牲的共418人。

鹿岛公司虐杀中国劳工仅是一例，类似惨案还发生在长野县木曾谷、北海道、京都、四国、九州。在整个日本侵华战争过程中，日军强掳38915名中国人到日本，为35个公司的135个工地充当无代价劳动力，横遭虐杀。肉体加精神的胁迫，人不如牲畜，惨死在日本本土的有6830人。这个数据出自1994年6月22日，是日本外务省亚洲局局长川岛在国会参议院回答社会党议员清水澄子质询时所披露的。

"只要一听到花冈惨案，我就感到窒息般痛苦。"中国人民的老朋友内山完造先生说："纵令在战争时期间，但试问这样的事件是人世间所应有的吗？而且一想到这是由我的同胞动手干出来的事，那就不止惭愧和悔恨，还要泣不成声了。"

森森遗骸，累累白骨。在留日华侨总会和日本中国友好协会等22个日本友好团体努力下，于1950年几度到花冈等地收集散落的遇难中国劳工遗骨，集八箱，连同其他地方收集到的共560具，分装431匣（其中有几具或十几具遗骸一起火化后装入瓶子里的），在东京浅草本愿寺公祭后，于1953年7月7日，由日轮"黑潮丸"送回祖国。

"这些抗日烈士是中华民族的优秀儿女。"廖承志在天津塘沽码头迎接遗骨暨日本"中国殉难烈士名单捧持团"的仪式上含泪说。

第一诉

耿谆1946年幸运回到家乡。以后经过40多年沉浮，1984年起，农民耿谆先后被举任为河南省襄城县政协委员、政协副主席，平顶山市政协常委。在那些日子里，他不忘民族屈辱与伤痛，除了飞赴日本伤心地祭祀慰灵难胞（1987年）外，更以"鹿岛组花冈强制劳动幸存者及死难者遗属联谊筹备会"会长身份，于1989年12月22日发表《致鹿岛组的公开信》。提出正当的也是最起码的要求：

1990年，耿谆（左一）与鹿岛公司谈判后举行记者招待会，右边是鹿岛公司副社长村上春光

——鹿岛组应郑重向我罹难死亡烈士的遗属及幸存者声明谢罪；

——鹿岛组即当在日本大馆市及中国北京，建立具有一定规模的花冈殉难烈士纪念馆；

——鹿岛组必须向我花冈受难者986名（死者遗属及幸存者）每人赔偿500万日元。

耿谆说花冈惨案"留下千古悲痛"，"如果鹿岛组仍然置若罔闻"，"我们的子孙后代，将会永远向鹿岛组声讨此笔血债"！

这封《公开信》厘定了耿谆对日本鹿岛公司"世纪诉讼"的底线。其实这三条要求

141

合情合理，表征了一个大国民族的宽宏胸怀，但在小黠大痴之辈那里，哪来投桃之报？

先是1990年7月，耿谆赴日，偕同律师新美隆等一行与鹿岛建设株式会社代表取缔股副社长村上光春举行会谈，5日发表《共同声明》，称："中国人在花冈矿山出张所遭受的不幸是历史事实"，"鹿岛建设株式会社承认这一事实，承认作为企业也有责任，并对中国劳工及遗属们表示深深的谢罪之意"。但通过什么方式来表示"谢罪"呢？这份共同声明并没有具体回应《公开信》第二、第三条要求。只是空泛地说"应该通过双方会谈努力解决上述问题，以期问题尽快解决"。

就这样一拖，过去了四年多，耿谆拍案而起，发表《再致鹿岛组公开信》（1994年11月11日），开门见山地责问：

1995年，东京地方法院就"花冈事件"开庭审理，耿谆在法庭门前接受记者采访

"花冈惨案是一笔血案，人尽皆知"。"如果你们明智的话，早就应该自觉地寻找受难的幸存者和死难者的家属，给予补偿，表示悔过"，但"你们怙恶不悛，采取推诿，导致你们的残暴行为，远扬国外，臭名昭著"！耿谆直击要害地指出：虏押是日本侵略军的责任，"而虐待中国战俘劳工致死，是你鹿岛的绝对责任，是杀人犯罪行为，你们能逃脱吗？"在第一受难者耿谆眼里，为花冈死难者建立纪念馆，"是你鹿岛大公司的风度，过去的罪恶，就会消逝，这有什么不好？""至于区区500万日元就能抵一条人命么？这不过是对受难者象征性的一点点抚慰而已。"你们却"怙恶不悛，惜财如命"，须知"你们的大楼下面，许多白骨、许多冤魂在向你们索命呢！"

相比"二战"中另一个无条件投降国——德国就不同了，德新社说："为对战争受害者进行赔偿确立一个法律基础问题，德国在40年前就解决了。它在1956年通过了《联邦赔偿法》。而日本如果想避免今后若干年里因为它的这段不光彩的历史而被传媒大加抨击的话，它就必须在这问题上找到一种符合法律的解决办法。"它客观地评论日本政府，"东京这种顽固拒绝态度，迄今为止一直妨碍着日本和它的'二战'敌国和

解"，退一步说，"对个人赔偿2.2万
美元实在是不多的。"

耿谆（右一）与时任日本首相村山富治路遇，互致
鞠躬礼，1994年

但是总部在东京都港区的鹿岛建
设株式会社就是冥顽不化。于是，在
世界反法西斯大战胜利50周年纪念之
际，也就是花冈暴动50周年的前夜，
1995年6月28日，耿谆等11人原告团
赴日，聘请新美隆等16位律师组成
的诉讼代理团，向东京地方法院提起
起诉。

"日本战败后，经远东国际BC级横滨法庭审判，仅将其直接打死中国人的伊势智
得等人判刑，但虽经判刑，也未执行。并且鹿岛组虐待中国人主要责任者（鹿岛上层决
策者）却逍遥法外。没有受到应有的惩罚。"

"50年来，无时无刻不在为花冈受难和死者同胞所遭受惨况积愤于胸，不能释怀。
鹿岛建设必须承认罪责，做出补偿。如仍怙恶不悛，足以证明鹿岛当年凶残成性，实属
人间败类。我受难生存者和死者遗属不会甘心罢休！"

12月20日，第一次开庭，耿谆在法庭上作如是说陈述。他并回顾1989年提出三项
要求来的两次谈判（1990年、1994年）无果情况，最后义正词严地说："期待法律的
正义和公平，使花岗死难的中国人，50年沉冤得以昭雪，进一步树立人类正气，讨还人
间公道。"

当年海外媒体称耿谆这次起诉，是中国公民首次向日本法院控告"二战"中负有罪
责的日本企业的民间索赔案。可谓民间索赔案第一案。

它引起世界舆论的普遍关注。

东京地方法院受理此案后，历时两年半，先后开庭七次，于1997年12月10日，第
七次庭审中，仅用10秒钟时间，宣告因失去时效，花冈中国劳工原告败诉（驳回原告一
切请求，诉讼费由原告负担）。

"和 解"

耿谆的原告诉讼团（原告团、律师团）继而向东京高等法院上诉（1997年12月20

日）。高院开庭受理此案（1998年7月15日）。日历快翻到20世纪最后几页时，（1999年9月10日）高院提出"职能和解劝告"，要求原告、被告在1990年"共同声明"的基础上，进行庭外调解。双方同意调解。

但是调解的结果，即所谓"和解"，与原告本意背道而驰。耿谆看到日文文本（日方自定"本和解以日文版为正本"）时，不禁捶胸顿足怒吼："渴死不饮盗泉之水，饿死不食嗟来之食！我唾弃鹿岛公司施舍性的所谓'捐出金'！"

鉴于跨国官司、因签证、交通、语言、文字等诸多不便，耿谆的原告团就委托日本律师团全权与鹿岛公司谈判，进行调解，于是2000年11月29日，在耿谆完全不知情的背景下，"双方"达成了和解。这是什么样的"和解"呢？它在玩弄文字技巧背后，透发出奸匠之用意。

——彻底推翻虐杀中国劳工罪责。说被控诉人（即鹿岛公司）主张，1990年的《共同声明》并非承认自己负有法律责任。"本社在不承认诉讼内容法律责任的前提下，进行和解协议"。还说对中国劳工"本社诚心诚意予以最大限度的照顾"。

——改变法律赔偿本义。说"向利害关系人（系指中国红十字会）信托五亿日元，作为一种对在花冈出张所受难人予以祭奠"。庄严的法律索赔金变成了中国俗语中的香火钱。

——变赔偿为善施、友好基金。鹿岛公司甚至要求"利害关系人"将这笔"信托金"作为"花冈和平友好基金"进行管理，"用于对受难者的祭奠以及追悼、受害者及其遗属的自立、护理以及后代的教育等方面"。它岂不成了富翁对贫民布施？

——甚至要控制"信托金"的运营。要求成立基金运营委员会，在选出委员会时，"被控诉人（即鹿岛公司）可以在任何时候指派一名委员"。

——彻底否认赔偿性质。鹿岛公司口口声声称"信托金""和平友好基金"（当年日本主要报纸干脆称"救济金"）为"一揽子解决方案"，并声明"本基金的捐出，不含有补偿、赔偿的性质"，进而要中方承认："有关花冈事件的所有悬而未决问题已经全部解决。"

要问这笔可以收购一千中国苦役生灵、四百多惨死敌国冤魂血债的"信托金""捐出金"的金额到底多少呢？鹿岛公司明言"法院建议的金额"，是五亿日元（折合人民币为3000万元）。按受害者受难者分摊下来，每个人只有50万日元。而发到受害者手里仅25万日元（折合人民币1.5万元）而已。比1990年"共同声明"中提出的赔偿金额少了十分之一。

世纪风云变幻，但耿谆终究是耿谆。2003年3月，他接到寄来的"和解"文本及鹿岛公司的"声明"后，细读之下，义愤填膺，当场昏厥，被送入医院急救，醒来愤愤而道，"和解"所列条款，连1990年"鹿岛"的谢罪也被推翻，至于建纪念馆只字不提，付出区区五亿日元，称什么"捐出"。岂有此理！14日，他顶住了多方压力，通过有关媒体，发表《严正声明》，云："耿谆一如既往地反对屈辱的和解，拒绝领取可耻的鹿岛捐出的发放金。""耿谆是花冈诉讼的首席原告，对和解一案并未在和解文本上签字，和解对耿谆无效。""根据这份'和解'，我们这些受害者，连申冤的机会都被剥夺了"，"那么多的血债，我们这辈子未能讨回，还有我们的子孙，我们将永远斗争下去！"

拒绝接受"和解"的还有花冈受害原告、遗属代表孙力、鲁堂锁等受害者和遗属表示要继续追究鹿岛公司"政治的、经济的、法律的、道义的责任"。

东瀛良知

耿谆在2003年3月14日的《严正声明》中在严斥"怙恶不悛，恬不知耻"的鹿岛公司及助纣为虐的某些人同时，对一以贯之给予支持的日本各界贤达之士、旅日爱国华侨表示深深感谢。

鹿岛公司不肯建花冈暴动烈士纪念馆，但大馆市民却在当年举义之地树起了一座"中国殉难烈士慰灵之碑"，碑后铭有418名花冈罹难者的名字。慰灵碑之侧还有罹难者的纳骨堂。一位去过那里的加拿大教师珍妮告诉耿谆："当地的日本人说：'花冈暴动是中国人的义举。'"

鹿岛公司连"谢罪"也几经反复，到最后彻底赖账，但有良心的日本人士则不然。1953年，中国劳工遗骨返回祖国，同时来华的日本"中国人殉难者遗骨护送团"团长中山理理曾说，"我们仰天伏地地对贵国人民和在诸烈士遗属面前表示谢罪。"

1985年，花冈暴动40周年之际，日本秋田县大馆市政府在大馆举办悼念殉难中国劳工活动。早一年（1984年），东京"不死鸟"话剧团在东京、台北公演了活报剧《怒吼吧，花冈！》。越二年（1987年）耿谆应日本参议员、日中友协会长宇都宫德马等政界名流邀请，重访故地，6月30日，他参加了大馆市为纪念花冈暴动42周年而隆重举行的慰灵仪式。该市市长畠山健治郎代表大馆市民对花冈暴动的殉难者表示深切的哀悼，并说："过去的战争给中国人民造成了巨大的不幸，我们要反省过去，捍卫今天的和平，不让历史的悲剧重演。"前来参加慰灵仪式的日本著名社会活动家、国会议员田英夫说，镇压花冈暴动事件是日本军国主义者犯下的侵略罪行的典型事例之一，而有关当局对这一事件仍没有认真承担起历史责任，这是令人难以容忍的。

1994年，耿谆为向东京地方法院起诉，以"花冈受难者联谊会"名誉会长身份，再次赴日。11月4日，他在东京永田町议员馆内，得到内阁官房长官五十岚广三接见。五十岚官房长官代表日本政府首次就"花冈事件"表示道歉，说："实在对不起，由衷地表示道歉。"11月10日，耿谆在东京参观"广岛原爆图片展览"时，与村山富治首相相遇，经田英夫议员介绍，两人互相鞠躬致礼。稍前，10月27日，日本众议院议长土井多贺子在议长官邸接见了耿谆。

1995年6月30日，秋田县大馆市举行千人参加的中国殉难者50周年慰灵祭奠，众议院议长土井多贺子在仪式上说，50年前的花冈起义将永垂青史。我们应对历史进行深刻反省，回顾日本发动战争所造成的惨祸，向死难者致以诚挚的悼念，同时不断努力，决不再重蹈历史的覆辙。

村山首相发来了慰问电。

大馆市民早就捐资建造了一座"日中不再战友好碑"。这座碑坊坐落在当年中国劳工集中营"中山寮"旧址，这次慰灵活动时，6月30日，耿谆一行前去碑前献花悼念。悼念人群中有两位特殊人物：小林节子、猪股朋，他们分别是花冈暴动时被处死的原出张所监工桧森昌治的女儿、猪股清的弟弟。他们一见耿谆等就频频代父、代兄请罪："父兄们干了很多坏事，请你们原谅！"

素不相识，已经隔了三代的青年女教师伊藤咲子写信给这位花冈暴动领袖的世纪老人，为"日本对中国人有过这么冷酷的虐待"而"感到羞愧"，"对日本人所犯下的这罪行，我从心底感到深深的歉意。禁不住忏悔不已"。这位1971年出生的秋田市民最后献上一瓣心香——

在佛的面前，我要为在花冈事件殉难的中国人得以成佛，并且为中国和日本永远和平而祈祷。

花冈暴动50周年，在"中山寮"旧址，秋田县民众捐建"日本不再战友好碑"。被暴动的中国劳工处死的桧森昌治之女小林节子（右二）、猪股清之弟猪股朋（左一）在纪念碑前请罪

耿谆先生致笔者的信

文楚先生：

由许昌转来您对花冈事件的著述，由家人阅读一遍（我的视力不佳），与事件经过基本相符。仆深知写作付出的辛苦，殊非易事，在此向您深表感谢！仆乃一介武夫，保国卫家乃军人天职。洛阳抗日战役中负伤，被敌俘房，押送日本做苦工。我千名战俘遭受惨绝人寰的虐待。日人竟用公牛生殖器制成皮鞭打我中国同胞，实侮辱人太甚，令人发指眦裂。以维护我中华民族尊严，此亦我等分内事也。

今依先生所索之件，随信寄上，请查收。祝

撰安

耿谆　顿首百拜

2008年8月29日

蒋经国爱将贾亦斌嘉兴起义

解放战争三大战役结束后，石头城里的蒋介石计划筹建30个新军，企图据江抗拒，半分中国。为此，蒋经国把青年军复员士兵培训成连排级军官的重任交给他的爱将、国防部预备干部局少将代局长贾亦斌，将这些军事素质较高的基层干部充实到新军中去。结果呢？"后院起火"了！"太子军"从蒋氏父子"心脏"里杀出来了！欲知这一中国人民解放战争史上壮举——嘉兴起义故事始末，请读下文。

贾亦斌将军，嘉兴起义前夕

1949年4月7日，在国民党统治区京沪杭心脏地带，直属国防部预备干部局陆军预备备干部训练第一总队的四个大队十四个中队三千多预干学员，在预干局少将代局长、预干训练一总队总队长贾亦斌率领下，撤出嘉兴，行进到乌镇，宣布起义。此举极大地震惊了行将崩溃的蒋家王朝，"不好了！太子军从后院杀出来了！"

紧接着，蒋介石又一亲兵伞兵三团起义了。工兵四团也起义了，他们把装甲车、辎重机车撤在浙赣铁路上……这些起义都是国民党军少壮将校京沪杭"小三角"起义的一景。这场此起彼伏的连环起义是在中共上海局策反委员会直接领异下进行的。一个时代的转换，自然会从根本上改变一些人的命运，诚如孙中山先生所说，"时代潮流，浩浩荡荡。顺之则昌，逆之则亡。"嘉兴起义的主角贾亦斌先生（按：2012年4月19日病故于北京），他因时代使命与蒋经国决裂，但他俩间兄弟般的私谊呢？

"太子"是挚友　同学亦同志

1912年，贾亦斌诞生在湖北省东南隅，古称"吴头楚尾"的阳新县青龙乡一户贫苦农家。此地民风强悍，动辄械斗，富有反抗传统。大革命时期，北伐军来到这里，15岁的贾亦斌停学回家，投身农民运动，做了儿童团长，带领小学生与农民协会农友们一起参加打倒土豪劣绅和破除封建习俗的斗争。

1929年，18岁的贾亦斌在武昌中断中学学业从军。后来在十军干校、南京步校接受培训，由军士队长逐级升到少校营长。七七事变抗日战争全面爆发后，贾亦斌所在的二四五团开拔上海，编入胡宗南部一军一师二旅，参加淞沪会战时他两次负伤（头部），坚持指挥，坚守阵地10天。以后他参加徐州会战之兰封战役、武汉会战之大别山战役、鄂中游击战、鄂西战役、长沙第三次会战等抗日战争的重大战役。他英勇善战，出生入死，屡立战功，由营长擢升旅中校参谋主任、师上校参谋处处长、上校团长、师少将参谋长、军事委员会少将参议。1942年春，贾亦斌由两位十分赏识他的上司——七十三军军长彭位仁和七十七师师长韩浚保举，报考陆军大学。

1943年10月，贾亦斌被陆军大学录取，就读七期特别班。在"陆大"三年中，有两件事对他的一生产生至关重要的影响。它们分别是：与"大太子"蒋经国缔交，同地下中共党员、陆大同学段伯宇结成同志。

贾亦斌在陆大提出"新国防论"，发表了毕业论文《论预备干部制度》，并于1948年出版专著《预备干部制度之理论与实际》。这项前沿性的研究课题与成果，让蒋经国耳目一新，正好与他苦苦寻找青年军复员军人的使用与出路合拍。1944年，蒋介石以"一寸河山一寸血，十万青年十万军"为号召，征集大后方，甚至沦陷区知识青年从军，组建了九个陆军师十万人的青年军。蒋经国任青年军总政治部主任。青年军是蒋家父子的"太子军"。但没料到抗战胜利日子很快来到了，1946年春，青年军开始大量复员。蒋介石在他的军事委员会名下，增设一个直属机构："青年军复员委员会"，实权都在副主任委员蒋经国手中。1946年3月陆大特七期毕业，贾亦斌坚持不做军参谋长去山东打内战，情愿留在"陆大"当教官，坐冷板凳。蒋经国立刻将他调到复员委员会，任命他做第一组少将组长，主管复员青年军人就学和预备干部培训诸项工作，直接帮助自己把行将解体的青年军骨干组织起来，形成战斗力量。

贾亦斌在"陆大"三年，结识了一些年纪接近、志趣相投、思想共鸣的同学，如段伯宇、刘农畯、宋健人、董嘉瑞等。他们成了日后京沪杭苏皖"大三角"地区国民党少壮将校起义的群体。这些同志中，他与同一区队的段伯宇的感情最为深笃。段伯宇在陆大毕业后被蒋介石留在侍从室二处四组，任少将参谋，管党政经事务和机密档案。其实段是中共地下党员，接受组织任务，利用家庭背景（其父是同盟会员，保定军校出身）和自身条件，打入国民党军队高层。在重庆，他只同周恩来的其中一位秘书保持单线联系。他的胞弟段仲宇在陆大十七期毕业，后去上海任淞沪港口司令部少将副司令，也是一位"小三角"的重要人物。段伯宇的年岁比贾亦斌大，老成持重，常给贾亦斌带些"山那边"的消息，"春雨润物细无声"地影响着、引导着贾亦斌走向革命人生方向。

1946年4月的一天，蒋经国在青年军复员管理处主持一次会议结束时，把贾亦斌留了下来，在简陋的会议室里作了次长谈。蒋经国问："彭诚一（位仁）和宗南大哥都说你十分勇敢。谁都知道，上战场，死神紧伴你身边。亦斌兄，你为什么不怕死？"

"天下兴亡，匹夫有责。当年在战场拼个你死我活时容不得我多想，只有一个决心：宁死不当亡国奴，于是就奋不顾身了。"贾还应小蒋的要求，再深一步阐述预备干部制度，说到"若能行使预干制度，更替现行腐败的抽壮丁、吃壮丁制度和改变国军里面派系林立现状，不啻是帖良药"时，蒋经国拍了一下贾亦斌大腿，十分激动地说："亦斌兄，你这些见解都说到我心里了！我们是同志！我们今后必定会很好合作的！"当年，蒋经国36岁，贾亦斌34岁。

亲做主婚人　委以代局长

1946年上半年，贾亦斌趁国民政府中央机关陆陆续续复员回南京，时间稍为宽裕，办了一件个人大事：与谭吟瑞完婚。

谭吟瑞是湖南浏阳人，出身名门世家，曾祖父谭继洵曾任湖北巡抚；祖父便是近代历史千秋人物，"戊戌六君子"之首的谭嗣同。她抗战时流亡到重庆，在一家市民医院当护士。蒋经国知道后对贾亦斌说："谭烈士是我素来敬重的人物。你们俩结成伉俪，我很高兴。你们的婚礼由我们机关来操办，自己不必费心了。"于是蒋经国指挥下属，把复员处的小礼堂布置得五彩缤纷、喜气洋洋。贾谭结婚那天，主婚人蒋经国即席发表热情而又谐趣的祝词。复员处全体同人都来了，用茶点水果代替婚宴，简朴而热烈，颇有时代风采。婚礼后，蒋经国批婚假一个月，又派吉普车送他们去北碚温泉度蜜月。

这年秋季，青年军复员管理处迁回南京后，改建成预备干部管理处，隶属国防部，蒋经国任处长，贾亦斌任第一组组长——负责组织训练业务。1947年春，预干管理处

1946年，北平，贾亦斌（左三）陪同蒋经国（右四）检查青年军复员工作

升格为预备干部管理局，蒋经国任局长。是谁任副局长？当时南京中将职级的黄埔系将领多觊觎这一职位，但蒋经国偏看中资历较浅少将职级的贾亦斌。为了急于玉成其事，他翻窗户进入贾办公室，从抽屉里取了贾亦斌的履历（这天贾适去春游了），又绕过陈诚，直接向乃父蒋介石力荐。蒋介石下手令，任命贾亦斌为副局长，以后又升任代局长。贾亦斌遂成为蒋经国最信任、最得力的助手。

羽毛渐丰的蒋经国死死抓住青年军复员工作，使之成为蒋氏父子嫡系内核。除人事权外，他把已有九个师建制的青年军复员工作的全部事务都交给了贾亦斌。这自然容易引起众人妒忌。蒋经国对王昇等赣南老部下说："中国有句老话，'文官不要钱，武官不怕死，则天下太平矣！'这两者贾亦斌兼而有之。这种人不用，我还用谁？"

庐山惊落笔　上海怒拍案

然而，作为蒋经国的得力臂肱，贾亦斌同蒋氏父子的思想裂痕却在不断扩大。

1946年夏，蒋介石在庐山牯岭召开了两个会议——三青团二全会和青年军复员检讨会。后者，贾亦斌是秘书长。在这个会上，原青年军的三个军长（刘安琪、钟彬、黄维）和九个师长等都来了，蒋介石亲临"检讨会"训话两个钟头。蒋说，我让第一期青

1946年，庐山，贾亦斌与蒋介石

年军复员，是让他们复员回到学校、社会上去，其作用不仅不会减弱，反而只会增强，一个人可以发挥几个人的作用；同时又可以重新征集新的第二期青年军兵丁入伍，这难道不是一举两得的事吗？听到这里，贾亦斌恍然大悟，自己为安置复员青年军人疲于奔命，其内幕原来如此！那么征集第二期青年军是不是为了打内战？他来不及细想，蒋介石清清嗓子，"这个"一下，提高声音又讲了下去：

"你们不要看到我下令停战，你们也不要看到这个马歇尔八上庐山，这个搞什么调停。你们的任务只有一个，就是打，打！只要我们打，美国就会支持我们！这个，这个告诉你们，美国就会给我们经济援助，供给大量军火。凭我国军陆海空优势，我可以断言，这个这个，只要六个月，中共就会被我们彻底消灭……"

正在作会议记录的贾亦斌听到这里，惊愕得连手中的钢笔也"啪"的一声掉到地上。心想平日里满口仁义道德、信义和平的这位"最高领袖"今天露馅啦，把国家存亡、人民生死当作儿戏！蒋介石"抗日领袖"的形象顿时在贾亦斌眼前黯然失色了。

贾亦斌思绪起伏，把蒋介石的"革命领袖"、"抗日领袖"的形象彻底掀翻了。那么知遇之恩深重的蒋经国呢？乍一看去，曾经是苏共党员的蒋经国同志是个崭新的形象，他有句有名的口号："一次革命，两面作战！"就是说，他的"革命"对象既是共产党，也是国民党内的贪官污吏。听其言，观其行，再判断是非。

1947年1月至6月，国民党经济统治已临崩溃，其心脏地带京沪杭通货膨胀到达令人发指程度，涨幅为战前的1100万倍！蒋政权饮鸩止渴，实施经济管制，推行币制改革，发行金圆券，限时限价收兑金银及外钞。上海滩掀起抵制恶浪。1948年8月，蒋经国作为上海经济管制委员会督导员，带着他的"赣南系"、"青干校系"、"青年军联谊会系"一批干将来到上海"打老虎"。起初，抓了杜月笙的儿子，判了财政部的秘书，还开了杀戒，雷厉风行。但这位"中国经济沙皇""打老虎"打到孔令侃的"扬子公司"时，蒋介石、宋美龄出面干涉。蒋经国历时70天的"打老虎"因此而匆匆收场。

贾亦斌十分诚意地几次赶去上海林森中路，指责蒋经国不办扬子公司案，是"只拍苍蝇，不打老虎"，为此贾掌击桌子。蒋经国叹气道："我是尽孝不能尽忠，忠孝不能两全呀。"当然听不进这位"同志"的忠告。上海"打老虎"结果，贾亦斌对国民党的统治彻底失望，对蒋经国所抱的幻想也最终破灭了。

紫金山谋反　孝陵卫训干

贾亦斌胸中块垒往何处一吐为快？原来被蒋介石钦点在侍从室的段伯宇，也随"还都"来了南京，供职军务局（前身即侍从室）四处。贾、段两人都在南京，常去紫金山散步，散步时他们纵谈时局与前途，都推心置腹。

"蒋介石在庐山大言不惭，要在六个月内消灭共产党。不是'双十协定'签订还不到半年，他就翻脸了。这就是他的'信义和平'？"贾亦斌说。

"寡廉鲜耻，背信弃义，"段伯宇说，"这就是蒋介石的战争哲学。这场内战是一定会爆发的，庐山会议证明了一切。在关乎民族国家前途的大是大非面前，必须有自己的选择。亦斌，你不跟韩浚去山东前线，不做打内战的军参谋长，是对的！"

他俩反躬自省，身处国民党的军事中枢，绝不能违背良心，给自己的历史留下污点。但能为人民做些什么呢？几次紫金山麓密谈后，段伯宇与贾亦斌得出一个结论，必须面对这个反动政权，彻底推翻它。

段伯宇因为"还都"南京后失去了单线组织关系，处在极严重白色恐怖中，只好暂时"蛰伏"，暗中积极联络陆大系统不满蒋氏父子独裁统治的少壮将校，交流情况，倾诉苦恼，探索出路，把他们团结起来，形成一股力量，到时机成熟的时候交给党。

贾亦斌还有一个聚友的地方，就是他的南京干河沿家。他的知己中有伞兵三团的上校团长刘农畯、工兵四团上校团长王海峤等。他们的共同语言是，"国民党的气数已尽，石头城上的丧钟由我们来撞吧！"他们果敢，石破天惊策划"首都暴动"，计划贾亦斌率他孝陵卫一千预干训练学员占据紫金山，作控制南京的制高点和打游击的大本营；刘农畯自天而降，占领飞机场和总统府；王海峤去破坏铁路、码头和电台等，切断外面增援线路。举事后，关门打狗，把蒋介石或什么军政头脑抓几个算几个，押送解放区……大家越讲越兴奋，面红耳赤，摩拳擦掌，甚至拔出手枪，跃跃欲试了。兹事体大，贾亦斌又约段伯宇到紫金山麓，汇报同志们密谋"首都暴动"计划。段伯宇眼睛闪闪发光，对贾亦斌亲切地说："亦斌同志，我们终于走到一起来了，暴动，起义。"但是段伯宇不同意如此鲁莽行动。

段伯宇十分认真地说："革命起义靠谁来领导？谁才能把握目前中国正确方向？"

"中国共产党。"两人几乎异口同声说。

"那对了。"段伯宇继续说，"我们反对蒋家王朝，用暴动起义方式堆推翻它，完全正确。但是必须要在共产党的领导下才能举行。现在，你我都去做同志们的工作，忍耐再忍耐，积蓄力量，用于一旦，必然胜利。"

最后段伯宇叮嘱贾亦斌："抓紧你的预干军政训练，它可是两蒋的新军，是'太子军'呀！"

"太子军"这个叫法何来？说起来还是出自南京高层。

1948年10月，秋风肃杀，蒋介自知北方败局已定，企图凭借长江天险，依靠美国支持，保住"半壁江山"。为此他授意浙江同乡、参谋次长林蔚中将，策划成立"二线兵团"，新组建30个新军，以阻挡人民解放大军渡江。这30个军最关键的是1万多名基层连排级军官。这位台州人知道蒋介石已把目光瞄准了军中素质最高的一期青年军，虽然已经完成复员，但精华尚在。现在预备干部局已成立了，只要有人登高一呼，7.3万多名复员青年军人必会应召而来。这个人是谁？当然是大太子蒋经国的爱将，预干局代局长贾亦斌，于是他径直去预干局找了贾亦斌。

贾亦斌听完，立正，行军礼，说"责之所在"，立刻接受了这一任务。送走林蔚，贾亦斌顺路到军务局，抑制着兴奋，看了老同学段伯宇，极其简约地说了训练预干事。两人心领神会，相视而笑。

贾亦斌立刻撰写了一份筹建"预干总队"的计划，绕过国防部办公厅，直接交给军务局段伯宇。段伯宇则绕过国防部长白崇禧，呈送军务局中将局长俞济时（原蒋介石侍卫长）。俞济时直送蒋介石。蒋介石心中一块石头终于有了着落，很快就批复给了国防部。于是编制有了，装备及军需也来了，团级编制提升到师级规格，总队长少将职级，大队长一律上校，中队长基本上少校，学员一律准尉。

贾亦斌所招选的4000多名学员中，有一位叫刘异的上校军官，原在李弥十三兵团任团长，队伍正要开往徐蚌前线，与解放军交战，他不愿打内战，让贾亦斌同李弥打了个招呼，把他留下了。

11月初，国防部预备干部局陆军预备干部训练第一总队（简称预干总队）在南京孝陵卫陆军大学内成立。蒋经国从杭州拍来电报致贺。贾亦斌任少将总队长，还有黎天铎等三位副总队长。黎的背后支持者是参谋总长顾祝同。按编制，总队下设四个军事大队。每个大队之下设四个中队，其中有交通、通讯、政工专业中队和后来增设的文化宣传区队。这支在国民党直系军中被喻为"太子军"、"国之瑰宝"的预干训总队，装备上清一色美式步枪、冲锋枪，还有轻重机枪，60、82迫击炮。弹药供应，十分充足。

蒋经国为了早日把"二线兵团"新军的下级军官培训出来，对贾亦斌真可谓言听计从，甚至答应不派政工人员进入。为此，设置总队部直辖的辅导组，行使政治教育职能。辅导组长当然是贾亦斌的人：上校刘异，能文能武，写一手好字，实战经验丰富，思想"左"倾，常与贾亦斌共鸣。贾上报任刘异做上校辅导组组长，蒋经国批准了。

秋色斑驳层染紫金山时，贾亦斌已亲率预干学员在那里开展野外训练了。被徐蚌会战打得焦头烂额的蒋介石闻此，心里有一丝快慰的凉意。

嘉兴两大营　淞沪"小白楼"

1949年石头城的新年钟声无疑在给蒋家王朝报丧。"不得了啦！老头子疯了！"蒋介石的侍从参谋张国疆向贾亦斌透露，武汉白崇禧以"五省联盟"的名义通电老蒋，限他在2月1日前下野，否则将截留四川东运的武器弹药。"老头子收到这份电报时，目瞪口呆，面色发青，双手颤抖，竟然拔枪将送电报的机要员击死了！在场的宋美龄吓得大叫'疯了，疯了！'逃到孔祥熙夫人宋霭龄那里去了。"四面楚歌声中，蒋介石于1月21日宣布"引退"总统，离去南京，转道杭州，28日回到老家奉化溪口，在雪窦山上妙高台别墅"隐居"。

蒋氏父子一到妙高台，便命令贾亦斌率预干训练总队撤京，进驻浙江嘉兴。嘉兴地处京沪杭中心，水陆交通十分方便，当时被称为国统区的"后院"。蒋介石"二线兵团"计划已迫在眉睫了。"总队"被扩建成预干训练总团，嘉兴为一总队，重庆、汉中分别组建二总队、三总队，预干局代局长贾亦斌兼任总团长并亲率一总队，加速在嘉兴培训。

嘉兴正是块现成的屯兵之地。2月1日，预干一总队到达嘉兴后，一、四大队驻东郊东大营，二、三大队并总队部驻城区子城门内的西大营。总队部除总队长办公室外，还直辖军事教育组、辅导组和总务组。城中之城的子城门，相传建于三国东吴时期，为历朝嘉兴府衙所在。民国初充作军队营房。抗战时期沦为日军军营。抗战胜利后，蒋经

嘉兴子城门，预干总队司令部所在地

国邀贾亦斌在那里举办了青年军复员官兵夏令营，当时他俩住在一幢房屋的前后两个房间，朝夕相处，无话不谈。嗣后，此地开办国防部属青年中学。预干一总队进驻后，嘉兴青中则告解散，一大批学生转业为预干学员，于是总队扩大到近4000人。

　　蒋介石在妙高台遥控指挥：贾亦斌调驻浙北嘉兴，刘农畯的伞兵三团调驻苏南昆山安亭，王海峤的工兵四团调往杭州……南京国防部悄悄迁往广州。段伯宇眼见军务局已名存实亡，就请了病假，到了上海，住进宝山路宝昌路口他胞弟段仲宇将军的公馆。段仲宇现职是淞沪港口司令部少将副司令兼上海铁道西路守备司令，他那座被叫作"小白楼"的精致洋房，实际上是中共上海局策反委员会地下联络工作的一个据点。此时段伯宇已和党组织接上了关系。上海局策反委员会书记张执一（新中国成立后，他任中共中央统战部副部长）亲到"小白楼"和段伯宇见了面。张认为这股反蒋力量层次高、潜力大、政治影响深远，决定亲自领导，具体工作由策反委员、大夏大学教授李正文（新中国成立后历任复旦大学党委书记、高教部政教司长）负责。从此，段伯宇所联系的贾亦斌等少壮将校反蒋起义就纳入中共上海局策反工作范畴，在党的正确领导下，成熟地有序地展开了。

1989年嘉兴起义40周年，贾亦斌（前左二）与李恺寅等（前左三）旧部起义学员在原西大营营房前留影

"小白楼"，这天段伯宇、段仲宇和贾亦斌、刘农畯、王海峤、宋健人俱在，大家议论沪杭苏皖长江下游广宽地带起义之事时，张执一与李正文一起来了，心照不宣地进行沙龙式座谈。张执一代表上海局策委会对苏浙皖——长江下游大三角地区国民党正义军官率部起义，表示十分欢迎。他说要起义，总希望成功，尽量减少牺牲。但是这个计划太庞大，而且江北，解放大军一旦实施渡江战役，所向披靡，只要及时响应，就会成功。至于江南，京沪杭一带——长江下游小三角地区，战略地位重要，经济价值大，政治影响深远，在座同志们若举行一次或两次起义，必定引起连锁反应，国民党反动派必然会乱作一团，什么"我们的后院起火啦"，什么"连老蒋小蒋的子弟兵都造反啦"，动摇其军心民心，是不能一言以蔽之的，政治意义很大，就是刚才贾亦斌将军所说，给国民党反动政府掘坟墓。所以，张执一建议，将苏浙皖"大三角"精缩到京沪杭"小三角"，而"小三角"中有一个支点，便是嘉兴。话音刚落，大家的眼光便集中到贾亦斌身上。

段伯宇插话说："这个支点有左右两个砝码，就是东大营与西大营。"

留苏受过特工训练的李正文接着说："这支部队是蒋氏父子嫡系的嫡系，被称为

'太子军'。贾将军的上下关系很好，在东西大营有极大的威信，起义条件很好。但嘉兴四周全是国民党重兵，特别上海、吴淞和苏州一带，贾将军举义，将承担很大的风险。"

贾亦斌站起来说："既然干革命，哪能不冒点风险。推翻蒋家王朝，是天下之大势。我们预干总队起义，或许军事上不能取胜，也能达到三个目的：一是政治上给蒋政权心脏地带来个突如其来的大地震，震撼其神经中枢；二是给蒋家政权京沪杭防区炸开一个大窟窿，打乱国民党军整体作战部署；三是老蒋所谓二线兵团三十个新军计划，我给他个釜底抽薪，彻底完蛋，有助于我人民解放军所向披靡渡长江了。"

嘉兴起义决策既定，具体时间尚要等候不便言明的天时地利军机，趁还有一段不长的宝贵时间，贾亦斌回嘉兴，需要运用他军旅智慧，巧妙地做他学员思想工作。策反委员会派给他一位联络参谋张文藻，贾亦斌就委任他为总队部文书，留在自己身边。

和战大辩论　海陆谁举义

预干一总队的训练，军事和政治同步进行。政治教育有三个科目：三民主义，中国政治，中国经济。学员们都是老兵，厌恶打仗，带着问题研究政治：为什么中国这么黑暗？中国往何处去？我们该怎么办？

因此张文藻建议贾亦斌和主持政治教育的辅导组长刘异，在中队上政治课和大队举办讲座时，作导向性引导，提出问题，让学员们开展讨论，有必要的话，举办大队或整个大营的大辩论。"这是暗度陈仓。"张文藻说。"我懂得。"贾亦斌说，"还要移花接木哩！我们要接过蒋经国那些口号，比如'反对贪官污吏、豪门资本'、'打祸国败类，救最苦同胞'、'走第三条道路'、'自力更生'等，来作我们的文章。"

他们决定发挥"三三核心"的作用，纵横其间，点线扩大成面。

"三三核心"是帮助贾亦斌凝集反蒋力量、联络民主分子、推动起义的一个秘密工作小组。"三三"成员圈始于孝陵卫时期，学员增多后逐渐形成的。处在极端独裁的军营中，他们只能凭同学、同乡、袍泽绝对信任关系，单线发展，单线联系。上下联系中只能有三个人，故名"三三"，但第三个并不知晓第一个，第一个也不和第三个发生横的关系。"三三小组"工作结果，使成百上千的预干学员团结成一个整体，应变各种局面，即使面临恶劣形势，也可以化整为零，分散作战。

政训讨论中多数面临失业的预干学员认为来干训班接受培训不过是"住旅馆"。贾亦斌专门找了"住旅馆"论者张若虚个别谈了次话。贾告诉他，不能相信蒋经国"一次革命，两面作战"的口号，正确的路早就摆在"山那边"了，"住旅馆"是一个过渡。眼下再也不能中国人打中国人了，和平是大方向，但反动派坚持要战，所谓战就是打内战。回到辩论现场，张若虚当众说："我来嘉兴'住旅馆'，说白了就是投奔一个人，贾亦斌！"此话一出，反应热烈，一片"投奔贾总队长，做我们的火车头！"口号声。

既然集中到贾亦斌，贾就让刘异召集全总队，在西大营的大操场举行全总队的辩论大会。于是一场在蒋经国"一次革命，两面作战"、"目下中国应该和或战"大辩论在东西两大营热烈开展了，"三三"成员不断归纳、分析、综合每次话题，张文藻与刘异等核心成员加以疏通，引导到"求和平兴，打内战亡"的时代潮流轨道上。为数不多的"主战者"、"内战升官"者，被众多学员讥讽得灰溜溜走了。

预干总队创办的四开铅印三日刊《甦报》（辅导组三股股长俞焘主编），为大辩论喝彩并及时导向。文化区队学员创作了《预干总队队歌》助阵。

2月底，贾亦斌应召秘密来到上海"小白楼"。经上级领导反复研究，上海局策反委员会决定让贾亦斌的嘉兴预干训练一总队和刘农畯的安亭伞兵三团先行起义，大致时间定在解放军渡江战役打响的时候。现在把贾、刘两人招来，宣布这个决定，并讨论先后与地点等具体问题。刘农畯认为既然蒋经国要把预干总队迁到厦门去训练，建议贾亦斌不妨在南下时就海上起义，掉转船头，把这支太子军带到苏北解放区。贾亦斌认为不好，他汇报了"三三"核心组的活动方式和"和战"大辩论的进展后，说："嘉兴预干一总队的起义将臻于成熟。至于起义地点，农畯兄，我们都是经过抗日炮火锻炼的老兵，生死安危算什么？希望你想得远一些，要给人民解放军输送你这支特种部队，让伞兵在新中国国防建设中天地开花结果。而我这支尉官级的队伍，起义后在反围剿的战争中，战斗力还是可以的，即使队伍被打散了，我们还可以上天目山打游击呀。农畯，大哥我说定了：海上，你。陆地，我。最后请党裁定。"

第三天上海局策反委员会批准了贾亦斌陆上起义的请求。同时，通过地下渠道，指示浙皖边游击区及时接应这支国民党起义部队。

贾亦斌回到西大营，"和战"大辩论正接近尾声，显然，主"和"者——反对打内战的学员占了绝对多数，甚至有学员唱起"山那边呀好地方，一片稻田黄又黄"的歌来了。

贾亦斌一跳上司令台就对着麦克风大声说："同学们，你们唱的《山那边》真好听，真令人向往呀。我们是军人，我们的目标是什么？大家说呀！"

台下齐声回答："山那边！"

贾亦斌吼道："国民革命军陆军预备干部训练团第一总队全体官佐们，我命令你们，向'山那边'方向，前进！扫除一切障碍，冲！"

刘异立刻把握时机，跳上台，展开双臂："同学们，唱我们的队歌——

新的觉醒，新的任务，新的行动/为主义，肯牺牲；/为人民，争生存。/新军到处，万众欢腾；/把握时机，准备新生……"

考问丰镐房　沉着过凶关

西大营大辩论的动作搞得太响了，引起预干局的注意。预干一总队副总队长黎天铎原来就是预干局二处（情报）处长，是蒋经国"青干校"派骨干。国防部二厅（情报）东南分站"414"组在嘉兴子城门北门处摆个杂货摊，专门收集贾亦斌的情报。预干局二处派员赶到嘉兴，收集贾代局长异动材料。

3月初春寒料峭时，蒋经国打来长途电话，要贾亦斌前往溪口，晋见领袖。接着又拍来电报催行。

贾亦斌急去上海"小白楼"汇报。段氏兄弟认为，此行虽凶险，但据我们情报，蒋经国并没有掌握贾与共产党有关系的材料，所以若是不去，就是"不打自招"，一总队起义将功亏一篑。贾亦斌说："我会去的，就算投狱，黎明即将来到了。即使牺牲了，反动政权也垮台了，我可以瞑目啦！"傍晚，李正文来到"小白楼"，转告张执一书记两句话："贾亦斌同志的溪口之行是可行的，也只有这样，才能消除蒋氏父子的疑虑，挽救正在策划中的嘉兴起义。希望亦斌同志慎言慎行，随机应变，把握中心，战胜敌人，争取回来！"话中两个"同志"使贾亦斌备感温暖。

贾亦斌启程走海路到宁波，转陆路去奉化，傍晚时到达溪口，被安置在"武岭"城门口的武岭学校客房里。这所被宋美龄办成法兰西乡村学校式的蒋氏家乡子弟学校，规模宏大，建筑玲珑精美，被圈内人称作"溪口的励志社"。贾亦斌能住入此处，说明他地位未曾改变。

小镇的夜幕落得早，四下岗峦山林一起挤压过来，黑得特别深，寂得特别沉。正在这时，一个人影闪进他房间，凭借黄晕的电灯光，贾亦斌一下认出了是预干训练总团的上校主任秘书楼锡源。他来透露消息："有人告你思想'左'倾，有人告你准备拉队伍去投共。明天经国先生要找你谈话，谈得好就没事了，要不然你就别想回去了。我告辞了。老长官，您多想办法，多保重！"究竟是贾亦斌！上床后设想了几个应付方案，并没有辗转反侧，而是像战壕里的老兵一样，很快睡着了。

第二天8时正，贾亦斌被传至蒋氏祖传故居丰镐房。在二楼一间简朴的客厅里，蒋经国已正襟危坐地在等着了。没有昔日融洽的气氛，贾亦斌行过军礼后说："接经国先生命令，亦斌立即水陆兼程赶来了。"蒋经国"嗯"了声作答，按往昔，这位壮汉肯定会呼一声"你这小子"，亲昵地给他肩胛结结实实一拳，但今天他嘴唇都未启动，搁几上的那座台钟"扎扎扎"地扎得人心烦意乱。近距离细察他的容颜，这位一直都是脸膛红润、鼻尖微微

奉化溪口蒋氏祖居丰镐房报本堂走廊

沁汗的老友竟一夕苍老了……突然，蒋经国劈头问道："贾亦斌，你在嘉兴待得很久了！部队怎么样？"

"报告，只有两个多星期，亦斌天天都与学员们同出操、同训练。他们很怀念领袖，特别怀念晨光夏令营时的经国先生。"贾亦斌不动声色地回答，但话中藏锋。"晨光"就是1947年在嘉兴举办的蒋贾二人朝夕相处的青年军夏令营，也是蒋经国人民化表现得最光辉的一次。

蒋经国不为往事所动，依然一脸秋色，两眼紧盯着贾亦斌，似乎要将对方的心扉撬开。"部队怎么样？"贾亦斌知道他要问的是"部队的思想倾向怎么样？"引我上钩。慎言为上，不如以守为攻吧："外面世界动荡，难免影响到子城门内，可否请经国先生劳驾，去嘉兴训次话？"

蒋经国实在没有料到贾亦斌竟给自己出难题，一时语塞，过了会怒从心来，愤愤地回答："这不可能！"但立刻感到示弱了，又补充了一句："我没有工夫。"蒋经国心想，贾亦斌这小子好厉害！你还会打文仗！现在若把你拿下，不行。没有直接通共证

据，要影响军心，会弄出嘉兴哗变，共军游击队乘机来接应，杭嘉湖岂不大乱了！不能。但今天询问已问完，蒋只好主动站了起来，表示送客，就在贾亦斌跟着站起来的刹那间，一句话冲口而出："贾亦斌，命令你率预干一总队集结，向福建建阳开拔。"

"是！"贾亦斌立正，行军礼，回答，"集结预干一总队，开拔福建建阳。尚请经国先生明示，是走陆路，还是走海路？"

"这个——"蒋经国停顿会儿，说："这个以后会通知你的。你先待着，玩玩我家乡山水，我会派人做你的导游。你还得等着，领袖要接见你。"

第二天，蒋经国的机要秘书、"铁血救国会"（代号"余为民"）成员萧涛英陪贾亦斌去游玩溪口山水。溪口地方得天独厚好风景，但贾亦斌严格遵守纪律，慎言慎行，小萧一无所获。

玩到第四天，贾亦斌突然接到通知，蒋经国请他到武岭学校大礼堂看京戏堂会。贾亦斌去了。他见到蒋介石坐在第一排一张长沙发上，将长孙爱伦（蒋孝文）抱坐在他的膝盖上，孙女爱理（孝章）坐在旁边。贾亦斌立刻呼一声"领袖"，立正，行军礼。蒋介石照坐，连头也不抬，只是鼻孔哼一声作答。蒋经国、方良俩客气地邀请贾亦斌入第二排，与他们坐在一起。第二排之后，坐的全是军装的或便衣的侍卫。两旁，可能是蒋、王两家族人。台上，上海一家京剧戏班演的是全本《龙凤呈祥》，戏装华丽富贵，内里钩心斗角，但是在贾亦斌眼前飘忽的却是荆轲献图秦王，图穷匕见的场景，耳际响起的是"风萧萧兮易水寒，壮士一去兮不复返"的长吟。他身上藏有柄勃朗宁手枪，现在正是机会，大礼堂灯光暗淡，大家都入神看戏。蒋孝文已在他爷爷怀里坐厌，溜到长沙发上坐了。现在正是机会，可以猝然抽出手枪，捷速崩了蒋介石的脑袋，然后自己饮弹，以谢天下……慢着，慎行！贾亦斌猛然觉悟，或许这是他们的一种设计？是又一次对我的考察？试图将我心底的秘密彻底曝光！况且，此举既没有进入上海局策反委员会的战略思路，也没有在"小白楼"战友们席上研讨过，更没有纳入"三三"小组的战斗部署，完全是一种共产党人所否定的民粹派个人行为。即使我今天与老蒋拼了，党领导的多少同志为之工作的嘉兴起义因此流产了，东西两大营4000名预干学员很可能会被分配到30个新军中。"小三角"起义断脱一环，给党的策反工作带去难以估计的损失，岂不是对中国人民解放事业犯罪吗？贾亦斌立即自律，放弃拼杀蒋介石的举动，顿时冷汗涔涔而下。堂会结束，蒋介石并没有找贾亦斌谈话，只是似笑非笑"哼"的一声鼻音，走了。

已经是3月11日了，蒋介石始终没有找贾亦斌谈话。贾亦斌在溪口度日如年。这天上午，他从雪窦寺西侧幽禁张学良将军的中国旅行社雪窦山招待所原址（遭火灾，烧毁）下山途中，路遇蒋经国陪伴阎锡山上山，去妙高台晋见蒋介石。看蒋经国兴致颇好，贾亦斌见机提出返嘉兴预干总队的要求，没想到蒋经国不假思索一口答应了。贾立正，行军礼，然后转身就奔下山。才向上走几步的蒋经国蓦地回首，喊道："带好这支队伍，开拔到福建去！"

"是！经国先生。"贾亦斌驻足，回转身大声回答。这短暂的照面，给贾亦斌留下的依然是往日亲切和善的形象，但在他的眼神里闪烁着狡黠的神色。

这是他俩今生最后一次照面。

讲最后一课　乌镇举义旗

贾亦斌甫到上海，他的联络参谋张维急急找来，告诉他从一总队驻上海办事处第一时间获知的消息：他的预干局代局长、预干训练总团总团长、嘉兴预干一总队总队长等本兼各职均被撤除，仅留一个少将部员虚职，留守人去楼空的南京国防部。

贾亦斌心中坦荡。但在嘉兴东西两大营却激起了大波澜，官佐罢教，学员罢课、罢练，墙头贴出标语："谁打掉了我们的火车头？""谁剥夺了我们的温暖！""上山去打游击！"接任总队长的黎天铎怕了，怕引起兵变要了自己的小命！他苦思冥想想出一招，邀请贾亦斌来嘉兴，为他举行一次欢送大会，并邀聘他为名誉总队长。邀请函来了。策反委员会认为这是一件好事，可以较直接乘机向全体官佐、学员做一次政治动员工作，同时对"三三"核心小组布置具体任务，而这些无可替代地必须由贾亦斌亲自去做的。

这天，贾亦斌回到嘉兴子城门内西大营的大操场。"三三"成员在操场四周及制高点实行武装警戒，以保障贾总队长绝对安全。贾亦斌上了司令台后，先讲了几句惜别的话，紧接着讲他的系列大课《论预备干部制度》的最后一章，刚讲完，台下口号声响起来了："贾总队长留下来！""贾总队长做我们的火车头！"

贾亦斌拉开双臂，两手掌做向下按捺姿势，提高声音说："这支军队依靠人民，则胜利；背叛人民，则必败。这是历史真理，吾辈革命军人当慎思之！"

急盼贾亦斌讲课快结束的黎天铎就急急将"名誉总队长"的荣誉状给贾亦斌，好把他打发走。贾亦斌高声说："好呀，我还是这里的人，我可以经常回来呀！"黎天铎一脸尴尬。

贾亦斌真的没有走，"三三"骨干把他秘密安置在嘉兴北门外钮家滩的一户民居。当晚，他听取了"三三"骨干刘汝沧绘制军路线的报告。尚在贾亦斌赴溪口前，他派出文化区队学员刘汝沧，只身去嘉湖莫干山一带踏看地形和绘制拉练路线。刘设定的行军路线为：

乌镇——善琏——钟管——三桥埠——莫干山——天目山。此为南线。

乌镇——青山——埭溪——梅溪——皖南山区。此为北线。

后来起义后，队伍基本上是从这两个方向行进的。

此后，他穿梭于沪嘉两地，为准备起义奔波着。而在上海，他也经常辗转于大上海饭店、吴宫饭店、孟渊饭店等处，漂泊无定。

4月2日，联络参谋张维奉命安排贾亦斌在吴宫饭店与李正文会面。房间里，李正文向贾亦斌传达了中共上海局策反委员会的正式指示：决定于4月15日，由贾亦斌同志率领国民党军预干一总队在嘉兴择地起义，将队伍拉出嘉兴，向西天目山挺进，与苏浙皖边区游击队会合，策应解放大军渡长江。起义后，摈弃原国民党军番号，启用人民军队番号——苏浙皖边区民主联军。贾亦斌毅然决然接受这一命令，同时吐出他肺腑之声："坚决完成党交给我的任务！万一在突围战斗中牺牲了，请求党组织批准我成为一名光荣的中国共产党党员。"组织上已经完成对贾的调查与考察，所以李正文作了正面的肯定的答复。

当天深夜，贾亦斌在上海铁道西路守备司令段仲宇的帮助下，在西站上了一列即将出站的货车，风驰电掣地到了嘉兴站。

3日、4日两个整白天贾亦斌都在钮家滩住处紧张地工作，到了4日深夜，转移到另一处秘密地点，秀城桥北堍一家酒酱作坊里召开"三三"骨干会议。贾亦斌他分析形势后，指出只有起义才是预干总队的唯一出路，正待宣布近日要举事时，突然在一只大酱缸背后冒出一个湖南口音的声音："贾总队长，我们何时举事？开拔到何处去？已经同共产党联系了呃？"经过溪口那场风浪考验的贾亦斌顿时警觉，这三个问题都是起义的核心机密，拒绝回答，立即宣布会议结束。人将散尽时，有"三三"学员告诉贾亦斌，那人是13中队的，和中队长林荫很接近。林荫是黎天铎的外甥，是彻底的起义反对派。贾亦斌意识到事情不妙了。

回到钮家滩住处，贾亦斌和张文藻、刘异等商量，认为起义大事已泄露，敌人不仅会加强防范，而且可能提前动手镇压，不如我们提前起义。贾亦斌同意这一建议，随即派张文藻当夜赶赴上海，请示策反委员会。

5日近中午时分，李正文（他曾是阎宝航副手，富有应变能力）来到嘉兴，与贾亦斌在南湖一个船埠头相会，然后雇了只乌篷船，欸乃、欸乃地向湖心摇去。在船中舱，贾亦斌向李正文汇报了起义的准备情况和昨夜泄密事情。贾是带兵打仗老手，深谙战机宝贵，为此，要求提前到6日凌晨举事。李代表上海局策反委员会同意了贾亦斌的请求，同时也提醒他，由于起义提前，不仅失去我渡江战役大背景强有力的依托，而且在"小三角"的战略部署上也脱了节，嘉兴起义的突现面增大了。"亦斌同志，到时敌人火力都会往你一处拥来，你的压力加重了。"

"这样也好，我巴不得老蒋调千军万马来征剿我，减轻我解放军渡江对抗火力，减轻农畯他们起义时的压力。"

南湖乌篷船碰头之后，贾亦斌留在嘉兴，加快他的起义准备工作。

得到林荫"贾亦斌在嘉，欲谋举事"密告，黎天铎黔驴技穷，6日清晨出操时，借政训讲义事，把一大队上校大队长李恺寅叫到自己办公室，竟反锁了门，逼问贾亦斌现在何处。他宁愿自己饿着肚皮也不放李恺寅出去，一直逼问下去，已经下午两三点钟了。李只是一句话："贾是你的名誉队总，我怎么知道？"黎饿得两眼金星直冒，幸好此时有两个学员来敲门，黎天铎拉门开一条缝，李恺寅乘机直着嗓子吼他那山西口音："你凭啥问我贾亦斌在哪里！你跟他是同僚，他在嘉兴你知道！"

黎天铎关逼李恺寅的事，不但贾亦斌知道了，而且传遍了东西两大营。学员们闹起来了，一层又一层包围了黎天铎的办公室，李恺寅当然获得了自由，黎却被禁锢在自己的办公室。

"黎某人滚蛋！"

"欢迎贾总回来领导我们！"

黎天铎触动众怒了，正好！贾亦斌决定利用这一导火线，命令四位大队长分别带自己的大队，到西大营大操场集合待命；同时亲自带了十几名手持冲锋枪、腰间挂着手榴弹的学员，来到总队部黎天铎的办公室，缴了黎的枪，要他签署拉练去莫干山，进行军事演习的命令。黎态度十分傲慢，狂吼："这里是谁作主？"

"让你作一次主吧。"贾亦斌说。

黎天铎正想耍威风时，被武装学员打翻在地。学员恼了，把他拖到窗口，按着他的头，叫他看看窗外。窗外，透过轻薄的夜色，只见大操场四角已部署了重机枪、迫击炮，一队队全副武装的学员，整齐地列队在兹，坐在地上等着，黑压压地，似乎天低地窄了。黎天铎看得心底发怵，一屁股跌坐在沙发里。贾亦斌晓以大义，要他签署拉练命

165

令，"拉练是预干的必修课目，这样吧，你可以去，也可以不去，一切从便。""我要吃饭！一天没有下肚了。"贾亦斌让伙房给他端来饭菜。狼吞虎咽吃了一份，黎天铎说，"没有吃饱，按标准有水果！"贾亦斌同意再给。但是黎天铎吃饱后，往沙发里一瘫坐，闭起眼，不作声了。时间飞快地前进，已是7日零时了，是举义的时辰了，操场上还有3000"子弟兵"浸沐晨露在等着呢！这时文化区队一支演剧支队进入黎天铎办公室"劳军"，先唱了一首歌《团结就是力量》，接着是歌舞活报剧《你，你这个坏东西！》震慑得黎天铎和"坏东西"一起倒翻在地。刹那间，贾亦斌一声喝："限你五分钟，我是共产党派来的！"说着便亮出手枪，武装学员"哗嚓"一声，冲锋枪的子弹都推上了膛。黎天铎浑身发抖，结结巴巴说："老长官，饶，饶命，我签字，饶命……"他终于签署了拉练至莫干山军事演习两天的命令，当即行文嘉兴城防司令部及沿途有关守备单位。

　　7日凌晨2时，预干一总队3000多名官佐、学员武装启程了。值星中队长率队作前导，以四路纵队队列，悄悄离走子城门，告别尚在熟睡中的嘉兴城，行进在嘉湖水乡官道，向预定目标，水乡深处，两省四县交界的桐乡县乌镇进发。

　　历史会记住这一时刻：1949年4月7日下午5时，晚霞染红了天色与水色，贾亦斌为了不惊扰乌镇街市百姓，率部队绕到镇西数里路外乡下，选择一块空旷地集中。他跳上一个土墩，正式宣布预干一总队脱离蒋介石反动政府，即行起义。

　　"什么叫起义？起义就是革命，我们不再参加反人民内战，不再为蒋家王朝卖命，当炮灰，我们再不是预备干部训练一总队了，再也不是蒋经国的太子军了。我们的番号是苏浙皖边区民主联军。同志们不是很想上山打游击吗？我们现在是要冲出乌镇水网地带，穿过京杭国道线，上天目山，和那里的边区游击队兄弟会师，那我们就胜利了。"

　　这不是兵临城下或大军压境的起义，是感召于共产党的真理，贾亦斌将军率领这支堪称"国之瑰宝"的国民党青年尉官队伍，从敌人心脏杀出来，义奔新中国，无后方支援，也无前方策应的"因特耐雄耐尔"式的英雄举义，其结果必然是十分惨烈的起义。让历史记下这个事件吧！

血染浙山水　　落崖皖境家

　　贾亦斌起义事，特急电波传遍了国民党后院。蒋介石震惊不已，痛骂他的儿子。蒋经国因此大哭一场。老蒋神定之后，迅速调集了二十五师、一〇五师、一〇八师、三十六师和八十七军一部，以及苏浙皖三省的地方保安部队、交警部队〔武装特务部队〕，甚至动用江防空军，以几十倍于起义军的兵力，围追堵截。

贾亦斌组织重火力乌镇突围，起义部队进入浙北吴兴、德清县境。然后兵分三路进发皖境，希望与共产党游击队会师。

第二路，辅导组长刘异率1000多名学员急行西南方向，上天目山余脉莫干山，侯战机，或以守为攻，或游击山林，俟机会师贾李部后，一起进入皖境大山。勇猛善战的刘异率部连续作战三昼夜，突破敌人重重围截，在大雨滂沱中来到莫干山麓的三桥埠。前头分队侦知莫干山上并无驻军，于是与敌又打了个硬仗，获胜，便一鼓作气上了山。这是一处中国著名避暑胜地，遍山美轮美奂的西式洋楼，因为酷暑未到，十分冷清。学员们浑身血污泥水，饥渴交加，一坐下便不想起来。武康县长兼莫干山管理局局长王正谊系蒋介石生母王采玉的本家，按辈分是蒋经国表弟。他早在山上候着，刘异部队来了，显得十分殷勤，引进别墅休息，酒肉慰劳，安排住宿；暗地派人星夜赶去湖州，报告保安师赵荡辉部。翌日清晨，刘部学员全都在梦乡中即被缴械，解押往杭州、嘉兴途中，或被枪杀，或被活埋，或被沉江。刘异和他的未婚妻在钱塘江大桥下被枪决时，岳母陪绑，致她精神失常终身。作者见过刘异岳父项作樑先生，是一位国民党起义县长（浙江分水县）。

再说贾亦斌率一路、李恺寅率二路在双林会师后，义军人数只剩下300多名，不少人误中国民党宣传，特别是受杭州胡轨"青年救国团"的欺骗，被俘被押解回嘉兴。在吴兴水网地带，贾、李继续受围追堵截，陆地成千上万国民党正规军、地方保安部队利用碉堡、城墙及天然障碍物进行阻击，敌汽车、装甲车来回巡逻，与步兵轻重武器交织成一道道火网；水上，错综交叉的浜港，敌汽艇来回穿梭，不放过一个疑点；空中，敌出动飞机，每天七八架次，进行侦察、俯冲扫射，或是撒布传单，什么"悬赏五百万银圆捉拿贾亦斌"。起义军每前进一步都要付出鲜血与生命的代价。面对绝境，贾、李研究认为，只有突围京杭国道，与浙皖边游击队会师，才有生路。他们选择敌军防守最严的吴兴县城（今湖州市）南门道场山，扮作敌三十六师剿贾的一个营，大摇大摆地骗过了地方保安部队，缴获了军械军需，搞来了船只，渡过水面宽阔的东苕溪，越过险要的京杭国道公路，来到良村。

良村在吴兴县西妙西山，已是天目山丘陵地带了。连日战斗，紧接着又在大雨中行军，部队疲惫不堪，贾亦斌双脚肿胀，趾甲全部外翻，脚一着地就痛得钻心。大家就地休息。贾亦斌看着这支紧跟自己，衣衫褴褛、形容枯槁的部队，感慨地说："疾风知劲

贾亦斌（右）与原一大队长李恺寅（左）在昔日子城门内西大营营房前（嘉兴起义40周年）

草，板荡识诚臣。同志们，你们不是盼望上山打游击吗？现在我们终于到了山里。翻过前方大山，就是人民当家作主的民主区了。要记住，我们的番号是苏浙皖民主联军。要注意，不能侵犯民众利益，我们是人民的子弟兵，但是我们还要打仗。"说着情不自禁地唱了一句《国际歌》，"作一次最后的斗争！"贾亦斌这一唱，引出了《预干总队队歌》，好几位学员唱起了副词——

要慷慷慨慨的死/要轰轰烈烈的生/划时代的史诗由我们写/光荣凯旋属我们！

晚霞染红了山峦与层林，歌声引起了宿鸟群飞。但枪声响起来了，埋伏在附近的敌人又开始进攻。贾亦斌立刻指挥学员抢占有利位置，进行阻击。打了一通后，丧心病狂的敌人发起冲锋。弹药用得差不多的学员只好拼刺刀，连日趄强度疲劳又饥饿的学员倒下一批，山地红壤被鲜血染得更刺目了。情急中，贾亦斌跑向某制高点，对一名狙击手命令："干掉那个骑白马的指挥官！"枪声短促一声，顷刻敌人乱作一团；我军随即发起进攻，敌军不战自溃，贾亦斌抓住瞬间战机，指挥我军穷追猛打，把敌人赶出了这个地区。良村一役，毙敌几百人；我方也付出惨重代价，损失近百人，义军只剩下80多人了。这天是4月12日。历史上就是个惨烈的日子。

良村遭遇战后，贾亦斌和李恺寅经研究决定，首先将仅有八十几人化整为零，让他们扮作山民，分别突围出去。第二步，贾亦放言，良村恶战后，"贾亦斌被打死了，叛军溃不成军，散伙了"。敌军果然相信，放松了清剿。

"无论如何要保住你！要是我俩都被敌人抓去，我就承认我是贾亦斌。现在，你快把衣服脱给我穿。你脱身去找共产党。"李恺寅说着把自己身上长衫脱下，要贾穿上，说了句"你自称是小学教员"，取过贾的手枪，让贾走在前面，自己穿上贾的将军服，保持一段距离，在后面跟着。走了一段路，遇上一小股敌人武装，分别拦劫他二人。李恺寅高声怒叫："不得无礼！把你们长官叫来！"又指指前面的贾亦斌，说："他是小学里的先生，被我拉来引路，走路走的脚也瘸了，今天算他便宜了。"敌人抓到了"贾亦斌"，一阵混乱。贾亦斌乘机摆脱搜查敌人，来到村头一家小店，向老板娘打听去安徽的路径。那女人认真地向贾打量了一通，这时村外的人声、枪声又渐逼近，她就指指穿过自己家屋，"出后门，沿一条小路上山，山的那面是梅溪，去安徽很近了"。贾亦斌谢过，赶紧出她家后门，循着一条十分陡峭的山崖小道往上爬。山乡的夜色来得特别早、特别沉，下起倾盆大雨来，四下一片漆黑。有过鄂中游击夜战经历的贾亦斌，如今等着春雷闪电照明。照亮嶙峋山崖和狭窄路面，避免岩石碰撞脚趾。他的趾甲都已外翻，被水浸泡得失去知觉，但也丧失扒地平衡功能，不料他失足从山崖滚了下去，幸亏一路上有毛竹拦抵，还有百年青苔铺垫，落入山谷，恰巧是个数不清年代的腐叶洼地，竟使他大难不死，失去知觉。直到第三天，他终于恢复知觉了，饥肠辘辘，迫使他挣扎坐起来，爬爬走走，挖竹笋充饥，捧溪水解渴。

果腹后他立刻意识到要回家！回到革命队伍中去！绝不能充饿狼口腹！绝不能抛尸荒野！贾亦斌终于意识清醒了，一定要找到边区党组织，会合中共游击队，见到李正文。过去残酷的战争生活，锤炼了他的求生意志，他终于站立起来，拣了根毛竹作拐杖，蹒跚移步，踽踽前行。后经一位守山人的指点，他走一条沿山小路，直去梅溪小学。

到了南湖乡国民中心学校，他得到校长、工友和一名叫张道法的老师的帮助，治疗足伤，再由一位山民带路，来到浙皖交界的陈家篷子一村店，遇到了我根据地派出来寻找嘉兴起义同志的游击队员。

此后，贾亦斌坐了滑竿，沿着游击队交通线，一站又一站地被护送到广德根据地；再由根据地县委陈书记护送，到达苏浙皖边区工委驻地宁国。工委书记兼游击纵队政委钱敏（新中国成立后历任杭州市委第一副书记、四机部部长、电子工业部部长）风闻，从外面赶来。

"贾亦斌同志呢？"

"是我，我就是。"

"好了，你辛苦了。你可到家啦！"

丹阳聚英雄　忠义高私谊

段伯宇（左一）、段仲宇（左二）等人

4月20日午夜，中国人民解放军第二、第三野战军百万雄师，西起江西湖口，东至江苏江阴，以雷霆万钧之力胜利横渡千里长江。23日，南京"总统府"上的"青天白日满地红"旗帜悄然落下。

南京、芜湖先后解放，钱敏开了沿途的介绍信，又支了充足的川资，使贾亦斌得以顺利回南京，到干河沿空无一人的家中住了下来，他夫人及儿子早在举义前已转移至上海一条小弄堂，在一位印钞工人家里化名隐居起来。可巧的是，他与随大军南下的李正文相遇了。原来李正文在嘉兴起义后，撤至香港，再由海道北上，经天津而北平；渡江战役打响后，随军南下，进了南京，立时联想起已经牺牲的贾亦斌，应该到他家去致哀和慰问。出乎意外的，自己面前是一个活脱脱的贾亦斌。李正文说在港报上看到贾亦斌在良村战斗中战死的消息，难过了好几天。贾亦斌说为了减轻敌人对义军的压力，是我故意放出去的假消息。又讲了李恺寅李代桃僵的义举，落崖存活的侥幸，小学校长、教师的帮助，以及村店客栈游击队查夜的巧遇等等，直要秉烛夜谈了。

"好啊，亦斌，你没有死，你是吉人天相！"在苏联遭遇过困顿的李正文说。

"我在良村之战后故意放出去的消息，好让起义的同志们摆脱被追剿的困境。每陷绝境时，我念念在兹的，是党在看着我，新中国在等着我，就勇气倍增求生了。"经受了生死考验的贾亦斌说。

"对了对了，我要向你传达，贾亦斌同志已经是一名中国共产党党员了！"李正文告诉他，组织上已在4月1日批准了他入党。在起义战斗中经受住了严酷的生死考验，无愧共产党员的称号。贾亦斌这个硬汉听着听着，泪水汩汩而下。

5月初，华东局派吉普车来接贾亦斌，到了苏南大运河畔的丹阳。中国人民解放军三野总前委驻在丹阳大旅社，正在部署解放大上海战役。贾亦斌先见到杨帆和梁国斌，再由他们陪同晋见三野几位首长，陈毅（司令员、政委）、曾山（华东局财经办主任）

等首长们都知道贾亦斌率部嘉兴起义的事，如今见到当事人，表示热烈欢迎并亲切慰问。贾亦斌饱含歉意说："我没有能将起义部队全带到解放区，感到……"快人快语的陈老总立刻接上去说："不！你已经胜利完成了起义的任务。你的英勇爱国行动值得称赞呀！"

生死无贰战友在，贾亦斌在丹阳见到了生龙活虎的李恺寅，开心得像小朋友般欢奔雀跃。原来这位"贾亦斌"被押到苏南武进，交由江苏第一绥靖区少将参谋长喻啸牧审讯。哪晓得喻系贾亦斌十军军校同学，私谊颇深，就找了个机会，把李恺寅放走了。李在江阴找到了解放军，来到丹阳。上海解放后，他与贾亦斌一起在上海市公安局社会处干部训练班工作。

贾亦斌在丹阳或在上海陆续得知大小"三角"战友们反蒋起义的消息，真大慰平生之愿。

——4月14日，刘农畯的伞兵三团，在淞沪港口副司令段仲宇协助下，巧妙摆脱伞兵旅司令部反动力量，乘坐段仲宇调派的102号登陆艇，开出吴淞口外海警戒线后，调头北驶（原应南下厦门），在黄海上起义成功，15日顺利抵达解放区连云港，受到特委书记谷牧在码头的欢迎。蒋介石曾说过，他在黄埔起家靠了一个团；而今要把伞兵三团作为近卫团带到台湾去，以做东山再起的本钱。

——段仲宇在解放大上海战役中起义。他的两个团六个营所拥有的辎重汽车，充实了解放大军运输力量，在追剿国民党逃军中发挥了很大作用。

——王海峤的工兵四团将筑路机车、装甲车散布在浙赣铁路上几百里，一拖几个月，配合解放杭州，阻止国民党军南下逃窜。

——齐国楮的江苏保安总队万余人于解放军渡江后，在常州以南金坛、溧阳起义。

——原三大队中校副大队长胡岳宣（亚力）率嘉兴预干总队残剩学员队伍到厦门，策应解放军解放厦门虎头山要塞起义，一举成功，给嘉兴起义画上句号。

5月27日，上海市获解放。贾亦斌随大军进入上海，与隐居在洪福里，并受党组织保护的谭吟瑞相见，夫妻重逢、父子相依，自有一番欢乐。

解放上海后，贾亦斌被安排在市公安局，任干部培训班副班主任（主任杨帆）。他与李恺寅等嘉兴起义同志共事，参与建设新上海，不负陈毅所嘱"在新工作岗位上刻苦学习，努力工作，多作贡献"。

随着岁月的飞驰，为了祖国统一的大目标，渐渐刷淡往昔怨恨。1980年，时任中国国民党革命委员会中央委员会副主席的贾亦斌重游溪口，寄宿在蒋经国故居"小洋

百岁寿星贾亦斌

房"，赋七律一首，诗末有云："妙高台望归帆至，晚节芬芳忠孝全。" 1983年，邓小平提出有名的"一国两制"和平统一中国设想。1987年，蒋经国在台湾实施"开放（海峡两岸）探亲"、"解除戒严"、"开放党禁"三大措施。贾亦斌称"经国先生力图在自己的晚年'对历史和民族作出一番交代'的努力"。

就在这年夏季，民革中央在杭州举行"祖国统一工作座谈会"，笔者有幸采访了贾公。我老大不敬地发问："您老如何在蒋经国先生面前再话私情公谊？假如您能渡海峡去访问，或者在第三地晤见蒋经国先生的话。"

"你这个问题有些尖锐，也切中要害。"贾亦斌笑得眼睛眯成一线说，"这里关乎我的人生哲学、人生道路之大问题了。有所选择，必须有所抛弃，但心浪还是有所起伏的。"

贾亦斌先生说："我与蒋经国先生素昧平生，萍水相逢，而且多次因公事与他发生冲突，但他都不以为忤，反而表示欣赏，并力排众议，亲自向蒋介石保荐提升我，使我深感他的知遇之恩。想到蒋经国对我的知遇之恩，一旦要弃他而去，心中确实不忍，又担心被人指责'忘恩负义'，为此一再踌躇不决。我呀，确实经过反复的思想斗争，终于认识到，忠于个人是小忠，忠于国家民族乃是大忠。"

"我认为，"贾亦斌加强语气说，"如因小忠而弃大忠，就是无原则的愚忠。两者不能俱全之际，只能牺牲前者而选择后者。"

而后者，却是一条生死未卜、充满诡谲之路，全凭坚强的信念来支撑，矢志不移地走下去。贾亦斌将军便是这样一个大写的人。

因为蒋经国"开禁"，1987年11月1日至12月1日，台湾同胞来大陆探亲的达1.3万多人次。人们正赞赏蒋经国先生在弥补历史遗憾时，却发生了无法挽回的永远遗憾——1988年1月14日，蒋经国在台北病逝了。"抗战期间，吾兄深怀国恨家仇，毅然带头参加青年军"，"去台以后吾兄坚持一个中国，反对'台湾独立'，近又作出开放台胞到大陆探亲之决策"，"而今统一大业尚待海峡两岸共同努力完成之时，不意吾兄与世长辞"！（贾亦斌唁电文）究竟是一对老友，感应彼我的脉息："知兄此去留遗憾，尚有余篇惜未成。"（贾亦斌《哭经国兄》）

晚年蒋经国

厦门要塞，"太子军"再举义旗

"太子军"从国民党"后院"杀出来，军事上遭到毁灭性镇压，那些"为主义肯牺牲"、"像海燕穿过那暴风雨"的生龙活虎的预干学员销声匿迹了？他们准备演绎"轰轰烈烈生"、"慷慷慨慨死"的故事就戛然而止了？否，否！"谛听鸡鸣喜报晓，义火重燃厦门秋"！预干原三大队中校副大队长胡亚力率领剩勇在厦门岛虎头山要塞，举起义旗，策应解放大军渡海，攻占厦门。

雾瘴迷途，王炳南是指津人

1949年4月7日凌晨，原国民党陆军预干训练第一总队在预干局代局长、第一总队总队长贾亦斌将军率领下举行起义，向嘉湖水乡深处、天目山丘陵进发队伍中，"三三"骨干、三大队中校副大队长胡亚力（岳宣）没有在列，何也？原来因为妻子临产，4月5日这天他送妻到杭州医院去分娩了。不料总队因为情势突变，贾亦斌于这天深

嘉兴西大营，昔日预干学员的营房

夜把部队拉出嘉兴，行军到乌镇提前起义了。

刚做上爸爸的胡亚力毫不知情，7日返嘉兴，进了子城门，发现已人去楼空，正要询问时，被反动的十三中队林荫中队长拘捕。胡被关押期间，预干局副局长（原办公室主任）徐思贤正好来嘉兴处理善后，就将胡亚力保释出来，还委了一个中校"军械室主任"的空头职务。徐思贤与贾亦斌是老同事，私交甚深。

这时，被俘的预干起义学员陆陆续续被押回西大营，前后有2000多人。国民党广州国防部任命原预干局一处少将副处长欧阳钦为重新组建的预干总队总队长；林荫破坏有功，连升两级，被委任大队长。起义

王炳南

后，预干总队军械库里已无多枪支，唯有林荫掌握的那个警卫排尚有150支步枪，实际上已无战斗力。欧阳钦命胡亚力去杭州，运用他与蒋经国的旧关系，向浙江省保安司令部讨回被他们缴去的武器弹药，然后迅速回嘉兴，随总队南下。

胡亚力（岳宣）何许人？当年32岁的胡亚力是贾亦斌（37岁）的部下、同志。胡是以预备干部局长蒋经国的中校联络参谋身份来到嘉兴预干总队的，经地下关系接头后，便成了"三三"骨干成员。贾亦斌把十中队交给他，并让他兼任三大队副大队长职。其实，尚在1947年，胡亚力已秘密参加中国人民解放军，接受三野九兵团敌工部的领导，从事地下搜集军事情报和伺机做策反工作了。胡亚力参加革命的指路人、介绍人，便是中共驻南京代表团成员王炳南。

胡亚力是浙江永康人，早年丧父，跟随其叔父有名的国民党元老级军人监狱典狱长胡逸民（见本书《胡逸民与方志敏的铁窗缘》篇）在南京生活、求学。1937年抗战军兴，他中断中央大学农学系学业，投笔从戎，入黄埔军校十四期。结业后赴前线对日作战，参加过长沙会战、衡阳保卫战、广西昆仑关大会战等大战役，后任蒋经国的青年军二〇三师营长。抗战胜利后，他回南京，在国防部预干局供职。一有空隙，就去叔父胡公馆。胡逸民在战前曾任陕西省政府委员兼杨虎城十七路军驻京代表。杨氏任用共产党员南汉宸为省政府秘书长，遭到蒋介石的巨大压力，为保护另一位共产党员王炳南，送他赴欧洲求学，嘱南京胡逸民经办出国手续。胡氏在王炳南去国启程时，还资助了一笔他的私款。1946年国共谈判，王炳南随中共中央代表团进驻南京，成了胡公馆的座上

身着中国人民解放军军服的胡亚力

客。当时造访胡公馆的有社会各方人物，国民党人士于右任、邵力子，反蒋抗日名将陈铭枢，后来驾驶美制B24型轰炸机首先起义飞延安的空军上尉刘善本，中共人士董必武、赵寿山等。他们的只言片语对胡亚力都是拨开迷障的启发。曾经一腔爱国救亡热血投入抗战，胜利后回到南京，充塞耳目的尽是抢夺胜利果实，"五子登科"，镇压民主运动，逮捕进步学生，荼毒百姓，挑起内战……种种现实景象，无一不使胡亚力失望、痛苦、迷惘。他所在的青年军开赴东北打内战，他拒绝去屠杀自己同胞，为此扯下了自己的中校肩领章，他想脱离国民党军界，到叔父经营的酒店或农场去谋生，以此脱离政治。王炳南知道后，谆谆开导他："你不要逃避现实，事实上现实也不容你逃离。一个有志青年，要面对现实，冲突黑暗，去追求光明。中国快要黎明了！要知道黎明前往往是最黑暗的。用武力突破这段铁壁般的黑暗，而你的战斗岗位，就是你供职的国防部预干局。"渐渐地，这位青年校官终于拨开石头城里的迷雾毒瘴，认清了中国光明之路的源泉。在1949年2月中共驻南京代表团撤离前夕，由王炳南介绍，胡亚力秘密参加了中国人民解放军。

4月21日，渡江战役已经开始，京沪杭地区风声鹤唳，草木皆兵，嘉兴预干总队奉命南下。欧阳钦急命胡亚力去省城讨回被缴去的武器。胡亚力到了杭州，总算凭借蒋经国这张牌，向省保安处讨回100支杂牌步枪、七挺机枪。他还在杭州找到了解放军敌工部的地下联络站，详细地汇报了预干总队"四七"嘉兴起义后有关情况。上级指示，你的身份隐蔽得很好，不必回家，继续留在预干总队，随队南下，把保留下来的"三三"骨干重新组织起来，伺机配合我军解放南方诸城市的战斗。

"3847"，义军受尽侮辱残害

4月23日，南京解放了。24日，嘉兴"预干总队"由杭州挤上军列，沿浙赣铁路南下。此时"预干总队"的番号被取消了，这支曾经被冠于"太子军"、"子弟兵"、"国之瑰宝"的士官部队，如今被安上一个侮辱性的番号："3847"部队，就是说这支部队在1949年四月七日"叛变"、"反水"，被收容后降为俘虏兵的待遇。一路上，他们受尽打骂和各式人身侮辱，乃至虐杀。列车过钱塘江铁桥时，有几名学员欲逃离，被抓住后，遭林荫枪杀，抛尸钱塘江；有几名病重学员，也遭这个刽子手沉江。列车走走停停，开了一个多月才到广州。但那里的国防部预干局一听到3847部队来了，就像怕染上瘟疫似的，只许他们在广州过一夜，翌晨打发他们上轮船，遣往厦门。到了厦门，当局不许他们上岸，被赶进九龙江，换乘木船，开往漳州。最后，他们终于在漳州龙溪中学驻扎了下来。

此时已是阴历端午，南方气候湿热，学员们一路饥馑劳顿，希望有个休整时间，际此更加想念体贴关心他们的老长官——总队长贾亦斌将军，不知他有否脱险？现在被拘押，还是已经到了解放区？欧阳钦、林荫乘此略有安定机会，便挖空心思，排斥异己，百般迫害起义学员。

他们以整编为名，重新收编散落在大队的所有枪支弹药，全归林荫的警卫排所有。接着对全体官佐学员进行梳理式审查甄别，设刑堂，吊打逼供。令人发指的，李德厚、陈全、曹景、吴苏义四位学员因为随贾亦斌起义，遭吊打后，竟被拉到龙溪中学大操场一角活埋了。上校总队副祁宗汉并没有参加起义，只说了一句"贾局长走了，也不通知我一声"可两面解释的话，挨整后，被厦门警备司令部"请"去，从此失踪……

龙溪中学营地笼罩着恐怖黑云，人人自危，不知明天何人落难。胡亚力联络隐伏着的"三三"学员，乘动众怒之机，发动了一场反迫害斗争。学员们赤手空拳，高呼"反对迫害"，"要自由，不怕暗杀"等口号，包围欧阳钦住房，要揪他出来清算。众怒不可违，欧阳钦越墙仓皇逃跑。厦门警备司令李良荣乘机带来武装，对这支部队进行改编。首先将不得人心的欧阳钦、林荫之流调走（后来此二人失去地盘，去了台湾），全部换上自己的亲信，充任纵队长、大队长、中队长，并将"3847"更名番号为"国防部突击第五纵队"。原大队长谢子湘因与李良荣是黄埔同期同学，得以留任。其他原预干总队职官一概被调去军官队集训。胡亚力因与谢子湘旧有交情，一时未被调走。

漳厦改编，鹭岛要塞入我彀中

浙江省黄埔军校同学会会长胡亚力

8月9日，陈言廉将军率国民党军三二五师在厦门东北的海安起义成功，打乱了国民党残军在泉州下海逃台湾的计划。为了保住漳州、厦门入海通道，"突五纵"被调驻厦门防线外围灌口镇。该地与集美镇西东对峙，同厦门岛隔海相望。这时大队长谢子湘与副大队长余某（军统分子）的矛盾已呈表面化，胡亚力闻讯，赶往灌口看望谢。谢子湘说："我正逢困境，老弟来帮助我一把！"胡策划谢与余公开吵架，暗地向李良荣司令汇报余劣迹。正是用人之际，李逐走余，起用蒋经国参谋胡亚力为副大队长。从此胡亚力在厦门前沿站住了脚。

3月底，国民党厦门要塞中将司令胡海看中了灌口"突五纵"的两个大队，认为他们都是青年军出身，有众多机枪手、炮手和驾驶兵，军事素质较高，正为鹭岛要塞炮台所需，所以就同李良荣打了个招呼，一下子把他们调入了厦门岛，再次改编，番号为"厦门要塞炮兵教导总队"，下辖第一、第二两个大队。当时汤恩伯极力反对此举，但胡海才不理会你这个一脸晦气相的常败将军。

胡亚力继任第二大队副大队长。二大队驻守岛之东北端的虎头山炮台。此地是厦门的第二防线，为通向市区的门户，形势十分险要。一直没有解决的武器问题，现在得到充裕装备了：二大队拥有一个双管炮中队，一个重迫击炮中队，一个探照灯中队，一个通讯中队，官兵都配有全新美式轻武器。但是大队长谢子湘心思并不在防守上，仍旧半公开地做黄金买卖，犯不上把小命押在虎头山，伺机脱身。胡亚力明白看在眼里，顺水推舟，投其所好。他抓紧一切机会，观察北山、虎头山要塞布防情况，军校时学习参谋业务，此时都派上用场了。他绘制两要塞的火力部署、兵力配备地图，让"三三"骨干，也是他的内弟朱某扮作购买运送生活用品的小商贩渡海，向解放军三野十兵团敌工部（九兵团解放漳州后回师华东）送交这一情报。

阴历八月十五中秋，蒋介石一行来到厦门要塞巡视，刚愎自用的胡海为奉承总裁，命令两个要塞启动所有火力，向对岸海上实弹轰击，以显威力。一时间金蛇狂舞，山动海沸，煞是热闹。蒋介石见状大骂："饭桶！不是全般暴露我的火力布防吗？"胡亚力看了暗自欢喜：这岂不是对我送去情报作具体注释吗？紧随蒋介石的保密局长毛人凤冷笑一声，说："领袖不必急，我们海底已布下了地网，看敌人钻得过去！"

胡亚力听到这句话，心里陡然紧张，他立即派出骨干去刺探，果然获知在灌口、集美至厦门，以及鼓浪屿筼筜湾海底，埋伏有三道铁蒺藜和高压电网。他迅即绘制海底图，再次派人火速送出这份情报。

10月初，人民解放军攻占了厦门岛外围括灌口、集美在内的全部战略要点，于是风声日紧，二大队长谢子湘早就作了准备，乘一个月黑风高的夜晚，带着小老婆，乘木舟渡海去金门岛。胡海得知，大骂一通，就委任胡亚力为大队长。至此，水到渠成，虎头山要塞尽入我彀中。

碧海烈焰，厦门遍插胜利红旗

1949年10月15日傍晚，胡亚力接到解放军十兵团命令：大军当晚发起进攻，渡海战斗开始，你立即率部起义，随即进入市区，负责治安。胡亚力即向"三三"小组传达，布置紧急任务：分别严密控制各中队长和炮手，如有异动随即处置，以确保起义顺利举行。

入夜，对岸灌口集美一线升起了信号弹，紧接着团团烈火呼啸而来，解放军的山炮齐吼，集束炮弹准确地轰击厦门要塞所有炮台，要塞连招架之力也没有了。胡亚力送去的情报发挥了巨大作用。胡亚力见时机已到，命令二大队全体官兵撤出二线虎头山要塞，跑步开拔往厦门市区。"三三"骨干已分别做了动员工作，并严控三中队。究竟受过贾亦斌教诲，经过嘉兴起义洗礼，二大队绝大部分官兵心向解放，所以当胡亚力宣布起义时，二大队全体拥护，高呼"解放，解放！""凯旋，凯旋！"胡亚力又号召大家争取立功，严防国民党其他部队溃退时进入市区，糜烂地方。说完，他带一个通讯班返回要塞，观察解放军渡海战斗进程是否会出现意外。

这时，炮弹爆炸声震耳欲聋，海空一片赤焰白烟，蔚为壮观。胡亚力眼见前沿滩头阵地上的国民党官兵纷纷向西南方逃窜，看来是进不了市区，只能落海了。虎头山炮台，因为二大队起义，已无障碍。北山炮台，见虎头山兄弟撤离，已明白一大半，乖巧地不作甚反抗而哑声了。

新中国成立后，胡亚力在广州

对抗扫除后，解放军渡海进军了。在探照灯、曳光弹闪光照得如同白昼的海面上，胡亚力看到，解放军指战员一人一只"小军舰"，在轻重机枪和迫击炮的掩护下，声势浩大地浮海而来。所谓"小军舰"，其实是只嵌在战士前腹后腰上的小竹筏而已，它浮力大，方向旋转自如，身体一半在水下，可踩水前进；一半在水面上，双手托枪射击，必要时可腾出左手划水，操纵前进方向。身历过昆仑关血战等抗日大战役的胡亚力看到这一壮丽、奇伟的战斗场面，惊叹不已，感慨解放军真乃天兵神将、出海蛟龙。他想幸亏自己情报送得及时，海底电网障碍该扫除了，不料几名从海底浮上来的工兵，刚近鼓浪屿时，海面突然响起一阵短促的爆炸声，顿时火苗上窜，顷刻形成一片烈焰熊熊的火海！加之空中敌机乘势俯冲扫

射，解放军渡海进占厦门受到意想不到的阻挠。

胡亚力万万没有料到毛人凤的"海底布防"竟是油管！他心焦如焚，立刻命令会潜水的起义学员下海，协助解放军六十一联队20多名工兵潜水卡油管。十多分钟后，海面大火终于熄灭。

16日黎明，人民解放军登陆厦门岛，势不可挡地把国民党败兵逼向南海岸，赶去大、小金门岛。鼓浪屿的残军也随之被歼。北山要塞的一大队长闻风逃逸，学员们应随胡亚力召唤，全部投诚。天色大亮后，胡随解放军打扫战场，只见何厝一带海滩，堆满上百箱国民党军来不及搬走的金条、银圆，还有20多位衣冠不整的将领，在带着硝烟的海风中抖索，等待解放军去收拾。

10月16日，贾亦斌在上海得悉胡亚力率预备干部学员再度起义，配合人民解放军解放厦门，获得成功，无限兴奋，驰电祝贺。胡亚力回电，有诗云，"谛听鸡鸣喜报晓，义火重燃厦门秋"。

10月17日，胡亚力率原二大队全体并一大队一部800多名国民党起义、投诚官兵，

举行仪式，欢迎中国人民解放军十兵团十四野炮团接管要塞营地。嗣后，他们转移到同安集训。学习后，有500多人自愿申请参加中国人民解放军。翌年，他们被批准加入中国人民志愿军，开赴朝鲜，参加抗美援朝战争。

香港，没有硝烟的战斗

革命军人以四海为家，终于穿上中国人民解放军军服的胡亚力，跋涉闽赣浙山水，回到了上海三野总部，归队。政治部副主任钟期光将军却要他换上西服，再次南下，到三野某处驻穗联络部报到。于是一场新的战斗——虽然没有硝烟，但依然你死我活的战斗又开始了。

年过八旬的胡老回忆半个世纪前往事，对笔者说："印象依稀，有些事尚未解密，只能说个大概了。"

下面是胡亚力老先生的口述，笔者实录后加以整理成文——

当年香港有一块很特殊的地方，就是时称"小台湾"的调景岭，真是藏污纳垢处所，什么国民党逃亡官僚、落荒军官、潜伏特务、流氓地痞、鸨母妓女等等渣滓，都挤在这里。这里只有一条小路才能通到海边，他们吊长脖颈等候台湾老蒋来接运自己，因此这块山坡就按谐音被叫作"吊颈领"。要去台湾，还得经过"审批站"审查。这个机构实际是国民党特务机构，它与港英警方勾结，欺压当地老百姓，什么坏事都干得出来，当然也暗害我方人员。而我方，也通过这里，派遣人员进入台湾。

我是1949年底赴港执行任务的。首先以国民党流亡军官、黄埔同学之名打入"吊颈领"。兵荒马乱，我尚未完全暴露自己，因此我在这里待了四个多月。我发现，那时从罗湖桥头进出香港没有限制，几乎天天有内地逃出来的恶霸与地主，在香港大肆污蔑土改、镇反运动，吹嘘自己逃亡经历，以博得去台资本。这有损新中国形象，我把这一情况向广州组织汇报。以后，我方果然采取了正当防范措施。

监视敌人去台动向，保护我潜入敌人内部的同志。我完成在"吊颈领"的工作任务后，就西装革履以富商面貌出现在香港商业区，联络袍泽、旧友，又结交各界人士，开始新的工作。这一轮工作主要有三个方面。

——收集台湾、香港和海外有关情报。情报渠道较多，其中之一便是敌方报纸、杂志、书籍，从中可以筛选出在军事、政治、经济诸方面有价值的情报；至于有关方面送来的照相机软片，那是绝密情报，则由我亲自携带去广州，交给我单线领导人陈先生。

——为三野或中央军委大量采购各类急需物资，如广播器材、照相用具、刑侦仪器等等。因为解放之初，国民党留下一个烂摊子，尖端工业产品一片空白，而美国联合西方资本主义国家对我国实行可恶的"禁运"（今天话来说就是"制裁"）政策。我们则利用香港自由港之便，出钱做生意，把我们所需要的东西整船、整车地买回去，来个反禁运。当然风险也不小，港英"红头阿三"（警察）在过关时要检查，但由于我们事先安排了人，花了钱，总是化险为夷。

——我在上级领导和指挥下，成功地策反了一位台方人士，致使一个国民党潜港特务组织瓦解。但是谍战嘛，你中有我，我中有你，我们内部有人叛变了，他出卖了我。敌人原要将我抛入海里处死的，我获悉后，乘他们正在开什么庆祝会，见机溜了，在我方地下组织的帮助下，避入进步的海员工会，才幸免一死。因为身份彻底暴露，我奉命撤回广州。1953年6月，我奉调回到南京军区。休养一段时间后，适逢军队改编，8月，我转业到浙江省农业厅。

胡亚力先生是1983年离休的。在中国人民解放军南京军区政治部联络部1992年7月20日的一份公函中，曾对胡亚力作出如下评价：

您当时在华东军队系统联络部门工作，为贯彻我军政治工作三大原则之一的瓦解敌军做了大量工作，有丰富的实践经验，作出了卓越贡献。

胡亚力（1918—2008）晚年任浙江省黄埔军校同学会会长，宝刀不老，为两岸联谊，促进祖国统一大业孜孜不倦地工作着。

军统少将黄康永追随程潜湖南起义

黄康永（1910—1998），湖南宁乡人，1935年加入复兴社，开始军统生涯。他先后任别动总队第三大队督导员，临澧、黔阳、息烽三个政训班少校指导员，军统局本部电信总台郊外台中校副总台长，军统局本部人事处行政科上校科长，台湾工作人员训练班少将副主任，保密局湖南站少将站长兼国防部少将专员。1949年，他追随程潜、陈明仁起义，转而策反湘西几个土匪师，在毛人凤追杀中，在沈醉掩护下由昆明逃往香港……

一个军统特工是怎样反正，站到人民一边去的？人们一直觉得颇神秘，本篇以口述形式，自白一位高级资深特工在湖南和平起义中的所思所行。终究是干这一行的，（老年）黄氏对所经历的人（姓名）事（时、地、经过、结果）记忆清晰，不差毫发。

在中国共产党领导人民推翻蒋介石反动统治，中国历史即将大转折的关键时刻，我作为军统的资深高级特务，选择了光明之路：返故乡湖南，追随程潜将军，参加和平起义工作。

担任保密局湖南站站长

毛人凤当了保密局副局长后，暗地里培养和提拔他家乡人，想建立江山人系统，于是就抓住担任人事处长的李肖白在特检处结束时的经济问题，撤了他的职，派他去湖南任省会警察局长。那时我正奔走于川滇，清理军统局的财产，调整人事关系，直至1946年10月。任务完成后，我来到南京，在马台街22号见到了毛人凤。毛对我说，李肖白已去长沙当警察局长了，我想让你也回长沙，担任湖南站站长，你们俩老乡在省主席王东原领导下，"为家乡多做点贡献"。这只"笑面虎"做作地笑了下。我意识到他在排挤湖南人，心里不情愿，想留在沪杭公开机关，但毛人凤一定要我返湖南。

我在1945年由军统局人事处行政科科长调任台湾工作人员训练班副主任时，已经是少将军衔了，而今以少将身份去当乙种站规格的湖南站站长，岂不是被贬？保密局布置组组长赵斌丞是我黄埔军校的同班同学，1943年我将他从华北沦陷区调入军统局华北区任副区长，后来又推荐他为保密局布置组组长。他讲义气，召集副组长毛钟新和科长李葆初、任鸿传，一起研究后决定，将乙种站的湖南站升格为甲站，理由是"湖南是

黄康永（右一）与文强（右三，原国民党保密局东北区中将区长）、曹天戈（左二，原国民党军兵团中将副司令）、章微寒（左一，原国民党保密局浙江站少将站长）等在一起

共产党隐蔽活动最频繁的地区"。变了甲种站，不仅可提高站长的军衔（乙种站站长为上校），而且还增加编制：副站长是上校，可下辖两个甲种组、两个乙种组、一个丙种组、十个直属通讯员。在这个时期，保密局的省站或地区站完全是保密的，没有任何机关作名义上的掩护，保密局因此给了各省站站长以国防部专员的公开身份。

　　1946年11月，我从南京回到长沙，先住在军统湖南站站本部耕园，并要原军统湖南站站长唐乘骝拨出一部分房子作保密局湖南站的临时办公地方。之后，我找来我的军统旧同事、训练班学生等搭架子，组成保密局湖南站班子，加上上校副站长宋世杰、中校督察长蒋祖述等等。对于军统湖南站尚未暴露身份的，我收录续用，其他人则随唐乘骝转入二十四集团军调查室，或送衡山南岳军官总队转业。有些转业特务，倚仗关系，反而十分风光，如刘哲民做了交通部运输总局长沙第二运输处处长。接着我在站本部设立了10个直属通讯员，在外勤方面设立三个组。不久，我离开名声不好的耕园，搬到南门外燕子岭一个隐秘又清静的院子，作为站本部，让副站长宋世杰偕同妻子赵书琴住在那里作掩护，我则住在司马里的一幢房子里。上校会计主任唐名扬（保密局经理处派来）因为财务活动，往来关系复杂，也另租一幢房子作办公用。这样保密局湖南站安置下来了，保持秘密活动方式。

三湘应变布置

1948年，毛人凤向各省站下达了应变计划。我即和副站长宋世杰、人事站员刘炳文、督察蒋祖述三人进行讨论，决定：湖南站仍照原来公开形式参加省"特种会报"会议，暗地里将能潜伏下来的人员转入秘密形式活动，先建立一些秘密关系，并在各组的人员中选择能潜伏下来的即转入地下活动。我又在长沙物色了几个有条件潜伏下来的人员，以准备顶替别人工作。我还通知长沙、衡阳、常德、芷江、桑植等五个外勤组，要他们按应变计划行事。

首先在湘北建立滨湖潜伏组。

我派自愿留湘北的张华芝（我军统训练班的学生）为滨湖潜伏组组长。保密局本部指令汉口电讯支台拨电台一部，张华芝可自行调用。我又派闾松青任秘密通讯员，允许他物色潜伏人员，必要时可成立潜伏组。当时，湖南站派驻岳阳的直属通讯员刘惕乾表示愿潜伏下来，但他长期在岳阳，做潜伏工作不可靠，我勉强同意。张华芝、闾松青、刘惕乾这三人彼此之间较熟，我就严令他们不能发生横向联关系。

在浏阳、平江方面，江郁文是平江潜伏通讯员，我通知他若能潜伏下来，就继续指挥，否则撤回长沙，另行分配工作。我的同学李道援是平江县参议员，想潜伏下来，要求我将他介绍给县警察局长吴灿英，我表示同意，但因此没有安排李道援的任务。

在湘西方面我令常德组组长罗文杰负责安排湘西方面工作，罗文杰应召秘密来长沙，向我提出两个方案：一、将湖南站保存的200余支长短枪发给常德组，建立武装，人员及供给由他们自行筹措。我视罗文杰为心腹，同意他建立武装，于是就将本站所存的枪支弹药全数拨给了他。二、他将利用湘西帮会势力，以"罗二爷"的身份去工作，因此请求将常德组全部经费作为潜伏活动基金。我也赞同这一建议。

衡阳组、芷江组接到秘密通知后，申述他们有八年抗战的潜伏经验，但拿不出具体计划。

在长沙，我把精力放在工运组上，要求长沙总工会理事长张云福，理事谢声扬、杨绍铭、杨运生等在工人内部发展潜伏人员。物色了两个年轻的女护士做潜伏特务。我在一家茶楼的雅室里见到这两个女人，她们表示愿以色相作掩护。

然而这一切，都因为1943年7月程潜回湖南后发生了变化，我的人生道路因之柳暗花明。当然，毛人凤是不甘心的。

程颂公主湘，张严佛返长

程潜

程潜回长沙后，我经长沙绥靖公署中将高参杨继荣引荐，到省政府大楼主席办公室谒见程潜。杨继荣介绍时说，"康永的父亲同前辈叶开鑫、贺耀组是结拜兄弟，毛人凤要康永回长沙主持保密局湖南站。"我则向颂公讲述了一些湖南站情况，请他多加指导。颂公笑着说："你们有严格的纪律，你们哪里听得进别人的话？"我诚恳地说："颂公是我们的前辈，对于目前形势的认识，比我们看得深，看得远，如果颂公在哪方面用得着我，我随时听候差遣。"杨继荣是我进入军统的引路人，一向看不起毛人凤，自1946年戴笠死后，就追随程颂公，先在武汉行辕任处长，1948年程潜在南京竞选副总统，他则赶到南京，成立"程潜竞选副总统办事处"，为颂公拉票。由于蒋介石希望孙科当选，劝程潜退让，答应将湖南交他掌握，杨继荣也因此随颂公返长沙，出任长沙绥署高参，深得程潜信任。

当时，程潜住在湖南省参议会副议长唐伯球府宅。他于写字之外，嗜好打麻将。我将程潜的一些表面活动向保密局作了汇报。保密局指示我们将程的言行上报。我派方天印前去秘密调查。方天印出身湖南讲武堂，他又介绍陈浴新为湖南站特邀通讯员。陈浴新获得情报：程潜在湖南准备走中间路线，通过中共关系，向毛泽东提出，希望人民解放军不入湘；他也有报告给蒋介石，希望国军也不入湘，使湖南暂时成为中立区。这个情报上去后，蒋介石即对程潜产生了怀疑。

但出乎老蒋意料的是，1948年7月24日，程潜发表了施政方针，指责共产党，大谈"戡乱剿匪"策略，并说："我今年已67岁了，决定不惜任何代价与牺牲同'共匪'拼命，纵然到了100岁，我还有勇气同'共匪'拼命到底！"8月10日，程潜又发表《告湖南民众书》，再斥共产党。蒋介石接到湖南站这两份报告后，对程潜极为赞赏，但仍令湖南站继续搜集湖南各界人士的情况。

9月初，内战战局变化极快，国民党军大溃败已显端倪，程潜开始了新的行动。当时有人建议撤销"戡乱委员会"，程潜接受了这个建议，并在报上公开发表撤销命令。我即去省府大楼探望颂公，进言"撤销"会引起蒋介石的怀疑与非难。颂公回答非常巧妙："人民解放军节节进逼，蒋军已无抵抗之力，如果我们仅仅安上一个'戡乱'的空名，自己又没有力量，势必会形成反'戡乱'风潮。"我将程潜的答复向保密局作了汇报。毛人凤认为程潜摇摆不定，应加强对他的监视，并要杨继荣阻止进步人士接近程潜。我判断毛人凤对湖南站提供的情报产生了怀疑，于是以布置潜伏为借口，赴湖南站各组视察去了。

11月2日，我离开长沙，准备先到常德，然后去桑植、芷江出巡，目的是避免保密局向我施压。不料毛人凤竟派保密局设计委员会中将主任委员张严佛来长沙督导湖南站工作。11月10日，我在常德接到宋世杰的电报："张严佛先生已到长沙，有急事会商，请停止前进。"我于11日返回长沙。12日上午，张严佛来到我家里，他说："毛人凤要我来的主要目的是检查一下湖南站的工作。据我在局里了解，湖南站的情报不符合毛人凤的要求，最主要的是对程颂公在长沙的活动，没有具体审核，毛人凤对老头子不能交差。"他迟疑了一会又说："颂公当年当第六军军长

张严佛

时，我是政治部秘书，颂公对我很好。我们都是醴陵人。我回到长沙，主要是看看颂公，视察不过是走过场而已。"我与张严佛在重庆时关系较密切，这次他回长沙，独自一人住在旅馆里，我就邀他住到府后街静园我家的后客房里。他同意了。

有名的"歪鼻子"张严佛住到我家后，每天晚上到颂公家去聊天。有一天晚上，他没有去看颂公，却坐在客厅里同我闲聊。他说："这次到长沙，除了检查和督导湖南站的活动之外，毛人凤要我找一个合适人选接替你的职务。"我听了这话，不仅没有抵触情绪，反而觉得一身轻松。我处在保密局和颂公之间，左右为难，这下可好了。我向张严佛提出，希望由金远询来接替。金远询在抗战期间，曾任军统湖南站站长，后中美合

作所派他去美国接受培训，1947年回国后闲居长沙，没有被委派适当的工作。他对湖南的情况比较熟悉，如能出任湖南站站长，最为适合了。张严佛摇摇头说："我已向金远询提起过，他声称将去南京任内政部警察总署主任秘书，所以他不会做省站站长的。"

"你听好，兄弟。"说到这里，这位资深老牌特工露出真意："我这些日子跑颂公那里，不光是叙旧，我们在奇讨湖南的前途。为了保护三湘的三千万父老兄弟的安全，颂公主张湖南应走和平自救的道路。因此依我的看法，你的站长还是不动为好，这样可以使颂公的和平策略不受蒋介石干扰。"

这里我要说明一下，金远询（湖南资兴人）此时已是保密局的设计委员，他对国民党的统治根本没有信心了，倾向程潜的湖南和平自救方针，明知保密局要他再度出任湖南站长是做替死鬼，所以坚决拒绝。张严佛，湖南醴陵人，与程潜、陈明仁等是小同乡。他早年参加北伐，在程潜六军里当政治部秘书，两人关系很好。此番毛人凤要他去监督程潜，并劝说程潜继续跟国民党反共到底。张严佛十分反感毛人凤这一套，而且看不起毛人凤学历低（衢州中学毕业）、资历低（三次做张严佛的部属）。这次返湘，他决定跟程潜走；同时也试探我的态度。

程潜不愧是老谋深算的政治家，他把自己掩盖得很好。10月初，程潜在应变的名义下，提出了"戡乱救国五项公约"，其主要内容是：精诚团结，捍卫国家；以公正廉明改良政治；以精忠勇敢整训军队；以勤俭朴实建立经济；以刚中干健"剿灭共匪"。对此，我向保密局作了汇报，并强调程潜有"剿匪"决心，只是湖南兵力不足，应充实整编。程潜公布"公约"后，蒋介石竟批准湖南增编八个师的计划。由于蒋介石的败势发展十分快，这个计划没有实现。

策划陈明仁返湘

陈明仁以作战勇敢而闻名。1947年在东北作战时，坚守四平街，为蒋介石青睐，获"青天白日"勋章。但这位黄埔一期生因得罪陈诚，竟以"贪污军饷"罪名被撤职，给了个总统府中将参军虚衔。陈明仁气愤又郁闷，在南京闭门不出。张严佛是陈明仁小学同窗好友，交往素密，因此张严佛常去探望陈明仁。陈明仁并不因为张严佛是高级军统而见外，视其为知己。张严佛向毛人凤反映陈明仁有反共决心，希望毛人凤向蒋介石进言，起用陈明仁。此际适白崇禧到武汉主持华中军政长官公署，率有不少黄埔将领。白崇禧有心起用陈明仁，便向蒋介石推荐陈为武汉警备司令，兼二十九军军长。这时毛人凤倒起了帮忙作用，对蒋介石说，陈明仁是反共骁将，放在武汉可以钳制桂系，又可团结黄埔同学。蒋介石同意了。陈明仁邀张严佛同去武汉，得到了毛人凤的同意。1947年10月，陈明仁到武汉就职。

张严佛到武汉后，将湖北站组织予以调整，并介绍站长余克剑兼任武汉警备司令部稽查处长。1948年11月初，毛人凤派张严佛去两湖视察，并督导湖北站。他乘机又与陈明仁接触，研究如何靠拢程潜，走和平之路。

两天后，张严佛到长沙，也就是我从常德赶回来，与他晤面，张严佛终于"亮相"的那次。张对我说，他已向颂公交底，陈明仁愿意返湘，与他共走和平之路。程潜表示欢迎。过了一天，张严佛交

解放军上将陈明仁

我一份电报稿，要我拍发给陈明仁。内容是"颂公有事商量，望兄能来长一叙。如有时间，弟可去武汉面谈。"张严佛神色严肃地对我说："颂公的大事不能误！为稳妥起见，还是你出面约陈子良先生（陈明仁字）来长沙。我又再三思虑，这份电报应由湖南站拍给湖北站，再由余克剑转给陈将军。"我听了立刻就领会了，心想这叫"釜底抽薪"，是蒋介石、毛人凤做梦也没有想到的。我就用"家里"的密码给湖北站余克剑拍发过去。两天后，陈明仁通过湖北站发来了给张严佛的复电，云："弟因公不能离汉，希兄即来面谈。"第二天清晨，张严佛对我说，他将专程去武汉，向陈明仁述颂公的意见，要我去代他买一张火车票，千万不要对外声张。我意识到此举关系重大，所以亲自去买了一张三等厢票，又自驾小车，将张严佛送上火车。我还不放心，派人上车，一路暗中保护他。

三天后，张严佛返长沙。后来知道，他向陈明仁陈述了程潜和平自救道路主张，希望他也回湖南，以武力作后盾。陈明仁认为，如果程颂公出面要他返湘，会引起白崇禧的怀疑，不如通过第三人，挑开白氏的顾虑——对此人"以疑制疑"再好不过了。当下，张严佛要我湖南站多编些程潜"老迈昏聩，无所事事，在麻将方阵中度时光，有反

共决心而无武力"之类情报汇报给保密局。张严佛又要余克剑湖北站反映陈明仁铁心反共云云。这些都麻痹了蒋介石与白崇禧，他们一时不会联想到程、陈有何种默契。

我也是事后才知道，程潜派了族侄程星龄约请刘斐去汉口，面见白崇禧，以加强湖南御共力量为由，请调陈明仁返湘。刘斐说，子良是坚决反共的，他若能返湖南，湖南反共力量加强了，湖北就无后顾之忧。白崇禧已尝到了陈明仁倔强脾气的滋味，也想乘机摆脱他，就立时首肯，并要他们去征求程潜意见。此际正逢1949年元月，蒋介石"引退"返溪口老家，李宗仁代总统登位。乘这一难得"空档"，1949年2月，陈明仁率二十九军、七十一军回到了湖南。

程潜挂出了"湖南省党政联合办公室"牌子

程潜

当时程潜手下有三个人是不支持他和平自救道路的：长沙绥署秘书长刘岳厚、参谋长刘嘉树、军统中将高参杨继荣。杨继荣因协助程潜竞选副总统而得后者信任，但他对颂公的左右摇摆并不赞同。杨继荣自戴笠死后，对保密局三个头头（毛人凤、徐志道、潘其武）都不买账。杨继荣掌握了程潜的私章，秘参两长的批件，都要经过他审阅后盖上程潜私章，方能生效。

程潜身为长沙绥靖公署主任、湖南省政府主席、国民党湖南省党部主任委员，可谓集湖南党政军大权于一身，但实际上省政府由秘书长邓介松负责，绥署由参谋长刘嘉树负责，省党部由书记长莫萱元负责。此三人互相牵扯，不利于湖南的和平运动。张严佛、肖作霖等提出，成立以程潜为中心的省党政军联合办公室。此事进展顺利，1948年12月中旬，"湖南省党政军联合办公室"成立，取代了原国民党省党部、省政府、长沙绥署，扫除了掌权的拥蒋派，宣布了旧的统治机器实质已消亡。

这个联合办公室实际成了程潜湖南起义的办事机构。他委任肖作霖为主任，程星龄、张严佛为副主任。这两位副主任，前者是共产党的桥梁，后者则打着国民党保密局的招牌而真心实意为长沙和平解放工作。

联合办公室下设机要组、秘书组、军务组、外事组、党政组、警卫组、总务组这些职能机构。

张严佛副主任兼机要组组长，而且该组直接由程颂公领导。上述诸组都在省政府主席楼办公，机要组则设在长沙市内蔡锷路易凤祥金号三楼，是省会警察局长李肖白交拨的。张严佛对我说："我准备推荐你兼任警卫组长，负责保卫程颂公和参加和平自救运动成员的安全，但是你尚未离开保密局站长这个职务，不便安排。因为你公开进入联合办公室，不仅不合适，而且会给你的湖南站工作增加许多麻烦。也好，你就利用你这张虎皮，暗地里协助我们。南京方面绝不会甘休，所以颂公和他周围许多先生如若受到生命威胁，你要努力化险为夷。这就是你对湖南和平自救运动的贡献。"

当时警卫组组长由颂公随身警卫长朱明章担任。

过不久，副站长宋世杰不解地问我："我已经看出，程颂公已与中共地下人员有了联系。张严佛任务非同寻常，成了核心人物。我一直跟着你走，今后该怎么办？"此时我实在无法保持沉默，宋世杰是我的学生，又长期随我工作，如今他主动打听，实则为前途探索，我终于向他交了底，并强调只有跟着颂公走，个人才有出路。宋世杰理解地点点头。随后，我将此事向张严佛作了汇报。张严佛兴奋地说："你既向宋世杰说清楚了，我们就多了一名同志。但程颂公的事不宜再向外公开，以防万一。总之一句老话，保持秘密才能保障安全。"

机要组开展工作

张严佛在市内易凤祥金号三楼办公，缺乏助手，就将保密局少将设计委员任建冰邀来长沙，做机要组副组长，负责情报编审。任建冰是湖南湘阴人，长期任国民政府军事参议院上将参议叶开鑫的私人秘书。他靠复兴社进了军统，戴笠死后，做了保密局设计委员。邀任建冰返湘，张严佛先征求我意见，我同意。张严佛对我的要求，总体讲，继续利用保密局湖南站站长职权，从自己特殊角度，掩护湖南和平运动，具体做法是：

——保护颂公，以及颂公周围的民主进步人士；

——利用湖南站各方面的优势，摸清蒋介石、白崇禧对湖南将会采取哪些措施；

——向保密局编造假情报，虚虚实实迷惑毛人凤、蒋介石；

——机要组是没有班子的，湖南站随时协助调遣人员。

我几乎每天都到金号三楼去，与张严佛、任建冰商议派人问题。当时机要组仅正副组长及编审（李人熙）、总务（阳宗文）、事务、勤务、人力车夫几人而已。我则从湖南站秘密抽调中校刘炳文协助任建冰工作，又指定邮检组长蔺曦每天将邮检情报交刘炳文编审。为了了解白崇禧的军事活动及其他势力在湖南的活动，我建立了三个工作队：长沙工作队（队长刘振平、副队长熊传慈）、岳阳工作队（队长陆独步）、衡阳工作队（队长阳之永）。张严佛在株洲建立了株洲工作队（队长刘士国）。他们的情报均直接报联合办公室机要组。任建冰则直接向程潜和中共地下组织提供。

机要组名义是联合办公室的职能机构，实质上是张严佛直接向程潜负责的核心单位，在我们这个圈子里，大多数人心里明白，它是程潜的策划机构，而张严佛则替程颂公"摇鹅毛扇"的。当时在长沙的高级军统人员心照不宣，意识到张严佛的走向，即是随程潜投奔共产党。我们这批人是：长沙绥署高参杨继荣，他原是代程潜批阅公文的，长沙绥署办公室代主任兼人事组组长曾坚（办公室主任文强已去徐州"剿总"任副参谋长），长沙绥署二处处长王力，湖南省警务处副处长刘人爵，省会警察局局长吴利君，湖南省保安司令部参谋长李肖白，长沙警备司令部稽查处处长吴建树，警察总署两湖督导陈澍。他们大都对张严佛有好感。张严佛计划联合他们在长沙闯出一条路，就要我试探他们的动向。这些将级军统感到蒋介石的命运是长不了了，而毛人凤不是黄埔系，为人不齿。现在各人自找门路。大家也认识到，程潜是湖南的元老派，有号召力。张严佛走程潜之路是靠得住的。

为此，张严佛、任建冰一起到我家里。张严佛说，吴利君恐怕要出乱子，趁早撤换他。刘人爵做事稳当，让他当警察局长，如何？张问我的意见，我当然附和。我了解刘人爵这位老乡、老同事，他确是想当长沙警察局局长。于是我们用程潜的名义，向南京警察总署署长唐纵拍了一个电报，保荐刘人爵为湖南省会警察局局长。恰巧，两湖警察督导陈澍有报告给唐纵，谓吴利君在长沙人际关系处理不好。唐纵就将吴利君调任总署刑事警察实验室主任，任命刘人奎（益阳人）为省会警察局局长，但刘人爵（长沙人）并没有派任。1949年8月长沙和平解放前夕，程潜任刘人爵为警察局长，但没有几天，就被保密局特务暗杀了。

任建冰来机要组工作后，还没有与中共地下组织的人见过面，心里不大开心。他向我埋怨张严佛，说："这叫我如何干下去？"可能是张严佛向中共地下组织作了反映。

中共策反组组长余志宏约见了任建冰。此事任建冰对我缄口保密。其实我也是在没有同中共人士面见情状下一心一意地工作的。大概张严佛察觉到了，他陪我去拜访了程星龄。我完全了解程先生的重要性，虽然在他家晤面时仅作一般性交谈，但我因此意识到共产党对我的理解与宽大。回来后，我暗示宋世杰，在保护工作中要重视程星龄的绝对安全。

1949年4月，联合办公室主任肖作霖为白崇禧所忌，只好避走邵阳。临走时，请程潜任程星龄为该办主任。程潜批示张严佛为联合办公室主任。不久，全国形势发生急剧变化，加上联合办公室目标过大，程潜下令撤销了它。

我离开了湖南站

我们掩护程潜的活动，报保密局情报掺假，引起毛人凤怀疑。张严佛为了争取毛人凤信任，就在撤换站长的问题上搞迷魂阵。他同我商量，要我提出合适人选，我一时无法判断他的意图，就没有回答。于是张严佛提出张扬明。此人，醴陵人，是张严佛的族侄，抗战胜利后，任上海稽查处副处长，我与他也很接近，认为是合适站长人选。张严佛遂向毛人凤签请调张扬明为湖南站站长，毛人凤批准了，但是一直未见张扬明踪迹。

1949年2月20日，我家来了一位不速之客，自称是军统参训班学生，叫我老师，说自己是局本部派到湖南站的秘书，夏松将来湖南接任站长。他又说夏松因为多年离乡，先返老家益阳探亲，不日来长沙。我立刻电话通知副站长宋世杰，准备交接事宜。不久，张严佛接张扬明函，告之已任南京站站长，我们的计划落空了。

夏松，中央警官学校毕业，曾任贵州省会警察局局长、东北北宁铁路管理局警务处处长。东北解放后，他逃到南京，由保密局人事处长郑修元派任湖南站站长。夏松于2月27日到达长沙。28日，我在站本部楼上会议室，向夏松办了交接手续。如此算来，我从1946年11月到1949年2月，担任湖南站站长整整27个月。

27日，我陪夏松见张严佛。张严佛以督导员身份，要夏松调整秘密人员，安排潜伏。夏松初到长沙，了解情况很少，我有意暴露他的身份，就引导他去晋见程潜。程颂公并不认识夏松，知道了他是来接任湖南站站长的，就说："只能稳定局面，不要引起白色恐怖！"夏松唯诺是从。

夏松没有人事基础，只好利用我的原班人马。我已在站里安设了内线：刘炳文负责情报，吴羽逵负责行动，唐名扬管经济，宋世杰、蒋祖述、吴振楚负责同保密局联系。

主要任务是掩护颂公领导的和平运动。

副站长宋世杰是四川人，黔训班我的学生，我们一起在军统局人事处工作时，他是我的得力股长。我担任保密局湖南站站长后，他自愿来长沙，做了副站长，可以说是我的心腹。我离开湖南站，他就请假打算不干了。正在这时，他接到南京局本部同事密告，毛人凤已计划调派行动员到长沙搞暗杀活动。宋世杰立刻将此消息告诉我，要我、张严佛及联合办公室机要人员的住地保密，出入加强防卫。

不久，宋世杰递了辞职报告，夏松批准，任王宾为副站长。

我拒辞保密局给我另派工作，表面上闲居长沙，实际上我将赴湘西策反。出行前，我将家眷分别送往贵阳和杭州。同时我邀请中央训练团警卫组组长唐光辉、江西缉私处处长喻耀等住在我家里。

来长沙搞暗杀活动的是谁？就是浙江江山毛族人毛钟新。此事我不能不管。

应付"杀星"毛钟新

毛钟新又名毛钟书，浙江江山保安乡人，父亲是银匠，母亲系戴笠母蓝月喜的侄女。毛家共有兄弟五人，分别以诗、书、易、礼、乐排名。毛钟书（新）于1941年在上海参加军统地下活动，由于军统上海区区长陈恭澍叛投汪伪，他逃回重庆，正好赶上军统局高级干部训练班选调人员受训，他参加了，并以前10名成绩毕业。当时我是局本部人事处人事行政科科长，由我考核，负责分配他们工作。我将毛钟新调入人事处人事行政科，派他到第一股任签办，负责上海和东南地区的组织与人事工作。1943年，戴笠命人事处派一书记去上海工作，由于上海是军统的重点工作区，加之陈恭澍叛变，因此要重新成立组织，必须签派可靠人员。恰好毛钟新愿意去上海，我就签呈为上海组书记。戴笠看了签呈后，并不认识毛钟新，召他去曾家岩公馆面谈。毛钟新的国语讲得不好，而且口吃，但举止较老成。通过谈话，戴笠不同意他去，却将他留在手下当文书。以后戴笠每次出巡，都带着他。1946年，毛钟新随戴笠出巡北平。毛钟新好色，在北平逛八大胡同，得了性病，留下治疗。戴笠南下飞沪途中，上海因雷阵雨无法降落，改飞南京，在岱山撞机，机上13人全部死亡，毛钟新因未同机，幸免一死。保密局成立后，他出任布置组副组长。1949年初，保密局准备撤退，在广州成立办事处，毛钟新任办事处副主任，主持两广和两湖的特务活动。毛钟新究竟到过长沙几次，我不清楚。但我知道他来长沙至少三次，目的都是杀人。

第一次是1949年1月。他来长沙后，住在又一村五堆子三青团寓，他对我这个湖南站站长讲，希望你们在长沙制造一次恐怖事件，杀一儆百，并提出将陈云章列为暗杀对象。我很为难，向他表示，如果长沙发生政治暗杀事件，可能会引起风潮或动乱。毛钟新不吭声。接着，我要宋世杰设法让毛钟新离开长沙。宋世杰与毛钟新是同学，又是同事。宋世杰请毛钟新吃饭，席间宋对毛说，湖南人个性刚强，他们对特务暗杀社会知名人士最为痛恨，如果发现保密局派你这样的人来长沙杀人，到时闹起来，你走不了，我们也无法保护你，奈何？第二天，毛钟新悄悄搭飞机走了。

毛钟新第二次来长沙是同年3月，我已卸职。我以老师、老上司身份请他住在我家后客房。白天，我们各自活动，入夜一起聊天。毛说："你交卸了站长职务，用不着再卷入长沙这个大旋涡，还是离开为上策。"我未置一词。他说，他已要王宾（副站长）在工运小组里选择潜伏行动人员。"不过这些人可能手软，我还是从武汉撤退下来的行动人员中选一些留长沙。"他还暗示，如果程潜想同共产党联系，那就将他身边工作人员干掉几个，以示警告。

我立刻向张严佛汇报，张严佛迅即加强对颂公的警卫工作。接着，张严佛、任建冰分别拜访了肖作霖、唐伯球、刘邱厚等人，并请他们转告有关人员，注意保护自己。尔后程星龄搬入司马里蒋琨住宅，张严佛返醴陵老家隐居了一段时间。毛钟新的暗杀计划未能实现。

至于毛钟新第三次到长沙，是6月，我刚从益阳回到长沙，因静园已转租给汉口电讯局，就借住府后街公寓。恰好我去三青团公寓探望一个朋友，不意同毛钟新碰头（后知，他此番来长秘密布置夏松、王宾的潜伏工作和行动计划），我说刚从益阳回来，拿几件留在长沙的东西，将去贵阳暂住。他说是来湖南站督导工作的，并检查行动人员布置情况。我笑着对他说，我不在其位，不谋其政，反正我已离开长沙了。他说："你远离长沙，可以避免不少是非！"我很快将毛钟新第三次到长沙的消息告诉了张严佛、任建冰，提醒他们保护好程颂公等人安全。毛钟新三到长沙，终于给他杀了人。1950年我在香港娄剑如家里遇到毛钟新，他对我承认，刘人爵在长沙被暗杀，是他布置行动人员执行的。他说："你携带家眷到香港，做对了，否则你将有不测！"后来我知道，长沙和平解放不久，刘人爵因疏忽，让潜伏行动员冒充送信人，进入他的浏正街住宅的卧室，被枪杀了。

湘西行（之一）：益阳，策反潘汉逵

3月，我交卸湖南站站长之际，陈明仁的第一兵团已从武汉调驻湖南，程潜要求他兼任长沙警备司令。

张严佛、任建冰经研究，和我商量，认为隐居在长沙，不如远走湘西。湘西有一摊子新编部队和土匪部队，现在找不到正确归宿，他们可以向左，也完全可能为非作歹，甚至变成流寇，盘踞大山，滋扰地方。张严佛、任建冰认为，我可以乘这一"赋闲"机会，运用军统资深前辈老长官身份，去进行策反，带引他们走省会程颂公和平起义的正确道路。

首选是益阳的潘汉逵，目的地是常德的罗文杰与瞿伯阶。

4月初，我仅带一名警卫，从长沙出发西行，到了资水下游、洞庭湖南的益阳。我住在二十六军一三四师潘汉逵师部。潘汉逵是湖南鄘县人，黄埔军校五期毕业，中央训练团高级警官班毕业，曾任湖南省警务处副处长、广东省揭阳县县长。他是军统分子，曾多次邀我去益阳作客。这回我到了益阳，就与潘汉逵开诚布公谈话，我说颂公到湖南后，不愿三湘战火再起，田野荒芜，三千万百姓生灵涂炭，主张走和平之路。颂公希望驻湘军队听他指挥，顺大势，走正道。我又说，我与张严佛、李肖白、任建冰、唐光辉、金远询等都决定追随程颂公，不知你作何打算？潘汉逵回答："我今天晚上就写信给张严佛先生，明天请你带去，向他表示我拥护程颂公之意。"

驻益阳的湘鄂赣集团军司令霍国璋因患高血压，已去台湾疗养，副司令刘召东代司令。行前，张严佛曾告诉我，刘是贺耀组的部属，程潜已同贺耀组商量过，由贺耀组给刘召东一电报，要他认清形势，不要死硬抵抗。因为大家都没有对过口径，所以我见了面没有对刘言明，还是让潘汉逵说方便。刘召东很客气地宴请我们。听他言谈，不见很顽固，只是担心共产党来了，再没有讲话权了。潘汉逵果当我面建议刘召东与张严佛一致行动，服从程颂公、陈明仁将军的调遣。刘召东虽然没有明言服从程潜，但表示了对颂公的赞赏和敬重。潘汉逵私下对我讲，这个刘召东到时不会退据湘西大山顽抗解放大军的。

这里要说明的，后来解放军进军湘西时，潘汉逵并没有率部投诚，而是溃退到湘赣边界，做了俘虏。

湘西行（之二）：桃源，策反罗文杰

我在益阳住了十来天，潘汉逵派吉普车送我西行，到了武陵山区，沅水之畔的桃源县。所谓湘西，常德是门户，地理位置与鄂川黔三省交界的永顺、保靖、桑植、大庸、古丈、花垣、吉首、泸溪、凤凰、沅陵、桃源、辰溪、晃县、芷江等县，向来是地方武装和土匪啸聚之处。张严佛希望我去湘西，联络地方武装，跟随程潜走和平起义之路，这对湖南全境解放颇有促进作用。我并不熟悉湘西，主要是依靠湖南站常德组组长罗文杰去开展工作。

罗文杰夫妇是湘西有名的帮会头目，罗文杰号称"罗二爷"，赫赫有名，有云"罗二爷的名片上走川黔边，下过洞庭湖"。他早年投奔川军师长贺龙，在北伐战争中打过湖南军阀。后又围剿红三军，却被红军打得仓皇逃跑。抗战时他是军统湘西站站长，搜捕中共地下革命者，同时也掩护贺龙的亲属。

我到长沙担任湖南站站长时，沅陵稽查处长黄加持向我介绍了罗文杰（黄罗是帮会兄弟），我便保荐罗文杰为常德组上校组长。当时湘西有几十支土匪武装，盘踞在龙山一带的瞿伯阶部实力较强，经罗文杰策动，瞿部接受武汉行辕招抚，被改编为该行辕剿匪第一纵队，倒也对安定湘西地方有好处。

尚在1948年11月，我视察常德时，鉴于"罗二爷"有收容湘西土匪的使命，就将湖南站仅有的200多支美式枪支并全部弹药交与罗文杰，罗文杰因之扩充部队，人枪3000多，自称"湘鄂川黔边区人民救国军"，设指挥部在桃源师范学校。华中"剿总"副司令、川鄂湘区绥靖公署主任宋希濂收编他，拨番号为暂编四师，委罗文杰为上校师长，实际上该师归我任站长时的湖南站管。

我在桃源师范（前身是宋教仁创办的省二女师）见到了罗文杰。罗文杰盛邀我住在他的师部，召集团长、营长与我见面，表示欢迎，又讲了一番充满江湖义气的行话。第二天，我把他与他的参谋长方天印找来秘商。他说："黄先生有什么事吩咐，我当尽力去做！"我说："长沙已不大太平，想吃太平宴没有机会了，只好到湘西来吃百家饭了。"然后我以长官口吻对罗一本正经地说："此来，我代表张严佛先生，也是我自己的意旨，希望你看清目前形势，到时不要跟解放军对抗，要跟随程颂公走和平之路。如果共产党军队来了，程颂公会指示你们如何行动的，保证今后有生活出路。"方天印是湖南省党政军联合办公室派出去的，原任绥署上校参议，也是我的亲信，这时他插言："二爷，大势所趋，我们只有这一条路可走啦。"我强调说："我们这个营垒的人，今天走这条路，才是唯一正确的出路，也是为湘西各帮会弟兄寻找的出路。"罗文杰听得十分认真，站起来，抱拳拱掌说："黄先生说的是，你和张先生追随程颂公，我文杰当誓死相从！"

当时瞿伯阶（收编后番号为暂十师）因病在湘鄂边龙山休养，该师由其族弟瞿波平代管。我因此请罗文杰去趟龙山，劝瞿氏兄弟在解放军进军湘西时，不要对抗，不要乱窜，落成流寇下场，跟程颂公走，前途肯定是有的。罗答应去龙山转达我的意思。

我在桃源罗文杰师部住了两天后，开始返程，途经益阳，再晤潘汉逵，嘱他必要时可与罗文杰联合行动。回到长沙，向张严佛交了潘汉逵的信；同张严佛一起面见程潜，汇报湘西行情况。颂公肯定此行应该是成功的。

这里，我先交代一下我第一次湘西行的成果。8月4日，程潜、陈明仁领衔通电，脱离国民党"广州政府"，接受中共"八条"主张，宣布湖南省和平起义。长沙和平解放后，湘西诸邑桃源、大庸、桑植、永顺等相继解放。湘西诸股土匪汇集龙山、八面山，扰乱地方，对抗大军进剿。先期投诚的暂四师参谋长方天印受命于湖南省公安厅，来到酉阳后溪，对罗文杰劝降。罗文杰遵守诺言，向瞿波平部暂十师及多股土匪武装策反，也获得成功。

湘西行（之三）：湘黔道，流亡之旅

7月中旬，我再一次离走长沙去湘西。

我先到益阳，与湘鄂边绥靖区二十八军一三四师师长潘汉逵见了面，就住在他家。当时湘赣集团军正奉命调驻湘黔边，刘召东部军、潘汉逵部师也即将行动，调来30辆十轮大卡车，准备将司令部及各军师的家属运往芷江。我来了正赶上这个时候，潘汉逵对我说："黄先生，我们会听从颂公的话。现在人心惶惶，我准备将家眷送到芷江，免得到时行动不便。去芷江车队须经过罗文杰、张玉琳的防区，我知道你和罗二爷的关系不错，可否同行，去打个招呼，保护妻小？"我知道罗文杰、张玉琳这两支杂牌部队是"自筹薪给"的，还有一些小股土匪，他们对过道车辆和客商很感兴趣。由于潘汉逵答应要等人民解放军进入湘西时才能行动，我只好答应护送家属车队。刘如东、潘汉逵十分高兴，就派司令部高参和副师长黄虎为车队指挥。我随即密邀罗文杰的参谋长方天印来益阳，告诉他车队将经常德、桃源、辰溪、沅陵而抵芷江，要他去与罗文杰、张玉琳联系，关照沿途关卡。罗文杰自不用说。辰溪的张玉琳也系军统分子，他抢劫了辰溪兵工厂的枪支，装备了约一万人的土匪武装，自立山头。虽然长沙绥署给他"剿匪纵队"指挥的名义，但他仍靠抢劫补充粮饷。经罗文杰、方天印联系，他同意给我面子。

我用潘汉达的电台，以张严佛事先给我的波长和呼号，呼叫了两天，但联系不上。此后，我无奈地与长沙失去了联系。7月23日，庞大的车队（卡车30辆、旅行车10辆、轿车5辆）从益阳出发。车队过桃源，我去探望了罗文杰。他再次表示追随程颂公，并告诉我已派瞿闵生去做瞿波平工作。临行，他派了一位参谋随车。到辰溪，我拜会了张玉琳，我要求他继续与程颂公保持经常联系，因为他终究是绥署的"剿纵"指挥。张玉琳支支吾吾，态度暧昧，不过他让我们的车队通过了他的防区。三天后，我们到达芷江。

芷江军事当局是十七绥靖区司令长官刘嘉树，其人曾是长沙绥署参谋长，由于反对程潜靠拢共产党，而又无实力，乃被派到芷江。其政治部主任就是被程潜撤职的坚决反共的吴利君。吴利君是刘的外甥。我与吴曾共事过，在长沙时我同刘嘉树也较接近，因此我到芷江后他们客气地待我。刘嘉树对我说，陈明仁曾有电话给他，表示要同战四平街那样殊死作战，"保卫长沙"。刘嘉树因此向我打听陈明仁近况。我为了迷惑刘嘉树，说子良将军一向反共坚决，已无退路，否则何以担当省府主席重任？但他将信将疑，私下向长沙陈明仁挂了个长途电话。8月1日，此地传说，陈明仁要放弃长沙。8月2日陈明仁来电话，表示"要与长沙共存亡"。刘嘉树马上要他的政治部主任吴利君布置《芷江日报》出号外，宣传陈主席反共决心，吹嘘芷江军事实力雄厚，部署严密，各界不必惊慌云云。当天晚上，邵阳绥署主任黄杰偕同警务处长唐光辉专机飞抵芷江。黄杰、刘嘉树密谈后，黄杰将湘西防务交给刘嘉树，自己率部从贵州边境进入广西，后又逃入越南。8月4日，程潜、陈明仁响应共产党号召，举行起义，长沙和平解放。刘嘉树慌了手脚，他不愿走程潜和平路线，后来在与解放军交战中被俘。

我住在保密局芷江组部里。组长张佛凡是我的学生，也是我派任的。和我一起而来的潘汉达、唐光辉家属也住芷江组部。这时（7日）传来了随程潜一起起义的长沙警察局长刘人爵在家里被害的消息。后来我才知道，这一勾当，是毛钟新布置湖南站行动员孙坤在浏正街刘宅内干的。这时，芷江一片混乱，人心惶恐，而我同张严佛也联系不上，思想混乱且恐慌。8月9日，我让家属连同运输车队先行贵阳，随即率潘汉达、唐光辉两家眷属及副官随从等十余人向贵阳进发。

我到贵阳后，发现湖南警务处长李肖白已在那里了。他也是追随程潜参加和平运动的。保密局贵阳站站长陈世贤是我多年老朋友，他将我抵贵阳情况报告毛人凤，并说明是担心共产党清算才逃来此地的。陈世贤的反映是替我过去的湖南活动作掩护，减轻毛人凤对我的怀疑。毛人凤因此电贵阳站，发给我光洋一百块作补助。李肖白赴重庆，找了毛人凤，也得一百银圆补助。但李肖白自渝返黔，对我说："毛人凤发给你特别费，不过是垂钓放饵，并没有消除对你的怀疑。"

我急需与长沙联系，我派原长沙绥署第二处秘书李叔晋，从贵阳取道湘西去长沙联络，取得程潜指示，如何开展工作。我给了他50银圆作路费，并在他的笔记本里签了个字，作为代表我与张严佛联络的证明。但李叔晋去后一直杳无音讯。

投奔昆明沈醉

沈醉

9月间，贵阳临近解放，我还没有得到李叔晋的消息，遂与李肖白商量，决定携众家小离贵阳，去昆明投奔沈醉。云南站站长沈醉兼任昆明绥靖公署保防处长，毛人凤与卢汉都十分信任他。11月中旬我到达昆明后，在皇后饭店落脚。沈醉告诉我与李肖白，一个多月前，毛人凤曾在他家中住了一个多月，想在云南建立反共基地，毛人凤说，张严佛、任建冰跟着程潜"反叛党国"，绝没有好下场。

我在沈醉这里还获悉了余乐醒的去向消息。余乐醒是湖南醴陵人，沈醉的姐夫。他30年代初任杭州警官学校教官时，常来我家搓麻将、吃湖南菜。后来在临澧班，他是我的上司、训练班副主任，继任军委会运输统制局西南运输处少将处长。抗战胜利后，任上海善后救济总署汽车管理处处长。沈醉告诉我，余乐醒与李立三在苏联留学时是同学，又很接近。或后在上海，他俩恢复了联系，余乐醒还掩护过中共地下党的活动。上海警察局长毛森获悉后，企图密捕余乐醒，但派去的特务却扑了个空。毛森认为余乐醒是碰巧外出，又派去大批特务，包围余的住宅，却一直不见余乐醒回来。特务们破门而入，才发现余乐醒的行装乃至书籍全都搬走了。这位杭州警校的技术总教官对毛森这名学生留了最后一手。姜究竟老的辣，沈醉说，余乐醒要做事情，常早作准备：余宅后花园围墙上长满爬壁藤，而藤中有一扇后门，被掩得看不见，余乐醒就是从此门搬运东西，人也一走了之。

1949年12月初，云南局势日趋紧张，情况十分复杂，毛人凤很注意我的行动。沈醉希望我和李肖白去香港，我同意了。

12月8日，沈醉为我买了飞香港的机票。我带着妻儿到候机厅等待上机，突然见到全副戎装的沈醉急匆匆从我身边走过，却目视左右，连正眼也不瞧我一下。初，我以为他是来为我送行的，我正欲起身向他道别，他却一本正经向前走了。见此，我只好不动声色。新中国成立后，我们都在抚顺，我问起了这件事。沈醉说："你到达昆明后不久，我就接到毛人凤密令，说你投了共产党，要我将你押解重庆。我一直在拖时间，后来实在不行了，只好动员你们去香港，但又不便直说。我又怕在机场你们被'通天'的特务扣押，放不下心，才穿了制服到机场巡查，暗中保护你们，以防万一。"沈醉后来参加了卢汉的云南起义。

滞留香港，为人民工作

11月9日，我到达香港。我决心为共产党服务，为人民服务，整理了一份国民党在香港活动情况的汇报，于1950年3月，交我胞弟黄康庭送回长沙，经张严佛呈交人民政府。一个月后，我弟返港，向我转述省公安厅副厅长夏印的指示，要我继续在香港为人民做工作。7月，任建冰受人民政府委托，来港同我联络。首先他转达有关领导的指示，希望我利用军统少将的身份，侦察保密局特务组织在香港

20世纪90年代黄康永（左）接待台湾"盐业局"局长枵龙祐（右）

的活动和企图对大陆进行破坏的情报；接着，他告诉我自我离开长沙后的有关情况：

——李叔晋至今还未到长沙，可能途中出了事（后来，我在审查处调查材料时看到，他被捕了）。

——毛钟新、夏松布置在长沙的应变潜伏组织被一举破获。但刘人爵不幸被潜伏特

务冒充程潜信使进入卧室，而遭杀害。人民政府为刘人爵开追悼会，发给刘人爵的遗属予抚恤金，并安排工作。当时张严佛住在长沙八卦巷马茂清家，有解放军武装保护他。

——湘西反动武装的归宿分别是：长沙解放后，益阳刘召东、潘汉逵残部退到湘黔边，被人民解放军一一击溃，潘汉逵被俘关押。桃源罗文杰率部退回永顺老家，后张严佛派方天印去做工作，遂向解放军投诚。龙山瞿伯阶病死，其侄瞿波平率暂十师投诚。人民政府对我的湘西策反工作给予肯定。

——长沙和平解放时，保密局湖南站站长夏松将人员和档案转道益阳，从水路向湘西大山转移，他在木船行舟途中，发现远处有人民解放军，就假装腹痛，要上岸去大解，立刻逃遁。这伙人全部为我解放军俘获，唯夏松一人漏网。湖南站从此画上句号。夏松逃到台湾后，做"保密局设计委员"。

1951年11月，我接到中国人民解放军中南军区公安部广州负责人的通知，离港返穗，结束了我在香港的活动。

（本文系黄康永口述实录，朱文楚采访整理，故以第一人称叙述。）

1949年汉中，孟丙南策反胡宗南记

　　"西北王"胡宗南在解放战争中溃退至汉中。鉴于他抗日战争之初曾奋勇杀敌的历史原因，1949年深秋，在中国人民解放军向大西南进军途中，周恩来指派与国共两党都有渊源的胡公冕将军到西安，与解放军十八兵团司令部一起，策划策反胡宗南。执行这一任务的是胡宗南宠爱有加的干女婿孟丙南。于是，秋风肃杀，陈仓古道，秦栈礼遇，蜀栈遭羁，三说古汉坛，胡宗南说："共产党不会叫我胡匪吗？"孟丙南策反会成功吗？

　　笔者近日在杭州采访了浙江省人民政府参事孟丙南先生。孟老在抗日战争时，曾任国民党八战区胡宗南部三十四集团军十六军预三师二八〇团三营少校营长。1944年农历正月十五日，由胡宗南（1896—1963）主婚，孟丙南与胡的义女章廉之结婚。1946年11月，胡部七十六军与中国人民解放军一野二纵在陕北交战，于澄城永丰镇一役中，时任胡部二十四师参谋主任的孟丙南在战场解放，经学习后，他参加了中国人民解放军。

张经武将军

义婿策反南逃的"西北王"

　　1948年3月，陕北宜川一役，胡宗南惨败。4月22日，一年前被他占领，大吹大擂"赫赫战果"的延安，重新回到人民手中，而且耗去了他的十万兵力。接着在夏季、秋季的澄城、合阳、蒲城诸战役中，又被歼六万多兵力。1948年冬、1949年春，辽沈、淮海、平津三大战役结束。在西北战场，中国人民解放军一野胜利进军，如狂飙卷残叶。胡宗南军风声鹤唳，直向秦岭南溃，龟缩汉中。这时尚有谁会想到这位已名不副实的"西北王"呢？有，其中一人便是他的义女婿孟丙南。

随着陕西省会西安解放，在咸阳军分区干部教导队任教员的孟丙南被调往西北军区。到了西安，他向军区政治部组织部报到后，受到军区参谋长张经武的接见。张将军对孟说，毛主席、朱总司令已下达向全国进军令，我军渡长江后，南京、杭州、南昌、武汉、西安、上海等大中城市相继解放。在西北，自宝鸡、平凉、天水、兰州诸城市、重镇为我攻克后。甘青宁的马家匪军随之被歼。胡宗南孤军困守汉中，昔日威风丢尽。而且思想苦闷，似在等待失败命运光临。但胡宗南终究还是蒋介石的最后一张王牌，一头犹斗的困兽，如能争取他反正，不仅可减轻我挺进大西南的压力，而且对国民党军队残余的出路，也是一次直观示范。张经武又说，胡宗南在抗日之初，也曾有过奋勇杀敌的表现。他的黄埔军校老师周恩来曾经致信于他说，"兄以剿共成名，私心则以兄尚未成民族英雄为憾。"所以策反胡宗南，并非完全没有可能。（熊向晖：《地下十二年与周恩来》，中共中央党校出版社1991年版，第34页）

"孟丙南同志，我们了解你同胡宗南有段不同寻常的关系，也十分理解你参加革命后，坚决为人民服务的心迹。因此领导上决定，派你深入胡军，直接面见胡宗南，劝说他起义反正。现在，胡宗南的知遇恩人、有过金兰之交的胡公冕同志，奉周恩来副主席之命，已由上海转北平，来到西安。你先到他那里去做些秘书工作，熟悉历史背景与现实情况。具体任务，由我十八兵团敌工部向你交代。"握别时，张经武对孟丙南如是说。

胡公冕住在西北军区高干招待所（原杨虎城公馆）。胡是浙江温州人，一位阅历很深的老共产党员。他曾赴莫斯科留学，出席第三国际远东民族大会。他参加过1924年的国民党"一大"，会后被指派到浙江招考黄埔军校一期生。他又随蒋介石东征，讨伐陈炯明；回广州后任黄埔军校政治科大队长。北伐时，曾任蒋介石总司令部副官处处长。土地革命时，任浙南红十三军军长。抗日战争初期，任甘肃省平凉、临洮专员。胜利后，因病留在上海，做我党的地下策反工作，他与胡宗南有非同寻常的关系：1910年，胡公冕在浙江孝丰县当营教练时，结识胡宗南、章旭初（即孟丙南岳父），三人换帖结金兰。胡宗南报考黄埔军校一期，曾是备取生，经胡公冕帮助，得以正式入学。在东征时，胡宗南又为胡公冕提拔，擢升营长，团长。正因为有这么一重特殊关系，中共中央副主席周恩来在北平召胡面谈，要他赴西安协助西北军区做策划策反胡宗南工作。

西北军区敌工部和胡公冕选中两人去进行这项工作，胡宗南的旧部属原二十四旅少将旅长张新和章旭初的女婿，也就是胡宗南的义婿孟丙南。张新系浙江浦江县人，黄埔三期生，曾为胡重用，一名善战的骁将。1947年清涧战役中为人民解放军所俘，经学习后，愿承担策反重任。

　　孟丙南，是胡宗南天目山麓浙江同乡（余杭人）。早年在孝丰结识胡宗南胞弟胡琴宾，又得胡之义兄弟章旭初亲书推荐，凑上机会，随正在抗战南巡的军统局长戴笠一行去了重庆（戴与胡是挚友），转赴西安，投奔胡宗南。胡时任八战区中将副司令长官，实际上已掌握三个集团军，骄狂得不可一世，被称作"西北王"。胡宗南颇赏识孟丙南，把他安插在亲信预备三师师长陈鞠旅手下当营长，说："我给你找了个好主官。"不久，胡将孟送去八战区将校班培训，并将自己监护下的义女章廉之（章旭初之女），许配给了这位高个隆准仪表堂堂的小同乡。章旭初不仅是胡宗南的小学、中学同学，而且在胡宗南十分尴尬时出资助他离走上海

参加中国人民解放军的孟丙南

（章当时在上海开毛竹行），南下投考黄埔军校。所以当"八一三"淞沪抗战发生后，章女随复旦大学流亡重庆北碚时，胡宗南就将她接到西安，安排在中央军校七分校眷属工厂当会计，视作己女。胡宗南一手操办了孟、章婚事，把陕西省主席邵力子及省党部书记长、西安警备司令、陇海铁路局长等要人闻人都请来撑场面。婚礼后又送他们到竹笆市街庐真照相馆拍婚照，并破例与他们合影，然后抱廉之上轿车，送回到西京招待所新房。

　　胡公冕十分了解这些细节，这就是如今孟丙南将去面见胡宗南的天然条件。他与十八兵团（司令员周士第、政治委员李井泉）政治部（政治部主任胡耀邦）敌工部长刘玉衡研究后，认为此番派孟丙南去面见胡宗南，主要用乡情、亲情去启发他认识中国大势大局，共产党领导的新民主主义走向；如若胡宗南弃暗投明，则应如何采取哪些步骤与措施。同时他们也考虑到胡拒绝见面或者避而不见等种情况。但是没有多考虑胡宗南反策反的应急措施，因为胡部没有我们的地下工作人员。

　　"如何进入胡部辖区而又保平安呢？"胡公冕说。

"我军布防到宝鸡黄牛铺为止。往西有一段真空地带。再过去就是胡宗南部一军的阵地了。"刘玉衡说。

"进胡一军驻地,估计没有什么问题。"孟丙南说: "一军军长陈鞠旅是原来的预三师师长,我的老长官,我们有交情。前线胡部的一些中级军官,是我以前的同事和部下,肯卖面子的。"

策划既定,张新与孟丙南分头行动。前者化装潜行,后者以公开身份西行宝鸡。刘玉衡也同时离开西安,返宝鸡到兵团司令部部署工作。

秋风肃杀,陈仓古道。凤县,胡军军部受礼遇

1949年10月1日,孟丙南在西安过了新中国第一个国庆节。翌日,他身揣胡公冕致胡宗南、致陈鞠旅军长的密信和一份刊载有中华人民共和国成立的消息的西安《群众日报》,前往西北军区司令部,向张经武参谋长辞行。张将军让管理处处长发给孟棉大衣、球鞋、银圆、火车票等有关物品,说: "坚定立场,灵活工作,为人民立功。要争取回来!"孟丙南涌起一腔热血,眼眶湿润,似要说: "万一我牺牲……"但这话没有说出口。

10月3日,孟丙南乘火车到达宝鸡,来到中国人民解放军十八兵团司令部。见过政治部主任胡耀邦后,刘玉衡部长告诉他,已和前线联系过了,明日一早派杨干事陪同前去。

翌晨,他俩乘小吉普车离宝鸡,向西南方向丘陵地带进发。车过大散关后,就进入秦岭山区,道路坎坷,车行颠簸,战争给这块本来贫瘠的土地带来更深重的荒芜。孟丙南无心欣赏这条历史上有名的栈栈,即陈仓古道,心中盘算如何应变。车到我军前线指挥部六十军某团驻防地,再由团部政治处派一位干部,一直护送到前线哨卡。"再往西南走,便是胡匪军的警戒线了。同志你保重,再见!"

彼此行了庄重的军礼;孟丙南出了解放军防地,开始"暗度陈仓"。一路峡谷幽深,秋风肃杀,满目苍凉。他凄凄独行,不见路人,也不见炊烟,甚至连鸡犬声也几近绝闻。尽管走得周身疲乏,却不敢坐下来休息,怕万一碰到土匪歹徒,莫可名状地吃亏而误大事。正在这时,前面鹿砦挡路了。一个国民党军哨兵闪出,大声呵斥。孟丙南熟悉这一套,几句长官话就镇住了哨兵。他被带去连部。他见到营长王修德——此人以前是自己的部属,二八〇团三营八连中尉排长。他与王营长一起同军部通了电话。没多

久，上校军务处长曾经驾吉普来赶来连部。孟在九十四师时与曾是同级袍泽（曾时任军部辎重营营长），交情颇深。见面没多讲，就上车冒夜直驶凤县双石铺镇一军军部。

是夜，曾经将孟丙南安顿在自己卧室休息。孟见好机会，大谈解放战争大好形势，谈到国民党兵败如山倒，黄百韬、徐保顽抗，下场可悲。徐保是胡部整七十六师少将师长，被解放军击毙在宝鸡战役铁甲车上。曾都一一听了，叹了一口气："这些情况我都知道。你难道还不晓得我？我们当幕僚，不过给他人作嫁衣裳罢了。对共产党，我不怕，我们湖南人在那里很多，可以过去。"孟想胡军军心如此，胡宗南怎么能与解放军作战？

第二天一早，孟丙南被一军军长陈鞠旅请去吃早饭。为此，他心中一喜，做工作有门了？早餐匆匆，陈鞠旅将孟丙南让进自己卧室。未待坐稳，孟急说："陈先生，我此番是胡公冕老前辈所派，有信给……"陈边使眼色，边做手势，随即将门帘拉起，以示公开。他取过一只月饼递去，说："吃月饼，但愿人长久，千里共婵娟。"他将胡信浏览一遍，叠好，放进口袋。似乎又有什么不清楚，又取出来细细读着。他阻止孟丙南说项，轻声说："我都清楚了，感谢胡老先生。"于是他们会心地相视一阵，就信口拉起家常来。以后，陈鞠旅随国民党军五兵团李文部在邛崃火线起义。

"明天我们有车去褒城，你可以搭车同去，然后你自己想办法去汉中。你一定要亲见胡先生吗？"

"是的，一定要见到他，同他面谈，希望你也能讲几句。"

"你与胡先生关系非同一般。此事更非同一般。他若同意了，我还有什么问题呢？"

孟丙南被送上一辆运"工合"机器设备的"大道奇"卡车，坐在司机室，同陈鞠旅、曾经等司令部的袍择挥手告别。秦栈已被抛在后，"大道奇"呼啸着南驰褒城，颠簸在蜀栈道上，此去可是明渡"陈仓"了。

褒城，遭绑架；汉中，被"侍勤队"羁禁

"大道奇"行经庙台子时，其中一辆发生故障，停下来修理。可巧，孟丙南在路边瞻仰张良庙时，遇到了穿便服在赶路的张新。张是步行的，军人本色，当然一路无限辛苦，孟就邀他上车同行。10月6日下午，车子到达蜀栈、秦栈分界隘口的褒城。两辆"大道奇"卸货后不再南行了。孟、张商量后认为，此地多待恐生变故，就立即雇了

207

策反胡宗南时遭拘禁，孟丙南（后右一）、张新（前右一）与其他两位难友

辆胶轮马车，继续赶路。岂知马车走不到二里地，后面有两个踏自行车穿棉制服的年轻人赶上来，大声呼叫："车上的可是张先生、孟先生？你们是去汉中的吗？"他俩不假思索回答"是"。他们又说："绥署刚刚来电话，小吉普已经开出了，务请两位回去等候，乘吉普车前去汉中。"孟丙南刚张口"噢"一句，就被他们拉住了牲口笼头，往回路走了。

他们被引进一座挂有"西安绥靖公署第二处褒城检查站"牌子的屋子。究竟张新老练，顿时意识到"二处"是军统外勤单位的暗称，但来不及转背掉头，他俩被推进一个房间，门"嘭"的一声关上，落了锁。"糟了，我们被羁禁了！""这里是保密局的秘密机关！"张孟简单交换了下看法，认识到处境险恶，但"不入虎穴焉得虎子"，既然此来是策反胡宗南，不见点"世面"是不可能的。入夜，饥寒交迫，正待提出抗议时，外面传来了汽车马达声。门打开了，他们被押上一辆美式中吉普车，左右挟持两个戴头盔、胸前挂着"汤姆生"冲锋枪的宪兵、前后又有两个腰间佩有手枪的尉官。张、孟刚落座，就被他们强行用绷带缠住头部，蒙上了眼睛。

孟丙南只觉得身子与命运在古陈仓道上飞驰着、颠簸着，颠得五脏六腑都要冒出来了。他真想狠狠训斥他们，"我这个昔日胡先生的干女婿，长官司令部里的大红人，今天竟由你们如此播弄！"张新是条硬汉，军人式纹丝不动地挺坐着。孟丙南凭知识，设想汽车若是去汉中，应缘汉水而行，路程并不远，天亮前可以抵达。果然，汽车开得渐渐平稳了，寒气也有所减弱；他又觉得车子拐了许多弯，终于停了下来。他们被牵下地后，才解下眼上蒙着的绷带，跟前是一座城隍庙似的大殿堂，被改作了什么机关。

他们迅即被带进由厢房隔成的号子里。里面凌乱、污秽、充满比臭气更刺鼻的异味，墙角的一只破碗里燃着根棉芯，闪烁鬼火般光亮，一股桐油味直扑而来。四周墙壁似乎用红土浆刷过，与东岳庙里的"阴世界"无异。孟丙南立即意识到，这里是暗无天日的监狱了。一伙面目狰狞的便衣人员拥上来，把张、孟全身搜个遍，将孟丙南带着的密信、《群众日报》、解放军胸章、帽花以及银圆等一抄而空。

"不得无礼！这里是什么地方？我们要见胡先生。我是他的女婿，他是胡先生的老部属！"

"这是例行公事！这里就是绥靖公署。什么女婿，冒牌货，嘿嘿！"

孟丙南高声嚷着："我要立即见胡先生！你们这样做要负后果的！"这时从壁间号子穿来一阵阵吆喝声和惨叫声，外面还响起一声汽车刹车声，随之走进一个身穿草绿色美式夹克装军官。便衣们立正，喊："队长，回来了。"

"我是唐西园！"此人口嚼美国口香糖，傲慢而轻蔑地看了他们一眼，口操"半吊子"浙江嵊县腔官话说："你们两个是共产党派来的，那好，有劳你们专等，侍勤队待遇！"

这个家伙是戴笠军统特训班的门生唐西园！这里是臭名昭著的胡宗南侍勤队！张新与孟丙南不禁倒抽口气。所谓侍勤队，一方面是胡宗南长官司令部警卫部队，另一方面也是胡宗南的御用特种机关，完全按照军统一套做法，对内制裁他的政敌，对外迫害共产党人、爱国民主人士。胡宗南与（已经飞机失事死于非命的）戴笠是莫逆之交，唐西园是军统电讯训练班毕业的特务，由戴笠推荐给胡当侍从副官的，后来改任胡绥署要害部门侍勤队队长。

唐西园走了后，下午狱卒拿来了两条又小又薄且臭的被子，又抛给一束稻草。"安个家吧。"狱卒苦笑下刚走，一个自称姓蒋的"犯人"搬铺盖进来住下了。一望便知，是派来监视张、孟的特务。从此张孟不轻易启口交谈，任听刑审室方向传来的审讯吆喝声、抗争口号声以及撕裂心肺的惨叫声。

古汉坛，一说胡宗南

10月8日，阴冷、恐怖、焦躁的又一天过去了。晚饭菜略好一些，孟丙南心中一动，正在未卜凶吉时，唐西园进来，难测阴晴的那张脸上狡黠地一笑："孟丙南，有请！"蒋姓特务紧随而上。他们一出城隍庙，就被塞进敞篷的吉普车里，左右照样坐着两个胸挂"汤姆生"的武装军人。

吉普车在一座大土墩前停下。土墩四周绿树成行，阡陌纵横，夜色反衬水光，一派江南田园色彩。土墩前方有两根十分显眼的旗杆，还有一根很高的无线电台天线杆，似在互比威风。随行蒋姓特务随口说了句："这里便是有名的古汉坛，从前汉高祖、韩信拜将坛，也是刘备做汉中王的祭天坛。"孟丙南顿时明白，汉坛中央古式建筑应是胡

北伐时期的胡宗南

宗南的所谓"西安绥靖公署"了。"西北王"做不成，还想到这里做"汉中王"。这时的胡宗南的随从副官张正达——原是孟丙南的老熟人——从里面出来，木然颔首，将孟丙南引进一间大殿似的客厅。

"胡伯伯！"孟丙南照例立正，恭敬地叫了一声。

胡宗南笔挺地坐在沙发里，目光似箭，嘴唇紧闭，嘴角下拉，反复审视这位"降共"的"贤婿"。他没有移动身体，努努嘴，示意孟丙南坐在旁边的一张沙发里。

孟丙南坐下后，不等胡宗南开口，就问："我带来的胡公冕老前辈给您的信，还有《群众日报》，都给唐西园拿去了。胡伯伯看到了没有？"胡宗南没有开口，

点点头。现在孟丙南定下心来端详这位长自己26岁的"泰山"了。往日十分讲究军仪，特别喜欢凸现"黄埔精神"的胡宗南，此时虽然还着上将军服，但面色疲惫，精神委顿，软软的沙发一坐久，就瘫倒在里面。孟丙南还发现，此时连得最能体现他个性的眉毛也下耷了。于是孟丙南"主动"出击，大谈解放区的见闻，比如解放军纪律严明，指战员间（官兵上下）和睦，军民团结，热情支前，热烈参军，人民拥护共产党和人民政府，解放区生产恢复，物价稳定，还有轰轰烈烈的土改运动……"丙南在解放区虽然只有一年，但给我印象最深的便是，他们公布战果，件件是实；而国军每次通报战绩，不是夸大吹牛，就是凭空捏造！"胡宗南说："有人来信告诉我，共军所到之处，田地房屋被没收，粮食钱财被分光，老乡被逼上吊。自己老家罹难你倒不在乎吗？"

"各人立场不同就看法不司。"孟丙南激动地站起来，分辩说："这是伟大的土地改革，扫荡三千年封建制度，这是对地主分子、土豪反革命分子实行人民民主专政！"

"你这小子吃了共产党的迷魂药，来做我的说客！"

孟丙南一阵脸红，手足无措，张口结舌。正此时，侍从参谋人员送电报进来，胡宗南一抬手，按电铃，"下次再谈吧！"蒋姓特务进来，把孟丙南带走了。

孟丙南出，张新进。一见爱将张新，胡开口便说："你回来了？"但张新却直言不讳："不是我要回来，是中共西北局派我来的。"

"派你来干什么？"胡宗南扬起眉毛问。

"你当然已经知道。我只要见到你的面，就算任务完成了。"说着，张新将脚上穿的一只鞋脱下，交给胡宗南，又说："这是胡公冕先生要我专程送来的。你的人把我仅有的一点财物都抄空了，幸亏没有拿去这只鞋。鞋底里有文件，有信。内容我并不清楚，胡先生你自己看看、推敲便是了。"

胡宗南先是一怔，紧接着问："胡公冕现在在哪里？他有什么话吗？"

抗战时期的胡宗南

"我从西安动身时，他在西京招待所，他只交代我，只要把信送到，见到你面，就好了。"

"嘿，世事真可谓白云苍狗。你谈谈共产党的战略战术……"

过了会胡宗南又问："胡公冕现在在哪里？从凉州走到上海去了？"

"胡公冕还有什么话吗？"张新从胡宗南反常的语言失态情状中，透析了他精神苦闷，就随自己所知道、所理解的共产党战略战术肤浅地讲了一些，末了说："胡先生是我的老长官，说实话，我希望能够经常在一起。至于清涧之役，惭愧得很，没有完成……"胡宗南不耐烦地站起来，"不谈那一些。"挥手叫人把张新带走了。

张新回到囚室后无法和孟丙南交流情况，因为有姓蒋的特务在侧。

古汉坛，二说胡宗南

胡宗南

胡宗南所说的"再谈"是在三天后的一个深夜。还是同一个地方。这回孟丙南学乖了，心想孝丰土改，各人立场不同，视角看法就不同，态度自然相左。胡宗南是重政治的，曾雄称西北一方，那就谈大局吧。孟丙南说："胡先生，内战已三年多打下来了——陕北打的还早一些，你看，自徐蚌会战后，国军士气低落，兵败如山倒，节节溃退。这个事实你总不能否定吧？现在，整个华东已解放。华中方面，鄂西、鄂南、湘北都相继解放。你的证婚人程颂公，还有一兵团司令官陈明仁将军在长沙起义，湖南和平解放。新疆陶峙岳部在9月25日通电起义。"孟丙南像文化教员那样给国民党改造人员上课，说："现在，摆在国民党高级将领面前有两条路，也是两种结果；一条走湖南和平起义，或者绥远董其武、孙兰峰将军起义，或者北平傅作义将军起义之路。他们的部队或解散，或改编成人民解放军，而长官们都有体面安排，保持原有待遇不变。另一条路，像徐州杜聿明，天津陈长捷，宜川刘戡，战而被俘，成为阶下囚！至于黄百韬、邱清泉，更是犯不着了。"

不知是在边听边思考，还是什么刺痛了他，胡宗南突然离座而起，双手插在马裤袋中，在芦苇铺地的客厅里来回走起来，越走越急促，往日昂首傲慢的姿态再也见不到。孟丙南发现他岳父的目光无神，脸色苍白，连得这位他曾经一手扶植、呵护有加的义女婿也不敢正视。但是他们的视线终于相撞了。相撞的刹那间，孟丙南的耳间似乎响起了听熟了的声音，以宁波腔为主调、又夹杂湖州方言的浙江官话："今天是你们最快乐的日子，我祝你们幸福！"一向骄矜做作的胡宗南此际充满父爱之情来祝福他们新婚幸福，象征性地抱廉之上车后，又送孟丙南一盒精致的喜糖，颜面和祥。联想至此，孟丙南眼眶不禁一热，站起来，趋近，恳切地说："胡伯伯！你是我的长辈、老师，现在的大势是共产党领导的人民革命必胜。你听我一言，识时务者为俊杰……"

"军人不问政治，以服从命令为天职。我的一切，均以校长的意志为准则！"

两人相持，无以为语。沉默片刻，胡宗南边按电铃边说："你回去吧。"

孟丙南出，张新进，已是后半夜时辰了。

出乎张新意料的，胡宗南不仅主动叫他坐下，而且侧过身子摸摸他的手，抚抚他的背，语气亲切地问："你冷不冷？吃得怎样？这里条件不好，伙食不理想，但还可以吗？晚上睡得好吗？"

张新一肚子怒火——侍勤队这个人间地狱，白天黑夜折磨人——正待发作。猛然间意识到自己的使命和面对的严酷现实，立刻就按捺下去。他站起，立正："谢谢胡先生对我的关心。"胡宗南微笑着叫他坐下。张新乘势探问："胡先生决心下了么？"

"噢，"胡宗南避开话题，问道："八路军还在秦岭以北吗？彭德怀去打兰州了吗？"

"是的，如果解放军跟踪南下，我们就不能再在汉中见面了。"张新正面回答。

"你不怕共产党整你吗？"

"共产党、解放军既往不咎。"

张新是军人，不善言辞，只好将自己战场上的一系列实际体会，不加修饰地如实讲给胡宗南听。但他发现胡故作镇静，爱听不听的，时而站起，时而又坐下，哼哼唔唔，云云尔尔，实在是醉翁之意不在酒。个把钟头过去了，张新知趣退下，照旧押在原因室，又冷又饿又摧心的那个人间地狱。

古汉坛，三说胡宗南

从西安出来已半个月了。秦岭的秋风日紧，寒气比平原来得早。张新、孟丙南在城隍庙侍勤队日日夜夜受审讯间肉刑惨叫声折磨，而胡宗南的回音又得不到丝毫消息，精神上很痛苦。孟丙南两次要求更换地方，都被胡宗南的"这里很好很安全"的话挡回去，而且又无法与张新交换情况与对策，更是苦闷不堪。这样窘状不多久，10月15日深夜，唐西园又一次来传人了。

"张新先生有请！"

孟丙南感到惊愕，为什么先请张新，把自己撂到后面，胡宗南是否把自己遗忘了？

张新一跨进大殿，发现胡宗南穿了中式便装，短腿尖脑袋，有点滑稽，也有点颓唐。胡宗南开门见山问："彭德怀身体好吗？"张新回答："彭老总身体很好！""彭德怀会承认我是个朋友吗？""抗战初期你们不是谈过话？也算是老朋友了。"

张新回答得十分得体，胡宗南找不出丝毫缝隙，于是突然发问："他们那边怎么称呼我的？是不是叫我胡匪？"

张新愣了一下，但根据学到的政策，大胆回答："你站过来，那就称你胡将军的。共产党的一贯政策是爱国不分先后，归队了，既往不咎。不过，也确有人称你是半个军阀。"

张新这后半句讲得好，一语击中胡宗南，引起他竖眉怒问："我哪半个是军阀？我一生为党国事业，忠贯日月。又是共产党的谰言。""不是共产党，而是我们这边的人，连我也被称作小军阀。"

胡宗南对"匪"、"军阀"、"将军"之类不感兴趣了，突然发问："我要问你，那边对文天祥这样的人，认为好不好呢？"

张新听出话中有话，就循序善诱地回答，"文天祥在历史上不屈从异族，为民族尽节，当然是好的。他们共产党也很讲究气节的。但是胡先生，你我所做的，扪心自问，尽是对不起人民的事情，我们怎有资格去比喻文天祥呢？"

张新这一议可刺痛胡宗南的"尊严"，他双眉倒竖，眼眶喷火，猛地站起来，但又跌坐下去，双手掩脸而泣，断断续续地说："士为知己者死，你，想到校长没有……"

张新被唐西园带回囚室。

过了一会，蒋姓特务将孟丙南带往汉坛。

孟丙南一见胡宗南，他正襟危坐，上将制服笔挺，军仪严肃。二见胡宗南，他在大殿陀螺般旋转，色厉内荏。此回，还是在古汉坛中央那座巍峨的大殿堂里，身穿宽肥的中式便装，他半卧在沙发里，四肢松懈，精神萎靡不振，膝上伏着一只黑白花猫，颐指孟丙南坐下来，疲倦不堪地问道：

"你还有什么话要对我说？'

孟丙南不知道，胡宗南这位上将在自己老部属张新面前失声哭过，企图以文天祥来自慰，却被一矢中的。但胡宗南还是胡宗南，这是28岁的中校孟丙南无法知晓的。孟联想张新返狱时朝自己射来一丝满意眼光和略微点了下头，以为"三说"有了点眉目，就开门见山地说："国民党过去曲线救国，消极抗日，积极反共。现在又勾结美帝，用美国造的武器来杀害中国同胞，这究竟是为国为民，还是殃国害民呢？"

"现在，国民党又拒绝在北平和谈协议上签字，不仅把内战拖向深渊，而且也为自己挖坟墓。自古来就是得民心者昌，失民心者亡。国民党失民心已到了众叛亲离了，胡伯伯，你何必为蒋介石殉葬呢？"

孟丙南站起来，趋近，俯着胡宗南耳说："你若能反正起义，胡公冕老先生可以为你保证一切。何况周恩来总理和廖夫人何香凝都是很看重你的。"

"胡先生请您三思！"孟丙南了解胡宗南自尊心极强，就动情地说："我是冒死前来看望你的，你纵然忘记我，骂我不义，也得为你部属几十万官兵和他们的眷属生死存亡，慎重考虑呀！"

两人沉默了好长一段时间，墙壁上那口挂钟"滴滴滴"，似乎把心血都滴出来了。孟丙南急等胡宗南回话，但总是没有反应。细观其神色，发现他从来没有像今晚这么颓唐，乃至木然。他未启双眼，不知在观察什么。他抚弄花猫，那么心不在焉。这样个胡宗南是孟丙南见所未见的，他因之有些可怜起这位"泰山"来，但一联想起他手下那个坏蛋唐西园，孟丙南热血上涌，愤然说："你手下那个唐西园，乱捕人，滥施刑，是否执行你的意旨？这种劣行若再不制止，今后人民是要记账的！"

胡宗南似乎打了个寒噤，顿了下，勃然大怒地将猫推抛在地，然后一手去按电铃，一手去抓猫——怒冲冲地将孟丙南打发走了。

孟丙南被赶走时，听到胡宗南唧哼了声："士为知己者死。"

此后，张新、孟丙南再也没有被胡宗南召见。唐西园的态度一百八十度大转变，显得格外凶狠，有时几乎要动手了。

尾　声

胡宗南突然中断了与张、孟的会谈，固然是他忠蒋反共反人民本质所致，不过与一位不速之客也不无关系。此人便是美国共和党参议员诺兰。10月中旬诺兰到重庆向蒋介石表示，如果国民党军在大陆坚持六个月，美国当出兵支援；如果苏联出兵支援中共，则"第三次世界大战"爆发。15日，蒋介石用专机将这位战争贩子秘密送到汉中，会见胡宗南。除重弹重庆老调外，诺兰还专门对"汉中王"说："只要你所统率的40万军队能在大陆上保存下来，中国的复兴就有希望，希望在你身上！我们美国就直接向你提供军援。""士为知己者死"的胡宗南本来泄气的球一下鼓起来了，决心做"反共复兴"的中流砥柱，就拒绝了共产党的诚意。

从10月下旬起，张新、孟丙南被转禁到"西北特种拘留所"。这个监狱暂时寄附在汉中地方法院看守所里，关押的全是政治犯，有八路军的政治干部、蒋管区的爱国民主人士、国民党内正直人士，天天都有虐杀事件，无异人间炼狱，张新与孟丙南因为是胡宗南的"犯人"，不能轻易动手，这两条命侥幸保存下来。

随着胡宗南在人民解放军排山倒海攻势下大溃退，12月7日起，西北特种拘留所的"犯人"们被押解上两辆敞篷的"大道奇"卡车，流亡在陕川道上，经宁强、广元、剑阁、绵阳到成都。兵荒马乱中，又有不少难友困顿倒毙，或被枪杀、活埋，生命如蝼蚁；而胡部大小军官及眷属逃命恰如丧家之犬，奔双流，突雅安，窜西昌。12月23日，裴昌会率国民党军第七兵团在德阳起义，李文五兵团，陈鞠旅一军、周士瀛九十军被困邛崃，举行火线起义，胡宗南部30万众被歼于成都平原。张新、孟丙南于混乱中在金堂县脱身，回到了刚解放的成都。

张、孟虽然策反没有成功，但72天的牢狱生活严格地考验了他们。解放军十八兵团政治部敌工部长刘玉衡根据西北军区参谋长张经武命令，对张、孟两人给予归队。两天后，他们在成都原"励志社"受到贺龙司令员、王维舟副司令员、李井泉副政委和张经武参谋长等高级首长接见。贺老总先后与张新、孟丙南握手，慰勉有加。刘玉衡部长还向他们传达了中央西北局从西安拍来的慰问电报。胡公冕也从上海致信慰问，称他们的工作"谅为贺总所赞许"。

后来，李克农、胡公冕曾将胡宗南义兄弟章旭初从上海送到成都，希望再进行一次策反工作。但胡宗南此时已从西安逃到海南岛，会不到面，只好由女婿孟丙南陪着，在蓉城住了段时日，返回杭州。

胡适和他父亲胡铁花

旧时启蒙读本《神童诗》有言："人心曲曲弯弯水，世事重重叠叠山。"此二句作为上下联，被镌刻在安徽绩溪上庄胡适祖坟（安葬其祖、父一辈）墓碑上，为1928年建坟时胡适所手书。其时，这位洋博士事业与声名正蒸蒸日上，遣他夫人江冬秀返故乡营造先祖墓园。那个跌宕的世纪已一去不复返了，现在回头看看这位走向世界的中国文化名人的一家三代所衍生的故事，真乃"世事重重叠叠山"，大有历史苍凉之感。

现在且从他那个有千年历史的古老宗族说起吧。

明经胡氏，李唐皇家后裔

徽州绩溪县，"邑小士多"，出了许多名人，光是胡氏裔孙就有龙川、明经、金紫、遵义四大宗脉。

已有1000多年历史的明经胡氏宗族聚居地，在这个县的西部上庄镇宅坦村（古称龙井），而有名的上庄村（古称杨林）则在它的南部。龙井胡氏与杨林胡氏的祖宗一至五世相共，至第七世始入迁上庄村，称杨林支脉。然而外人哪里知晓，他们的始祖胡昌翼却是唐朝末代皇帝昭宗（李晔，867—904年）的儿子，所以说，明经胡氏本来并不姓胡，而是唐朝李氏，无比显赫的皇家后裔。

当然，这一说法未见正史记载，诚如胡适父亲胡铁花所云："吾家旧谱所记，始祖本是唐昭宗太子，避朱温乱改从胡姓；而始祖仕宋，卒封王爵，事迹不见于

胡铁花

史册，与曾始祖关内侯据略同故。"晚清的文正公曾国藩也这样，其湘乡宗谱载，始祖关内侯为避王莽乱南迁，为南州诸曾之始，也未入正史。

明经胡又叫"李改胡"，已沿袭千年，获得历史认可。且说，唐昭宗李晔为其节度使、原黄巢义军叛将朱全忠（温）所逼，由长安迁都洛阳，在东进途中郏县，自知此去必死无疑，遂将襁褓中的第十子李昌翼托付给近侍胡三（胡清），速逃。果然，朱温在洛阳杀昭宗及何皇后，又一一缢死昭宗的九个儿子。一场宫廷政变结束了289年的李唐天下，建立了朱氏后梁朝，为五代之首。胡三聪明逃得快，潜入徽州府婺源（现属江西省辖），在考水地方定居下来。胡三作为义父，精心抚养李家最后一丝血脉，也为安全计，他将这位末代皇子弃李姓胡。925年（后唐同光三年），胡昌翼赴科举，中明经科进士，是为"明经胡"称呼的来历。

胡昌翼在考水生活得怡然自得，他留下两首诗，可窥见当时的心情，有云："家住乡庄深僻处，就中幽景胜他人；林园满目犹堪玩，丘亩当门渐觉新。""醉乡往往眠芳草，归路时时送夕阳；倘若异时咸得志，林泉唯愿莫相忘。"皇家政治气概全无，但李家的诗的细胞尚存。

胡昌翼有三子，长子胡廷进，又名延政，在宋太祖开宝末年（976年）任绩溪县令，明经胡开始与大山丛中的绩溪结缘了；不过他后来又赴浙江任建德知军（1002年），卒于任上。胡廷进的儿子胡忠于宋景德丁未年（1007年）由建德迁往绩溪龙井村（现在宅坦村）定居。这位明经胡氏三世祖开始在上庄的山地繁衍子孙；从五世祖胡文谅（1004—1072年）开始分支杨林村（现上庄村），至胡适（1891—1962年）已是第42世了。

胡铁花，而立之年奔赴仕途

明清十大商帮，徽商与晋商居其首。而徽商经营范围，则以茶、木、盐、典当为主，活跃了大江南北的商业经济和社会生活，也为自己积累了大量财富。在讲不尽的徽商故事中，上海浦东川沙的"胡万和"茶叶庄仅是一小则——胡适祖上走出大山，来到东海之滨，在上海川沙厅开办胡万和茶叶庄，已有悠久的历史，乃有当地的谚语"先有胡万和，后有川沙县"。"胡万和"到他祖父胡奎熙（1822—1873年）时，已经很发达了。奎熙不过是一位较成功的徽商而已，而他的儿子（胡适的父亲）胡传，却在晚清民族危机深重之艰难时势中，百折不挠地干出了一番颇有声色的事业。

胡传（1841—1895年），字守珊，号铁花，以铁花行世。徽商素重文化，贾而好儒，先儒后仕，铁花就是一个实例。他7岁在家乡就读于余川燃黎学馆。12岁到川沙，在父亲茶庄内当学徒，这时为伯父发现他的才华，就嘱他继续读书，走从儒之路。24岁时他进学中了秀才。28岁进上海龙门书院，学习理学、经学、史学及天文、历算、地理等知识，学会了绘制山川地图的技术。此后，他连续五次参加乡试，但都没有中举。父亲在沪过世，胡铁花扶柩返乡守丧。由于太平军战争后，给绩溪地方带来社会不宁，时疫发生，他在极度困顿中坚持建宗祠、修族谱，做了为本族极为重视的宗族大事，既锻炼了他坚韧不拔的毅力，又赢得了众乡亲的尊重。就这样，他一直到40岁，仍待在绩溪上庄乡下。

年过而立，光绪七年（1881年），41岁的胡铁花终于走出大山。"身如大海一浮鸥，南北东西任去留。野性怪将之水狎，生活漂泊不知愁。"怀着关注国家时局的感慨，他于七月初二日只身北上赴京城。他得到富商族伯胡嘉言资助，行五日到天津；又行四日，抵达京城，寄宿于宣武门为椿树头头条胡同绩溪会馆。在这里，他又得到长他16岁的族兄胡宝铎的鼎力相助，使他由此步入仕途。宝铎时任军机章京，总理各国事务衙门行走，官至三品。他为铁花修书一封给他的同年同榜进士、钦差大臣吴大澂，介绍这位志向远大的年轻的族弟。

胡适家族的祖坟，胡适的祖父母、父母葬于此

这年盛夏7月30日，胡铁花持函离京东行出关，徒步42天，于10月6日，终于到达长白天地的吉林宁古塔（现吉林省宁安市），投奔节驻在那里的吴大帅麾下。他恳切要求去考察东北地理边防。吴大澂已阅荐书，又见他有不畏艰险前来投奔的精神，爱才之心顿生，说："绝塞千里无人烟，子孤身何以游？"遂将他留在身边充作幕僚，带着巡行阅边。

1884年，胡铁花被派赴珲春，会同沙俄帝国官吏廊米萨尔，勘定黑顶子边界。在大雪中迷路，断粮。乃至衣履都零落破败了，但他坚持行进，他的小队人马沿山涧而行，终于走出险境。铁花坚忍耐苦的精神为吴大澂所赏识，以后就被委任署县政兼理儒学。

1887年，胡铁花随吴大澂南下，直至海南岛，考察黎峒山乡、天涯海角。一冷一热，同样都是元荒"蛮夷"之地，他都很快适应，并出色地开展工作。考察结果，他得出"生黎驯，不必剿；林木少，不足采；黎峒窄，不值郡"，一个十分客观、具有现代观念的结论，供吴帅开发琼州作决策参考。这是自明朝海瑞300年以来第一次对海南岛认真地实地踏勘。

1888年，黄河在郑州决口，吴大澂被调任治黄河道总督，胡铁花作为吴大帅得力助手，继续随行，协理治黄；特别力助大帅抵制迷信陋习，抢夺宝贵时间，督办大堤工程。

凡此种种，吴大澂向朝廷极力奏荐，使胡铁花得"直隶州候补知州分发各省候缺任用"的知州（相当现在的地市级正职）的官员资格。1890年，胡铁花再次赴北京，等候知州新职。

胡适出生在上海，中国三名人居停川沙同一府第

胡铁花官运亨通。1891年，他被派往富庶之地江苏省知府候补。果然，翌年调任"淞沪厘卡总巡"，总管上海港口厘金税收。这无疑是一份肥缺，求官者无不引颈企盼，但胡铁花清廉敬业，既不难为商贾，又不拖沓商务，表现出徽商从政后的精明干练，诚为江苏巡抚所器重，因此得了个"能吏"的好名声。

这时上庄胡氏在上海川沙开设的"胡万和"茶叶庄昌盛发达，于是又在上海大东门与他人合股开办另家叫"瑞馨泰"的茶叶庄。胡铁花公务之余，也常去"瑞馨泰"坐坐。铁花此时鳏居10多年。第一任夫人冯氏，惨死洪杨之乱（被太平军掳去，尽节身亡），无出。第二任夫人曹氏生三子三女，存三子一女，于1878年孪生难产中死亡。

此后，铁花远游宦海，个人婚事就无暇顾及了。直到1889年，他才第三次续弦，娶本县中屯村一户极普通的农家之女冯顺弟。这是一位十分温顺贤惠的女子，娘家生活拮据，她下面还有二妹一弟，要靠老父农作来养活。冯氏出嫁时才16岁，要比丈夫小32岁，但铁花对她很体贴，结婚第二年，就把她接到他的淞沪任上（一般徽商都不带家眷），借住在"瑞馨泰"茶叶庄。1891年，阴历十一月十七日（12月17日），18岁的妈妈生下了一个男孩，也是她唯一的儿子，胡铁花最小的儿子。他，就是胡适。

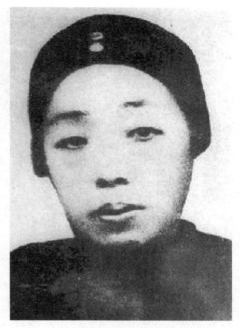

胡适之母冯顺弟

胡适还有三个同父异母的哥哥，分别是：胡嗣稼，长20岁，是个不务正业的烟鬼赌徒；另外还有胡嗣秠和胡嗣秚，他俩孪生兄弟，均长胡适14岁，均清末国学生，但嗣秠（号绍之）很能干，候补知县。

胡适出生的这年，正好是康有为发表刊印《新学伪经考》、《大同书》，中国维新变法轰轰烈烈，亚洲资产阶级改良思潮风起云涌之际。后来的五四新文化运动中的几位干将也都降世这个时期，但排起年纪来，胡适却是他们的小弟弟了：陈独秀（1880年生）长他11岁，鲁迅（1881年生）长他10岁，钱玄同（1887年生）长他4岁，李大钊（1889年生）长他2岁。

胡铁花本想谋个太仓知州这样的太平官，干几年告老还乡，正因为"能吏"出了名，竟被新设行省的台湾巡抚邵友濂奏请朝廷，调到台湾去了。从此，改变了胡铁花一生命运，使他干事执着、为官清廉的本性升华成崇高的爱国壮举，彩绘了生命的最后一页。

1892年2月，胡铁花暂时留妻儿在上海，邀请族兄胡宣铎（胡宝铎的胞弟）作幕僚，并携带二子绍之渡海去台湾。赴任前，他将少妻稚子带到川沙"老万和"茶庄（上海大东门"瑞馨泰"，不是胡氏独家所有）。"万和"有三大间门面，是茶叶店的营业场所；里间和楼屋也较宽敞，只是已作制茶工场和工人、伙计住宿间，女眷家属住不进去。于是他去距"胡万和"中街不远的南街，川沙有名的"内史第"府第，租下前

黄炎培故居

进厅屋东侧临街的一间厢房，将妻儿安置下来。

"内史第"是清咸丰举人、内阁中书沈树镛所建的府第，当年院落深重，规模宏大。著名民主人士、新中国第一代政务院副总理黄炎培1878年10月1日诞生于此，并度过了青少年时代；从事民主运动和社会教育事业间歇，也常去老家歇住。他的老祖母沈氏和外祖母沈氏，恰是沈树镛的一对胞姊妹，"内史第"便成了黄家住屋。孙中山先生的夫人、中华人民共和国名誉主席宋庆龄也诞生在这座大院落里，并和她的姐弟度过童年、少年时代。宋先生的母亲倪桂珍（1868—1931年）是川沙人，1887年与海南文昌人传教士宋耀如结婚，1890年由上海搬迁回川沙城厢居住，就租用了"内史第"的前进厅屋沿街的西南侧的厢房、楼房，住了13年。

世事沧桑，一度显赫的川沙"内史第"府院，现在只余第三进院落了，砖雕门楼上挂着的陈云手书的"黄炎培故居"匾额，作为上海市文物保护单位被精心保留下来了。殊不知此地曾经是近代中国历史上三位名人曾留有深深痕印的故居哩。

马关辱国，抗倭守土，铁花殉国

1892年2月底，胡铁花在基隆上岸，立刻开展公务。他以"全台营务处总巡"的身份，冒湿热瘴疠毒气之艰险，遍祝全台21营28哨的防务，历时六个月，得出一个令人警惕的结论：全岛炮台要塞防务功能等于零，台湾已临门户洞开的险境！他立刻向朝廷建议，从速购买新式炮舰，组建海军，但昏庸腐败极致的清政府置若罔闻，只授铁花一个官职——"台东直隶州知州"（这是台湾省唯一的一个直属州衙门），兼任"镇海后军统领"，统领了3营5哨1750名兵丁，如此作回应。不过这倒是文官武将兼一身的地方军政长官，使他治理台东的抱负得以施展。从他到职的那一天起，他"黎明即起，力疾从公"，禁烟、整军、治理3营。他见台东土著男女有裸体上街的，就发给他们一衣一裤（或裙），告示必穿衣裤（裙）出，否则严刑处置，不久社会秩序就改观了。他"服官勘勤，夙夜匪懈，遇事奋往，不避艰险"。所以现在台东树立《州官胡公铁花纪念碑》，如此撰文赞扬他。朝廷也为此赏加他三品顶戴，荣耀宗族和乡里。

　　一年后，1893年2月26日，铁花派他的四弟和孪生儿子嗣秠到上海川沙，把胡适母子接去台东团聚。他们过了一年多相当温馨的日子。"我小时候也很得我父亲钟爱，不满三岁时，把教我母亲的红纸方字教我认。父亲作教师，母亲便在旁作助教。我认的是生字，她便借此温习她的熟字。他太忙时，她就是代理教师。我们离开台湾时，她认得了近千字，我也认了700多字。这些方字都是我父亲亲手写的楷字，我母亲终身保存着，因为这些方块红笺都是我们三个人的最神圣的团居生活的纪念。"（胡适《四十自述》）有时，也由胡铁花的族兄幕僚胡宣铎来兼"西席"，宣铎成为胡适的启蒙师之一。

上庄胡适故居一进大厅，笔者（左）与胡适侄外孙程法德（右）

但是这样平和的日子只维持了一年略多的时间，悲剧时势接踵而来了。

1894年甲午海战一役，清王朝北洋海军全军覆没。1895年4月17日，李鸿章到日本签订了丧权辱国的《马关条约》，将我国的台湾岛及澎湖列岛割让给日本。18日，噩耗传到国内，举国大哗：台湾同胞尤为激愤，"若午夜暴闻轰雷，惊骇无人色"，"聚哭于市中，夜以继日，哭声达于四野，风云变色，若无天地"。随即，北京朝廷电令台湾巡抚唐景崧"交割台湾限两月，余限20日，百姓愿内渡者，听"。到5月18日，清廷又严令唐"着即开缺，来京陛见，所有文武大小官员，着即内渡返大陆"。

但是也有少数清朝驻台文官武将不答应，坚持留岛抵抗。在籍工部主事丘逢甲，破指血誓："抗倭守土！"表示"如倭酋来收台湾，台民唯有开战"。台南新军统领、镇南关抗法名将刘永福，发布《盟约书》："为大清之臣，守大清之土，分内事也！"台东直隶州知州胡铁花响应"抗倭守土"号召，坚决不返大陆。是年1月，铁花遣四弟及嗣秬、嗣秠两子，将冯胡适母子送回上海，转返绩溪乡下。他还给妻子及四个儿子各写一份遗嘱，表示决心已定，以死报国。

最后的日子终于来了！5月29日，日军来势汹汹，基隆登陆成功。胡铁花部与日军交战，苦战且退。不幸的是他患热带脚气病，此时已严重得无法行走，加上下级士官叛乱，致宜兰陷落（6月20日）。他率残军退守安平，与刘永福会师。刘胡联军决定死守安平，但此时胡铁花的脚气病毒已攻心，迸发心力衰竭，双腿水肿，上吐下泻，便血，几近瘫痪。刘永福不得已，于8月18日派人护胡铁花渡海峡，送到厦门。才四天时间，8月22日，这位捍卫国家尊严，守台抗日，以身许国的爱国将军溘然长逝。

清朝皇帝颁授胡铁花遗孀冯氏三品夫人诰命箱，箱上为胡铁花将军遗物七星钢剑

胡铁花为国捐躯后，光绪皇帝赐其遗孀、时年才22岁的冯顺弟三品诰命夫人衔。笔者在一次赴胡适故居上庄村采访时，曾在胡适侄孙胡育凯家里看到一把钢剑和一只大红钦赐"诰命箱"，即是三品夫人的物证。那把钢剑，就是胡铁花将军生前使用过的七星宝剑：刀面近柄处有七颗小星，标示剑的品质，至今赫然在目；刀刃尚锋利，有寒花感；剑柄则镶有红珊瑚、金丝，

颇为精致，可想见当年这位抗日将军横刀立马，抵御日寇，死守宝岛台湾的英勇形象。

胡铁花客逝厦门后，由其二子嗣秬扶柩回归上庄村。正坐在前厅的冯氏闻此凶信，突然身子往后一倒，连椅子一起跌倒在门槛上，昏厥过去。间歇，满屋哭声一片。胡铁花遗体安葬后，乡间却传说，棺材里没有首级，被安装了一个金头。这个传说流传了70多年，终于招致"文革"时三次掘坟开棺。结果在这口形制闽式的棺材里，不仅有完整的头颅骸髅，而且还留有下颚骨上的四颗牙齿。什么财宝也没有，唯有一面铜镜而已。

这座坟墓坐落在上庄村外三里路的将军降山，1986年修复原状。

笔者20世纪90年代去瞻仰过，见到胡铁花暨夫人和胡铁花父母的墓碑，是郑孝胥书写的。墓顶还有一块"锄月山房"碑，亦郑书。墓两侧，各有两排勒石：右云"人心曲曲弯弯水"，"群山逶迤，溪水漪涟，惟吾先人，永息如斯"；左云"世事重重叠叠山"，"两代祖茔，于今始就，惟成此功，吾妻冬秀"。皆胡适撰写并书。

胡适，三十六顶博士帽的大学者

回到绩溪上庄村老家后，胡适念的第一本书，就是"我父亲自己编的一部四言韵文，叫做《学为人诗》，他亲笔抄写给了我"（《四十自述》）。念的第二本书叫做《原学》，亦四言韵文，也是胡铁花自编并书写的。前者谈做人的道理，有"义至所在，身可以殉。求仁得仁，无所尤怨"。"穷理致知，还躬践实。黾勉于学，守道勿失。"完全是他为人一生的总结和写照。胡铁花后半生公务戎马，倥偬时光，仍不忘对儿子的教育，这是他匆匆人生留下的一份珍贵的家教遗产。还有，他6月20日写给妻子及四个儿子的各一份遗嘱，"每张只有几句话。给我母亲的遗嘱上说穈儿（我的名字叫嗣穈，穈字音门——胡适自注）天资聪明，应令他读书。给我的遗嘱也教我努力读书上进。这寥寥几句话，在我一生很有重大影响"（《四十自述》）。

母亲教育，则是围绕父亲的"读书"遗训，身教言教，鞭辟入里，沁入心腑，使胡适终生难忘。"每天天刚亮时，我母亲就把我叫醒，叫我披衣坐起。我从不知道她醒来有多久了。她看我醒了，才对我说我昨天做错了什么事，说错了什么话，要我认错，要我用功读书。有时候她对我说父亲的种种好处，她说：'你总要踏上你老子的路，我一生只晓得这一个完全的人，你要学他啊，不要跌他的股。'（跌股就是丢脸、出丑——胡适自注）她说到伤心处，往往掉下泪来。到天大明时，她才把我衣服穿好，催我去上早学。"有一次，胡适顽皮，讲了句轻佻骂人的话，被他母亲罚跪，他哭着，用脏手擦眼，害了一年多的眼翳病。"我母亲心里又悔又急，听说眼翳可以用舌头舔去，又一夜，她把我叫醒，她真用舌头舔我的病眼。这是我的严师，这是我的慈母"（《四十自述》）。

胡适如此度过了他的"九年的家乡教育"（1895—1904年），然后走到上海，再出洋留美，成为获得36个博士学位的大学者。

这36顶博士帽从何而来，它们的背景又如何呢？

第一顶帽。1927年3月，37岁的胡适由英国赴美国，向母校哥伦比亚大学补交了博士论文（著作）《中国古代哲学方法之进化史》（亚东图书馆英文版）100册，完成了哲学博士学位手续。其实论文早就在10年前留学哥伦比亚大学时已完成，有9万字。那时，胡适参加了博士学位考试，正巧北京陈独秀来信，告诉他蔡元培校长已聘他任北京大学教授的消息，希望他尽快到任。于是胡适顾不上博士论文答辩，5月初就向老师杜威教授辞行归国，结束了他的留美7年生涯。

隔了八年，第二顶博士帽飞来了。1935年1月5日，香港大学授予胡适法学名誉博士学位。北京大学文学院院长兼中国文学系主任的胡适应邀赴港，作演讲五次。

1936年8月，胡适赴美国瑟弥岱，出席第六届太平洋国际学会大会，当选为该学会副主席。9月，他应邀与会哈佛大学300周年校庆大会，并接受这所名校授予的名誉文学博士学位，随即发表演讲《中国的印度化：文化借贷的专题研究》。同年，他又接受美国南加州大学授予的名誉文学博士学位，是为胡适的第四顶博士帽。

1937年9月，胡适奉命赴美开展"国民外交"活动，宣传中国抗日，争取美国朝野援华，成绩卓著。1938年起，他被国民政府任命为中国驻美大使。1939年，他通过多方活动，成功阻止美国国会修改中立法案（修改，将不利中国抗日）；着力活动，以滇锡作押的美国援华2000万美元第二次借贷，终于在1940年成功。

这些抗日爱国的外交社会活动，使得胡适在美国声誉大增，博士帽一顶顶飞来了。

1939年，胡适接受了两个博士学位：——哥伦比亚大学的名誉法学博士（6月6日）；芝加哥大学的名誉法学博士（6月13日）。辞去了三个博士学位，是因为病后不能远行之故。

1940年，胡适得到美国八所大学分别授予的八个名誉法学博士学位，形成"博士高峰年"：韦斯尔阳大学、杜克大学、克拉大学、卜隆大学、耶鲁大学、联合学院、柏令马学院、宾州大学。仅在三个星期内，这位博士疲于奔命，先后到这些大学出席典礼，发表演说。至此，他的博士帽有14顶了，但他却说："这些玩意儿，毫无用处……一个是四年苦功得来的，13个是白送的。"

1940年，比八顶博士帽更使胡适感奋的是，他老家安徽绩溪为庆祝这位在海外为国效力的乡贤50岁大寿，由县长朱亚云出面，制作了一块"持节宣威"横匾，率士绅，浩浩荡荡送到上庄村胡氏宗祠悬挂，并将上庄村改名为"胡适村"。

1941年，胡适在美国被授予博士学位有五个，在加拿大被授有两个。前者全是名誉法学博士，分别为加利福尼亚大学、森林湖学院、狄克森学院、佛蒙特州的密特勃雷大学、密达伯瑞学院；后者是麦吉尔大学（名誉文学博士）和多伦多大学（名誉法学博士）。

这一年胡适游说美国决策高层，抵制赫尔利—野村、来栖美日秘密谈判中不利中国的抗战款项，获得罗斯福总统的支持，终使谈判破裂。此事应载入中国抗日史册。12月8日中午，罗斯福总统打电话给刚从白宫回到中国使馆的胡适："胡适！方才接到报告，日本海空军已在猛烈袭击珍珠港！"胡适立即用急电驰告重庆，并说："这使我国家民族松了口气，太平洋局势要大变了！"

胡适外交活动的成功，又使他迎来1942年第二个"博士高峰年"，达10个之多，都是美国大学授予的。其中两个是名誉文学博士：达脱茅斯学院、纽约州立大学；其他八个是名誉法学博士，分别是俄亥俄州州立大学、罗却斯特大学、奥白林学院、威斯康星大学、妥尔陀大学、东北大学、普林斯顿大学、第纳逊大学。

这种盛况在美国也鲜见。《华盛顿邮报》有一段述评，倒是给52岁的胡适写了一段精彩的总结："中国驻美大使胡适，最近六个月来曾游遍美国各地，行程三万五千里，造成外国使节在美旅行之最高纪录。胡大使接受名誉学位之多，超过罗斯福总统；其发表演说次数之多，则超过罗斯福总统夫人；其被邀出席公共集会演说之纪录，亦为外交使团所有人员所不及。"胡适，不愧20世纪中国特殊年代的一位学者型外交家。

至此，胡适已获得博士帽31顶，而最后的5顶是美国柏克纳尔大学授予的名誉文学博士（1943年）、英国牛津大学授予的名誉法学博士（1945年11月赴伦敦以中国首席代表身份出席联合国教科文组织会议）、美国柯鲁开特大学授予的名誉文学博士（1949年）、美国克莱蒙研究所授予的名誉文学博士（1950年）、美国夏威夷大学授予的名誉人文学博士（1959年）。

胡适最后一次接受博士学位的前一年，1958年4月，由美国回到台湾，任台湾"中央研究院"院长，从此就在台北南港定居下来了。

胡适和他儿女的故事

　　胡适虽然风流倜傥，但他一直伴着比自己大一岁的小脚"糟糠"之妻江冬秀，"从一而终"。他没有非婚生子女，只有和江冬秀的二子一女。这应该是一个美满的书香之家，那么故事就平淡无奇了？否，否。这里面藏有多少暧昧，多少缠绵，多少无奈，多少悲情呀！胡适出身世家，一生皇皇大业，但只留下一个独身主义者的孙子……

　　胡适与江冬秀的子女分别为胡祖望、胡素斐（女）、胡思杜，他们先后出生于1919年、1920年、1921年。虽然他们都在父亲胡适的光环下享受生活——应该说胡适是位好爸爸——但他们各有不同的命运和归宿，真应了胡氏祖坟碑联上的那句话"人心曲曲弯弯水"。

胡适一家四口：胡适（前右一），夫人江冬秀（前左一），长子胡祖望（后左一），次子胡思杜（后右一）

素斐，寄情初恋，留记痛苦

胡适的这个女儿鲜为人知，因为她1920年8月16日出生后，仅生存了五年，便夭折了。

胡适在五四新文化运动中是极力主张女权的，如今有了女儿，喜欢得不得了。他给女儿取了个十分含蓄又颇时髦的名字，"吾女素斐，即同莎菲之名"。莎菲是谁？莎菲就是胡适缱绻以怀的旧日女友陈衡哲。

胡适与陈衡哲之间的感情，犹如他与韦莲司小姐（康奈尔大学地质系教授韦莲司之次女燕嫡丝·韦莲司）一样，是一段柏拉图式的精神恋爱历程，发乎情，回肠荡气，却止乎礼，但余音绕梁不绝。陈小姐是庚款留美，瓦萨女子学院的才女，而且容貌出众。她热烈响应胡适的白话文主张，成为胡适式白话诗的知音和实践者。她自己也写过不少白话诗，而且是新文学史上最早一篇白话小说《一日》的作者。她的男友、胡适在康奈尔大学的同学任叔永携去她的一首咏月小诗，给胡适看。那诗写道："初月曳轻云，笑隐寒林里。不知好容光，已印清溪里。"胡适读后赞赏道："诗绝非吾辈寻常蹊径！"陈小姐知道后，十分感动。此后，他们（在美国）鱼雁往返，"论文论学之书，以及游戏酬答之片，盖不下四十余件"（《胡适留学日记》）。不过他们见面仅一次而已。1917年4月7日，任叔永陪同胡适自纽约到普济布施村去看望陈衡哲。这时陈、任两人的婚姻关系已经确定了。友人之妇，岂能异想，这是中国的传统道德。而陈衡哲已知道，面前这位年轻英俊的胡君即将回国，就任北京大学的教授，同时回乡完婚。她只好"盈盈一水间，脉脉不得语"，如此而已。这般情愫是无法直叙的，只能饱孕在她以后创作的小说《洛绮思的问题》里了。"洛绮思"，当时是一个国际题材、国际思考。莎菲在小说中写到的"第二世界"是不容他人偷窥的。但是胡适在这篇小说发表前已读过，对女士的"一角之地"作了些删节，因为这些缱绻事情已如烟云，只能在地底委婉运行了。尽管如此，到了1934年，被上海的一家杂志捕风捉影地大大"画虎"了一通。1920年，任叔永、陈衡哲回国，夏8月，他俩在南京鸡鸣寺豁蒙楼与正在宁讲学的胡适欢聚。在北京，胡适的女儿呱呱坠地了。胡适在日记中留下了这么一句话："三个朋友（即胡适、任叔永、陈衡哲）一年之中添两女。"自己的女儿取个什么名字？他铁桶般地瞒过妻子江冬秀，也不让学长任叔永知道分毫，"莎菲"上海话的谐音"素斐"给了女儿。而且，莎菲、素斐的英语发音都是Sophia。胡适隐身在"第二世界"里的缱绻之情，寄予女儿素斐之身了。

然而欢快是暂时的，1925年5月，女儿悄悄走了，那深埋心底的情结缥缈而逝，胡适强抑自己，以工作排遣痛苦：译勃朗宁《你总有爱我的一天》，在北大二院为哲学研究会作《从历史看哲学是什么》讲座，出席中华图书馆协会董事会第一次会议，接受董事职，作诗《记言》、《瓶花》，就上海"五卅惨案"，与他人联名致信北京政府外交总长沈瑞麟……但两年后，终于在三万里外的美国纽约（向母校哥伦比亚大学补交了博士论文，完成了学位手续）放声大哭了。

"冬秀，我今天哭了女儿一场！"胡适在信中对妻子的第一句话如洪水决口，这封信写于1927年2月5日。"梦里忽然看见素斐，脸上都是病容，一会儿就醒了。醒来时，我很难过，眼泪流了一枕头，起来写了一首诗，一面写，一面哭。忍了一年半，今天才哭她一场……"

信末胡适抄录了这首诗：

素斐/梦中见了你的面/一忽儿就惊觉了/觉来总不忍开眼/明知梦境不会重到了/睁开眼来/双眼迸堕/一半想你/一半怪我/想你可怜/怪我罪过……/病院里，那天晚上/我刚说出"大夫"两个字/你那一声怪叫/至今还在我耳朵边刺！

这首诗的最后一节，是胡适迸发心声，发出的呼号："今天梦里的病容/那晚上的一声怪叫/素斐，不要叫我忘了/永久留作人们苦痛的记号！"这首诗到底是留给哪一位"素斐"或"莎菲"的？只好让后人去意会了。因为人啊，学会了将自己的感情涟漪或者悲痛（欢欣）波涌，深埋于心底之湖。

在南京任教东南大学的陈衡哲获知胡适失女之痛苦，去信北平，愿将自己的一个女儿送给胡适。但由于交通时势诸多原因，此事未遂。

家书，语重心长，都是父爱

胡适的长子胡祖望，生于1919年3月16日，北京。江冬秀在上庄村怀孕时，婆婆冯氏就盼望早点抱孙子，等啊等啊，但等到孙子降世，她却西去四个月了。所以男孩被取名祖望，又名思祖。一家三口都在怀念含辛茹苦的老太太。次子胡思杜，小名小三，1921年12月17日出生于北京。思杜，顾名思义，是胡适为了纪念他的恩师杜威。杜威教授于1919年来华讲学，5月3日、4日在上海作演讲，胡适从北京赶到上海为他作翻

寓居美国华盛顿的胡祖望（左一）、夫人曾淑昭（左二）、独生子胡复（后排），及客人寓美的龙云女儿龙国碧（右二）、中国大陆胡适研究专家耿云志（右一）

译。然后由胡适从上海陪到北京，又陪到太原、济南，追随前后，师徒交相辉映。杜威夫妇于1921年7月11日离北京启程返国，胡适偕妻到火车站送行。这时江冬秀正怀着小儿子，肚皮有点微突了。"思杜"的灵感，大概由此而得。

胡适也是个感情非常丰富的父亲，但又是一位大学问家、社会活动家，一年复一年地奔波于他的事业，因此他的教子方式有异于他父亲铁花手把手地教方块字，除了现代学校教育外，主要是通过信函来体现"舐犊"之情的，笔者案头有一本《胡适家书》的书，此情此景，书中俯拾即是。

——"我们在庐山玩了三天，游了不少地方。我同儿子（指祖望）的脸都晒黑了，儿子的身体很好，咳嗽没有了。"（1928年4月12日）是为父子同乐也。

——"儿子（指祖望）阴历生日，我请他去看戏。阳历生日，我答应送他几部小说。"（1928年3月10日）"小三今年也是20岁了，我祝他万万岁。"（1940年12月1日）父爱既周到又诙谐，子女生日是他表达情感的一个好机会。但是这个"万万岁"是不好呼的，胡思杜16年后死于非命。

——"祖望近来似有病。我晚上常常看他出大汗，连看了多少次……明天我要送他去给一个有名的外国医生细细一验。"（1928年4月1日）父爱同母爱一样入微。

——"你（指思杜）写的字也有进步，最好是不要写草字，先写规矩字。"（1938年2月12日）胡适在美国看了由上海寄去的家庭生活电影纪录片（抗战时期，胡适赴驻美大使任，江冬秀携子由北平南下，住上海麦琪路三德坊），写信给江冬秀："我在……电影片里看见小三走路有点摇头摆耳的神气……叫他自己留心，不要养成这种不好看的样子。"（1937年）儿子的举手投足，无不都在父亲的眼里心中。

当然，父亲教子自然从大处着眼，处世立身，关系到一辈子，而要紧的首先从小严格要求。祖望才10岁，离沪到苏州去读书（时胡适在上海任中国公学校长），胡适在一封家书中谆谆叮嘱道："你这么小小年纪，就离开家庭，你妈妈和我都很难过。但我们为你想，离开家庭是最好的办法。第一使你操练独立的生活，第二使你操练合群的生活，第三使你自己感觉用功的必要。"这些教导纯粹出自有识父母的内心，对于今天青少年修养也不无裨益。

再听："最要紧的是做事要自己负责。""做得好，是你自己负责任。做得不好，也是你自己负责任。""你要爱护自己，但不可妨害别人。""能帮助别人，须要尽力帮助人，但不可帮助别人做坏事。""合群有一条基本规则，就是时时要替别人想想，时时要想想假如我做了他，我应该怎样？我受不了的，他受得了吗？""功课及格，那算什么？在一个班要赶在一班的最高一排；在一校要赶在一校的最高一排。""志气要放在心里，要放在功夫里；千万不可放在嘴上，千万不可摆在脸上。""你越谦虚和气，人家越敬你爱你，你越骄傲，人家越恨，越瞧不起你。"这些片言只语，都是胡适1929年8月26日给长子祖望信中的警策之句。这位胡大公子学习父亲处世立身，心胸豁达，延年益寿，活到了86岁高龄。

胡适在给次子思杜的一封信中也提及修养问题，很具体："听说你会说徽州话了，我很高兴。你不要忘了北京话。"（1928年6月13日）方言与国语，实际也是对家乡与国家的认识，是做人的根本。

抗日战争开始后，胡适受命使美，国事是他第一大事，但两个儿子在他心中仍有一席。这期间他家书频传，常问："小三怎么不写信？我盼望你们常常写平安信来，明信片也好。"（1937年10月19日）"祖望已到了长沙，算是南开的正式第一年级学生。""小三应该写信给我，怎么一封都没有？"（1937年10月29日）

讲演，筹集基金，老牛舐犊

小三这个小儿子叫胡适牵心挂肠。十分了解胡适家事的胡适侄外孙程法德，曾对笔者道了胡思杜的故事——

思杜舅舅是个厚道、朴实、平和的青年（当时民国要人的公子都十分奢华、爱摆架子），穿着很随便，套一件蓝布大褂，穿双布鞋，对生活要求很低，完全平民化。1937年8月，随冬秀外婆自北平避难到上海，大舅祖望已去昆明就读西南联大；小舅思杜就在上海南京路慈淑大楼的东吴大学读书。当时我家住天主堂街（现四川南路）50号，冬秀外婆母子住麦琪路（现乌鲁木齐路）三德坊。不久，不愿当亡国奴的北京大学教授钱思亮先生也举家南下到上海"孤岛"，住公共租界福熙路（现延安中路）模范新村一栋楼屋。我们这三家常有往来。

当时我尚12岁，随大我五六岁的思杜舅舅到处跑。抗战时的大上海"孤岛"，仍是灯红酒绿、纸醉金迷。他带我去海格路上的一家外国酒吧间去摇"吃角子老虎机"（外国赌具），他很有手气，时常得彩。出来后，我们舅甥俩晃晃悠悠地游到相距不远的"六国饭店"，那里是一家大赌窟，什么赌具都齐备，参赌人比肩及踵，吆五喝六之声不绝于耳。思杜舅舅拉着我东窜西钻，有时也押几下宝，赢了钱，那高兴的劲儿不用说了。出了赌场，思杜一面走，一面哼京戏，双肩一高一低，摇头晃脑，真有些得意忘形的样子。我们来到"大世界"后面一条街的地摊上，吃鸭血羹、时件羹等类小吃，又去西藏路、金陵中路口的中法学堂门口看变戏法、卖武艺的露天把戏，有好的表演，思杜情不自禁地喝彩，慷慨地掷钱，尽管他本没有什么钱。他从小就是京戏迷。北京名角儿来上海演出，他都爱去看。那时票价很贵，我们没有多少钱，总是坐在楼座的最后一排，津津有味地欣赏。回到家后，思杜有时还赤脚，在地板上手舞足蹈地又唱又做复演一番。他记忆力好，人很聪明。我哥哥法善受他影响，也成了京戏迷。冬秀外婆给思杜舅舅只有少许零用钱，是不够他花的。怎么办？渐渐地他将家中无用的物品拿出去变卖。

这些情况渐为远在美国的胡适断续所闻，从来温和嘉言的胡适，开始问责江冬秀了："我盼望你不要多打牌……我盼望你能有多一点时间在家照管儿子。小儿子有一些坏脾气，我颇不放心，所以要你多在家照管儿子。"（1938年5月5日）但作为学者的父亲，胡适更有深度了解小儿子，主张正面引导，他对冬秀说："小三也很聪明，你不要太悲观。每月给他一点买书钱，叫他多读有用的书。英文必须补读。"（1938年7月

30日）后来胡思杜去信了，胡适说："小三的信收到了，谢谢他！""小三功课有进步，我很高兴！"（1939年3月14日）

关于小儿子大学专业选择的问题，胡适是很关心的。他得知"小三要学政治，也不要紧。小孩要学什么，说不定后来都改变了"。（1939年7月31日）看来胡适是不屑政治的，他自有苦衷。但思杜执意要学政治，于是他要冬秀转告，既然学政治，还是国内为妥，"我想叫思杜到昆明（指西南联大）去上学，你赞成吗？思杜赞成吗？决不勉强小三。"（1940年5月11日）

于是胡适同胡思杜对话："你是有心学社会科学的，我看国外的大学在社会科学方面未必比清华、北大好。所以我劝你今年夏天早早去昆明，跟着舅舅（指著名数学教授江泽涵，时在西南联大任教），预备考清华、北大。""学社会科学的人，应该到内地去看看人民的生活情况。"（1940年3月20日）但思杜就是想去美国留学。胡适只好摊底了："我此时不能叫你来美国，因为一来我没有钱，二来我要减轻身上的累赘，使我随时可以辞职。"小儿子并不理解大使父亲的苦衷，翌年（1941年）5月，还是越洋去了美国。

现在，胡适的两个儿子都来到他身边，留学美国了——长子祖望已于1939年9月到了美国，选了读康奈尔大学的机械专业。胡适给江冬秀的信中说："还有一年半，可以毕业，假使我现在走了，我还可以给他留下一年半的学费、用费。小三来了，至少四年，我要走开，就得替他筹划一笔学费、用费，那就不容易办了。就得设法去卖文字，或者卖讲演，替儿子筹备一点美金。"于是胡适目的非常明确："从现在起，要替他储蓄一笔学费，凡我在外面讲演或卖文字收入的钱，都存入这个储蓄户头，作为小儿子求学用。"外人哪里知晓，这位"行程三万五千里"的轰轰烈烈的胡大使，这位"讲演次数之多超过罗斯福总统夫人"的胡博士，还有如此囊中羞涩的苦衷，其实，还是中国伦理道德的传统：老牛舐犊。

胡祖望1939年8月到美国，就读于父亲母校康奈尔大学，攻航空机械专业，成绩优秀。在绮色佳，还得到胡适忠诚的女友韦莲司精心照顾。

1941年5月，胡思杜抵达美国。胡适悉知这个儿子底细，就通过关系，把他送到费城的海勿浮学院就读。胡适原希望他用功读书，多挣学分，用三年半时间修完四年课程，提前毕业，以节省些费用。岂知小三在费城只读了一年，到一家保健学校去减肥了，整整一个学期，后转学到中部印第安纳大学，把老爸汇给他的钱用在跑马上，花完了，还欠了一身债，差点被警察找去，是胡适的一个朋友救了他。小三在美国读了两个大学，但是都没有毕业证书，口袋里满是当票。

在任驻美大使期间，胡适奔波美国各地发表演说在数百次以上，他为宣传中国抗战的世界意义，以及中国坚持抗日到底的决心，是不遗余力的。他的那些演说的目的，是为了撼动美国孤立主义的传统观念，因为两次世界大战都不发生在美国本土，争取北美大陆对中国抗日的同情与支持。由于他的官方地位和学者身份，他的演说反响是热烈的，而且波及日本——太平洋战争爆发前，日本首相东条英机不无忧虑地表示，胡适的外交活动"严重地影响了日本"。

小三，迎接光明，月有圆缺

胡适驻美大使任期到1942年8月15日，是他坚持辞职而获准的；中国政府派魏道民赴任大使。辞职后，重庆委胡适任行政院高级顾问，但胡适继续留在美国做学问、写文章，到哈佛等著名大学讲学，还是到处发表演说，把劳酬都储入那个"特殊户头"。

1945年4月，胡适作为中国代表，赴旧金山出席联合国制宪会议。会议期间，他与中国代表（中共方）董必武有过接触。1946年3月，长子胡祖望回国。7月胡适回国，9月抵北平，即赴任北京大学校长职位。胡适尚在美国时已被任命为北大校长。

过了一年，小儿子胡思杜也从美国回来了。胡适没让他在北大就业，而是介绍他到山东大学图书馆去工作。

中国政坛白云苍狗，胡适父子相聚不到一年，蒋介石的独裁统治面临崩溃。1948年11月2日，辽沈战役以国民党军47万官兵被歼而结束；12月11日，人民解放军发动平津张战役，到14日北平城已被团团围住，傅作义接受和平解放谈判的条件，行将起义。这一天胡适还在研究校正《水经注》。蒋介石派来专机，接他去南京。15日，胡适暨江冬秀决定南下。但他们的儿子呢？长子祖望夫妇此时已在泰国曼谷荣氏公司服务；身边的思杜则明确表示，留在北平，等待光明，迎接解放，同时看管东厂胡同家中父亲的120箱书籍。江冬秀劝不动小儿子，就汇拢一皮箱金银细软留给他，以防万一。这天下午6时45分，胡适夫妇在傅作义派来的副官护送下，乘车离家，前往南苑机场，上了专机，至夜10时，抵达南京故宫机场。

北平和平解放后，胡思杜参加华北革大学习，与黄炎培侄子黄青士同一个班。据说他要求进步决心很大，把母亲留给他那一箱财宝交给了校方，并表示要参加共产党。新中国成立后，胡思杜被分配到唐山铁道学院任教，执教中国新民主主义革命史。1954年下半年开始，全国范围开展对胡适"资产阶级唯心论"的全面批判，报刊未征胡思杜

程法德在台北南港胡适墓园内的"思杜纪念碑"前留影

本人意见，转载了香港《大公报》1950年刊登的他在华北革大时的学习笔记，批判父亲胡适的文章。胡思杜的身份全然公开了。1957年，如火如荼开展"反右"斗争，胡思杜受到批判，致自缢身亡，才36岁，未婚。笔者好友程法德先生说，可怜思杜舅舅那时在京六亲无依靠，只能写信给本族堂兄思孟诀别。思孟是一位铁路局的印刷工人，有天然保护衣。是他去唐山草草收拾后事的。遗体埋葬何处，后已无可寻觅，取回一件白衬衫、一条长裤、一捆书籍而已。1979年胡思杜获得彻底平反。

胡思杜是胡适家中未获天年的第二人。那么50年代的胡适呢？1957年，胡适在美国纽约。

1949年初，胡适让江冬秀与傅斯年夫人先行台湾。4月6日，胡适乘"威尔逊总统号"邮轮去美国，21日抵达旧金山。早一天，中国人民解放军百万雄师胜利横渡长江。22日，胡适在旧金山发表"反共"演说。其后，一直至1958年4月，胡适寓居美国，共九年。九年中他两度去台湾：1952年11月至1953年1月；1954年2月至4月。胡适于1958年4月返中国台湾，就任"中央研究院"院长，至病逝。

胡适生前并不知道小儿子思杜已亡故。这个噩耗是胡适猝卒（1962年2月24日）不久，胡祖望从美国来奔丧，不经意中说出的，已经大悲哀中的江冬秀一听到顿时昏厥过去。南港胡适墓园建成后，胡祖望在园内树了块"思杜碑"，好让弟弟孤魂过海峡，来到爸爸身畔。

大学者胡适和小脚夫人江冬秀

"胡适大名垂宇宙，小脚夫人亦随之"，是"民国七大轶闻"之一。这位力主婚姻自由，反对封建伦理，倡导五四新文化运动的主将胡适先生，却始终维持着这桩"父母之命、媒妁之言"的包办婚姻，伴着那位"围城"战无不胜，写"白字"令人叫绝，不要丈夫做官、帮助新四军官兵脱险的小脚夫人终生，何也？本篇通过这对夫妻许多鲜活的、跃然纸上的轶事描述，可以管窥胡适立体性格和人格魅力。"新文化中旧道德的楷模，旧伦理中新思想的师表"（蒋介石挽联）。是也。大胡适一岁的江冬秀晚胡适14年（1975年）才辞世。

台北南港寓所。在与世长辞前一个月的一个早晨——1962年1月23日，胡适吃了早点，梳梳头发，觉得这次病后白发又增添了许多，随便嘀咕了一句。这位大学者究竟已经71岁了。

"啊哈，你打扮打扮，年纪轻得多了，也很漂亮了。"长胡适一岁的属虎的江冬秀带着调侃味道赞美她的丈夫。

"啊呀，江冬秀小姐，我从来没听过你说我漂亮，从来没听过你说我漂亮的话！"胡适开心地意味深长回敬他的结发夫人。

"胡适大名垂宇宙，小脚夫人亦随之"，是传统的"民国七大轶闻"之一。诚然，这对反差颇著的夫妻，有趣的故事实在不少。

属虎村姑江冬秀　旌德江村世家女

江冬秀（1890—1975年），出身于绩溪邻县旌德江村书香世家。金鳌山下的江村，是徽州一个有名的文才辈出的富村、大村。近现代出了位江朝宗，曾任北洋政府提督九门步军统领、代理国务总理，后沦为汉奸，任伪北平市长。江村还出了四个博士，即江绍铨、江绍原兄弟和江世文、江泽涵。江绍铨又名江亢虎，名噪一时的无政府主义者，因为"洪水猛兽"的言论，被他父亲开除出籍；江绍原，北京大学名教授，五四运动时火烧赵家楼的闯将；江泽涵是江冬秀的嫡堂弟，我国拓扑学的倡导者、中国科学院学部委员（即院士）、北京大学名教授。

江冬秀（端秀）的父亲和哥哥江泽生（耘圃）都是"瘾君子"。冬秀的母亲吕贤

在康奈尔大学留学的胡适寄给江冬秀的照片

音出身（旌德）庙首官宦世家，其祖父吕朝瑞是一科一甲探花。其父（冬秀的外公）吕佩芬，进士出身，任翰林院编修，光绪末年，曾筹划安徽铁路有限公司。她的外公本家吕凤岐、吕碧城父女文才名传一时，尤其是碧城女士一代巾帼，秋瑾好友，女权运动先驱，慈善家，为废屠宰动物，奔走国际论坛……传统的世家名门，杰出人物的熏陶，使自幼就缠了小脚的江冬秀在待人处世作风上倒是恢宏大度，不乏大家风范。

胡适与江冬秀联姻事，纯粹是"父母之命、媒妁之言"式的封建包办婚姻。是胡母冯顺弟与江母吕贤音在胡适十二三岁那年，一次乡间庙会上说起，然后由塾师说媒，再由算命先生神乎其神地推算"八字"，然后到灶神爷前求签而定的。

胡适聪明活泼，相貌端正。江冬秀相貌平平，短腿，小脚，眼有翳子。但江家经济上比胡家优裕。

订婚后的一个月，胡适走出皖南大山，到上海求学，继而留学美国，一直到14年后，就是1917年12月30日结婚那时刻才与未婚妻第一次谋面。

14个春花秋月轮回，是何等漫长的岁月！在胡适留学美国读书的期间，江冬秀每年不定时到上庄村去伴婆婆，像童养媳似的，早上起得很早，在天井里扫地。一位亲戚觉得很奇怪，问她为什么要自己扫地。她眼泪掉下来了，说："这里全家大小都做事，我怎么好意思不做事？"后来江家知道了，买了个丫头送来，但冯氏仍要她做事。1911年5月21日，胡适留美的第二年，在绮色佳（现通译伊萨卡）康奈尔大学农学院给江冬秀写了第一封信——

冬秀贤姊如见：

此吾第一次寄姊书也。屡得吾母书，俱言姊时来吾家，为吾母分任家事。闻之深感令堂及姊之盛意，出门游子可以无内顾之忧矣……前曾于吾母处得见姊所作字，字迹亦娟好可喜。惟似不甚能达意，想是不多读书之过。姊现尚有工夫读书否？甚愿有工夫时能温习旧日所读之书。如来吾家时，可取聪侄所读之书温习一二。如有不能明白之处，即令侄辈为一讲解。虽不能有大益，然终胜于不读书，令荒疏也……

以后，他还好几次给他的未婚妻写信，写得文质彬彬，温存体贴，而且循循善诱地要求她能"读书"与"放足"。"缠足乃是吾国最残酷不仁之风俗"，"当速放（足），勿畏人言。胡适之妇，不当畏旁人之言也"；"骨节包惯，本不易复天足原形，可时时行走，以舒血脉，骨节亦可渐次复原了"。江冬秀忠诚地按夫君的要求去做了，但畸形小脚已定型，难恢复"天足"。远在美国的胡适一度坠入与韦莲司的精神之爱情网。消息离奇地传到深山小村上庄，说什么胡适与洋女子结婚，生了小孩……冯氏赶紧去信询问。胡适十分认真地给母亲写了封长信表明："儿久已认江氏之婚约为不可毁，为不必毁，为不当毁。""儿主张一夫一妻制，谓为文明通制。生平最恶多妻之制，今岂容躬身自蹈之？"他在美国大学毕业前夕，将毕业照直接寄给了江冬秀，以表心迹。

胡适前后同一时代的闻人、文人道德文章上，谁能与胡适比肩？此者，诚如梁实秋所说："五四以来，社会上有很多知名人士视糟糠如敝屣，而胡适先生没有走上这条路。"

三十夜大月亮　廿七岁老新郎

胡适留学生涯一结束，1917年6月渡洋返国，7月尚未到北京大学应聘，就首先回乡拜见慈母。8月盛夏的某天，他专程去江村看望冬秀，准备践婚约了。因为岳母已病逝，由舅兄江耘圃主持，设盛宴招待这位来自美国的乘龙快婿。席间，胡适要求一见冬秀，然后议定完婚日期，这当然是女方求之不得的大好事。席终，胡适由耘圃陪同去江冬秀闺房。近门处，胡适被留在门外稍候，耘圃进去通知。这时楼上楼下聚集了很多江家的男男女女，争相一睹洋博士姑爷的风采。胡适在回忆这一场面时写道："耘圃出来面上很为难，叫七都的姑婆进去劝冬秀。姑婆（吾母之姑、冬秀母之舅母）出来，招我进房去，冬秀躲在床上，床帐都放下来了；姑婆要去强拉帐子，我摇手阻止了她，便退了出来。"胡适回首一瞥，帐幔下垂，密不见缝，但隐隐觉得似有颤动。殊不知这

民国人物风流录

位"望眼欲穿"候"适之哥"、"适之郎君"的"愚妹"、"待字妇"（均闺中书信语）、老姑娘江冬秀正躲在帐中既激动又难为情地使劲哭泣呢。江冬秀果真如此。她在晚年所写的别字连篇的自传中，也提及此段趣事，说自己已是28岁姑娘的待嫁新娘，不好意思见郎君哩！想见又不敢见，只好躲在床上暗暗流泪哭泣。

胡适究竟是胡适，在这"危机一发"时候，他大度地到"子隽叔"（即江世才，江泽涵父亲）家宿了一夜，清晨留一封信给冬秀，才返回上庄向母亲复命。他把这恼人的"闭门羹"化作两首《如梦令》：

她把门儿深掩，不肯见来相见。难道不关情，怕是因情生怨？休怨！休怨！他日凭君发遣。

几次曾看小像，几次传书来往。见见又何妨？休做女孩儿相。凝想，凝想：想是这般模样。

1917年12月30日，江冬秀坐着花轿在震天砰响的爆竹声中，进了上庄村胡家通转楼大门，过了天井，仰头便见新房（厅堂西首一间），这里冬秀太熟悉了，不过今天贴有一副大红门联："三十夜大月亮，廿七岁老新郎"。这副喜联是胡适自撰自书的。"三十"是指1917年12月30日，而这天恰好是阴历十一月十七日，正逢是胡适廿七岁（26足岁）生日，大圆月亮满脸喜气高悬天幕，庆贺老郎君老姑娘终成眷属。当时写下联时，胡适一时语塞，在旁的一位绰号叫"疯子"的族兄脱口而出："廿七岁老新郎，你糜哥不是吗？"很好，谐趣又对仗，胡适立刻写了下来。

胡适母亲冯氏作为主婚人，坐在二进大厅"三品诰命夫人"大红圣旨下（丈夫胡铁花1895年台湾殉国，清廷追绶他遗孀），接受留洋"翰林"、大学教授的儿子和名门闺秀的儿媳的三鞠躬礼。她守寡22个春秋寒暑，含辛茹苦持家，呕心沥血育子，如今都得到回报，唯望早日抱孙子（胡适长子因此名祖望）。今天，胡适身着黑呢制西装礼服，头戴黑呢制礼帽，脚着黑皮鞋，与黑花缎袄、红花缎裙、大红绣花缎鞋的冬秀在各自漂亮的傧相牵引下互换结婚戒指，并在结婚证书上盖了各自的私章。他们没有拜天地，只是向主婚人行了三鞠躬礼。证婚人胡宣铎致贺词后，新郎胡适致答词。此种新式婚礼在封建堡垒的徽州山乡是闻所未闻的。胡适除去一切繁文缛节，却也迎来无数看热闹的乡邻。

胡适（已被任命为北京大学文科教授、哲学研究所主任）还带来了他的北大同事集体送的喜礼，计有"银杯一对，银箸两双，桌毡一条，手帕四条"，拜贺人为沈尹默、刘文典、陈大齐、马叙伦、夏元瑮、程振钧、杨庆萌、马裕藻、蔡元培、章士钊、朱家华、朱宗莱、陶履恭、王星拱、刘三、周作人、钱玄同、朱希望、刘复、陈独秀。礼单是由陈独秀誉写的，故他把自己的名字写在最后。

由于母亲冯氏的坚持，他们婚后第三天到胡氏宗祠去，向祖先牌位行三鞠躬礼。当然，胡适已在母亲、兄长口中听到父亲拼死建宗祠的故事，对父亲的英雄人生，对父亲的殉国壮举，心中恭敬到无以复加的程度。

新婚不到一个月，1918年1月末梢，他留新妇在上庄家中伴慈母，自己忙得连阴历大年夜也顾不及，只身北上返北京大学后，授寒假课，同时加入《新青年》杂

胡适夫妇新婚伊始

志的编辑工作，继续他的《文学改良刍议》方向，和陈独秀、高一涵、李大钊、沈尹默、刘半农等北大"卯字号"新人物，开始进行如火如荼的"新文化运动"。5月，江冬秀由她顺路去北京的胞兄江耘圃陪同，赴京和丈夫团聚。他们在钟鼓寺胡同14号建立了自己的家庭。

冬秀镇压"烟霞洞"　胡适信奉"PTT"

45年夫妻生活在动荡的岁月里，诚然是一个漫长的但也是一个有趣的、耐人寻味的人性磨合过程。

"见面礼"便是对"西湖烟霞洞事件"的反击。结婚泯没不了胡适的本性。胡适，哥伦比亚大学博士、北京大学教授，五四运动新文化主将，年方而立，风度翩翩，是一颗多情的种子。1923年，胡适与在杭州师范读书的同乡、当年婚礼上的伴娘曹诚英（时

民国人物风流录

年21岁），在西湖烟霞洞演出了一出荡气回肠的恋情活剧，随着时光的流逝，渐渐地被激情左右了的新月诗人徐志摩（在北大讲学，住在胡适家）讲出去了。当年跟在胡适身边养病的侄儿思聪也一不小心露了口，这时的主妇江冬秀已经老练了，得知这个"飞来横祸"，她不号啕大哭，也不作河东狮吼，只见她操起一把菜刀，一手搂住只有两岁的小儿子思杜（1921年生），一手拖住大儿子祖望（1918年生），不紧不慢地将刀勒向自己的脖子，对胡适声泪俱下叫道："你好！你好！你要那个狐狸精，要和我离婚！好！好！我先杀掉你两个儿子！再杀我自己！我们娘儿仨都死在你面前……"这可怖凌厉的场面把胡适镇住了，既不敢开口提半个"离"字，也不敢同曹家妹子公开来往，安安心心地与冬秀琴瑟相调过日子下去。即使有时候江冬秀发脾气，嗓门响了，要面子的胡适躲进卫生间，借漱口，故意把牙刷搁口杯，将声音弄得很响，以作"掩耳"。

其实胡适的脾气是最好不过的，除了从母亲那继承来的"忍耐"之外，还大肚量地为他人着想，何况是自己的太太，"情愿不自由，便是自由了"。衍生他的家庭哲学"三从四德（得）"。

——"三从"者，一谓"太太出门要跟从"；二谓"太太命令要服从"；三谓"太太说错了要盲从"。

——"四得"者，一曰"太太化妆要等得"；二曰"太太生日要记得"；三曰"太太打骂要忍得"；四曰"太太花钱要舍得"。

胡适的怕老婆并非猥琐、可怜，而是富有情味、颇有乐趣的。不仅如此，他还积极付诸行动——在世界范围内收集"怕老婆的故事"。胡适自己说过，在他赴美做大使任上，有位记者来采写了他，说他是个"收藏家"，一是收藏"洋火盒"（火花），二是收藏荣誉学位（名誉博士），云云，其实"我真正的收藏，是全世界各国怕老婆的故事。这个没有人知道。这个很有用，的确可以说是我极丰富的收藏"。在收藏中，胡适还悟出了一点道理，准确与否？他说：

在这个（怕老婆的故事）收集，我有一个发现，在全世界国家里……凡是有怕老婆故事的国家都是自由民主的国家；反之，凡是没有怕老婆故事的国家，都是独裁的或者极权的国家。（《胡适之先生晚年谈话录》）

胡适收藏"怕老婆的故事"同时，还收藏"PTT"（"怕太太"）铜币。此举缘起一位朋友从巴黎寄给他十几枚法国钱币，币面铭有"PTT"字样，胡适顿时联想起它的谐音"怕太太"，于是就发起成立"PTT协会"，会员证章就是这枚"PTT"钱币。胡适晚年还在热衷此事。1961年他的朋友李先生在巴黎收集到了十几枚"PTT"币，托叶先生带给在台北的胡适。胡适同时买了六七本意大利怕老婆的故事，连同"PTT"币交董显光转给华盛顿"PTT"俱乐部会长。他给他的秘书胡颂平还讲了抗倭名将戚继光怕老婆的故事。

江冬秀真是那么个"悍妇"吗？否，否，否也。笔者朋友程法德先生是留在大陆亲近胡适夫妇的唯一上庄胡家人，他眼中的"冬秀外婆"是，〔抗战之初〕"还不到50岁年纪，五短身材，体型发福，讲话一口京腔"，"穿着朴素，日常多是穿一袭合体的阴丹士林布旗袍，逢过年和喜庆的日子才换上素色的绸缎长袍，再是发髻上多戴一枝大红的绸花。她看上去总是很整洁，脸上常常带慈祥的笑容，又很讲究礼貌，雍容大方，有点贵妇人的气派"。旁人都爱议论的，是江冬秀那双小脚。她很听胡适的话，订婚后，胡适从美国来信，要她"放成天足"，"胡适之妇，不当畏旁人之言也"。冬秀的确按未婚夫的要求放足了，但没有"复天"，程先生眼中，"她的小脚只是肥了一点"，"当我搀扶她上下电车时，我很纳闷为何她的小脚上总是著一双有后跟底的很小号的皮鞋——穿那种皮鞋，鞋头要塞一些棉花才合脚。在那（20世纪）30年代，缠小脚的老太太还很普遍，流行的是穿平底绣花鞋。我想，大概穿皮鞋她才觉得有点时髦。此外，冬秀外婆除了常年手上戴一只赤金的桶箍戒指外，别无珠宝首饰，这在当年上流社会夫人中很少见的。"

胡适乐意接受太太的管束，正如他所言"情愿不自由，便是自由了"。胡适手指上有枚"止酉"戒，那是在他40岁生日时，他的太太专门定制，给他戴上去的。那一回，也恰逢北大校庆32周年，就任北大文学院院长的胡适搬到米粮库4号新宅，设宴招待同人、朋友，正好觥筹交错，不料江冬秀给他戴上了"止酉"的戒指，不免煞了风景。因为胡适患有心脏病，江冬秀苦心孤诣想出了这一招。1931年春胡适赴青岛，山东大学"酒八仙"（杨金甫、赵太侔、陈季超、刘康甫、邓仲存、方令孺、闻一多、梁实秋）邀他斗酒，他扬起戴着"止酉"戒指的右手，要求免战，并说"得意尚呈金戒指，自羞感谢吾夫人"。

写"白字"传真情　战"围城"驱毛贼

江冬秀素描之一：搓麻将；素描之二：写白（别）字。不写白字，不是满口熟溜的京片儿，那就不是江冬秀了。这里不妨拣出这位"大名垂宇宙"无双博士太太1938年12月8日，从上海写给在美国大使任上丈夫的一封家书（白字或病句笔者在括号内作了更正）——

骍：

今早报上说你因身体不适，进某医院疗养，我看（了后）吓我一大跳！盼望不是大病。但是你要（是）没有几分病，不会住医院，是（使）我很不放心。盼望老天爷开眼，就（让）病好了罢。是不是牙痛病见（现）痛凶了？我只有靠天福保佑你，祝你康健。我实在不能回想（忆）了。你（以前生）一两次的病，大半我都在（你）身边多。回（否）则在国内，信电都方便，现在心想打个电报开门见山，直白自己都不敢（能）。可怜到我们这个地步，敬人太难过了。

开门见山，直白自己的感情，女性特有的爱怨五味俱下。比起那个时代套用典故，文绉绉的尺牍，不知高明多少了。怪不得胡适曾说，"病中得她书，不满八行纸，全无紧要话，颇使我欢喜"。就在这封慰问信中，江冬秀还老实不客气地直奔另一个主题——

你的脾气好胜，我一晚不睡觉，望你平身（心）气和，修养修养罢。你的师姐师妹要把我们全全（全家）送掉，也是前世遭击（造孽），现世出这一班宝贝。想开点罢！干（甘、安）心完了。

江冬秀丝毫没有忘记当年胡适康奈尔大学时期的"师姐"韦莲司、哥伦比亚大学时期的"师妹"莎菲，以及精神追踪到绮色佳去学农的小"表妹"曹诚英……"这一班宝贝"。接着笔调又一转，回归正题，江冬秀始终主张胡适教书做学问，反对胡适出去做官，她直白道——

你现在好比他们叫你进虎口，就要说假话，他们就爱这一套。你在大会上说老实话，你就是坏人了。我劝你早日下台罢，免受他们这一班没有信用的（小人）加你的罪，何苦呢？

……你看了我这封信，又要怪我瞎听来的，望你不要见怪我罢。我对与（于）你，至少没有骗你过说话呀。

1940年春，传来中央研究院院长蔡元培在香港去世的消息。她立刻感觉到又有新的官运亨通于胡适，于是又赶紧提笔去敲打——

胡适逝世前一年与江冬秀在台大医院病房

昨天看见孙先生，他开会回来，见我头一句话替我恭喜，说你就要回来了。我莫明（名）其妙。他告诉我，命你回来做研究院长。我听了狠（很）不好过。驿，你知道我皮（脾）气处处不忌（讨厌）那一种假仁假意（义）的朋友，有点肉麻他不过。你要知道，万一有此事出来，你千万那（拿）定主意，不要耳朵软存（甚）棉花。千万你的终止（宗旨）要那（拿）的（得）定点，不要再把一支（只）脚跶（踏）到烂呢（泥）里去了，再不要走错了路。把你前半身（生）的苦功，放到冰泡里去了，把你的人格思想毁在这个年头上。

江冬秀的众多"白"字中，有一个"狠"的字是很有色彩的。据说这个"狠"与现在的"很"字在五四新文化时期是通用的，她是从胡适著作中学来的。她读胡适作品，在胡适的氛围中，接受新文化还是积极的。江冬秀在胡适鼓励和怂恿下，还收集了一首徽州民谣《奶头歌》，发表在1924年北京大学国学研究院所主办的《歌谣周刊》上，读起来清新隽永：

> 衔着奶头嫡嫡亲，
> 口口声声爷娘亲；
> 丢了奶头淡淡亲，
> 娶了老婆黑良心。

这就是小脚夫人亦随之。不过她有个异于胡适的特殊爱好，就是搓麻将。江冬秀的搓麻将是出了名的。她做了胡适博士太太后，除露一手烧徽州菜、指挥佣人干活外，就无休止地战"围城"，从北京搓到战时上海，战后又搓回北平，再搓到纽约，战线绵延她的大半生，战绩嘛可以说战无不胜。她的手气特别好，每次总是赢局，麻将桌上赢来的钱，几乎成了胡家不固定收入之一。江冬秀沉醉于"围城"战，忘了时间，忘了国界，忘乎其所以然，乃至1950年狼狈流寓美国纽约后，尽管因为经济窘迫，迫使自己打理生活，还是渐渐支起她的麻将桌，汇聚她的（华人）麻将友，她的"天外天"生活又热闹起来了。一件令人叫绝的事发生了。美国纽约81街104号5楼H号胡宅，那天"围城"正鏖战——

这天是正午，天下着雨，窗帘都挂着。那座公寓是长条形，我住在这一头，中间是客厅，客厅那边是我的太太的房间。那天我不在家。我的太太看见窗帘里爬进一个人来，吓了一跳，于是去打开了房门。这个贼是不晓得我家有多少人，他看见我的太太指示他从房门出去，他就走了。

台湾"中央研究院"院长任上的胡适

好险！如果胡太太尖声高呼起来，此贼可能会铤而走险，掏出武器来对抗；如果吓得软倒下，此贼正好下手，大劫一通；如果拿起家伙来驱赶，那肯定要发生流血事件了；如果……聪明又大气的江冬秀，巍巍颤颤扭着她那双小脚，不动声色开门揖盗。此君哪知城中深浅，还是走为上也。

从此，"胡太太开门送贼"的事流传在北美华人世界。夏志清教授撇开那天讲授的"中国现代文学"规定的课题，以第一时间把胡适之太太的故事讲给学生们听："GO！吓退大黑贼。"

江冬秀的麻将还搓到台北——1961年10月18日，晚胡适三年回台——南港，但"中研院"院区有个规定，不得设牌局、禁止打麻将，作为院长的胡适不能因为自己太太的麻将破了这规矩，因而打算在市区租赁间小房子，供她作"围城"之战场，但因为手头紧促至病逝都未能兑现。胡适死时江冬秀还在台北搓麻将，是她干女儿钱思亮（台大校长）太太去叫来现场，她抚尸恸哭到晕过去。

抗日护乡存美谈　一部自传留人间

1937年"七七"事变后第四天，江冬秀带着小儿子思杜和胡适父子书箱15箱、金银细软一箱，随叶公超、饶树人、梁实秋、姚从吾等北大同仁，逃出北平，转天津，南下上海，索居"孤岛"避战祸。1942年12月7日，太平洋战争爆发后，江冬秀在上海租界待不住了，就悄悄避难到老家，时在上庄住，时到江村歇。她发现当年丈夫来江村相亲的杨桃岭这条古道，年久失修，已被糟践成坑坑洼洼，行路甚为艰辛。于是她掏腰包，让乡人修复路面三大处，还邀监工检查验收。此举，当地传为美谈。当时上庄一带既有国民党军队驻扎，也有新四军游击队活动（至今墙上还保留有国共两党军队分别粉刷的宣传口号），虽然国共两党合作抗日，但国民党一次又一次掀起反共高潮，因此地方并不安宁。顽方安徽省保安四团驻在上庄镇，常制造摩擦抓人事件。新四军处于劣势地位，游击队长汪木海面见江冬秀，向她求援。江冬秀随即派人持她的名片去保释，被抓去的人放出来了。在绩溪，胡适大名如雷贯耳，县长朱亚云曾代表全县父老乡亲，制作"持节宣威"匾额，敲锣打鼓地亲自送到上庄胡氏宗祠，悬挂起来；一度还将上庄村易名为"适之村"。冬秀荫袭丈夫声威，尽可能为抗战做些好事。旌德王家庄是新四军游击队根据地，一次顽军袭击中，将王必英的家屋烧毁了，还下令捉拿他的母亲。王母是江村人，一时无处栖身，就逃到江家。江冬秀欣然接纳，给予庇护。

胡适在纽约结识了他的绩溪小同乡、哥大校友唐德刚，合作做"口述历史"工作。唐教授成了胡家的常客，有时逗留在胡适客厅那张堆满线装书的大书桌旁，有时饕餮胡师母为他制作的徽帮菜"豆渣宴"……江冬秀似乎受到了感染，按自己的方式悄悄地开始撰写自传。待到胡适1962年去世后，她再度到美国，见了唐德刚，向他哭诉一些人世间的不平事之后，忽然取出一大卷用铅笔写的稿子，交给唐德刚，"要我替她看看。其中有一部分据说还是寄居曼谷大儿子祖望家时期写的。"唐教授接受后，取回家，在灯下展读。哦，这份稿子实在太可爱了——

胡老太太不善述文，稿子里也别字连篇，但那是一篇最纯真、最可爱的朴素文学；也是一篇最值得宝贵的原始社会史料。

唐教授读到了胡适当年到江村相亲，"这位待嫁女郎'不好意思'，想见他又不敢见他，因而躲在床上哭泣、装病"；"大喜之日又如何'上轿'和坐在'花轿'内的心情"等情节，感叹道——

我细细咀嚼，真是沾唇润舌，余味无穷。它的好，就好在别字连篇；好在她"不善述文"；好在她无"咏絮"之才！

这种纯真的人情、人性，要以最纯真、最朴素的笔头，才能写得出来。一经用"才华"来加以粉饰，失其原型，就反而不美了。

很可惜，唐将它还给了江。江冬秀的《自传》始终没有面世。唐德刚则颇感遗憾地说："胡老太太那份手稿，不知今在何方？云天有望，希望它没有自人间遗失就好了。"

胡适与曹诚英的烟霞洞之恋

"翠微山上的一阵松涛/惊破了空山的寂静/山风吹乱了窗纸上的松痕/吹不散我心头的人影。"这是胡适20世纪30年代写北平西山的一首抒情诗《秘魔崖月夜》。晚年在台北南港寓所，他把它写在宣纸上，裱装成字轴，挂在书房壁上。一首小诗在胡适的感情海洋中占了这么大的位置？是的。北京翠微山影射杭州西湖翁家山的烟霞洞，那个"心头的人影"，就是曹诚英，珮声呀！

在烟霞洞的阵阵松涛声中，我们且听听这个回肠荡气的故事。

蜜也似的相爱，心里满足了

自称"身行万里半天下"的胡适，前半世在祖国大陆有58年，基本历程是：出生上海、孩提台湾四年（1891—1895年）；童少年在家乡绩溪上庄九年（1895—1904年）；上海求学六年（1904—1910年）；留学美国七年（1910—1917年）；北京"五四"前驱五年（1917—1922年）；京沪从教、研究15年（1922—1937年）；抗战使美八年（1937—1945年）；北大校长四年（1945—1949年）。

"五四"前夕，时年26岁的胡适甫从大洋彼岸"考了一半博士"，返来跨进国门的时候，就为北京大学校长蔡元培先生聘为该校教授，接着便聚在陈独秀周围，发起了五四新文化运动，成为无数追求自由、解放个性青年的偶像之一。此际，由"我从山中来，带着兰花草"，进入"湖畔诗社"发生地杭州的一双女性眼睛，是那么脉脉含情地注视着胡适的一举一动。她，就是胡适的小同乡——与上庄村仅一水之隔的旺川村的一位徽商富家小姐曹诚英。

曹诚英（1902—1973年），字珮声，小名丽娟、单娟，祖辈几代都在武汉经营茶叶、字画、文房四宝生意，十分富有。父亲曹云斋有她的时候已经70岁。她婴幼时在外婆家乡奶娘家里生活，养成一副叛逆的追求自我的性格，与家庭格格不入，且我行我素。不幸的是尚在母亲怀她的时候，曾与毗邻的宅坦村胡家指腹为媒，及她长到16岁，便与该家公子胡冠英完婚。这在徽州这个封闭社会里是极为普遍的。但曹诚英就是曹诚英，婚前一年（1917年），在胡适与江冬秀的婚礼上，做伴娘的15岁的曹诚英已默默爱上了这位风度翩翩、才气横溢的老新郎"糜哥"。胡适的小名嗣糜，他的三嫂恰好是曹诚英的胞姐。因此他俩是姻亲表兄妹。从此曹诚英对胡适的爱似潜流一样隐伏了下

曹诚英

来。曹诚英婚后，心境悲怆，郁结在胸，酿成当时极为可怕的肺结核。她的同母胞兄曹诚克留学美国，见过大世面，十分理解她，帮助她到杭州，就读于浙江女子师范学校。翌年，1920年，她丈夫胡冠英与汪静之等几名绩溪青年也来到杭州，就读于浙江第一师范学校。

曹诚英在杭州读书，天地宽了，得以发挥了她爱自由爱文学的天性。她与汪静之有青梅竹马的感情（其实她长汪一辈），得以参加一师同学汪静之、潘漠华、冯雪峰、柔石、魏金枝等组织的"晨光文学社"活动。曹诚英"是属于那种不很漂亮，但有迷人魅力的女人"（汪静之语），是一位相当活跃的新女性。也就在这一年（1921年），胡冠英母因为曹诚英一直未能怀孕，让儿子娶了二房。本来就是不融洽的包办的结合，再经杭州"五四"新文化新风行熏陶，终于导致这场封建礼教婚姻彻底破裂。

曹诚英离婚后，精神上自由了，可以大大方方地追求她的怀春之人糜哥胡适了。

1923年夏，33岁的北大名教授胡适因痔瘘及其他诸多原因向学校请了长病假，南下上海就医，转道杭州，打算休养一段时日。一到杭州，胡适就旅宿在滨临里西湖的新新饭店。"湖畔诗人"、自称"适之学生"的汪静之闻讯，陪着小胡适11岁的曹诚英登门拜访。胡适和他们两人泛舟西湖，还游了湖中名胜三潭印月。这次相会只有一天，而且中间还夹着个汪静之，很难与这位很有风韵的小姐交流感情，但回到上海的那天5月4日，胡适写了一首《西湖》的白话诗，发表在不久就面世的《努力周报》上（5月23日）。其中两节是——

然而西湖毕竟可爱/轻烟笼着，月光照着/我的心也跟着湖光微荡了。

前天，伊也未免太绚烂了/我们只好在船篷阴处偷窥着/不敢正眼看伊了！

之后便是曹诚英频繁去信，当然胡适回复也勤。

6月中旬，胡适偕侄儿胡思聪来到西湖翁家山三洞之一的烟霞洞，租赁蔡元培之友金复三居士在清修寺的宅屋，住下来养病。曹诚英闻讯，频频上山探病伺候。很快暑假开始了，她就无拘束地搬来清修寺，和胡适一起过起洞中生活来了。当时远在北京的江冬秀也知道，很放心，来信表示过意不去："珮声照应你们，我狠（很）放心，不过他（她）的身体不狠（很）好，长（常）到炉子上去做菜，天气大（太）热了，怕他身子受不了。"（1923年8月1日）毕竟胡适大起她11岁哩。

但是胡适不然了。他在1942年的一首《多谢》的诗中细细回味道——

多谢你能来／慰我心中寂寞／伴我看山看月／过神仙生活。

据"六美缘"湖畔诗人汪静之——他与曹诚英"两小无猜"，存有极深的精神恋情——91岁时坦言相告：胡适当年居住在清修寺大雄宝殿东端的一座斋舍。该舍共有三

湖畔诗人汪静之（中）在西湖新新饭店前

个房间，胡适住东头一间，曹诚英住当中一间，正好隔壁。此壁开了一扇门，因为胡适住的东间朝走廊无门，于是糜表哥就从此门经娟表妹房间出入走廊。曹诚英住的房舍内加隔了一层板壁，一分为二：卧室在里间；外间作起坐间，糜表哥、娟表妹共用。"如此，若把他俩的居舍合起来岂不是天造地设的一个套房了。"至于胡思聪呢，他的住舍远在大殿西端，而且还间隔天井、厨房。东斋三间房十分清幽，只有胡适、曹诚英两人住，一板之隔。一门相通，天天厮守……

胡适、曹诚英除双栖双宿清修寺东斋外，还有一处两两相依、情语绵绵的地方，就是通向南高峰山路上的陟屺亭。且看胡适的《山中日记》写道——

同佩声到山上亭内闲坐（烟霞洞有三个亭，陟屺最高，吸江次之，最下为卧狮——胡原注）。我讲莫百三（即莫泊桑）小说《遗产》给她听。上午下午都在此。（1923年9月14日）

下午与娟下棋。
夜间月色甚好（今日是阴历初八），在月下坐，甚久。（9月18日）

曹诚英晚年撰写的《自述》中也有同样的记述——

那时思聪管家（主要是伙食账——曹原注）。白天上午各干各的，看书看报。胡适则看莫泊桑、柴霍甫（即契诃夫）等人的小说。我因住院缺课须补读一些书。晚间则大家同在外面走廊上坐着乘凉。除了大家讨论次日菜单外，总是胡适引逗我们说笑，或把白天所看到的有趣的故事讲给我们听……

杭州仲秋风光好，他们自然要出游赏桂——

今天晴了，天气非常之好。下午我同珮声出门去看桂花，过翁家山，山中桂树盛开，香气迎人。我们过葛洪井，翻山下去，到龙井寺。我们在一个亭子上坐着喝茶，借了一副棋盘棋子，讲了一个莫百三（即莫泊桑）的故事。（9月13日）

他们频繁出游，游六和塔，游云栖，游远离西子湖的花坞、西溪，乃至跑到海宁去

观钱塘江潮。有时他俩进城宿饭店，一
次宿在新市场（现在湖滨路、解放路一
带）的湖滨旅馆（9月27日）；一次宿
在现在北山街的新新饭店（10月），
胡适包租了四楼一个套间，客人来望，
曹诚英则避入里面卧室。新新饭店这套
房间现在布置成情侣房，再摆设几张胡
适与曹诚英的照片，开价1900多元，
招徕宿客。

烟霞洞清修寺东斋

　　这是一种带着秋色的病态的爱情，
诚如胡适在《烟霞洞杂诗》中借早凋梅树所影射的——

　　树叶都带着秋容了／但大多数都还在秋风里撑持者／只有山前路上的许多梅树／却早
已憔悴的很难看了／……明年仍要赶在百花之先开放罢！（《梅树》九·廿三）

　　胡适甚至把曾经婚姻不幸的曹诚英比喻作病梅，对她的摧残者予以谴责——

　　那一年我回到山中／无意中寻着了一株梅花树／……这回我又回到山中／那梅树已移
到人家去了／我好容易寻到了那人家／可怜他已全不似当年的风度了／他们把他种在墙边
的大松树下／他有好几年受不着雨露和日光了／害虫布满了叶上／他已憔悴的不成模样了／
他们嫌他总不开花／（他们说）他今年要还不开花／我家要砍掉他当柴烧了／……（我）
拆掉那高墙／砍倒那松树！／不爱花的莫栽花／不爱树的莫种树！

　　明眼人一看就知道，那棵备受折磨的梅树就是曹诚英。
　　生活总那么不尽如人意，绵情蜜意总那么似无言有意而言不尽，山中洞里的日子已经
是10月3日了。胡适在这天的《山中日记》中写道：

　　睡醒时，残月在天，正照我头上，时已三点了。这是烟霞洞看月末一次了。下弦的
残月，光色本凄惨，何况我这三个月中在月光下过了我一生最快活的日子！今当离别，
月又来照我。自此一别，不知何日再能继续这三个月烟霞洞山月的"神仙生活"了！

20世纪20年代，胡适与曹诚英

我们蜜也似的相爱，心里很满足了，一想到、一提及离别，我们便偎着哭了……

胡适急急离开回肠荡气的神仙生活烟霞洞，北大授课、《努力周报》审稿固然是言之凿凿的理由，但是更紧要的情景，却是"东窗事发"。

他和曹诚英在清修寺里度"蜜月"时，诸多友人知己纷纷上山探望，谈天说地，其中有高梦旦父子，徐志摩，任叔永、陈衡哲夫妇，朱经农，陶行知，马君武，汪惕予，汪孟邹，汪精卫，汪静之等等。尤其是新月诗人徐志摩，本是风流情种，一下与胡适暨曹诚英泛舟西湖，一下在楼外楼吃饭，对窗持螯看月；一下邀去老家海宁观赏钱塘江大潮，写条子"佩声女士——望潮，适之——怡"；还把一个蒸得火热的大芋头专门送曹诚英享受。有时还逗留在烟霞洞，同胡适秉烛作竟夜谈。他们谈书，谈诗，谈人生，谈爱情，谈陆小曼，谈彼此心中的她……东方已吐鱼肚白了，志摩说："适之，你转老回童了！"没想到这位罗曼蒂克诗人一回到北京，大谈适之大阿哥时松了口，泄露了烟霞洞中藏娇的秘密。不经意"泄密"的还有侄儿思聪，他还不到20岁，还不懂那些事儿呢。于是江冬秀便演出那场挟持两个儿子，扬刀示威的厉剧。

我爱你，刻骨地爱你

"糜哥，在这里让我喊你一声亲爱的……哥，我爱你，刻骨地爱你！我回家去之后，仍像现在一样地爱你！"

结合不可能，于是曹诚英在1925年浙江女师毕业离开杭州前，给胡适写了封诀别信。这个痴情女子何能诀别？看，字字句句，无不喷发着爱的烈焰。

爱惜羽毛的胡适既痛苦又何奈，斗不过江冬秀，舍弃不了社会地位与名望，更迈不过世家设置的那根伦理门槛，于是他只好做自欺欺人的勾当——第二年春天，胡适到杭州三次，把曹诚英唤来，在新新饭店或者在湖滨聚英旅馆，开了套房。有时候胡适到上海亚东图书馆（出版社）办事，也把曹诚英叫来，因为老板汪孟邹是他们的小同乡，最理解珮声追求的。如此偷偷摸摸终非长久之计，于是胡适写了一首词《好事近》，去慰劝娟表妹——

多谢寄诗来，提起当年旧梦。提起娟娟山月，使我心痛。殷勤说与寄诗人，
及早相忘好。莫教迷疑残梦，误了君少年。（1926年）

但是曹诚英在精神上执着追求胡适，忠贞不贰地爱着。她考取南京东南大学，选择了胡适未竟的专业，读农学院。毕业后留校（中央大学）当农学助教。1934年，她由二哥曹诚克资助留学美国，再一次选择了胡适母校康奈尔大学——胡适只读了一半的农学院（胡适后转文学院，毕业后入哥伦比亚大学攻读博士，师从杜威哲学专业）。这位充满文学气质、富有才气的新女性应该加入"湖畔诗社"才是，或许会在中国诗坛、文坛上升起一颗耀眼明星。但是她为"糜哥"走上了一条艰巨而又充满魔力的学术僻径。

1937年，曹诚英学成归国，任安徽大学农学院教授。未几，抗日战争全面爆发，她流亡入川，任四川大学特约教授。国难当头，遍地哀鸿。胡适远在美国当大使，曹诚英无处可吐哀肠，无一人可倾听她的心音。大后方物质条件艰苦不说，她总需要有个男人与她共赴国难呀，但她两次经人介绍的恋爱失败了（她并不知道，其中一次，江冬秀在上海向男方亲戚讲了她许多"破话"而告吹），精神遭打击惨重，加上体弱患病，一度思想苦闷到了极致，因此上了峨眉山遁入空门。糜哥，你知道了吗？听得到吗——

孤啼孤啼，倩君西去，为我殷勤传意。道她末路病呻吟，没有半点生存活计。
忘名忘利，弃家弃职，来到峨眉佛地。慈悲菩萨有心留，却又被恩情牵系。

这首写于1939年七夕、带泪含泣的无题词（仅留半阕），她直寄中国驻美大使馆，竟给胡适收到了。但是寄信人没有地址，叫为中国抗战而奔波的胡适大使空焦急。幸好在重庆的二哥曹诚克闻讯赶上山，苦苦劝导，终于把她带来陪都，被复旦大学农学院聘为教授（1942年）。从此定位复旦，一直到1952年全国院系调整。其间，她两次

民国人物风流录

寄情于长短句，先后托同学朱汝华、好友吴健雄带往美国，交给胡适——

鱼沉雁断经时久，未悉平安否？万千心事寄无门，此去若能相遇说他听。
朱颜青鬓都消改，惟剩痴情在。念年辛苦月华知，一似霞栖楼外数星时！（《虞美人》1943年）

另一首词也只作了上阕——

阔别重洋天样远，音书断绝三年（曹自注：从吴素萱即吴健雄女士带来信后算起）。梦魂无赖苦缠绵。芳踪何处是，羞探问人前。（《临江仙》1944年）

抗日战争胜利后，她随复旦大学回到上海。她是个钟情女子、学者教授，并不关

西湖之滨新新饭店

心政治，但因为胡适的特殊地位，因而时时以"糜表哥"为轴线打听国共两党战争的现状，尤其是解放战争的进程。北平和平解放前夜，1948年12月15日，胡适夫妇征得傅作义将军的同意，在傅部军官护送下乘车到南苑机场，上了蒋介石派来的飞机，飞抵南京。1949年1月25日，胡适来到上海，同乡汪孟邹在亚东图书公司请他吃徽州饼，曹诚英到场作陪。长别几多岁月，思念之心湖快干涸了……当她见到这位望眼欲穿的心上人时，已是危楼将倾覆的蒋氏反动政权的"总统府资政"大官，昔日泱泱君子风度早失，而在情人面前显得面容憔悴、神色不安。曹诚英一往情深、至诚至义地说："糜哥，蒋介石已经回奉化去了。你不要跟他走下去了！"

胡适当然没有听曹诚英的话，也没有劝曹诚英出走，到台湾安置了妻子江冬秀后，独自去了美国。从此他俩天各一方，再也没有见过面。不过胡适晚年，在台北南港"中央研究院"他的寓所里，挂有一幅他书写的立轴，云："山风吹乱了窗纸上的松痕，吹不散我心头的人影。"注云："三十年前的诗句。"显然，他并没有忘记烟霞洞荡气回肠的那段"神仙生活"。

上庄村口杨林桥，曹诚英出资修复

晚年曹诚英

六十寿辰时的曹诚英（右），沈阳农学院党委书记为其贺寿

曹诚英在1952年全国高校院系调整时，坚决服从分配，来到沈阳农学院任教授，以她羸弱的身子，在寒冷的北国生活，是要有勇气的。她从遗传学角度从事马铃薯品种改良研究，获得成功，在东北广为推广。同时她还抱病教学，甚至坐在病榻上给学生授课，受到师生们的敬重。1958年她提前退休了。天涯何处是归宿？只好孤身一人留在沈阳，直至1969年"珍宝岛事件"发生，被疏散还乡。

曹诚英南下途中先到杭州，找上了"青梅竹马"、"两小无猜"的汪静之。这位"湖畔诗人"原打算清理出一个房间，安置她，留她在杭州安度晚年，但此时的杭州，正逢"文革""文攻武卫"，派战正酣，到处抓"权威""海外关系"，人命如蝼蚁。汪氏子女害怕飞来横祸，让她回原籍。曹诚英回到绩溪旺川老家，徽州山乡封闭，而且乡亲了解她，也不怎么难为她。1972年，她赴上海治病，她已是肺癌晚期的病人了，自知来日无多，没有返回乡里，住友人家。翌年，1月15日，客逝心上人胡适诞生的这个城市，享年71岁。胡适也生活了71年，客逝在他父亲铁花将军拼死守卫的台湾岛。在南港"中央研究院"一次欢迎新院士的酒会上，这位院长在再次祝酒，请"大家再多吃一点"时，心脏病突发，倒下了，"就好像一个大将军死于沙场一样"（蒋经国语）。时间是1962年2月24日。

茕茕孑立，形影相吊，曹诚英在家乡旺川村（七都）度过了三年黄昏岁月，但总念念不忘上庄村（八都）。她曾对亲友说："我爱七都，但更爱八都。要是八都有地方住，我就愿住在八

安徽绩溪上庄曹诚英墓地

都。"人有爱屋及乌情愫，胡适侄外孙程法德告诉笔者："上庄村口有座石砌拱洞桥，叫杨林桥，当年胡适外公曾出资翻造过。佩声姨婆晚年居住旺川时，自己省吃俭用，尽其积蓄，花了一千多元钱，修复杨林桥。20世纪70年代初，千元钱顶现在的几十万元呀！"笔者在采访上庄村时，曾到杨林桥上浏览风光，真是小桥流水人家，村妇捣衣叽喳，平和清远的胡适先生家乡。据绩溪朋友相告，曹诚英向旺川生产大队留下遗言，要求将她的骨灰埋葬在旺川村口，通往上庄的公路边。绩溪的乡亲理解这层意思，他们照办了。现在，凡去上庄村参观胡适故居（省级文物保护单位）的海内外游客，熟悉胡适故事内情的，不会漏掉这一景点的。他们大多到这里下车，朝这座芳草孤坟肃立默思，致意。他们联想，要是糜表哥魂归故里，也一定会在这里先与娟表妹相会，然后携手，双双飞往西湖烟霞洞的。呜呼！才尽回肠荡气中！

韦莲司，一世忠诚于胡适的美国女性

胡适一生当中为众多女人所倾爱，故事源源不断，其中还有一位特立独行、狂狷不羁的美国小姐韦莲司。她为了胡适一世不嫁人。她的黄昏绝唱，全部胡适书札，寄回江冬秀，是那么感心动耳！伴着加勒比海的浪涛声，捧着一掬热泪，且听作者细细道来。

纽约公寓，纵谈极欢

胡适71年的生涯中，在美国前后生活了26年又7个月，应该说他成年后的春秋中，有一半以上的时间是在美国度过的。无论是在美国的日子，或是在祖国大陆和台湾的多年文化人生岁月中，他有一位始终保持着异乎寻常热情的思想感情超越夫妻层面的美国女友，便是艾迪丝·克利福德·韦莲司小姐（1885—1971年）。她长胡适六岁，但却视他为师长。

韦莲司小姐是位知识女性，画家，至死未嫁人。她1885年4月17日生于纽约州的绮色佳，是该镇的老居民。这座风景旖旎的山城，是名校康奈尔大学的所在地。胡适到美国后，首先在该校度过了四年的留学生活，他将绮色佳称作"第二故乡"。韦莲司的父母、兄、姐都是新英格兰人。她父亲是耶鲁博士，是耶鲁大学、康奈尔大学的地质学、古生物学教授。她的母亲是位善于交际的家庭主妇。这个家庭乐于接待中国留学生，而胡适是他们最要好的客人，韦莲司夫人对他很亲切。1914年韦莲司小姐认识了胡适，她当时在新港和纽约就读艺术学校。她心智上的训练主要得益于父亲的言传身教，此外她经常旅行美国各地和欧洲各国，增长见识。1920年她父、姐去世后，受聘为康奈尔大学图书馆馆员，直至1946年退休。

她一生与胡适交往，是胡适生活各个时期的异性见证人和知心人。

> 四百里的赫贞江，
> 从容的流下纽约湾，
> 恰像我的少年岁月，
> 一去永不回还。
>
> 这江上曾有我的诗，

我的梦，我的工作，我的爱。

毁灭了的似绿水长流，

留住了的似青山还在。

（胡适《从纽约省会回纽约市》）

太多的旧事感怀激活"烟士披里纯"。这首抒情诗是胡适1938年出任驻美大使后，途经纽约州的赫贞江（按，现译哈得逊河）而写下的。"旧事"的核心，就是江畔海文路92号的那幢公寓——韦莲司在纽约学艺术时寄宿过这里；1915年胡适求学哥伦比亚大学时与同学合租的宿舍也在这里；而且1915年1月22日，他和韦莲司俩以一个下午时间"纵谈极欢"，也是在这里。这里，拉开了他俩扑朔迷离跨国恋的帷幕。

五四新文化运动中，胡适对中国妇女解放问题多有建树，而首先得到启发的还是美国韦莲司。他说，"吾自识吾友韦女士以来，生平对于女子之见解为之大变，对于男女交际之关系亦为之大变"。他认为在与韦莲

韦莲司

司交往中，自己"一直是一个受益者"，韦的谈话总是"启发"他去"认真的思考"。

他们经常一起出游，便于交换思想与情感。"星期六日与韦莲司女士出游，循湖滨行，风日绝佳……是日共行三小时之久，以且行且谈，故不觉日之晚也……围炉坐谈，至九时始归。"（《胡适日记》，1914年10月20日）"韦女士与余行月光中，因告余以印度神话'月中兔影'。其言甚艳，记之。"韦女士将去纽约，"余一日语女士，吾国古代有'折柳赠别'之俗，故诗人咏柳恒有别意。"胡适就将昔年在上海所作《秋柳》一诗送韦莲司：

已见萧飕万木摧，

尚余垂柳拂人来。

民国人物风流录

> 凭君漫说柔条弱，
>
> 也向西风舞一回。

对于韦莲司的"狂狷"（Eccentricity）——不注重服饰，有一天她自己剪去头发，仅留两三寸，遭到她母亲与姐姐的非议，但胡适却称赞她狂，"是美德，不是缺点"。"情人眼里出西施"，也可见胡适对韦莲司的感情已经由表及里了。

1915年1月18日，胡适应波士顿卜朗吟学会之邀（因1914年获英国卜朗吟文学奖）由绮色佳前往波士顿，参加该会集会并发表《儒教与卜朗吟哲学》演讲。其时韦莲司在纽约学美术。22日，胡适赶赴纽约，到海文路92号公寓会见韦莲司。韦莲司陪他参观纽约大都会艺术博物馆，两人心领神会地欣赏馆藏北魏造像之佛头。"午后至女士寓午餐"，直到下午四时乘火车返波士顿。第二天，23日，胡适又赶去纽约，"下午，访韦莲司女士于其寓，纵谈极欢。女士室临赫贞江，是日大雾，对岸景物掩映雾中，风景极佳。以电话招张彭春君会于此间（按，张君并未来）。五时许，与女士同往餐于中西楼"（《胡适日记》，1915年1月23日）。这是一个雾茫茫、情绵绵的"纵谈极欢"的下午，受了韦莲司影响，胡适对第一次世界大战已转变观念，告韦"已决心主张不争主义，决心投身世界和平诸团体'，博得"女士大悦"，"且勉余力持此志勿懈"。和平主义观念于两人发生共鸣，胡适由衷钦佩"女士见地之高，诚非寻常女子所可望其肩背"。这是从《胡适日记》留下来的他们两相情悦的文字白描，但其中"极欢"一词颇为含蓄，是抚手还是相拥？还是什么？就不得而知了。事后胡适写给韦莲司的两封长信（1月25日、2月1日）中留下了痕迹。2月1日的信中胡适隐晦地说，"因为我们那时是两人独处"烹茶，"对你来说，这样鄙夷世俗的规矩是完全正当的，因为你是超越这种世俗规矩的"。"于是乎，你有了'略显无礼'的举止。"是否把这位初出茅庐的中国青年吓蒙了？胡适"指天发誓"地剖白自己"我在上海不曾跟一个女人说过超过十个字以上的话"！对韦莲司的"略显无礼"或'狂狷'，胡适接受了还是婉拒了？

事态只不过闪电一般消逝了。平复后胡适自省一段时间，终于决心"与C.W（即韦莲司）约，此后专心致志于吾二人所择之事业，以全力为之，期于有成"。"一·二三"事件似乎成了一座分水岭。此后，他两在事业上相互鼓励、精神上相互爱慕、感情上互吐衷肠。

1917年6月，胡适在哥伦比亚大学考过博士论文后，离美回国前，专程到绮色佳辞行。韦夫人与韦女士待胡适如家人骨肉，犹难为别。

胡适回国任北京大学教授至1927年3月重返美国哥伦比亚母校，补交论文《先秦名学史》100册，完成博士学位手续的10年间，与韦莲司保持通信往来，告诉包括结婚生子等发生的一切。韦莲司衷心祝贺，分享欢乐。可见他们是心心相印的。

胡适去信告诉韦莲司，"我在中国哲学史上的研究工作还在继续，三年内第一册的《中国哲学史》已经印了八版"。"我的诗集（按，指《尝试集》）已经卖出了一万五千册"，"我的文存（1912—1921）已在1921年12月集印成四册，在一年内卖出了一万套"，"我获选为'中国12个最伟大的人物'之一"，但在知己女友面前，立下自戒："我很清楚，以我这样的年纪暴得大名的危险。我为自己立了一个生活的原则：'一定要做到名副其实，而不是靠名声过日子。'"（1923年3月12日函）不是贴心人，哪会讲这些入里的话。

韦莲司隔洋关心胡适的健康，不知怎的，胡适"患糖尿病"的误传，传到了大洋彼岸康奈尔大学城，于是韦莲司去信说，要是北京没有胰岛素，"我们会立刻寄去"。这时，韦莲司有了对胡适的再认识，她在报告父亲去世的信中说："你和父亲都把我惯坏了，你们教我，而不把我送去学校……"（1920年5月2日函）。"你总是给我心智上的启发，我非常喜欢。"（1927年4月5日函）她视胡适为自己成长过程中的老师。甚至喻作两性间的崇拜："我崇拜你超过所有的男人。"（1933年9月27日函）

绮色佳韦家

1927年3月，胡适完成博士学位手续，离开哥伦比亚大学，转道绮色佳，去看望韦莲司母女。他喜欢这个家，"但遗憾是我无法待的久些"。韦莲司更不舍，辛酸地哀怨："让你走，是如此的艰难，老友——但是你留下来也不会有什么好结果！"她甚至说："你们两人（指胡适与江冬秀）同是一个不合理制度下的牺牲品。她可能不很清楚，而你是完全了然的。"狂狷的韦莲司就这样第一次点破胡适婚姻的要害，进而向胡适表白自己的爱情，然而是理性的。

1933年，胡适乘赴加拿大参加第五次太平洋国际学会会议的机会，应美国芝加哥大学之邀请，在"贺司克尔讲座"作了六次《中国文化之趋势》系列学术演讲。作讲座期间，他不断写信、打电报给韦莲司，"我离开六年之后，再度来到（北美）大陆"，"我真希望能到绮色佳看你和你母亲"；"希望9月1日、2日到绮色佳"，"可能从瀑布城进入美国"。

韦莲司得悉将再次与心上人聚首，感到幸福极了。不断回信，说："欢迎你，胡适！""我保证你得到宁静，休息并消除疲劳。这期间，我们可以用我的'雪佛兰'车子去观赏美丽的乡间，在平静的湖边野餐。即使躺在院子里的树底下也是很清新的。""胡适，你的来访，对我而言，有如饥者之于食"，"除了说欢迎你，还有什么可说的"！她设想胡适会从尼亚加拉大瀑布入境，"我会非常高兴，去那儿接你，一起开车回来"。

9月上旬，胡适终于来到绮色佳韦莲司的家，住到12日才离去。这回，韦母已去世，他俩是真正"独处"了。于是发生了这样的情况（仅从事后韦致胡信中坦露出来的）："昨晚（按，指12日晚），我要睡哪个床都觉得很难。我有意地从你的房间走到我的房间。最后，我总不能老靠着门柱子站着啊，我把你床上那条粗重的被子，拿到我床上，装满了热水袋就钻进了被子里。让人不解的是，最难堪的时间是早上6点的时候……我想念你的身体，我更想念你在此的点点滴滴。我中有你，这个我，渴望着你中有我……"（1933年9月13日函）

然而狂狷的韦莲司究竟是有教养的知识女性，尽管她吐出了心声，"我崇拜你超过所有的男人"，但是她明白地意识到他俩间有"一堵高不可测的石墙"！所以隔了六天，她写信表示自己的理性：'在我一生之中，有一种苦行僧的倾向，对于我自己非常渴望的东西，我宁可全部放弃，也不愿意仅取其中的一小部分。"（9月22日）

胡适发自纽约的回信，朦胧又多情：

星期天美好的回忆将长留我心！昨晚我们在森林居所见的景色是多么带有象征意味啊……月光被乌云所遮，最后为大风暴所吞吃。风暴过去，而新月终将成为满月。（9月25日）

心有灵犀一点通。同一天（9月25日），韦莲司也写信给胡适，是西方式的感情宣泄，第一句话就是火辣辣的——

胡适，我爱你！

我是个很卑微的人，（但是）你应该爱我——有时，你的爱就像阳光中的空气团围绕着我的思想（见不到踪影，但我必须相信它的存在）……要是我们真能完全生活一起，我们会像两条溪流，奔赴同一山谷……这次新的交会，也非不可能放出光芒来！当我看到你的嘴角，你那半闭的眼神，我是个温柔的女人……

她还学胡适那样写诗——

"喉管已被切断，/唱你的调子是不自然的，/我寄上僵硬的沉默——/在虚空中，无声的喘息。"/我想，并不是麻木让我此刻觉得平静，/而是你的爱，胡适！

这次爱海波涛的尾声是，1937年52岁的韦莲司小姐却经历了一次感情考验，一位叫R.S的先生、一位叫邓肯的先生（是胡适康奈尔大学同学，而且早胡适三年识韦）分别向她求婚了。韦莲司为此写信给胡适，征求他意见。胡适回信"赞成"。但心中只有胡适的她，两位美国男士无论怎样体贴她"到惊人的程度"，甚至曾为她欲自杀，她还是放弃了最后的机会，不婚。

使美九年，聚首五次

抗日战争开始后，胡适受命以"民间使节"身份，赴北美欧洲开展"国民外交"活动（1937.9—1938.9），宣传中国抗日，争取欧美各国政府与民众支持，为时一年。1938年9月，胡适为国民政府任命，中国驻美国大使，至1942年9月卸任，为时四年。他离开华盛顿使馆后，并没有返国，而赴纽约，住81街104号公寓，做学术研究工作，至1946年6月才返回祖国，为时近四年。胡适使美住美前后近九年，肩负国事，不敢懈怠，因此他与韦莲司聚首仅五次。胡适是在为苦难中的祖国工作，此时此地，他与韦莲司的感情已从儿女情长升华到爱国主义高度，能够理智往来了。韦莲司确如此，尽管她是美国人，却入微地关心着胡适的健康状况，体贴他，鼓励他。她爱中国。这一情愫颇似中国的伦理"夫唱妇随"。

从1938年1月24日胡适开始了他的演说之旅。50多天的时间里，胡适奔走美加两国，行程1万多英里，作演讲56次（其中美国38次、加拿大18次），告诉北美人民中国抗日战争现状，"我们在打一场非常艰难的仗，有30万的人经受着无家可归的痛苦"。演说之旅有一个中间站——3月15日他到了绮色佳。韦莲司到火车站把疲劳之极的胡适迎回家。胡适在"家"休息了三天。韦莲司发现他感冒了，又犯牙痛老毛病。胡适说"老了"。她慰劝他："你并非'老了'，而只是'年久未修'。人就像机器，要是小

胡适使美时留影

心使用，只需要短时期小修理，就可以继续运作；但是，如果使用过度，一旦坏了，就需要长时期的大修哩！"韦莲司又建议胡适减肥，"这样可以让你觉得舒服一些，也呼吸的容易些。我相信你这些全懂，其实你懂的远比这些多。但是，我只是要你知道，你的美国家人是很惦记你的！"

这些亲人的甘霖般语言落在胡适心田上，所以4月19日的"四百里赫贞江"的诗中出现了"这江上曾有我的诗，我的梦，我的工作，我的爱"的心声。

第二次聚首的地点在英国伦敦。胡适于同年7月到英国。途中，蒋介石已电报"跟踪"，要他做驻美大使。胡适处在接受与不接受的十字路口，8月19日，他与韦莲司在伦敦聚首了。这次聚首是穿插在他频繁的演说和社会交往中，前后共有六天时间。他们很认真地商议是否接任大使的大事。以韦莲司的胸怀，是赞成胡适做大使的，韦莲司说，"你属于世界"，"我不知道当今可有第二人像你这样，对东西方人民和政府的特性有如此深切的了解"。但胡适说"我宁可过我的学术生涯，扮演一个社会和政治的评论家，而不愿作一个实际的改革者和政客"。他为此而犹豫，韦莲司用女性特有的方式鼓励他："我确信你会'全力以赴，因为这是攸关我同胞生死的事'。而你的同胞也会证明，你不但是个大学者，也是个伟人……（历史）将认定，你的服务不只是为了'你的同胞'，也为了整个大病的世界。就我个人而言，胡适，你知道，我爱你。"这全然是知心知腑的伴侣的声音。是韦莲司坚定了胡适就任大使的决心。

9月17日，重庆国民政府发表"特任胡适为中华民国驻美利坚国特命全权大使"命令。10月5日，胡适赴华盛顿大使任；10月27日，向美国总统罗斯福递交国书。一到华府使馆不久，胡适就给韦莲司写信——

你给我的同情与支持，这是我时时都需要的。（10月14日函）

胡适出任大使后，维护国家利益的政务外交活动多且重，如"桐油贷款"、"滇锡贷款"、阻止美国会"中立法案"通过等；还要继续他特具优势的爱国演讲，所以与韦莲司晤面的机会大大减少。四年中他俩聚首仅有两次：1939年6月，胡适应邀返康奈尔母校，校友聚会，韦莲司开车去接送，还送他一枚铭有"胡适"、"14—39"的戒指。一看到戒指，胡适就说，"我们的友谊有25年了"！另一次是1942年7月，胡适卸任前一个多月，专程去绮色佳看望韦莲司，在韦家住了几天。

但他们保持频繁的书信往来，亲密、亲爱程度依旧。

——你是中国驻美的大使了！你接受了这个工作，中美两国都应该受到恭贺。（韦莲司，1938年9月20日）

胡适在两次有名的公众演讲《北美独立与中国抗日战争》（1938年12月4日，纽约哈摩尼俱乐部）、《日本对中国的战争》（12月5日，纽约中国文化协会）中累倒，引发心脏病，住院14天。韦莲司得知胡适住院，但并不知患心脏病，去信说：

无论你得的是什么病，我很高兴，你能有个长时间休息的机会。毫无疑问的，你需要休息，而这个机会也是你挣来的。（1939年1月9日）

我坐在床上，可以看到房间的另一端，高高放着可爱的花，这些花带来了你年年不断为我生日的祝福。在全世界正想把自己撕成碎片的时候，我却能在此欣赏着黄点的白色菖蒲、精巧白色的兰花、水仙、郁金香、金鱼草……（韦莲司，1939年4月17日）

我现寄上一套《藏晖室劄记》（我留美学生时代的日记）给你。

诚如你可以想象，在日记里，我经常记录你的看法和我们的谈话。你的名字第一次出现在第428页上。（1914年10月20日）

你的名字出现在中文里是"韦莲司女士"，或仅作"韦女士"，或作"C.W"。昨天晚上，我试着把有你名字的页码确记下来，我找到了许多……

胡适把与韦家交往传统，交给了第三代。1939年，胡适长子胡祖望来美国进康奈尔大学就读；胡祖望去拜望了韦莲司，送了一块中国刺绣以及胡适的茶叶。此后他常去韦家茶叙。这样胡母冯氏与韦老太太通信，胡适与韦教授夫妇交游，胡适与韦家二小姐韦莲司相知相爱有后了。胡祖望继承这一传统，父亲过世后，继续与这位姑姑往来。两个国度的胡韦两家遂成世交，这是世人鲜知的佳事。

胡适与韦家情谊还延伸到另一人：老仆伍尔特。胡适一直待他很好。伍尔特知道胡适有收藏火花的爱好，就留心给他收集空火柴盒子，直到病重时还念念不忘。韦莲司告诉他，将把他收集的火柴盒子寄给胡适，他很高兴。1944年，伍尔特在韦莲司亲人般护理下，安然去世了。遵照他的遗愿，"今天早上我寄了一小包裹火柴盒给你，那是我们的管家伍尔特为你收集的……在你想到他是为你而收集的，你应该觉得快慰。我答应他把火柴盒寄给你，他很高兴"（韦莲司，1944年4月30日）。

1945年胡适写一篇《不朽》演讲稿，由伍尔特联想到韦莲司的主仆关系，也作为"不朽"的例证写了进去。

韦莲司小楼，胡适夫妇消夏四周

"人间正道是沧桑。"在中国人民解放军攻占南京前的17天，胡适独自一人于1949年4月6日从上海乘船去美国，他在日记中说："此是第六次出国。"但确切地说，应是流亡了。他租住纽约东81街104号公寓。"我感到抬不起头，说不出话……我充满了悲痛的心情。"接着谋到一份工作糊口，普林斯顿大学葛斯德东方图书馆馆长。但韦莲司依然热忱地欢迎胡适夫妇（江冬秀于1950年6月到纽约）到她家中小住，而且事先作了周到的准备。1953年4月18日，她特地给江冬秀写了信：

亲爱的胡夫人：

你到达纽约似乎已经很久了，无论就什么礼节规矩来说，我都应该在几个月前寄封信表示欢迎才对。要是母亲还活着，你到达的那一刻，她就会写这封信（而且会做得比我巧）。虽然这样的延误是不可原谅的，我还是要请求你的宽恕。

韦莲司很聪明，抬出母亲来，以示两家的关系是世谊："你丈夫在此做学生的时（1913年），我母亲待他如自己的儿子。你们结婚以后，你们的照片就放在她的案头。"这样一写，"多年来的风言风语"谅必会在这位胡夫人头脑里冲淡。

我这所小房子（按，"小房子"是谦词，她这幢新楼有好几个独立单元，平时租给康大的师生住。7月份暑假他们都离开了）7月里可供你们使用。我希望你和你的丈夫能莅临寒舍，要是你愿意，也请带几个朋友同来。此地有二三个小单元，每个都有双人房、卫生间、客厅和厨房。除了你们自己以外，再来二位到四位朋友，能住得相当舒服。我希望在环境简单愉悦的乡间，这样一个家庭式的小聚会，能带给你们轻松愉快。绮色佳的七月比纽约稍凉。希望你们能来。

这年的7月6日，胡适江冬秀夫妇来到绮色佳高地路322号韦寓，"很舒服"地住了27天，可说天天都是家庭小聚会了，乃至"有点舍不得离开"。

胡适致老友赵元任夫妇函中说——

冬秀同我在Ithaca住了二十七天，很舒服。（1953年8月8日）

按韦莲司的计划，在她出卖322号这幢屋子前（然后移居到巴贝多岛去度晚年），还想再请胡适夫妇来绮色佳，团聚一次。这个愿望是1955年发出了，但未能如愿。

胡适于1958年4月6日返回中国台湾定居，就任"中央研究院院长"。这年初，韦莲司出乎意外地收到胡适邮寄给她的一双

胡适夫妇在绮色佳韦莲司家度暑假

拖鞋。她写信道："最受欢迎的礼物茶叶已安全到达，精致的拖鞋也同时收到。茶有一种我很喜欢的特殊的清香和味道……"

寄拖鞋来是否表示你有意来绮色佳？我希望如此！一如既往，我对我们长久的友谊，怀着无限的感念。（1958年1月13日）

一双拖鞋也引发了这位老姑娘如此丰富的联想。"拖鞋"可作胡、韦之恋在美国的尾声了。

韦莲司祭奠：半世纪书信

胡适正式返台后，因料理善后和参加学术活动，又去过美国三次：1958年6月16日到纽约，处理行李、书籍和动员江冬秀同返台（未成）；1959年7月赴夏威夷大学接受荣誉博士学位后，转赴纽约，参加"中华教育文化基金会"董事会年会；1960年7月到西雅图，参加华盛顿大学举办的"中美学术合作会议"，然后返纽约自己寓所，此行为时三个月。

胡适三行美国，韦莲司无时不企盼再聚首，"我怀着多看你几眼的希望"，"我的思绪总是围绕着你"。但胡适行程那么紧，只在最后一次的100天中，9月，他们在华盛顿匆匆短聚了一次。

韦莲司何以急盼见胡适呢？因为她晚年生活发生了急遽的变化。她已过古稀之龄了，她计划出售现在拥有的那幢楼房，以便移居东加勒比海巴贝多岛度暮年。该岛只有430平方公里，当时是英国的殖民地，1966年独立，现已是加勒比地区最富裕的岛

胡适写给韦莲司的明信片

国。为此，她想把楼房所有单元先出租，自己住在由车房改建成的只有一间卧室的单元里……她的晚年生活既充实又辛苦，经济上也不太富裕。她要为自己最后归宿作计划，想在离开美国本土前，再晤一次心中唯一的人——胡适。机会终于来了，1960年9月，华盛顿！

但9月，正不是个时候！纠缠胡适晚年的"雷震案"正发生在这个时候，传来了台湾警方拘捕《自由中国》半月刊雷震等四人的消息。接着陈诚去电向胡适通告。胡适是在"台北发生的事让我非常不愉快"，"目前我一筹莫展"的心绪中，于9月6日上午，与韦莲司、蒋梦麟等人在华盛顿共进早餐的。这次晤面，实际上是韦莲司来向胡适辞行，因为她在9月1日已经盘出了绮色佳的楼房，用激素"可的松"支撑身体，完成了韦氏家族档案整理，向康奈尔大学移交的工作。在储藏室里留下了少量家具后，便打点行李，准备孤身前往她所向往的英属巴贝多岛过冬去了。她已经告别了种下爱情、发展感情的绮色佳镇，这位75岁的老姑娘最后追踪到她心目中唯一男人身边，鼓足勇气，辞行——要是今世再也见不到他，那是诀别了！

她明确告诉胡适，此去是碧波荡漾中的一小丁点，加勒比海里的一个小岛巴贝多。都是风烛残年的人了，生离，无异死别。胡适尽管际此政治境遇尴尬，还决心亲自送行。这可感动了这位多情的美国女性了——

你来送行是一个珍贵的礼物，我哪怕花费不赀，言语是无法表达我的感激的……这幅人间关爱的图像将悬挂在我的记忆里，无论我到何处，都将带给我喜悦。

……你来送行的时候，实在太苍白了。我希望牙疾是使你疲惫的部分原因，而牙疾治好后，你会觉得好些。在获悉你的音信之前，我是无法放心的。

面对着浩瀚的海洋和无边的天际，看惊涛拍岸……不知道围绕着台湾的海水是否也如此碧绿中带着紫色……不久，你也将回到一个海岛上……（韦莲司函，1960年10月10日巴贝多岛首府桥头镇）

这可能是韦莲司小姐给胡适的最后一封信。胡适回信说："看到你用有力而且稳健的手所写出来的字让我非常高兴，这也是40多年来我所看惯的。我相信，你我还有好多年的日子可以过呢！"

但是，不到半年，韦莲司收到胡适寄自台北台大医院一张明信片（1961年3月4日），仅歪歪斜斜一行英文——

I am making satisfactory progress.Don't worry.（病情有进步，别担心。）

胡适在这年2月25日心脏病复发住进台大医院，住了356天。3月1日，输氧管拔掉，便立刻给远在加勒比海巴贝多岛上的韦莲司报平安。

但不到一年，1962年2月24日18点30分，胡适在主持台湾"中研院"第五次院士会议下午酒会上，对他的院士同仁说着"大家再喝点酒"时突然倒下了，结束了他71岁的生命。凶信像恶浪一样袭击了巴贝多岛上的韦莲司，但她苍老的心没有被击碎，她给江冬秀写信道——

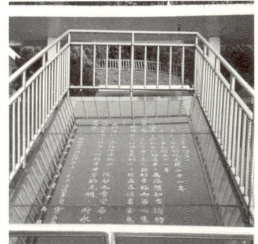

毛子水书胡适墓碑

亲爱的胡夫人：

多年来，你一直生活在一棵大树的余荫之下；在你年轻的时候，也曾筑巢枝头……而今，这棵大树倒下了……我最珍惜的，是对你的友谊的追怀，和对这棵大树的仰慕……

1962年10月15日，胡适遗体归葬时，77岁的韦莲司小姐无法越洋来参加葬礼，她委托胡祖望，在她这位相知50年故友的墓前，献上"一个小小的不显眼"的花篮，花篮里有10束花，"每五朵分装成一束，也许可以用白色而芬芳的水仙，或类似的花朵"；此外，"我想捐一笔钱，作为你父亲文章英译和出版的费用"（1962年10月1日致胡祖望函）。

捐赠出版基金事，早在1959年是韦莲司就有了构想。当年12月11日祝贺胡适68岁生日的信中曾说起这件事。她预想自己会死在胡适之前，作身后打算。1960年，韦莲司迁巴贝多岛后了又一次提到了它。韦莲司虽出身书香门第，父母兄弟均亡故，自己也早已退休，仅靠有限房租维持清淡的晚年生计，这几千美元的"基金"，数目并不太大，是她一生的积蓄，分量可不轻。胡适在世时，不忍拂逆她的好意，没有正面答复，以后便回避了此事。如今他不言而走了。韦莲司念念不忘，觉得祭奠于他墓前，没有比这笔"基金"更现实更有人情味的了！

韦莲司还有一份更为厚重的"丧仪"，就是无条件奉献了感情无价的胡适生前写给她所有的书信。

胡适早年留学期间（特别1915年、1916年）思想感情变迁的"真我真相"（胡适语）多留迹在他给韦莲司的百余件书信中，这是研究胡适的第一手珍贵资料。韦莲司出于对胡适的挚爱，悉心保存、保护了胡适给她的书信。这些信件基本上分两组：（1）1914年至1918年，计60函；（2）1923年至1945年，计信36函；明信片、电报若干。韦莲司清点、整

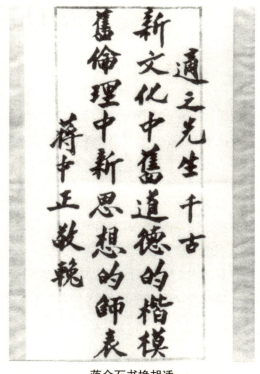

蒋介石书挽胡适

理后，在邮寄原件之前，为保证安全，在巴贝多岛进行了复印，俟（1964年）圣诞节邮局忙乱一阵过后，1965年1月初寄往台北江冬秀。

"除了我曾经作为这批信件的收信人以外，我这一生没有任何重要性。"韦莲司在寄出这批信件后，应江冬秀要求介绍自己生平时说："我非常希望不要公开我的身份，我无非只是一个幸运的胡博士书信的接受者。"

这些都是20世纪前半叶颇属陈旧的故事了，但想想"一个80岁的老小姐，整理了伴着她度过了50个年头的书信，而今她将这批书信寄给万里之外写信人的妻子。这里头有半世纪的深情，50年的寂寞。多少悲、欢、聚、散，都伴随着信件的寄出而成为空寂"！（美国周质平教授语）

1965年以后，韦莲司孤独地面对加勒比海的"浩瀚的海洋和无边的天际，看惊涛拍岸"，空寂地又生活了六年，在和胡适归天的同个月里，走了（1971年2月2日）。

她那对胡适忠诚的感情随追逐着的波涛滚滚而去了。善良的韦莲司，享天年86岁。

"去日儿童"忆钱复

君知乎？台湾"四大公子"之一的钱复在上海有一个愉快、幸福的童年；一腔爱国热血，曾去慰劳过坚守四行仓库的八百壮士。君知乎？蒋经国1987年"解严"、"开禁"，使得成千上万的台湾同胞能够返回祖国大陆祭祖、扫墓、探亲、会友，这件功德无量大事的幕后，谁在锲而不舍地做工作？年过古稀的笔者回叙20世纪的凋零旧事，谁说"不可听"？还颇有咀嚼的味道呢。

台湾钱复先生近年两次现身博鳌亚洲论坛，不禁使笔者联想起20多年前采访胡适侄外孙程法德先生时，他涓涓絮絮回忆少年时代与小宝（钱复昵称）的往事。唐诗有云："远书珍重何曾达，旧事凄凉不可听。去日儿童皆长大，昔年亲友半凋零。"程先生背诵窦叔向这首《夏夜宿表兄话旧》七律诗的颔联与颈联后，轻叹一声："确是，人生苦短。胡适外公1962年2月24日仙逝，冬秀外婆1975年跟着去了；钱思亮伯伯在台湾'中研院'院长任上，也于1983年归山了！"

上海钱氏，国仇家恨

程先生告诉笔者，钱复先生是台湾大学前校长钱思亮先生的三公子，他们三昆仲分别为钱纯、钱熙、钱复。记得他们少年时代穿一式长袍加马褂，戴红珊瑚顶子的瓜皮小帽；要不然，就是西装革履，而且还要结领带。那时大人出客时，才会这样穿着，可见钱家重视子女的礼节教育了。钱家三兄弟个个眉清目秀，皮肤白皙，举止彬彬有礼。上海钱家祖籍在杭州，是五代吴越王钱镠的后裔，长相有一个共同的特征：前额微微向前突冲。无疑，这是聪明的脸相。钱王后裔遍布海内外，名人辈出。

抗日战争全面爆发后，原来在北京大学任化学系教授的钱思亮举家南迁，到了上海，经营信谊化学厂，兼任药师。他家老太爷钱鸿业先生是民国历届政府的大法官，社会知名人士，任上海第一特区地方法院特别刑事庭庭长。上海沦陷后，他坚持民族气节，誓不与日伪政府同流合污。1940年7月29日中午返家吃饭，下包车时，遭汪伪"76号"特务暗杀。独生子钱思亮国仇家恨，悲愤交加，在租界里为乃父举行大出殡，以示抗议。

"孤岛"暑假，小友乐趣

程先生告诉笔者，1937年卢沟桥事变发生的第二天，外公胡适应邀离北平南下，参加"庐山谈话会"，不日便负蒋介石之命，奔走北美、欧洲，开展"国民外交"活动，宣传中国抗日。1938年9月，胡适被任命为中国驻美国特命全权大使，由伦敦赶赴华盛顿。为赴国难他把北平那个家交给了夫人江冬秀。

程法德先生回忆说："冬秀外婆十分能干，'七七'事变后第四天，就随胡适的北大同事叶公超、饶树人、梁实秋、姚从吾等人，携小舅思杜、书童小阎，另有书箱15个、细软皮箱一个，由北平逃往天津，继之南下，避难到上海租界，和我们一家相聚。我们当时住在天主堂街（今四川南路）50号。她一度迁居麦琪路（今乌鲁木齐中路）三德坊，后来思杜小舅去美国读大学，她又搬回我家住。我父亲程治平是胡适长胞兄嗣稼的女婿，母亲胡惠平仅小胡适两岁，在安徽绩溪上庄村与胡适同一个屋檐下生活了九年多。胡适只有两个儿子，一个女儿在五岁时夭折，所以视我母惠平似女儿。如今冬秀外婆来了，自然分外亲热。"

"大家都知道，冬秀外婆平生一大爱好就是战方阵，几乎屡战屡胜。到了上海，在'孤岛'定居下来后，她旧习复原，又没日没夜地玩了，还在麻将桌旁认了两个干女儿：一位是农林部长周怡春的女儿、上海五官科名医李冈博士的太太；另一位就是钱教授的太太。李太太性格内向，冬秀外婆喜欢她的鹅蛋脸庞、丰腴身材，叫她'美人儿'。钱太太是广东人，性格活泼，热情痛快，一口一个'干娘'，叫得江冬秀甜甜蜜蜜的。这份'干亲'关系一直保持到1958年胡适到台湾定居之后。1962年2月24日下午6时35分胡适猝卒于南港'中研院'院士年会会场，忙乱之中，是钱太太奔往台北市向干娘江冬秀报丧的。"

程法德回忆说："有一天，冬秀外婆在我家楼上与我母亲及她的两位干女儿搓麻将，钱复小弟跟他妈身边或吃东西，或看小人书。我放学回家，上楼跟我妈和冬秀外婆打了个招呼，正欲下楼，被妈叫住了：'老二，怎么不叫钱阿姨、李阿姨？'我红了脸，忙不迭地一个个叫过来。快人快语的钱阿姨接上去说：'啊呀，老二长得像春笋透尖，脸孔白里透红！你们看他像谁？像不像艺专那位刘海粟啊？'一时间牌桌上的八只眼睛都集中到我身上。我知道刘海粟名字后面还有个'歇后语'，上海滩上几乎人人皆知——画人体模特儿。顿时，我窘得仿佛精赤条条地站在她们面前。只见钱复审过来，他脸几乎贴着我的脸，伸了个长舌，紧拉我胳膊，溜出去了。自此之后，我就和钱家三昆仲做起朋友来了，直呼他们乳名大宝、二宝、小宝。小宝比我小六岁，性格似他妈，活泼嘴勤，脑子动得快，和我特别好。"

"回忆童年少年真是无限神往。"程法德说："我和小宝相处那些日子，十分有趣。那时，我读大同中学，大宝和二宝读南洋模范中学，小宝可能上小学。不久暑假到了，我随冬秀外婆到福煦路（今延安中路）模范村钱寓去度假（她当然去'战围城'）。这是一幢中西合璧的三层楼房，十分宽敞。我和他们昆仲仨一起睡在钱伯父书房里，红漆地板上铺着几张草席，便可以为所欲为地翻跟头、打滚、闹着玩了。小宝的记性悟性特好，有一次我们去看了部美国电影《月宫探宝》，回家后，他拿了把月琴，坐在枕头上，模仿电影中长须老人，将了将下巴（代表胡须），像模像样地边弹边用英语唱道：'Long long ago, there was a King, who's name is John……'（很久很久以前，有一位皇帝，名叫约翰……）"

"白天，当我们复习功课倦了的时候，由小宝首先发起，奔上屋顶阳台，踢小皮球。大宝、二宝讲究踢球规则。小宝可手脚并用，在那块小天地里最活泼，有时竟把小皮球踢进别人家的天窗。"

程法德晚年谒胡适墓园

少年慰劳八百壮士

"我们除了玩之外，也关心时事大事。"程法德先生说："那时是四万万同胞同仇敌忾抗击日本侵略，挽救中华民族于危亡的岁月。钱家对日寇更有极深的家仇。我与小宝常翻看他家老太爷钱鸿业先生吊丧、出殡的纪念册与照片集，因此很关心上海乃至全国的抗战情况。"

接着，程先生讲了一件他与钱家三昆仲慰劳抗日官兵的往事。"'八一三'淞沪抗战，激起上海各界人士的爱国热潮。罗店激战、大场撤退、日军金山卫登陆等大小战事的进展，以及张治中、陈诚、李宗仁、朱耀华等高级将领的荣辱升迁，都成为大人日常谈资，也不同程度地映入我们四个少年的脑海。谢晋元团八百壮士坚守闸北四行仓库的保卫战，女童子军杨慧敏冒险送国旗的故事，更是一大热门新闻，听说南岸民众隔岸观看，骂敌赞我，

钱复与田玲玲在纽约胡适寓所订婚，江冬秀（中）是主婚人（1961年）

鼓舞士气，群情振奋。小宝既激动又神往，跃跃欲试，但那里终究是火线，子弹不认人，他被我们牢牢看管住了。后来，不知怎么的八十八师命谢团撤退了，撤入租界里胶州路胶州公园内。尽管淞沪战事还在继续，我们打听实了，四兄弟决心去慰劳八百壮士。我们凑了些零花钱，买了一些铅笔和漆包硬封面的笔记本，以及邮票、信笺、信封等，瞒着大人，大宝、二宝和我分别骑脚踏车——我带着小宝，飞驰胶州公园，慰劳驻扎在那里的谢团官兵。我们郑重地向他们行童军军礼（大拇指捺住小拇指，立正三指齐眉），分送慰劳品。我们还吊祭了阵亡将士坟墓。记得那次谢晋元团长已被囚禁，接待我们的是一位姓上官的营长。该团武器已被收缴。"

抗战胜利后，各单位"复员"回迁。钱思亮携全家返北平，任北京大学化学系主任。胡适博士于1946年回国，任北京大学校长。江冬秀离沪返平，主持新家东厂胡同

1939年，钱鸿业和儿子钱思亮、儿媳及孙子钱纯（后右一）、钱熙（前右一）、钱复（前左一）

1号家政。程法德也到北平求学，就读于辅仁大学。这时他在故都与小宝见面了。钱复正在读北师大附中。"我们陡然长大了，无比亲密间不自觉地带着些礼貌性的拘谨。由于时局动荡，我们没有留下践约之言，但在1948年，我们还见过一面。"程法德先生说。

钱复力谏　经国"解禁"

自1949年后，程法德先生与钱复先生从此缘悭一面，但他从定居在美国华盛顿的舅舅胡祖望（胡适的长公子）那里不断获悉钱复的信息：钱复在台湾很活跃，1963年被选为"台湾十大杰出青年"，并取得美国耶鲁大学国际关系哲学博士学位；与连战、陈履安、沈君山并称为"政坛四公子"；曾当过蒋介石的英文翻译；后任台"外交部"专员、"外交部北美司"司长、"行政院新闻局"（第七任）局长、"北美事务协调委员会"主任委员、"外交部"部长、"行政院大陆委员会"委员、"国民大会"议长、"监察院"（第七任）院长及国泰人寿慈善基金会董事长等之职。

钱复做得最令人称赞的一件事，就是力劝蒋经国"解禁"。1986年3月，钱复从美国返台，曾到中山楼与蒋经国长谈，他告诉后者，美国政府将对台湾的人权状况认真检视，如不理想，就不再对台军售。当时"江南命案"等事件大大影响到台湾的"国际形象"，钱复在美国直接感受到了巨大的压力，他也感觉到结束"戒严时期"已是大势所趋，尽管这个话题在当时还是改治上的禁忌，但他仍决定冒险向蒋经国进谏。蒋经国虽然口头上没有松动，但内心触动很大，因为钱复是他的亲信之一，而且代表的是美国人的意见，他不可能不认真考虑。四天后，他又召见了钱复。

四个月过去了，台湾有位秘书到华府看钱复，说台湾"正在积极处理一些敏感的政治问题，最先解决的可能是'戒严问题'"。稍后不久钱复接到蒋经国三子蒋孝勇从台北打来的电话："父亲要我告诉你，他想了很久，认为还是你的意见对。"

三周以后，蒋经国会晤美国《华盛顿邮报》发行人葛兰姆夫人，直截了当地表示："将很快结束此项紧急命令（戒严）。"钱复的建议终获采纳。是年（1987年）7月7日，台"立法院"通过"解除戒严案"。15日，蒋经国等签署文告，宣布是日零时起解除戒严。11月6日，第一位台胞刘铁山以公开身份回祖国大陆探亲。台湾红十字会7日宣布，近五天中已为5092人办好赴大陆探亲

钱复

手续。一个台胞返大陆探亲、旅游的热潮立时掀起。人们盛赞蒋经国在去世（1988年1月13日）前的半年中所做的为后者积德的一件大事，殊不知钱复在幕后做了多少工作。

"去日儿童皆长大，昔年亲友半凋零。"憾乎！当年接受笔者采访的程法德先生，不幸已于2004年7月16日辞世。搁笔掩帙之时，不禁为之长叹。

解读"二梦一秘录"的作者唐人

　　50岁以上的读者大都翻阅过《金陵春梦》这部当年的热门书。作者唐人是何许人也？他干什么行当？他还写过哪些书？是否江南悲剧的滥觞，他遭遇过蒋家特务的追杀？……笔者煞费苦心采访了唐人的胞弟、浙江省人民政府参事严仪先生。借此对唐人先生作一次全方位的解读，以释疑团。

　　曾以"二梦"（《金陵春梦》、《草山残梦》）"一秘录"（《蒋后主秘录》）书系18部630多万字的长卷，淋漓尽致写尽蒋介石、蒋经国父子红尘兴衰、帐前帷后，乃至旮旯隐私，而在20世纪五六十年代扬名海内外的唐人先生，其人生经历对许多读者朋友可能还是一个问号。

　　"唐人不姓唐，姓严。'唐人的胞弟、浙江省人民政府参事严仪先生对笔者说，"唐人是他的笔名。他的真实姓名叫严庆澍，五四运动发生那年1919年出生。我原名庆治，是他唯一的胞弟。我这位胞兄大我10岁。我们是江苏吴县人，在太湖中东洞庭山半岛的东山镇长大。如今人们游江南古镇角里时，可以在严家祠堂的名录中看到我们兄弟俩的名字。"

　　严仪先生高高个儿，笔挺鼻梁上架着副眼镜，一副学者派头。笔者缘悭唐人先生一面，从他弟弟身上倒可以推想他那天庭宽阔、深目隆鼻、身躯挺拔的男子汉气度。

太湖东山一严姓

唐人（严庆澍）

　　严氏世居苏州吴县东山镇。这东山镇便是突兀伸展于浩渺太湖碧波中的东洞庭山半岛，那块物华天宝、地灵人杰的江南沃土。据当地文史部门说，东山严姓是个大家族，祖宗可以远溯到明代中叶弘治年间进士出身的刑部主事员外郎严经，在东山马家堤造了座"秋官第"大宅院。但500多年的历史风雨，已把这座府宅洗刷得片瓦无存。到清末民初，严氏裔孙严善斋（严庆澍祖父）已为一介平民。他年轻时远闯关东，做过大清银行的职员，后返上海，在几家公司做账房，勤俭持家，维持小康生活。严氏兄弟的父亲严静涵虽为教员，但因染上鸦片瘾，不仅无力养家，而且把祖传老屋也"烧光"在他那支小小的烟枪里了。

"家兄是在家乡务东小学毕业后，13岁时由祖父带去上海求学的，"严仪说，"他进了上海新寰中学（现新群中学）。那时他思想单纯且虔诚，信奉三民主义救国，1936年夏季，他还参加庐山中学生军训班。直到这年下半年，上海发生了两件大事，极大地刺激了他，教育了他，他才对外患内忧的残酷现实有所正视，这就是10月鲁迅先生去世和11月'七君子'事件。"

鲁迅遗体出殡那天，严庆澍自动参加悲壮的"民族魂"送葬行列，感受到于无声处惊雷滚滚的雄力。沈钧儒等七位社会贤达、民主斗士为抗日救国被捕下狱，良知对"爱国有罪"的抗辩，震撼了上海滩乃至大江南北，也间接地击碎了严庆澍对蒋介石这位"抗日领袖"崇拜的梦幻。

1937年"八一三"上海抗战爆发，严庆澍被迫中断中学学业，随祖父避战火返回家乡。11月，日寇铁蹄西进南下。上海、苏州、嘉兴、湖州相继沦陷。苏南浙北这块"千百年来素称繁华富庶、文雅风流的佳丽之地，充满硫黄气、炸药气、厉气与杀气"（丰子恺语）。东洞庭山的老百姓也逃脱不了做亡国奴的厄运。在家编印抗日刊物《新东山》的严庆澍怎能低下高昂的头，在日寇的淫威下低三下四苟活？1938年初夏，他和东山镇六位青年从西头宋家湾返镇，途经日军驻镇司令部的"席家花园"，坚拒俯腰向敌寇鞠躬，结果遭到拘捕。祖父获悉后，求得地方父老及头面人物保释，才得回家。这一高扬民族气节的行为被乡亲们誉为"小七君子事件"，至今仍在太湖东庭山传为美谈。

严庆澍虽然恢复自由，但诚如他经常向民众所唱的那样，"亡国不能自由行动啊"（《黄河之恋》），决计拜别祖父、父母亲，踏上去大后方的抗日救亡道途。

抗日热血一青年

广州、武汉失守（1938年10月）后，长沙一时成为后方抗战中心。严庆澍历尽艰辛到达那里，立即投身于"湖南文化界抗日后援会"的工作，一度任组织干事。这是一家跨党派的民间联合抗日救亡团体，成分复杂，经济权为国民党所控制。严庆澍凭一腔抗日热血，只要对抗战有利，他都热情忘我地去干，而一天工作的代价不过是两顿聊以充饥的糙米饭而已，实质是义务的。

不过，目睹国民党官僚横发国难财，政府腐败无能，军队一触即溃，而后方哀鸿遍野、路有饿殍的现实，为他日后进行文学创作积累了生活基础和思想准备。

在乱世长沙，一次他在大街上巧遇东山务本小学老师潘超（共产党员）。后来，由潘介绍，他结识了文化界抗敌知名人士钱俊瑞、邵宇等，因而被吸收参加战时书报社工作，与他们一起散发抗日宣传品，接受他们的身教言传，认清了抗战主流。1938年底那场荒唐的"长沙大火"，则使这位19岁的爱国热血青年终于看穿了蒋委员长这位"抗战领袖"的庐山真面目。

长沙大火后，严庆澍随张翼、邵宇等撤到邵阳。因为他能歌唱会编剧又善演戏，被推任"资江歌剧团"团长。他们的抗日救亡工作社会反响很好。

1940年，他奉命奔赴抗日前线，步行3000多里，到达河南邓县，在五战区三十一集团军总司令部政治部三一出版社工作。他经历了南昌会战、枣宜会战等对日大战役。

1942年，他辗转来到陕西宝鸡，在中国银行西北运输处工作。流亡颠沛之后，终于有了一段较安定的日子。

1944年，严庆澍来到大后方成都。这位颇有抗战阅历的25岁青年考进了燕京大学新闻系。他依然故我，热心参加燕大进步学生团体"海燕剧团"、"未知团契"的活动。此时抗战已近尾声，他们向往一个民主进步的新中国，为此组织"地下"学习毛泽东刚发表的《新民主主义论》等著作。这年11月11日，成都爆发了燕京大学、齐鲁大学、四川大学等在蓉五所高等学校反独裁大示威，开大后方民主运动先河。严庆澍是"双十一"运动的中坚分子。

1946年燕京大学复员返回北平。稍前，已毕业的严庆澍由恩师蒋萌恩教授力荐，为重庆《大公报》聘用，不久他随报馆迁回到上海。

自此，新闻采写与文学写作便成了严庆澍的终身职业。

严庆澍新闻出击的第一仗，是受《大公报》指派赴内战前线苏北涟水采访。1946年6月，蒋介石悍然撕毁停战协议，向中原解放区进攻，挑起全面内战。人民解放军晋冀鲁豫、山东、华中等部队予以迎头痛击，但解放军严格遵守停战协议，斗争有理有节。严庆澍深入内战前线和解放区乡村，进行了成功的采访。但鉴于当时《大公报》的立场，这些倾向鲜明的战地通讯是无法见报的；特别是他在"山那边"（解放区）采写的见闻特写，如《迎春花开》等，更被视作洪水猛兽，直到新中国成立后，才收集在《十年一觉香港梦》中，在内地出版。他由前线返沪后，就不失时机地在《大公报》报馆宿舍同事群中，或在上海太湖东山同乡会中，讲述他在苏北对两支军队、两个地区的见闻与观感，热情宣传"山那边呀好地方"。他有好几篇苏北通讯发表在"东洞庭山各校同学联谊社"（共产党外围组织）

唐人夫妇与部分子女，右为长子严正夫妇

的社刊《莫厘风》上。他是该刊物的编委。

1947年，国统区大中城市的工人、学生"反饥饿、反内战、反迫害"运动风起云涌。严庆澍以记者身份深入交通大学校园、劝工大楼等热点现场采访。这时他已成为报馆同仁心目中瞭望时势的热点人物，人们亲热地称他"严阁下"。

创业台北一报人

1947年初，上海《大公报》指派严庆澍等二人赴台北，开拓航空版业务。他工作颇见成色，进而主持新闻、发行业务。他的职务由办事处主任晋升为分馆主任，地址也由重庆路迁往繁华的衡阳路。一张民间报纸得以在光复不久的台湾报林立足、伸展，是与严庆澍的敬业、爱国和实干精神分不开的。

严庆澍族叔公严家淦在台湾颇有地位，当时是台湾省财政厅长，是他在这陌生土地上可运用的社会关系。同时他还运用（大陆去的）他的左、中、右各派朋友社会网络开展他的新闻采访和办报业务。

1947年2月28日，台湾专卖局两官员殴打女烟贩林江迈，演变成枪杀六名平民的血案。台北市民愤而举行大示威。国民党政府派正规军对饱受殖民主义统治、盼归祖国怀抱的台湾人民实行血腥镇压。20天里，3万百姓罹难。面对如此残酷的现实，严庆澍秉承真实第一性的新闻职业道德，抢第一时间，以饱满的政治热情采写出各类新闻作品，

唐人（中）暨夫人杨紫（左二）、五子电影导演严浩（右二）和胞弟严仪夫妇

成为台湾"二二八事件"的历史实录。

严庆澍有个名篇《台湾森林传奇》，揭露台湾农民饱受天灾人祸之苦，田园颓毁的不幸遭遇。小说里的人祸就是官商勾结，滥伐森林，断了山民的生路。严庆澍胞弟严仪告诉笔者："这篇《传奇》在上海《大公报》连载过。我记得是兄长应新闻处邀约，和各家报刊同仁赴'模范阿里山林场'参观时，不知怎么的，他搞到了材料，回来以反政府原旨而写出来。"

"其他如淡水河大桥上火车大火、沪台班机撞山空难、'太平号'轮沉没海难等等轰动一时的社会大事件，都是国民党腐败无能、草菅人命的结果。严庆澍都在第一时间采访，写成后，动员我和大嫂译成电码，拍发上海报馆。"严仪先生告诉笔者，"由于大哥生活环境较安宁，半年后，他让我陪着母亲、大嫂迁台北团聚。"

和当年在苏北前线采写一样，严庆澍的新闻稿在《大公报》只能刊发一部分；另一部分他则发往香港徐铸成的《文汇报》。这时上海《文汇报》已遭国民党查封，徐氏去香港续办，再开局面。

1948年9月，人民解放军攻克济南，揭开解放战争战略决战的序幕。国民党此时已全面部署逃台工作，对岛内言论控制更严，在邮政局设立"邮检处"，公开拆检来往邮件，包括进出台岛的新闻稿件。怎样将国民党在草山大兴土木造府院，"国府"各家在台北抢夺地皮等丑闻传递出去？严庆澍发现台北松山机场有个邮筒，专供上下飞机乘客投寄航空邮件，不需检查而直接送上班机。于是他借去机场接取沪港报纸航空版纸型机会，悄悄将自己的稿件投入此邮筒，逃过了邮检关。

严庆澍敢言敢为，引起当局注意。他已察觉到，当年重庆《扫荡报》同行、如今台北《和平日报》的W君，时不时来《大公报》台湾分馆"聊天"，探头探脑打听消息。他警告分馆同事，言行宜谨慎。好在他那块小天地里，同事们都同心同德干事业。

严仪先生说："这是我一生中和兄长共处较长的一段时间，深感他对新中国的憧憬和无限深情，为正义而战斗的执着精神和乐观情愫。有时还有机会与来台一游的同行好友金仲华、徐铸成纵谈天下，形势走向。1949年4月初，百万雄师过大江前夜，台北已经非常吃紧了，我因为参加学运——当时我是台北商校学生自治会主席，已受特务'关注'，传来'警告'。在白色恐怖胁迫下，兄长支持我立即返回大陆。我回到上海后，经上海市学联介绍，辗转浙东，参加共产党领导的地下武装金萧支队。"

严庆澍的燕大同学、台北《公论报》总编辑杜文思，因转载毛泽东对时局的讲话，报道中共的和谈八条件，国民党准备对他下手。严庆澍获悉风声，迅即帮助他离台脱险。

5月27日，大上海获解放。国民残余仓皇落海，台北实行宵禁，当局颁布的"戒严时期书报管制法令"，《大公报》台北分馆因此遭查封。

严庆澍在台北待不下去了。他不无遗憾地遣散当地员工，珍重道别。最后，他带了老母妻孥，离开这块奋斗近三年的土地，借口去南洋经商，到香港《大公报》报到。该报早一年由上海迁到此地。

写出"真正的蒋介石"

1949年6月，严庆澍在《大公报》编辑部任编辑。翌年，他被派往《大公报》属下《新晚报》，参与主持业务工作。

严庆澍曾经说过，"我本无意做一个作家"，"采访与写作往往属于客串性质"，但第一个长篇小说《伏牛山恩仇记》在《大公报》副刊连载后，使他初露文学锋芒；

蒋介石

紧接着又一个长篇《人渣》在《新晚报》连载。两部长篇小说的实践，使他深信凭自己丰富的新闻采访阅历、深度的政治视野，是能在文学天地报效新中国的。基于这样的信念，他无怨无悔地向文学创作深海泳去。

《伏牛山恩仇记》写抗日战争年代豫西土皇帝别廷芳恶有恶报的故事。《人渣》又名《某公馆散记》写一群国民党残余逃到香港后，梦想"反共复国"，不成，经济上生活上走投无路，终于沦为"人渣"的悲凉过程。此后他继续创作，有50多部中长篇小说，但驰名社会的却是蒋氏王朝历史小说书系。

人们感兴趣的是"二梦"缘起。是否有他所崇敬的鲁迅、茅盾的"遵命文学"现象？就是说严庆澍（唐人）写两蒋负有某种使命与否？这一问题，从严庆澍1980年回答香港《开卷》杂志主编一段话语中可寻到起因。他说："事情要从《侍卫官杂记》开始。《新晚报》初期曾刊登这篇小说，之后出版了单行本。作者宋乔写蒋介石的肤浅与无聊相当有趣，读者却有这么一个意见：蒋介石当真这样浅薄可笑？为了说明蒋介石之所以成为蒋介石——他连美国总统都曾为之头痛，《新晚报》主编以为最好能再写一篇（部），塑造一个'真正的蒋介石'，而且这一意见越来越多。大概当时距离新中国成立为时未久，人们对蒋的'厉害'记忆犹新之故罢？"为此《大公报》总编找过本报许多写作好手，还函北京老前辈帮助，但都没有成功。于是这个写作任务落到了《新晚报》。编辑部例会开了好几次，与会者都摇摇头，有的表示"不感兴趣"，有的表示"不能胜任"，有的则言"没有创作冲动"……

这时，人们的眼光都落到严庆澍身上——他的第二故乡上海无疑是老蒋发迹地，他上过抗日前线河南，他深入过内战胶着地带苏北，他还在国民党落海那个岛上待过、拓展过……严庆澍拥如此丰厚阅历，写老蒋看来非他莫属了。严庆澍后来说：

已经记不清开过几次例会，反正最后决定作为一个写作任务处理了，而这任务竟落在我身上。

严庆澍接受了任务，但他深知任务之艰巨。因为构思这部新作中"每一个人皆'认识'的角色，不比一般小说中人物，可以捏造；又不能凭资料去写，否则效果与催眠剂无异"。他收集的材料很多，已在他案头堆积如山，但无从下手，更找不到亮点。有一天，突然一星火花爆了——"八行笺"引发了他的灵感。严庆澍后来回忆说：

1939年冬天，有一位真正的蒋介石侍从室侍卫官退休后来港，寻访亲友，希望"叶落归根"，并且很快获得批准。他在回乡之前，用八行笺写下了一些有关蒋的情况，内中有五页是记载抗战时他持奉侍之命，在重庆监视蒋的兄长郑绍发（笔者按，其时确有一个河南许昌农民郑绍发到重庆寻亲，欲认蒋介石是他胞弟，被软禁在白公馆，生活优待）的经过。

宁波奉化溪口鱼鳞岙蒋母王采玉之墓

这份留下绵长历史谜团的"八行笺"是由友人交给严庆澍的，严当时并不在意，拿回家中，随手放置。如今领悟到它的重要，立即到处寻找，又发动全家人，花了几天工夫，终于找到了这轻轻薄薄的五页纸。

"这五页'八行笺'，与其说是欠缺文采，毋宁说是朴实无华。于是我就动笔写《金陵春梦》。"严庆澍说。推敲多日的《金陵春梦》肇始就这么简单，尽管有点传奇色彩。

当时严庆澍也有些不大相信，蒋介石怎么会有这样一段传奇的故事。写了《郑三发子》，刊出之后，他十分关心社会反响，"自己对相反的意见或抨击也非常留意，倒不是担心有人责备我反蒋而出此一着并不光彩，其实拙作中对蒋母寡居再嫁这一节是十分同情的。"

小说连载后，唐人发现读者对如是开卷是感兴趣的，他感悟到时代对蒋介石这个人物的冷眼——历史塑造的形象和社会人心的向背，在当时是无法逆转的。

"唐人"笔名亦谐趣

出版《金陵春梦》第一集《郑三发子》时，严庆澍在封面上印上了"唐人"的笔名。此后，严庆澍这个名字便在社会上渐渐隐下去，全由"唐人"代替了。

说起"唐人"的来历，倒也是谐趣的巧合。当时，严庆澍把他的《郑三发子》书稿送到《新晚报》排字房，校完大样，正要上机开印时，校对师傅催最后确定本书作者的名字，严庆澍不知怎的联想起他写作此书的引发点《侍卫官杂记》。

"啊哈，宋乔这个老兄，唐宋元明清嘛，那我就排'唐人'好了。"

后来，宋乔知道了，就嚷道："唐人这小子，竟骑到我老宋头上来了！"

为了收集详尽又真实的材料，写出一个"真正的蒋介石"来，特别是老蒋发迹前的历史人文及社会风俗背景，唐人在香港穿街走巷，于大小书肆、货摊杂铺间掏书。一天，他在嚤啰上街与嚤啰下街间的一处旧货摊上，觅到一本油光纸石印的旧书《三十年歇浦沧桑录》。这是一本清末民初十里洋场上海的"风月场中"大全兼导游的小册子。唐人把它买了下来。回家细阅，当年上海妓院的分级、规矩、陈设、制度，乃至名妓的花名、绰号、特征等都一一在册。这岂不是蒋介石"革命"前在上海滩生活的"活动背景"吗？妙不在言。唐人就撷取其中精彩内容，融入《郑三发子》各段的故事中去。

小说连载了一段时间，唐人收到一封署名"罗高"的来信。该信笔迹苍老辣劲，行文流畅而带"报馆体",说老蒋吃花酒时本人偶也在场,颇为知情,称唐人尊兄也涉猎,"不能想象还有90多岁的吾辈写蒋介石逛堂子,记忆如此清晰!"信中盼望"这位老兄"去与他会个面。方法是:借报代邮,在连载末端登个小启,写道诸如,罗高先生,大函奉悉,盼示尊址云云。唐人照办了。不久,得到了"铜锣湾保良局"的地址。

唐人按图索骥,在一幢高级住宅楼里,由女仆带引,见到了一位戴了深度近视镜的耄耋老人。老先生见到30多岁的唐人,礼貌地探问:"老太爷没有来吗?"老先生怎么也不曾料到,文章竟出自这位年轻朋友之手。这次会面后,他俩成了忘年交。这位吴侬软语的老人是谁?赫赫有名的中国老报人、近代小说家包天笑。

包天笑当年在上海办《晶报》,因业务需要,也常到"书寓"(高级妓院)去应酬。"这类妓院是相当高级的,鄙视sex without love(无爱的性),于是名妓的诗画琴棋,一曲绕梁,招来了王孙公子的诗词唱和,自然培养love,是名士雅客,乃至富商的应酬场所。他老蒋呢,当时远未发迹,属'傍友型'的,和我们还远攀不上做朋友哩!"包天笑回忆往事。

"告诉你,"包天笑又对唐人说,"你那小说里的'豆芽老七',从良已经好几十年了,现在还健在,儿孙绕膝,住在九龙塘,可以去访访她。"

谈天中,包天笑还指出唐人小说中的一些错误地方:"当然,你还年轻,缺乏阅历,没有关系的,以后你会渐渐成熟起来的。"

这位寓港资深作家99岁才笑归天国。

《春梦》集第一本《郑三发子》自1952年问世后,唐人越发不可收拾,一口气写了五本,后来又写了两本,总共七本,形成一套描写蒋介石在大陆兴衰的书系。它们是《郑三发子》、《十年内战》、《八年抗战》、《血肉长城》、《和谈前后》、《三大战役》、《大江东去》。

前五集在《新晚报》连载达三年,长盛不衰,至1955年先行出版发行。出版前,《大公报》社长费彝民为之作序,有云此套书系"丰富而真实的'内幕',以作者予以系统的安排,有声有色,确是一部难得的历史小说"。

义正辞严斥魍魉

唐人将蒋家王朝种种内幕揭得老底朝天,台湾方面没有反应吗?尽管树倒猢狲散,但小爬虫不乏其人。

台北三青团机关报《平言日报》总编辑薛斯人亲自出马，在香港一家日报著文，"揭"唐人写《春梦》赚足了稿费，有两辆私家车，"他白天写写稿，晚上上上舞厅，是个'出血大户'"。唐人的清苦是人尽皆知的，所以他在巴士站苦候公共汽车时，朋友遇见，就开他玩笑："你在等候你的两部私家车吗？"

公开诽谤后，匿名信、恐吓信寄来了。唐人付诸一笑。

1958年，唐人的"老眼睛"台北《和平日报》的W君找上门来。此人先打去电话，约唐人出来，到干诺道《大公报》报馆老址后面的大同酒楼楼下卡位晤面。唐人胸怀坦荡，如期到达，却见两个不三不四的人在卡位四周游转。一俟W出来，唐人劈头就问："你电话约我出来，我来了。你还不相信我？难道你此行就是派两个探子来解决问题？"

W支支吾吾，极力否认。那两个"探子"见机溜了。

"好吧，"唐人打开天窗说亮话，"我首先告诉你，匿名信、恫吓信我一一照收了。我也都一一交给了我的上级。"

W慌忙辩解不知情，并且推得干干净净，说这次赴港是慕名专程来拜访的。

"那你约我出来谈什么呢？我的时间有限。"唐人看看手表离座欲走。

"严先生——唐人先生，且慢。"W急忙阻拦，"唐先生写作《金陵春梦》无非是赚点稿费嘛。现在如果有人来约你写稿，你能不能接受？我们用五倍，或者五倍以上，甚至更多，只要你开口，用大稿费来买断你那书的版权，如何？"W终于露出天机。

"我不打算接受旁人的约稿，也不另外出卖我的版权，无论五倍、十倍，或者几十倍。"唐人斩钉截铁回答，"我稿有得写，几家电影公司、几家刊物、几家报纸的约稿，都来不及写呢。哈哈！"

"我可以告诉你，"唐人又说，"我确实为生活写了不少稿，但写《金陵春梦》却不是为了稿费，也绝非私人攻击。我的祖父和父亲都是躺在床上去世的。我们严家与蒋家没有私仇。这点你应向你的上峰如实报告。"

"退一步说，如果蒋氏爷儿俩马上宣布国共谈判，谋求中国统一，使中华民族大家庭得以团聚，那我一定另写蒋的情况，大大赞扬他。"

"我还要请你转告蒋经国先生，他比他老太爷头脑清醒得多，希望他让我有机会为他写一部有关民族大团结的小说。"

"不过，他们已经发生的事，他们所做的，以及举世对他爷儿俩的评价，是不能改变的，因为这是史实！"

W被驳得哑口无言，最后还黔驴技穷地想要个"府上地址"，"改日好来叩门拜访"。唐人一眼看穿了他的诡计与用心，却大方地把家宅地址和上下班时间都告诉了他。

"老兄如果还要警告我，甚至要我做个光荣烈士，那我就预先谢了！不过我奉劝你转告你们的特工部门，为了你们自己，也为了台湾百姓，最好别来这一套。这实在为人不齿！"

透过镜片，唐人目光如剑，深广天庭闪闪发光。

当然，一定的戒备还是十分必要的。严仪先生告诉笔者，那段时间，香港《大公报》几乎每天晚上都通宵有人值班，进行自卫。唐人一家也搬进《大公报》报馆去住。"我想，祖国大陆也不会坐视此事。台湾特务胆敢到太岁头上动土！"严仪最后补充了一句。

唐人在20世纪70年代末又写了《草山残梦》系列，一集一集地在新加坡等地的华文报纸上面世。他原计划在"二梦"完成后，蒋氏书系就挂笔，不意得悉，垂暮之年的蒋介石令台湾70多位历史学者向日本极右记者古屋奎二提供（其实并无秘密可言的）资料，助他撰写《秘录》，以为"抢救蒋介石表像"。政治嗅觉敏锐的唐人深感"形势比人强，日本极右派余孽是不能成事的了，但不能不给蒋经国有所劝告"，因此又开笔写了两集40多万字的蒋氏题材系列小说《蒋后主秘录》。该书用李后主词句如"小楼昨夜又东风"作回目，影射北京宽释10位战犯原国民党将领，在台北引起的强烈反响，并讥讽性地借用那个日本佬的名字，衍化成"今屋奎一"作为著者的笔名。

唐人还以"草山山人"笔名写了《宋美龄的大半生》。写作缘由是《晶报》社长要他写"蒋帮太座列传"，他认为"我因为不善伺候'太座'，又怕引起读者错觉"，遂以此书来"交账"。

道德文章身后名

1978年3月，唐人作为第五届全国政协委员赴京与会。在一直心仪的祖国首都，同诸位老友、同行重叙旧谊，十分愉悦。回港后，他以更大热情投入工作。但在9月的一天，他在接一个电话时突然张口结舌，脑溢血突发，失去身体自由行动功能——他半身不遂了。

翌年，他被送到广东从化疗养院。人民政府安排他疗养，为他精心医治，病况渐渐有了转机，在旁人扶持下可以行走了。1981年，为使他早日康复，领导让他赴京，住进了有名的友谊医院。这时唐人才过花甲之年。

在病床上，唐人关心时事政治，紧扣改革开放的时代脉搏。他特别有感于1981年叶剑英委员长向新华社记者发表谈话，建议举行国共两党对等谈判，实行第三次国共合作，完成祖国统一大业。他表示，本人写过《金陵春梦》，并非出于杜撰，蒋介石的历史是他自己写的："倘若蒋经国先生深明大义，为实现祖国统一作出了贡献，我一定为他树碑立传。"为此，他壮心不已地构思一部以民族团结为主题，以台湾作背景的电影剧本，拟名《阿里山下》。这仅是唐人新的庞大写作计划的一角。

唐人始终坚持"工作便是幸福"的信念，抱着"老伤兵裹创再战"的雄心，盼望重返工作岗位。他实在等不及彻底康复出院，已经在床头工作了。1981年11月26日，他凌晨2时起床，握起笔，写，写，写……但是笔掉在地上，人倒下了——从50年代伊始，他写作蒋氏书系，至此30年；从抗战胜利返沪新闻从业，至此35年；从1919年呱呱坠地，至此也不过62个春秋。

唐人在广东从化疗养

唐人先生走得何其匆匆！

唐人这实在短暂的一生，留下了多少文章？他的几位朋友曾作过一个小统计：唐人还用"洛风"、"阮朗"、"颜开"、"高山客"、"江杏雨"、"陶奔"、"张璧"等40多个笔名，出版了50多部长篇中篇小说，还有35部需整理待出的；他创作了14个电影剧本，以及多部话剧；他更以无以数计的新闻作品（消息、特写、通讯、时评等）参与时代与生活，成为历史的见证与实录。唐人回忆这段生活时，曾作如此描绘："古今中外，作家们什么古灵精怪的习惯都有，写作的时间比较固定。我则不同，我因为工作和生活，总是随时挤时间来写。"他一写，文思如泉涌，"大概是每小时二千到三千的速度"，也有窘迫的时候，就是"原子笔"突然写不出字了。他说自己从20世纪50年代到70年代，累计写了7000多万字。

1981年12月3日上午，唐人先生的追悼会在首都八宝山革命公墓礼堂举行。廖承志和全国政协、中共中央统战部、全国文联、中国作协、中国记协等单位送了花圈。朱穆之、费彝民、平杰三、张执一等有关部门领导人前去送行。中央调查部领导人罗青长、万景光、李景峰等来到北京前门饭店，亲切看望并慰问了唐人遗孀杨紫及其子女等亲属。

同日，新华通讯社发出的电讯稿中，对唐人一生道德文章作了如此概括："30年代积极参加抗日救亡运动。40年代投身进步文化新闻工作，先后在上海、香港《大公报》、香港《新晚报》工作30多年。""他在业余时间从事文艺创作数十种，以唐人笔名著有《金陵春梦》，以阮郎笔名著有《香港风情》，以颜开笔名著有《诗人郁达夫》等小说、剧本数十种。"电讯稿言简意赅地评价了唐人的一生："他热爱祖国，热爱社会主义，热爱中国共产党，工作勤恳，待人热情。"

蒋介石在大陆最后一位侍卫官往事漫忆

　　起自20世纪30年代的军事委员会委员长侍从室（通称蒋介石侍从室）是个怎样的机构？蒋介石和其两个儿子的生活情状怎样？侍卫官们的职责与待遇如何？……本文根据留在大陆的最后一位侍卫官项老先生的口述整理而成，都是鲜见于正史的并且没有虚构成分的逸闻故事。而且这位沧桑侍卫官自身一则"书法无意作津梁，父子两岸竟团圆"的阳光尾声，韵味绵长。

　　中国大陆最后一位蒋介石侍从室侍卫官项德颐，1921年生，原籍浙江省浦江县，1943年进入原国民党军事委员会委员长侍从室，任侍卫长室中校参谋。1946年因考入中央警官学校，离任。现任浙江省文史研究馆馆员，是位著名的楷书书法家。

　　笔者与项老先生几次对几品茗时，不时聆听他回忆那段侍从官生涯，现串连成文，以飨读者。

青年项德颐

侍从室，蒋介石的最高级幕僚机构

　　原国民党军事委员会委员长侍室，简单说就是蒋介石侍从室。这个历史名词已经尘封半个多世纪，鲜为人知，或知之不确，有简述一下之必要。

　　蒋介石在20世纪30年代初"剿共"及与军阀打内战时，将紧随他的秘书、副官、参谋等亲信，组建成一个规模并不大的"侍从室"，列入南昌行营编制。到了抗日战争时期，这个"侍从室"的规模不断扩大，成为他身边参与绝密决策、秉承他意志办事最高级的幕僚机构。此时的"侍从室"已成独立编制，内部结构叠床架屋，分为三处一室十组，大有"一人之下，万人之上"的威势。

所谓三处一室，分别是：

侍一处，主军事，主任更迭较频，他们先后是钱大钧、张治中、贺耀组、林蔚、商震。

侍二处，主党政，亦可称秘书处，主任便是有名的蒋介石"文胆"陈布雷。

侍三处，1939年才成立，主任陈果夫，机构较侍一、侍二庞大，下辖四个组和一个室（侍卫长室）。后，侍卫长室剥离出去，由蒋介石亲自掌管。

侍卫长室，是蒋介石的贴身侍从，保卫蒋介石绝对安全的机构。侍卫长当然非蒋最亲近的人莫属，先由他的内侄王世和充任，后由蒋的奉化小同乡俞济时任。

侍一组，隶于侍一处，主管总务，包括经理、会计出纳、医卫、福利及蒋家生活开支、交际、接待等项业务。组长陈希曾。

侍二组，隶于侍一处，主管军事参谋业务，具体的作战指挥、军队训练、装备与后勤、交通运输、人事考核等。组长先为于达，后为赵桂森。

侍三组，先隶于侍一处，后隶于侍卫长室，是蒋介石的贴身警卫机构。组长蒋孝先，此人在"西安事变"时被击毙，后沈开继之，有时侍卫长自己兼任。

侍四组，隶于侍二处，和侍二组一样，是"侍从室"的核心机构之一，主管政治、

蒋介石侍从室三处八组全体成员

晚年项德颐

经济、党务以及蒋介石急办的一些机密案件。组长陈方。

侍五组，隶于侍二处，主管经济、党务专题研究。组长先由陈布雷兼任，后为陶希圣。此组在侍三处成立后，移并该处。

侍六组，隶于侍二处，组长军统头子唐纵，主管情报业务。初，中统头子徐恩曾的密报送侍二处四组，军统戴笠的密报则送侍一处二组。1938年组建侍六组后，一切特工密报均送交此组，加以综合整理，将特级核心的直送蒋介石。"侍从室"撤销后，唐纵升任内政部次长兼警察总署署长。

抗战后期，"侍从室"还成立了一个由蒋介石直管的"机要组"，专门处理蒋氏来往电报。组长毛庆祥，系蒋的姻族溪口小同乡。该组业务上仍归侍二处指导。

侍三处所隶的七组、八组、九组、十组，分别是：七组管调查，组长濮孟九，后为侯羸剑；八组主管登记，组长姜超岳；九组主管考核，组长罗时实，后为梅嶙高；十组主管分配，组长孙慕迦。侍三处设在重庆南温泉。

侍三处还于1944年附设中央训练团学员通讯处（组级编制），处长吴铸人，副处长熊公哲、刘兰陔。此时侍三处全体人员已近300人了。

侍卫长权力"通天"，侍卫官"天之骄子"

1937年"七七事变"后，17岁的项德颐从浙江严州中学高中投笔从戎，后在俞济时部七十四军参谋处参加抗日战争，身历江西回马岭、张古山、高安战役和皖南战役、浙东战役、鄂西战役等。1943年冬，原任第十集团军副总司令、时任蒋介石侍从室侍卫长的俞济时将项德颐抽调到侍卫长室。项离开前线，奔赴重庆，到曾家岩德安里侍卫长室报到。

1942年侍卫长室从侍从室第一处剥离出来，成为处级编制，而且直辖于蒋介石，俞济时的本领可谓"通天"。当年欲进入侍卫长室的，都要经俞济时本人亲自甄别筛选，表面条件有三：（一）仪表端正，体格强健；（二）绝对忠诚可靠；（三）高中或高中以上文化程度。选中后，首选列入侍卫组，做侍卫官，侍卫组长是竺培基，副组长施觉民。其次为警务组，组员约15至20人，组长是黎铁汉，副组长陈善同。侍卫官在蒋介石办公室门口站哨，警务组员则在外围。蒋外出时，他们都随车。第三层次是内卫股，约一个班的人数，服装、待遇与侍卫组、警卫组一样，编制不是官，是军士，蒋外出时也随车，除佩左轮手枪外，还带轻武器。

俞济时

俞济时同时将军委会警卫团扩建成警卫旅。旅长楼秉国，诸暨人，黄埔三期生。此旅虽然名义上警卫国民党中央各部会，实际上以警卫蒋介石及其别墅为主，且隶于侍卫长室。

俞济时还新设武官室。该室有五名校官，能以多种外语流利会话。外国人士和国民党军政要员要晋见蒋介石，都要在武官室登记，连戴笠等人也不能例外。

俞济时是奉化人，蒋介石的小同乡，黄埔一期生，陆军大学将官班甲一期。曾随蒋东征、北伐，是蒋嫡系中最亲近的人。1943年年底，俞济时得蒋介石批准，建立"监察网"，即所谓军委会委员长侍从室第一处"参事室"。该室的事务业务，均为俞济时一手抓，由他的旧部张晓崧（俞任浙江省保安处长时，张是属下谍报股长）具体掌管，主任秘书项昌权（周恩来的留法同学）也是俞的人。"参事室"的主要工作，主要是收集中共驻渝办事处活动情况，以及中统、军统、蒋管区军队各主官的活动况，随时整理成情报，由俞济时转交给蒋介石本人。这个"参事室"连宋美龄的同学、中茶公司潘某的活动也作情报收集。如此，使蒋介身边的红人对它也谈虎色变，称之为"监察之监察"。

接着，项德颐说到自己："我很运气，一到侍卫长室，严厉出名的俞济时倒派任我为中校参谋，掌握人事工作。"

蒋介石和宋美龄

"记得报到那天，侍二处上校秘书沈昌焕（此人后任台湾'外交部部长'）发我们《曾文正公家书》全集一套、《圣经》一本。为了迎合蒋介石的要求，我们读这些并不难，但那个国难当头的时期，谁有心去细味或理解曾国藩、耶稣呢？逢到星期日，还要到教堂里去做礼拜，听神父讲《圣经》，我与大家一样，应付应付而已。"

"不过休息日是有的，是轮休，可以休息一天。有家庭的，可以早一天下午3时离室，第二天10时前归队，万万不能有误。我们都知道这个缺嘴将军（俞济时先天兔唇）是声色俱厉的。"

项老先生告诉笔者，当侍卫官待遇十分优厚，他的月薪法币17万元，再加三分之二的津贴，共有23万元。这对大后方的工薪阶层来说已经相当不错了。春秋季发给纺哔叽中山装一套，夏季发浅黄色卡其服，冬季发呢制服。衬衫、鞋袜也是供给的。逢到假日，侍卫官就凭这套显赫的制服，佩证章，再腰间别一支"左轮"，上街去逛。行人侧目，避让遑遑。到戏院影院，根本不用花钱，而且排座是上好的。乘公共汽车，可以"优先"上车……民众嗤之以鼻，国民党官兵眼红，讥为"天之骄子"。我是从抗战前线血污中钻过来的人，想想同样是军人，在前方，在后方，两种生活何其悬殊。

重庆两公馆，枪毙兵役司长

蒋介石在陪都除复兴街办公楼外，还有两处公馆：黄山公馆、老鹰岩公馆。

黄山在长江南岸，三面环水，地处嘉江与长江汇合处，恰似小半岛。黄山公馆是宋美龄与蒋介石常住的地方。宋夫人精通英语，也稍通德、法、日语，是蒋介石得力的外交助手。她有不少美国高层朋友。为国事、为私事，她常去美国。宋夫人不在的时候，蒋介石便到"老鹰岩"与陈某某相会去了。那个女子很年轻很漂亮，据说是护士，但肯定不是陈洁如，因为陈洁如与蒋介石登报声明两人脱离关系。宋美龄也知道此女。

1944年深秋的一个晚上，蒋介石驱车返黄山公馆。车至长江边，因为渡轮尚在对岸海棠溪，需要等候，蒋随即下了小车，信步向江边一幢新建的房子走去。他透过门口朝里望，看见一排人被绳索手臂连手臂地捆着，坐在地上打瞌睡，显然是拉来的壮丁——这种情形那时很普遍——顿时，蒋大怒，喝问哨兵。队长来了，战战兢兢回答，是上峰的命令，为防新征来的壮丁逃跑，不得已捆了。蒋一边命令解去捆壮丁的绳索，一边打电话责问兵役署长鹿钟麟。事后，兵役署的一名叫程泽民的司长做了替罪羊——被枪决了。

"大太子"、"二太子"印象

项德颐对蒋介石的两个儿子蒋经国、蒋纬国有所接触，留下良好印象。

1944年10月的一个晚上，项偕侍卫官周星环等四人去市区都邮街的一家电影院观看轰动一时的美国彩色电影《出水芙蓉》。散场时已是深夜，没有公共汽车了，只好边聊天边步行回去。行至七星岗附近，看到后面开来一辆吉普车，灯光下瞥见车号是侍从室的，而且前去的公路只有一条，于是就立刻呼叫"停车"，要求搭车。待汽车戛然刹住，驾车人将头伸出来时，才发觉是蒋经国。侍卫官们顿时不知如何是好时，蒋经国挥挥手，和蔼地招他们上车，"大家挤一挤，坐得下，我把你们都带回去。"车上仅有蒋经国一人，大家都坐下了。一路上蒋经国主动与他们攀谈，问："你们这么晚回去，是在城里看电影吗？戏票又是招待券吗？"侍卫官们唯唯称是。蒋经国正色道："侍从室的待遇很不错，跟我差不多，所以你们以后去看戏，还是应自己掏钱买票。"

蒋经国这时已结束赣南生活，从西北回到重庆不久，出任三青团中央干校教育长。项德颐知道，长自己11岁的经国此际正以"青年偶像"形象出现在大后方。今日偶遇，果然，果然！

蒋经国仲弟蒋纬国，1943年冬由步兵调任装甲兵营长后，常去重庆，偕他的夫人石静宜居住在曾家岩侍卫长室楼上。项德颐回忆说，1944年元月某天下午，蒋纬国夫妇从外面归来，在走廊上与自己迎面相逢，蒋纬国身着少校军服，腰板笔挺，彬彬有礼地打招呼。穿着黑丝旗袍的石静宜报以微笑。彼此互让，侧身而过。蒋纬国有时也会到侍卫官办公室里来闲聊。

侍从室二处官员合影，前排右三是陈布雷

见周恩来，如沐春风

项德颐说，自己因为工作关系，在"侍从室"时候曾三次见到过周恩来。他说："周先生礼贤下士，待人和蔼有礼，谦谦大度。尤其他那言简意赅的言谈，在我有如沐春风之感，使我终生难忘。"

第一次、第二次是在1945年11月间，周恩来到曾家岩侍从室，会晤时任军事委员会委员长成都行营主任兼四川省政府主席的张群（岳军）。两次会晤都是由项德颐接待引见的，至于晤谈内容，不得而知了。

第三次，同年12月初一的上午，周恩来驱车来到曾家岩，要求会见蒋介石。当时蒋尚在黄山公馆。

按规矩，凡来见蒋介石的人，都要在武官室登记，但周恩来与蒋介石是老相识，且周又是黄埔军校的老长官、老师，更因为周是代表中共的，此时国共两党重庆谈判刚过，所以此项手续就免去了。俞济时急忙指示项德颐接待周恩来（俞有事分身不得）。

项恭请让座，沏茶礼待，乘等候蒋介石间隙，项与周聊天，在场的侍卫长副官陈政明见机，用照相机拍下了周、项谈天的镜头，项站起来责怪陈不礼貌，倒是周恩来微笑解围，说："没有关系，我和项先生已见过两次面，现在是第三次了，相识了，留个纪念，不是很好吗？"

这张很有纪念意义的照片，被项德颐要来，小心保存起来，可惜后来被毁于"文革"时期。

飞视台北和拟赴延安

1946年5月5日，国民政府还都南京。尚在4月间，蒋介石侍从室的几个单位，分别由重庆迁往南京。不久，"侍从室"改组成军务局，侍一处、侍二处分别改组成参军处（参军长商震）和文官处（文官长吴鼎昌），设在长江路。侍卫长室则改名为警卫室，主任就是原警务组长黎铁汉（黄埔二期生），竺培基、施觉民为副主任，侍卫官、警务组员原班人马未动。至于原侍卫长俞济时，此时就任军务局长——蒋介石曾发表任他为一战区三十六集团军总司令，但俞未到任。军务局随蒋介石官邸迁到紫金山麓的香林寺一带，前是国防部，后是励志社。

这年10月间，蒋介石（那时还是委员长身份，到1947年4月，国民政府改组，始任国民政府主席）偕夫人宋美龄作了次台湾行，目的是赴台北，参加台湾光复一周年纪念活动。随从人员队伍庞大，当然少不了俞济时、黎铁汉、竺培基、项德颐一群，还有空军武官夏功权。

蒋、宋一行乘一架有前舱、后舱的美国专机，在南京明故宫机场起飞，约两个小时，降落在台北中山机场。到机场迎接的有台湾省行政长官陈仪暨省行政长官公署诸官员、地方绅士、工商代表人士。沿途老百姓夹道欢迎。

第二天，蒋宋下榻草山宾馆。初来乍到，深感宝岛山水相间，空气清新，风景十分优美。但也感到宾馆的建筑式样、内部设施等等，无一不是日式的，殖民时期的痕迹到处可见，同行人感叹不已。台湾的饮食和大陆差不多，为迎合蒋介石的"新生活运动"，宾馆的中晚菜肴均为四菜一汤（两荤两素），用大盘子盛着，够吃的。接近蒋的人都知道，他是反对大吃大喝的。有一年，侍从室的人在杭州接受省会警察局长何云（黄埔一期生）的六大盆佳肴招待，不料蒋介石进来了，见状大怒，当下用手杖打翻几盆菜，何云也被呵斥一顿。这回在台北可有意思，每餐桌上均有一盆清蒸芋艿头，香喷喷的，硕大而酥软。蒋介石举箸指问道："此地也盛产这个？"陈仪笑着回答："不是的，是托人从奉化带来的。"蒋频频点首，十分开心地享用他家乡的土菜。

陈仪出身日本士官学校，可谓资深国民党军政元老，又是蒋介石的浙东同乡。当时他俩的关系还是融洽的。当天晚上，陈向蒋陈述了他的"三年自治计划"。陈仪是1945年10月24日以台湾省行政长官、中国第十五受降区受降主官身份抵达台北的，未料1947年发生"二二八事件"。是年4月，台湾行政长官公署被撤销；5月，他被作为替罪羊，离开台北，返大陆。陈仪在台岛时间仅一年又七个月而已。

翌日（10月25日），蒋、宋出席台湾各界举行的纪念台湾光复一周年大会。蒋发表演说，千人肃穆静听。越二日，蒋介举行记者招待会，谈在台观感。当天，蒋、宋一行离台飞上海。

讲到蒋介石1946年台湾之行，项德颐顿时联想起1945年蒋介石拟赴延安，找中共中央谈判的旧事。"八一五"抗战胜利后，蒋为争取民心和政治主动，所谓"提高个人威信，既得胜利果实，又可压倒共产党"（项德颐与机要室郭赞岑交谈时所得到的情报），曾一度想作延安行。俞济时为此忙了一阵。他拟派项德颐等侍卫官打前站。队伍不小，项得知，警务组长黎铁汉，侍卫组长竺培基、施觉民，上校侍卫官俞滨东、赵懿英，以及警卫旅长楼秉国等十数人，还有内卫股便衣的人均作蒋的随从。不久，俞济时命项德颐去老街32号军委会机要室，要主任毛庆祥准备好一套去延安时用的特别密码本。侍从室都在忐忑不安中作准备。不过由于何应钦、陈诚、白崇禧、陈立夫、陈果夫以及戴笠等要员"进谏"，怕重演"西安事变"，终于作罢。事后，俞东滨告诉项德颐，宋美龄也反对蒋作延安行，说："你亲赴延安，反倒贬低了你自己。你说和共产党谈判，来个什么假引退，一旦'引退'弄巧成拙，岂不招致是非？叫谁来收拾烂场面？"

散步紫金山，踌躇满志，走投无路

1946年5月还都南京后，踌躇满志的蒋介石，常去紫金山麓的中山陵、明孝陵散步，并形成习惯。明孝陵前立有石人石马的神道，但不知因何突然打了个弯。蒋对随从说，当年修建孝陵时，发现神道上有座孙权的坟墓，主持人奏请洪武皇帝朱元璋，建议拆去孙墓。但洪武帝说不可，孙权是条好汉。神道因此绕过孙权墓，而形成今天的拐弯。蒋介石对朱洪武的气度十分欣赏，因此散步时对这个拐弯颇感兴趣，不厌其烦地讲这一典故。自从中山陵落成，举行过孙中山先生奉安大典后，蒋介石更以孙中山继承人、当代"朱洪武"自居，来到中山陵、明孝陵散步，踌躇满志，抒发胸臆。

1946年6月间，蒋介石在某次散步时，顺道走进黄埔路的国防部电台室。蒋有洁癖，即兴用手指往发报机上抹了下，发现沾了灰尘，便面有愠色地责问台长，有几天没有打扫了？台长回答，一星期大擦一次，每天小揩一次。蒋怒目斥道："这个你不诚实！"台长满脸委屈说："南京气候干燥，空气中多沙尘，比不得重庆多雾……""强辩！关禁闭！"蒋介石扶着手杖走了。旁人都感到是小题大做，但谁也不敢去求情。

内战惨败，使蒋介石的精神陷入极端焦灼、暴躁的状态中，以致亲手枪杀了宋美龄的哈巴狗。此事件，侍从室里几乎无人不知，大家忧心忡忡过日子。1948年徐蚌会战（淮海战役）节节失利，手下爱将不是战死，就是被俘，蒋军大伤元气。接着，"党国要人"陈布雷自杀（1948年11月13日），戴季陶自杀（1949年2月10日）。接踵而来的是，河南省主席张轸宣布河南独立（1949年1月1日）；湖南省党政军联合办公室长官程潜通电，要蒋早日引退；更要命的是华中"剿总"长官白崇禧提出最后通牒，逼蒋（1949年）2月1日前下野……蒋介石如热锅上的蚂蚁，走投无路，一时发昏了，竟拔出手枪，崩了送电报的译电官。宋美龄抱着另一只洋狗，逃到孔家，对大姐宋蔼龄说："不好了！老头子疯了！"

后一则故事是项德颐从侍从室旧同人那里听来的。那时，他已经带职考进中央警官学校警政班，打算去地方见习了。

楷书贺寿，书法津梁

谈到这里，项老先生带出了他父子分离40多年重聚的传奇故事。这场团圆戏牵线乃是一幅书法作品。

1946年，国民政府还都后，恰逢蒋介石60大寿，南京各界着实忙乱了一通，早期毕业的黄埔高级军官们联名贺寿，布置成寿堂，歌颂他们的校长八年抗战功绩，由一期生侍卫长俞济时推荐，让项德颐来书写颂文。项德颐因为"侍从室"工作关系，需用台阁小楷公正誊写公文，加之他平时不懈努力，练习书法，所以写得一手好小楷。项德颐不负众望，用小楷书法写了一轴1500字的颂寿中堂，奉献上去。不久，蒋介石召见了他，并犒赏他50元大洋。项的小楷书法一时名声大震。陈诚也找上他，要他代笔，书写《归去来辞》作贺蒋寿礼。大书法家监察院院长于右任鼓励他"走自己的路"，在练习各家各式书法的同时，在楷书上进一步下功夫。

1947年，项德颐中央警校毕业，为谋出洋留学资历，他偕妻易氏，离开南京，到浙江警界任职实习。行前，他们将才4岁的儿子项生托付给他的一位挚友，联勤总部交通处长施某。但没有两年时间，中国人民解放军打响了横渡长江战役，施某带着全家和小项生，仓皇飞往台湾，连告诉一下项氏夫妇都来不及。从此一条海峡隔断两岸，项氏父子1947年生离，几乎成了死别。

经过30多年生活颠簸，项德颐于1984年被聘任为浙江省文史研究馆馆员，其妻易女士（抗战时任军委会军医署少校译电室主任）也被安排在文史馆办公室工作。20世纪80年代开始，百姓生活安定，社会风气开放，人文氛围浓厚，项德颐先生重返翰墨，楷书名气再振。

改革开放年代，适应海外联谊需要，项德颐经常用楷书书写《金刚经》，赠送友人。有一次，他的书法作品在西湖蒋庄（马一浮先生晚年寄寓于此）展出，为一位香港老太太所得，辗转流传到太平

项德颐书法作品《滕王阁序》

洋彼岸，在洛杉矶、纽约华界引起了震动，"项德颐，这不是老蒋侍从室里的那个小项吗？""原来校长留在大陆的侍卫官并没有被枪毙！""项德颐好好活着啦，字写得越来越精彩喽！"

消息传到台北。项的老友施先生还健在。由施家带养教育长大的已是花莲大学教授的施政——项氏夫妇的独生子项生，怔了，愣了，泪水潸潸而下。

为了确证这一自天而降的佳音，在蒋经国开放往大陆探亲的1987年尾，施先生托

一位往大陆探亲的洪女士，专程去杭州一次，打听事实，最好与项德颐见个面。翌年，洪女士从大陆回到台湾，连呼"恭喜恭喜啦！"向施先生、向项生出示了项德颐夫妇的照片，还把一幅项专门写的小楷《金刚经》立轴送给施先生。

1990年8月，正是杭州三伏盛夏，项生夫妇怀着比季候更热的心，飞来西子湖畔，跪拜在自己的生身父母膝下。

书法无意作津梁，两岸父子得团圆。项德颐，这位留在中国大陆最后的"侍卫官"借当年在"侍从室"习得的书法为沟通大洋彼岸联谊作津梁，现在乘祖国改革开放、政通人和的东风，无意传递信息，人伦返归常道，终于结束了两岸父子生离之苦。

这不是一曲充满阳光的尾声吗？

项德颐（中）、项生（右）父子团圆

我与蒋经国夫妇在赣南

　　蒋经国，这位曾经在海峡两岸都举足轻重的政治人物，因为日月春秋如白驹过隙，使得人们对他的印象渐渐淡漠。笔者逢巧，在浙江民革2009年迎春茶话会上，邂逅了96岁的民革党员杜希平女士。20世纪30年代末，她随她的先生曾在赣南和蒋经国暨夫人蒋方良相处过一长段时间。在欢乐氛围的催化下，她老人家终于兴致勃勃地打开了话匣子。

　　我是武昌人。人们说，"天上有九头鸟，地上有湖北佬"，"湖北佬，天下跑"，我跑了将近一个世纪，终于在"天堂"杭州定居下来了。

　　20世纪30年代末，我随我先生在赣南待过几年，和蒋经国夫妇相处过一段时间，不过我是妇道人家，在过去那个年代里，是做太太的——不能与经国先生手下的"青干班"那些女学员，比如章亚若她们相比，视野狭窄，孤陋寡闻，而且岁月沧桑，人事白云苍狗，忆海如残溪。好吧，就说些尚能记得起来的吧。

尼古拉，带着芬娜归来

　　我先生徐纪元和蒋经国是留学苏联时的同学。当时国民党、共产党都派人去留苏，留学苏联成为一种时尚。

蒋经国与蒋方良夫妇

　　经国先生在苏联待了12年（1925年10月—1937年3月），这个政治原因谅必人们都知道，不过他倒学来了共产党的工作方法。他先是莫斯科孙逸仙大学（通称莫斯科中山大学）的学生，是共青团员、苏共候补党员。1927年中国国内"四一二"政变后，他去列宁格勒，进红军军政学校学军事，做过列宁大学的中国留学生助理指导。但以后就每况愈下，十分狼狈了。他被发配到电气工厂实习、集体农场去劳动、阿尔泰金矿干苦活……肉体上备受磨难，但也因此接触了苏联社会底层，和善良的老农妇、小工人交了朋友。以后他进了乌拉尔重型机械厂，生活有了转机，他做该厂的技师，升到副厂长，又做了党支部书记，任厂报主编。就在这时候他认识了这家工厂的一位女工、共青团员芬娜。有情人终成眷属，他们被批准结婚。时势顺佑，"西安事变"和平解决后，国共合作抗日，1937年3月，尼古拉同志（蒋经国的苏联名字）带着他的苏联妻子芬娜和一对可爱的儿女爱伦（蒋孝文）、爱理（蒋孝章，也有说此女出生在溪口）回到中国，来到他出生之地奉化溪口镇，拜见生母毛福梅，并重新举办中国式婚礼。芬娜来到中国后，"方良"名字叫开了。

蒋经国

清澈见底的剡溪流过溪口镇，蒋介石专门为这个大儿子在剡溪畔造了一幢两层中西合璧的楼房，当地百姓叫它"小洋房"。蒋经国回到溪口后，就按蒋介石指令，在离"丰镐房"不远的"小洋房"里读古书、写汇报，"洗脑子"达半年之久。

1938年初，蒋经国到南昌，就任江西省保安处少将。到这年冬季，他赴重庆，在中央训练团党政训练班二期受训。返江西后，省主席熊式辉任命他为第四区即赣南行政区专员，兼少将保安司令。于是，蒋经国就来到当时中国最贫困、最复杂的那块地方。

我先生原来在重庆航空委员会工作，抗日战争国难时期，应该说这是一份最好的差使，但蒋经国打来电报相邀，他就立刻赴赣州——我当然相随——见了经国先生，被派任"交易公店"总经理，兼任他的秘书。前者是家掌握全区财经命脉的国有公司，配额定量供应生活必需品。先后应蒋经国之邀而来赣州的，大都是他的留苏同学，黄中美、周伯楷、高理文，后来又来了陈独秀的外孙吴希之。诚然，赣南生活很艰苦，但蒋经国打出了"建设新赣南"的旗号，这群年轻人朝气蓬勃地跟他干起来了。

蒋经国，建设新赣南

来到赣州米汁巷一号专员公署门口，一眼瞧去围墙上榜书写有"除暴安良"、"大公无私"八个蓝底大字，十分醒目，也叫人振奋。我们都听到过蒋经国的"三禁一清"口号。什么是"三禁"？就是禁毒、禁赌、禁嫖。"一清"就是清剿土匪。要知道赣南与湘、粤、闽三省交界，广东陈寄棠、江西四师赖世璜等势力盘根错节，更有地方土豪恶霸无法无天。江西省主席熊式辉心中有数，只有"太子"才敢动"太岁"头上的土。果然，蒋经国公开宣称"（除暴）不能菩萨心肠，要有霹雳手段"。

我讲个也许大家晓得些许的故事：蒋经国禁赌。

赣州城内有家叫"利民商场"的百货公司，是驻防本区的李师长和他的亲戚卢经理经营的，什么"利民"呀，是赌窟，招徕四方，包括香港的赌客。赌场设在三楼，抗日前方将士浴血奋战，这里却是不夜城、销金窟。不过门禁甚严，每层楼梯拐弯地方和三层门口，都有痞子持枪把守。蒋经国决心铲除这个"脓疮"，他亲自出马。入夜，他化装成送夜点的老倌，带了几个冒充赌徒的他的亲信，进了"利民商场"。一上楼，

蒋经国（前排右四）在新赣南图书馆与部属合影

就干脆利落地一层一层地解决了痞子武装，专署的保安武装直冲三楼。"举起手来！""禁赌，禁赌！"赌徒们都被抓个正着，无一漏网，被押解去游街、罚跪。"利民"老板连夜逃去广东韶关，尽管有陈济棠这个后台，也得公开写悔过书，托方方面面的人物，转献"条子"、"大头"来赎罪，保证销毁赌场。

至于大赌徒，即使对方后台再硬，蒋经国也决不手软。有一次，他在吉泰警备赖司令府宅抓住了正在热赌的赖太太和杨太太。后者的丈夫正是他专署的军事科长，而那位赖太太还有一座更大的靠山——省主席熊式辉。蒋经国一概不买账。他将这两位富贵太太以红马甲加身，显然是犯人的标志了，押去城内中山公园，由你一路哭闹耍赖，武力强迫她们在

蒋经国夫妇与儿女爱伦、爱理

"抗日阵亡将士纪念碑"前罚跪。那风景可热闹啊，光天化日之下，长跪六个小时，示众嘛。

当时我还没来到赣州，没有看到那出史无前例的大戏。后来我听说，赖太太还是继续耍赖，众亲戚前去求情，蒋经国恼了，就加罚跪三天。三天跪下来，赖太太蔫了，老实了，不行，押她去刚创办的"新人学校"读书三个月。什么"读书"？劳动教养呗。"新人学校"的费用，都来自"三禁"的罚款和他们的"孝敬"。

蒋方良，乐清贫；章亚若，求上进

章亚若这个姑娘，我与她不太熟悉，见过几次，只感到她很开朗，很年轻。后来我才知道，章那年已二十六七岁了，是两个孩子的妈妈。她长相虽一般，但皮肤又白又细腻，口齿流利，思维敏捷，做笔记功夫极好，所以成了蒋经国的随身速记员，渐渐当上了贴身秘书。她什么时候同蒋经国好上的，我并不清楚，不过这件事"青干班"里都知

蒋经国

道了，专署机关里也暗传着，唯有夫人蒋方良不知道，并且不相信。

"我的蒋先生是个最好的人！阿拉（我们）互相忠诚！他绝对是位好男人！"

蒋方良用很讲得过去的宁波官话从容地说。她的宁波话，讲得比蒋经国好。在场面上，她操国语，不太熟练。她颇有脾气，一旦发急、发怒，便冒出俄语来了。

蒋方良虽然兼了育儿院院长职，但从不去过问蒋经国的事情，长时间住在乡下。为了逃避日军空袭，有一次她和我，以及另外几位太太，躲在蒿草荒冢间，遍地是白骨。后来她在西扶庙安了家，她感到既安全又满足，就邀我去住几天。我见她家是砖砌平房，十分简陋，一张方桌，几条条凳和两张藤椅而已。她家的油盐柴米都是向公卖店购来的——什么叫"公卖"？就是配给。赣州已经够穷困了，战时物资匮乏，靠大后方运输供应，成了生命线。我先生就是交易公店的总经理，交易公店从官方渠道统购进米油盐，定量销售，平抑物价，保证向居民最低限量供给。我先生实际上成了蒋经国赣州的当家人。经国先生从未染指过交易公店，后者也绝不会给蒋家多供应一份。蒋方良从不去黑市购物，实在不够吃了，蒋经国会向他父亲去要一些。日子过得清苦一些，不过大家都理解，共赴国难，苦点算不了什么，我们反倒因为蒋方良的乐观性格被感染得温暖，乃至兴奋。

"嗨，您回来了，尼古拉！"每当经国先生下班回家，方良就用俄语轻呼着，拥抱他，甚至当着我们面亲吻他，然后用宁波官话说："蒋先生一天工作下来很辛苦了，我们一起吃饭吧。"说着指指桌上四个菜，让客人先入座。

他俩个儿一样高，所以亲吻很方便。这时我发现经国先生方方正正的脸上，散布着白麻子，似乎在闪光——他也很开心。

吃过晚饭后，没有收音机，没有娱乐，于是大家拥着跳舞。男士仅经国先生一人，不够分配，于是两位便衣保卫也被请来了。我记不得跳什么舞了，有华尔兹，也有鞑靼舞，那种俄罗斯东方情调的舞，跳得地板格格作响，满是灰雾。

这种场合我觉得挺自然的，但能歌善舞的章亚若却从未参与过。倒是有一次她问我："你怎么不想参加工作？我六七岁时就随我父亲到南昌，见习他的律师事务了。"

"我先生很忙，担子很重，给他吃热饭，里外穿干净衣服，带好孩子，已经够我做了，相夫教子嘛。"

"那你一辈子要靠男人养了？"章亚若睁大眼睛说。

我当时并不知晓她的不幸经历（她的丈夫自杀后，留给她两个儿子），只觉得她是位要强的职业女性，心高，总想向上攀附，不满足在徐君虎手下干专署图书馆的琐碎事务。渐渐地我终于明白，她要我先生帮忙，找份在蒋经国身边的事。后来她干脆直接找我先生了。徐纪元就把她介绍给经国先生。经国先生看她机灵，有速记能力，就在办虎岗夏令营时，把她带去了。

蒋经国为人确实平民化。赣南第一年里，他走遍了全区11个县，行程2800多里，踏上900多座桥，指出700多座要修理。他还叫得出经过的水利工程的名字。他办贫民食堂，办新人学校，办合作社，办中华新村、托儿所、孤老救济院、流浪儿童教养院、贫民医疗所、妇女工厂。他反对奢华、大吃大喝，说："青菜豆腐最营养，山珍海味坏肚肠。"他处处劝人节约、储蓄。他会同素不相识的乡民、老人促膝长谈，而且十分诚恳。

当他来到我家时，就叫"肚子饿煞了"，看到有好吃的东西，就抓来往嘴巴里送。我的5岁大的儿子闻声，拖了把大扫帚赶来，于是他伯侄俩就咋咋呼呼地在巷子里玩闹成一团。

"我还记得，蒋经国常说的，"杜老太说，"要到天空去，到海洋去，到矿山去，到工厂去，到农村去喽！"

"这就是蒋经国对青年指示的'五到'。"笔者插嘴说。

"是的，是的。还有'五有'哩。"杜老太说，但是她已记不起来了。

蒋经国在"新赣南三年计划"基础上，勾画了"五有"乌托邦。请看：

人人有衣穿，

人人有饭吃，

人人有屋住，

人人有工做，

人人有书读。

　　诚如杜老太自述中所提到的，她先生已在"文革"中不幸去世。拨乱反正后，她得到落实政策，居住在浙江大学的一幢宿舍楼的套房中，领取养老金安度晚年。经过风雨的人，日子很简约，尽管年已耄耋，她还能自理生活。"您要来看我，是欢迎的，但请您先来电话约个时间，因为我要上街买菜买什么的，有时路上碰到老朋友，要聊聊天，可不能让您来了扑个空啊！"口齿清楚，多有节奏感的湖北腔。

（杜希平口述，朱文楚采访整理）

朱文楚与杜希平女士（李军摄）

魏风江：泰戈尔的中国学生，尼赫鲁家族的中国友人

20世纪初，印度泰戈尔将其诗集《吉檀迦利》所获得的诺贝尔文学奖奖金悉数用于创办国际大学。这所大学众多的学生中唯有一位中国学生，就是由蔡元培派出的魏风江。通过魏风江的视角，为我们展现一幅幅异国风情画，一帧帧圣雄甘地、诗圣泰戈尔、尼赫鲁和他女儿英迪拉及他的外孙拉吉夫的动态写实照。魏风江与英迪拉·甘地是同班同学，魏风江被誉为中印"民间终身大使"。

泰戈尔创办国际大学

我们相聚在树林的荫影中，/相聚在她晴空的自由中。/她是我们自己的，/我们心中之所爱！/生汀尼克坦！/在她手臂中，/荡漾着我们底轻梦。/我们每一次看到她，/她脸总显露着一种鲜艳的爱，/因为她是我们自己的，/我们心中之所爱，/生汀尼克坦！

国际大学的校歌回荡在山泉森林、丘陵荒原间，体现着她的宗旨：大自然是人类的老师，是知识的源泉，学生要受大自然的陶冶，得到锻炼。在这里，无宗教偏见，无种族歧视，无男女贵贱，无民族隔阂，把全印度乃至国际有志有识的青年学子凝聚在一起，接受智者诗圣泰戈尔的熏陶与教育。

在1910年时，这所学校仅是一所只有五名学生的"森林学校"，十分简陋，坐落在盗匪出没的波尔普荒原。1913年，泰戈尔将他在伦敦出版的诗集《吉檀迦利》所获得的诺贝尔文学奖奖金一万英镑全部投入创办国际大学之用，并将施教宗旨纳入圣雄甘地的"不抵抗主义"民族独立洪流，终于使该校建设成一所区别于英国殖

泰戈尔（剧照）

民国人物风流录

民主义奴化教育的属于印度自己的大学。她拥有不少著名学者、教授，如梵文学权威克希谛·麻汉·沈教授，列宁、甘地的好友英国历史学家安特鲁斯教授，中国学院院长谭云山教授等等。当时国际著名人士来到这里的也不乏其人，罗素、叶芝（英）、罗曼·罗兰（法）、斯诺、史沫特莱、山额夫人（美）、徐悲鸿（中）、野口米次（日）等等。印度次大陆民族独立运动领袖甘地、尼赫鲁、真纳、德赛等也常云集于此校。

泰戈尔与甘地友谊之深厚，在1931年前者的寿庆活动中得到生动体现。这年5月7日，国际大学乃至全印都热烈庆祝这位诗翁的七十华诞，客人络绎不绝赶往生汀尼克坦。可是寿翁泰戈尔突然发表声明，谢词庆贺，只身奔赴浦那探监，因为在狱中的甘地绝食了。两位在全印瞩目的老人在铁窗下度过了5月7日。甘地在泰戈尔劝说下，终于复食。这些撼人心魄的故事，都是魏风江来到生汀尼克坦后陆续听到的。

魏风江，1911年生于浙江省萧山，20世纪二三十年代，先后就读于上虞春晖中学、上海立达学园。1933年，上海成立"中印学会"，拟向印度派遣学者和留学生。22岁的魏风江因成绩优异，经恩师谭云山向会长蔡元培推荐，得到同意。魏风江于这年冬季在上海启程，南渡太平洋、印度洋，来到加尔各答，再北行90英里，到达波尔普高地的生汀尼克坦（意为"和平之乡"），就读国际大学，攻读印度历史和印度文学。

魏风江是该校唯一的中国学生，受到校方特别青睐，被安排在"塔塔别尔亭"（Tatabuilding）住宿。这是一幢专供外国学者居住的小楼，与泰戈尔在国际大学常住屋"乌大阳"（Udayan，意即红珊瑚屋、诗人之屋）邻近，有机会常睹这位智者丰姿，聆听他那闪烁真理光芒的教诲。

泰翁在生汀尼克坦的几处住屋分别是：

——"科纳克"，茅草泥屋，1919年前建，是他最早的住屋；

——"雪压埋里"，始建时也是土茅房，后来改建时用水瓮坛子作壁，凹凸雕塑，冬暖夏凉，通风隔音亦佳；

——"潘纳斯且"，也是泥巴作屋顶的，泰翁晚年常在此屋写诗作画。

——"乌大阳"，红砖红瓦，是四屋中最漂亮的。此屋由五六组大小不等、楼层不一的单元组成，从不对称中现均匀，参差中得融洽，体现主人的哲学美学思想。魏风江第一次晋见泰戈尔就在这里。

那是一天的早上，9点钟，泰戈尔的秘书钱达将魏风江引进了"乌大阳"。他们脱了鞋子，进了泰翁的办公厅堂。上首，一张高背的椅子上坐着一位老者，白发银须，目光炯炯有神，穿着一件斜襟的褐色长袍。泰翁微笑着指指有红绒垫子的矮凳说："这里坐吧，我的年轻的朋友。"魏风江呈上礼物，老师愉快地接受这位中国学生赠送的两套线装书《李白集》、《杜甫集》，说李杜及唐宋朝代许多诗人的作品对自己有很大影响，遗憾的是只能读吉尔士（英国汉学家）的英译诗，无法从古汉文中体味它的深邃诗意和哲理。

泰戈尔在国际大学的住所之一"乌大阳"

魏风江在旅途中曾准备了两本笔记簿的泰戈尔诗文，一路诵读熟透了，现在就背了几段给老师听。泰翁说："很好。非常欢迎您来国际大学学习。中印两国人民的文化交流已有数千年的历史，这个关系的发展是我们这代人的责任。你是第一只从你祖国飞来的幼燕，欢迎你在生汀尼克坦筑巢，同我们一起生活和学习吧！"

泰戈尔还神往地同这位中国学生谈到1924年4月14日的杭州之行。他说泛舟西湖，悠然望山顶尖塔（笔者按，系指西湖之滨宝石山巅的保俶塔）的情趣。他说他受到西湖一座山上一家中国独有艺术的社团（笔者按，系指设在孤山上的西泠印社）热情招待，他极其钦佩汉字作为奇特的艺术品的魅力。他现在还保存了两方他的名章"泰戈尔"、"竺震旦"，后者是梁启超给他取的中国名字。

这次会见，泰戈尔作为长辈见面礼和回赠是，他亲笔用英文给魏风江写了一段赠语——

伟大的先哲，在古代从印度走访中国，谒见你的祖先。我现在作一个古代文化的代表，同时又代表着现时代的文化，与你相见。这是一个古今文化混合的时代——一个过渡的时代，一切尚未令人满意地固定下来。你不能期望在这个时代会产生任何伟大的人物和福音。我只愿你认我为一个与你同样的人，不可视我为你的导师和先驱。

罗宾德垃纳特·泰戈尔

乌拉托阳生汀尼克坦孟加垃

"愿你认为我一个与你同样的人。"这是文化巨人的自谦。魏风江在国际大学久了，渐渐了解到泰戈尔显赫的家庭与文化背景：这是印度一个贵族之家，泰戈尔祖父有王子爵位，叔祖有大王爵位。他父亲德本德拉纳特是位宗教改革家，拒绝继承爵位，主张摧毁可恶的种姓制度，解放妇女，毕生研究《吠陀》和《奥义书》。他有十个子女，泰戈尔最幼。泰戈尔的长兄是诗人、哲学家；五兄是位音乐家、剧作家；姐姐曾是一位用孟加拉语写作的小说家……充满爱与艺术氛围的家族、家庭土壤，使这棵智慧的幼苗成长为印度文化的参天大树。这棵大树如今荫泽生汀尼克坦，施爱于国际大学的青年学子。

古鲁特父：林中授课，跣足著书

泰戈尔在林中授课

国际大学学生都以最虔诚最尊敬的称呼叫泰戈尔为"古鲁特父"，意思是"大智"。

国际大学上课异乎世界上其他大学。它的课堂设在露天，巨大的芒果林、榕树林中，男女同学分列左右，盘腿席地而坐，环成半月形。每隔一两周，当晓风吹拂之时，泰戈尔的座车悄悄在林边停下，几个男同学去搀扶他来，安坐在菩提树下的一张藤椅上。"我们心中之所爱，生汀尼克坦。"唱完校歌后，古鲁特父开始讲课了。他给学生们讲述他的文学、哲学新作，或者阐述政治评论。他从不执讲稿。他声音洪亮，出口成章，而且抑扬顿挫，如诵诗歌、念台词。"听古鲁特父讲课，简直是一种艺术享受。"他的学生们如是评说。因为是周遭无阻拦的"绿色课堂"，泰戈尔每讲到一个段落时，总会有几个教员家的小孩，争缠在这位慈祥老人的膝前，泰翁则笑着说："没有糖果呀，只有诗。"同学们都围了上来，欢乐融成一片。

观泰戈尔写作，也是一种艺术享受。来自文化古国的学生魏风江至今仍能清晰回忆古鲁特父写作那段情景——

"乌大阳"没有门禁，但平时很少有人进去，怕搅乱了古鲁特父的宁静。两只白鹤昂首阔步在阶下花园里，突然粗叫一声，展翅飞去了，院子里留下一片宁静。

跨上石阶，走进一扇矮门，可以从敞开的玻璃窗外窥见古鲁特父正在室内写作或绘画。

构成这个书室的重要设备是书架和书桌。他的书架都是壁橱。书桌是用三块厚厚的木板钉合起来的。桌下有一张长方形的矮凳，搁着他赤露的双足。旁边还放一盘蚊香，一缕细细的白烟袅袅而上，室内飘忽着一股香味。

古鲁特父坐在一张背靠壁橱的藤椅上。椅子有一个厚厚的垫子。他戴上鼻镜，从身旁矮几上取过一张稿纸，凝思一阵，半扑在桌上，开始下笔。笔尖如舟行水，顺流而下，浩浩荡荡，从不见他在稿纸上有所停顿，或作涂改。

魏风江常看到书桌上放着本英文或孟加拉文字典，心想古鲁特父这样一位博学的诗人，英文又写得如此优美，难道还要用字典帮助？泰戈尔听了，不禁哈哈笑了起来，"我是直到50岁以后才开始用英文写作的，如果用错了几个字，就让我饶恕自己吧！我

写作中的泰戈尔

常常会把冠词和介词用错哩。"可英国诗人叶芝对泰戈尔的英文诗推崇备至,说"婉转陈诉如济慈,软语温存如勃朗宁,豪迈奔放如雪莱",加上根源自印度古典文学中的绮丽丰富的想象,所以泰戈尔的诗在英语文学中是枝异卉,是朵奇葩。1913年,他的英语宗教抒情诗集《吉檀迦利》荣膺诺贝尔文学奖。因此,加尔各答大学授他博士学位,英国女皇封他爵士。

20世纪初,当欧洲人争读《吉檀迦利》的消息传来的时候,孟加拉人还以为泰戈尔又演出了什么新角色,蜚声巴黎或者维也纳舞台了呢。魏风江在国际大学待久了,才知道泰翁年轻时是一位出色的舞剧、话剧演员,扮演过莎士比亚的"哈姆雷特"、迦梨陀娑的"豆扇陀"。后者,是印度古代诗人、戏剧家迦梨陀娑名剧《娑恭达罗》中的年轻国王。泰戈尔的戏剧情愫到晚年常喷发激情。每逢新年来到之际,学生们在图书馆平台上演剧。古鲁特父闻声来了,他白发垂肩,银须飘然,脸色红润,穿着一件宽大的赭色长袍,端坐在舞台旁的藤椅上,十分慈爱地看着台上、台下他的学生。这是一出六幕诗剧,每幕开始时必须有一段序诗朗诵。这一担纲角色泰戈尔是当之无愧的。只见他一手架上鼻镜,一手举起诗卷,用孟加拉语高声朗诵起来,或如游龙,或如狮吼,或如清风,或如流水……七八分钟后鼓乐再起,舞姿重展。

中国学院成立

1937年4月14日,国际大学中国学院在尼赫鲁、蔡元培等著名社会活动家支持下,宣告成立。

尚在1934年,尼赫鲁来生汀尼克坦看望泰戈尔时,就十分支持国际大学筹建中国学院的计划。他在"乌大阳"客厅对在座的谭云山教授说:"古鲁特父倡导复兴中印文化交流计划,我早已知道。你们比别人先走了一步。谢谢你们!你们知道,现在有不少印度青年对中国文化不感兴趣,却羡慕日本。殊不知日本是向中国学习的。印度青年是舍本逐末啦。其实,他们没有学习中国文化的机会,你们在这里筹建中国学院,便于印度青年学习中国语言和文化,我们应该尽力帮助。"

谭云山教授谈到泰戈尔早在1924年访问中国时,在南京、上海、杭州多次表达了"互相学习各国历史文化,沟通各国人民感情"的愿望,并说过"要恢复中断已久的中印文化姻缘,没有中国人士的帮助和合作,是绝对不能完成的"。

筹建中国学院也得到中国学界泰斗、"中央研究院"院长蔡元培的衷心支持。

1936年2月6日，他致信泰戈尔（此信被泰翁视作"是中印人民文化交往中一个极重要的文件"而珍藏），指出"历史上，印度曾一度对中国文化产生无可比拟的影响"，现在"没有什么能比较恢复这种传统的友好关系，以便我们学习贵国的古代文化适应现代社会的方法和经验而更受我们的欢迎了"，并表示"谭（云山）教授筹款建立国际大学中国学院大厦一事，我当尽力和他合作"。由于蔡氏的影响，在中国凡对中印文化交流有认识的人士，纷纷解囊捐助。乃至"中印学会"对个别含有他意的来款予以婉拒。

泰戈尔也十分感动，在国际大学校园南端，选择了一块环境优美的地方，供中国学院建造大厦。一年后，大厦落成了。

1937年4月14日，恰是孟加拉的新年元旦，而甘地致泰戈尔和谭云山的贺信，更增添了中国学院的喜庆气氛——

我和你在精神上是在一起的，愿中国学院作为中印两国人民结合的象征吧！（致泰）

泰戈尔（中坐者）与国际大学大四学生合影，后排左二是魏风江

我们确实需要促进中印两国人民的文化联系，你们的努力诚可钦佩，愿中国学院产生丰厚的果实吧！（致谭）

贾瓦哈拉尔·尼赫鲁本来要亲赴生汀尼克坦主持中国学院的开幕典礼的，但是他病了，就派他的女儿英迪拉·尼赫鲁小姐来宣读他的贺信。尼赫鲁说，"我始终认为中国学院的成立，有极其重要的意义。它意味着我们迄今未忘中印两国源远流长的文化交流关系，重新开创了一条使两国人民更加接近的通道。这种不夹杂政治和军事纠纷的友谊接触，有多么久远的历史呀。两国在伦理上、艺术上和思想上，互相沟通补益，丰富了各自的传统文化。"他又说：

中国和印度，从古以来是姐妹国家。两国以其久长传统文化，和平发展的文明，昂首站在世界剧场的前台。

泰戈尔银须飘拂，按印度宫宇落成传统，向东、南、西、北四个方向高诵颂词，然后发表了历时80分钟的题为《中国与印度》的演讲。他说，"中国学院今天开幕了。中印两国人民相互了解，友谊与日俱增。学院将成为这种了解的一个核心和象征。中国学生和学者将来到这里和我们同甘共苦，为着一种共同事业，各尽其能，重建两国人民间的友好关系。这种关系已中断了十个世纪了。"他又说，"中国与印度接壤数千里，通道不计其数。这些通道不是战骑和机枪开发出来的，而是和平使者，往来不绝，一步一步踏出来的……而这些开阔平整的任务，我们已经开始，有赖我们和我们的后人继续努力。"

同班同学，英迪拉·尼赫鲁小姐

这天国际大学浸沉在节日的气氛中，全校师生群集在新建的中国学院大厦及其彩棚四周。使魏风江更高兴的是，他又见到了同班同学英迪拉·尼赫鲁小姐。她的父亲尼赫鲁为了支持泰戈尔办国际大学，让女儿转学来生汀尼克坦读书。从1934年下半年开始，这位身材颀长、从不戴面纱的克什米尔小姐便成了魏风江的同班同学。她说话总是面带微笑，举止落落大方，博得全体同学的好感。她对中国文化很感兴趣，特别因为父亲常在文章中引用唐朝诗人李白、杜甫的诗句，很想读读一些令她神往的中国古代诗词。她常向魏风江学几个汉字。后来让他给自己取了个汉文音译名字"印弟拉"。她很喜欢"印"、"弟"这两个字。当时英迪拉食宿在泰戈尔的"乌大阳"，与魏风江寄宿的"塔塔别尔亭"很近，因此过往较密。不知不觉中一个学年过去了，英迪拉因为父亲入狱，母亲在家病重，只好离开了国际大学。不想一年后，她春风满面又来了。

庆典结束后，英迪拉来"塔塔别尔亭"，和谭云山院长、魏风江同学聊别。她说："新落成的中国学院大楼没有中国建筑风格，不过我喜欢这里的'中国之家'。"这句话顿时使魏风江联想起数年前在波尔浦火车站迎接尼赫鲁时的情景。尼赫鲁一眼看到魏风江，就说："你很像印度人，一时还看不出你是一个中国学生。"谭云山感谢尼赫鲁等印度人士的鼎力帮助，得以筹集巨款，建造学院大楼，因为当时日本军国主义已大举入侵中国，长城内外狼烟四起，淞沪海天战机嘶啸。英迪拉说，"印度是抗击法西斯战争的大后方，我真想做中国学院的第一期学生，为中国的抗日战争做点工作。"

谈起甘地，英迪拉对这位父辈，印度民族的国父、圣雄充满崇敬之情。当她得知魏风江已得到泰戈尔允诺，利用暑假，将去华而达真理学院实习，在甘地身边学习、生活一段时间时，就十分感动地说："从你身上，我们看到了中国青年对印度的热爱！"她决定与魏风江结伴而行，一起离开生汀尼克坦，一起乘火车到加尔各答，然后再分手，各奔自己的目标。

圣雄甘地的自由与贫困

真理学院设在印度中部华而达的撒伐格兰姆村，玛赫子玛·甘地在这里贯彻他的"非暴力抵抗"、"不合作运动"的政治主张，培训乡村改革干部，为印度的民族独立而斗争。这一政治主张为1920年12月的印度国大党会议所确认而通过。因此真理学院新村实际上是印度独立运动的政治中心。尼赫鲁曾对魏风江说，"生汀尼克坦是个读书的好地方，但要真正了解印度，得去华而达。"

甘地力图将真理学院新村建设成他的"改革农村，复兴印度"理想实践场所，因此除一座印度式水泥结构的学院楼屋外，还有织布工场、肥皂厂、农具修理所、印刷所等20多幢简陋平房，组成一个工农合一的真理新村。学生中有印度教徒、伊斯兰教徒、锡克人，以及被解放的"贱民"等。他们每天清晨初起即劳动，手摇纺车，定量是六英两棉纱。甘地夫妇也身体力行，盘膝席地而坐，在一架类似中国古琴样子的手纺车前全神贯注地纺纱。甘地以此号召全印人民自力更生，抵制英国殖民统治者经济侵略。来到真

甘地在写作

理学院的魏风江也参加纺纱劳动，甘地夫人在他身边指导说："注意，不需要用很大力气，两只手动作一致，一手转轮，一手拉线。对了，线就过来了。"

甘地很喜欢这位来自中国的青年，对魏风江说："中国是一个多么伟大的国家呀，我爱中国！我爱中国人民！"谈到日本制造"九一八"事变和"田中奏折"透露的日本侵略野心时，甘地说："这些野心家在学生时代历史课肯定是不及格的。谁也没有能征服过中国！历史上，用武力侵略别国，到头来总是害了自己。""七七"事变后，中国全面抗战开始，甘地说，中国英勇抗战"大大鼓舞了我们印度人民。中国是会胜利的"。

甘地本人实行苦行僧般俭朴、简单、淡泊生活方式，达到令人惊叹的程度。他的住所是一间十分简陋的屋子。门外廊下一张木板床是甘地午休用的。室内是泥地，随意地放着几个草垫，是待客用的。此外就别无长物了。魏风江去谒见时，甘地正光头跣足，戴着花镜，席地而坐，在一张矮板桌前疾书写作。

甘地的写作，可谓艰苦卓绝。魏风江亲眼看到，他那一支笔是用了数十年而笔头锈烂了的蘸水钢笔，墨水瓶是个不知从哪里弄来的杂瓶，纸张则是平日捡拾来的大小不一的废纸片、角边纸，就是翻过来或"天头地脚"和两边空白处都可以作他论述的园地。魏风江听真理学院的师生说，有位美国朋友送了甘地一支贵重的派克金笔，想换那支秃笔。甘地当场把这支金笔送给在座的锡兰客人，笑着对美国人说："我没有接受你的金笔，所以我不能把我的破笔给你。"

甘地一生奉行节俭，是印度无比宝贵的精神遗产。他的同时代大诗人纳都夫人意味深长地说："印度要花很多钱，来维持甘地的贫困。"

"什么是真理？"来到真理学院，几乎天天要接触"真理"两字，于是魏风江大胆问甘地，

"真理给我们自由。"甘地捡起一张废纸，在空白处如是写道，送给魏风江。

甘地每月要带他的真理学院师生向全印乡村巡走。这支队伍劝乡民禁酒、讲究卫生、节制生育、教派团结，他们推广作为国语的印地语，同时扫除文盲。走在这支队伍之首的是甘地，他光头跣足，身披白布，腰缠"杜底"，手拄一根齐肩高的手杖。沿途的村民纷纷拥来，他们把小孩引到他身边，以求得甘地摸顶为幸。这支队伍到了一座村庄，甘地并不举行演讲会什么的，而是无拘束地与农夫聊天，获知他们的甘苦，于是针对需要，把一部分队员留下来，帮助该村解决实际困难。比如某村缺种子，甘地就会运用他的巨大影响，让孟买某粮商立时送来。这位粮商因此得到甘地青睐而受宠若惊。

甘地夫人嘉斯杜白妈妈是一位高个的和蔼可亲的老人，时时关心魏风江寒暖，照顾这位远道而来的中国青年的饮食习惯。真理学院的人都用手抓来吃饭，她让魏捧着铜盆，用两根树枝作筷子或用调匙吃饭。"我们这里可找不到可做筷子的材料呀。"说罢她开心地笑了起来。她同英国殖民统治者斗争时可是一头"母狮"。甘地入狱，她去投狱，陪伴丈夫艰苦岁月。丈夫绝食，她跟着绝食……1944年2月12日，在狱中，她靠在甘地膝盖上，走完了人生的最后历程。

魏风江随身带着一架照相机，在真理学院摄下了一些而今被印度官方视为无法复制、无比珍贵的镜头。

魏风江的暑期满了。甘地写了一段类似短诗的赠言：

我常怀念中国的青年/在艰难的岁月中前进/深信他们一定会胜利/由于他们道德的品性。

9月28日上午，魏风江告别真理学院，回国际大学。似乎感触到中国抗日战争艰难岁月的脉搏。圣雄甘地送他一架手摇纺纱机，说："中国与印度一样，复兴在于自力更生。"

魏风江在生汀尼克坦又待了两年。国内的抗日战争已无法使他在这块远离战火的"林中地"安心读书了。泰戈尔在与他

真理新村甘地住所，廊下搭有甘地午休铺板。（这一场景已荡然无存，此照极为珍贵）

握别时，抚摸他的唯一的中国学生的手，慈爱地说："看来你也不十分强壮，能持枪去冲锋陷阵吗？在后方努力做宣传工作，也一样可以对抗战作贡献。"顿了下，古鲁特父目光坚定地说："我坚信中国是不会被征服的。日本侵略者愈凶残——我仍旧爱着日本，相信日本人民也是军国主义的受害者——溃败的日子也就愈早。中国最终会得到胜利和自由！"

泰戈尔的秘书钱达一直把魏风江送到波尔普火车站。汽笛声中他呼道："密斯脱魏，你一定要再来呀！"

这是1939年的一个秋天。

不幸与哀痛中重续跨国之谊

流逝的时光洗刷了当年多少熠熠生辉的事迹，但历史的潜流也会复现。两次令人异常悲痛的事件，竟使得魏风江这位中国平民又与印度显赫的尼赫鲁家族重续跨国友谊了。

1948年1月30日，甘地去比拉斯祈祷场做祈祷，突然罪恶的枪声响了。甘地倒在一块巨石上。他挣扎着站起来，向前走了七步，但这座印度大山终于倒下了。圣雄甘地遇刺殉国，震惊了全世界。在上海的魏风江闻此噩耗，悲痛之极。当年甘地老人、嘉斯杜白妈妈的教导与关怀历历在目，他鼓起勇气，写了封吊唁信，寄往印度尼赫鲁。在那中印两国都在迎接民族独立，黎明将来到，百端待举的年月里，魏风江此信不过寄寓哀思与无限崇敬之情而已，却没想到，收到了英迪拉代父写来的回信。信中谈了圣雄遇刺情形，并说印度人民将坚定不移地遵循国父的教导，继续向争取独立造路前进。

1950年1月26日印度独立。同年4月1日，中印两国建立外交关系。

1954年10月下旬，英迪拉随父尼赫鲁总理访问中国，然后自北京南下，到过杭州，陶醉于西湖的湖光山色，为此还热情奔放地写下了一首赞美诗。但是她没有知道，她唯一的中国同学魏风江正在杭州。由于人所共知的历史原因，新中国建立之初，魏风江无奈地离开了上海新沪中学教务主任岗位，经历了一段较短时间的生活坎坷。当然，他无法与英迪拉小姐见面。1937年加尔各答分手后，他们再也没有见面，成为历史的遗憾。

1984年10月31日早晨，英·甘地夫人在新德里自己官邸的客厅里，被她的贴身卫兵枪击，倒在血泊中。她生前曾说过："纵使我在为祖国的服务中牺牲了，我也引以为光荣。我相信我的每一滴血，会滋养祖国的成长，使她茁壮而坚强。"魏风江闻此噩耗，悲痛欲绝。40多年前，"印弟拉"的音容笑貌、片言只语怦然敲击这位年过古稀的中国学者心扉。拨乱反正后，魏风江深感应该公开自己与印度尼赫鲁家族交好这段历史往事，让友谊篇章续写下去。于是他在英·甘地遇害第二天，11月1日，向印度驻华大使馆寄去唁函，说，"作为贵国已故总理甘地夫人唯一的中国同学，我为她的不幸逝世，感到万分痛苦！""我怀着极其沉痛的心情，向你大使先生诉述往事"，"我永远不能忘记，在国际大学中国学院成立典礼那天，我和她分坐在诗翁泰戈尔两旁，听泰戈尔讲演《中国与印度》这一篇震古烁今的讲辞……我和她同是诗翁泰戈尔和圣雄甘地垂爱的学生"。"她的父亲，敬爱的尼赫鲁先生，亦曾对我颇为关照与鼓励。所有这一切甜蜜的回忆，倍增我今日的痛苦"。

唁函发去不到一旬，印度驻华大使万卡德斯华伦寄来了感谢信。信中特别提到："您所述在生汀尼克坦国际大学与英迪拉交往的经历，反映了我们中印两国人民之间根深蒂固的友好和团结。"

两个月后，1985年元旦，印度新任总理，英·甘地夫人的公子拉吉夫·甘地从新德里寄信给杭州的魏风江，"敬爱的魏风江教授，感谢您来信吊唁我们的先总理许里玛蒂·英迪拉·甘地故世。"信中还说道，英·甘地的"高贵品格"、"献身精神"，正是40多年前生汀尼克坦、华而达的两位印度大哲之春风化雨。

于是，一座带有特殊内涵、充满人情味的中印民间友谊之桥，越过喜马拉雅山，架通了。

——1985年3月，魏风江应邀赴北京，访问了印度大使馆。使馆的官员们都惊叹魏风江当年摄下的甘地、泰戈尔及真理学院、国际大学的那些照片，称赞说是"印度最宝贵的文物"。

——1986年9月，魏风江参加中国社会科学院南亚研究所"印度现状"学术讨论会（杭州），宣读论文。拉·甘地驰电魏风江，祝愿会议成功，并说印中两国"有成果的互相交往，已历许多世纪。我们之间的友谊，对世界和平具有极重要的意义"。

这位年轻的印度总理制订了魏风江访印重返母校的计划。

新德里，拉·甘地总理的座上宾

1987年4月，76岁的魏风江应拉吉夫·甘地总理之邀，访问了印度。他一下飞机就说："我是来朝圣的。"魏风江在旅印的19天时间里，一切活动都是绕着这一中心转动的。

在新德里，他两次拜谒甘地墓地，瞻仰比拉斯祈祷场，在甘地遇难纪念碑（即那块巨石）下顶礼，匍匐在地亲吻圣雄的最后七个脚印。他拜谒了尼赫鲁陵墓（尼赫鲁于1964年病故），瞻仰了设在丁·摩卡蒂大厦（前英印总督公馆）内的尼赫鲁纪念馆，那里收藏了这位印度开国总理的三万册遗书。他祭奠了英·甘地陵墓，又到沙夫大江路1号，瞻仰了这位老同学的故居。英·甘地是在这里遇难的，现在也树立了纪念碑。泰戈尔陵墓不在新德里，不过有家纪念馆，是国际大学艺术学院匈牙利籍学生莎丝·勃鲁纳夫人私人创办的。魏风江在这位老同学陪伴下参观，看到了泰翁的数十幅亲笔画和莎丝所画的泰翁火葬图。泰戈尔1941年8月病逝于加尔各答。

在加尔各答，有一座祖传泰氏故宅，如今已改建为泰戈尔大学，是一所音乐、美术的高等学府。诗人泰翁是一位艺术全才。他所创作的上千幅绘画，多为欧洲人士收藏。他又是多产的作曲家，所作的《人民的意志》已成为印度国歌，泰翁被誉为"印度现代音乐之父"。完美的孟加拉音乐舞蹈得之于泰戈尔的奠基。泰戈尔年轻时是位出色的演员、歌手。

在佛教圣地菩提伽耶，魏风江瞻仰了恩师谭云山教授仙逝处。谭氏1968年辞去国际大学中国学院院长一职，来到此地，创办世界佛学院，工作中病故。

重返生汀尼克坦，探望母校国际大学，是魏风江访印的重彩一笔。如今国际大学已成为规模宏大的国立大学了。1957年1月我国总理周恩来访问该校，国际大学授他名誉文学博士学位，并聘他为名誉校董。同年4月，中国学院成立20周年，印度总理尼赫鲁致电祝贺，说"不管变化有多大，两国人民友谊继续存在着，当然还会发展下去……所以经得住很多风浪袭击。"而现在魏风江来到母校，中国学院已是"知天命"之龄了，正如该校赠送这位老校友的锦旗上所写的："50年过去了，我们引以为荣的是中国学院为世界各地造就了许多卓越的学者。他们不仅带走了学识，而且带走了学院的学风和精神。"

魏风江的恩师们均已作古。魏同他们的后人叙旧。魏风江瞻仰了他非常熟悉的泰翁四所故居"乌大阳"、"雪压埋里"、"潘纳斯且"、"鸟迪契"。现在都汇合成泰戈尔纪念馆。魏风江轻轻地虔诚地走进昔年师生经常聚谈的"乌大阳"。客厅里铺着红地毯，陈列几张矮凳，堆着锦缎坐垫，屋四角置盛水的长颈泥坛。他清楚记得，这里曾云集过次大陆独立运动的各派领袖人物。巴基斯坦立国领袖真纳，他身材高大，面色白

1987年，新德里，拉吉夫·甘地总理接见到访的魏风江

皙，和蔼可亲，曾对魏风江说："你远离祖国，到印度来学习，难能可贵呀！"他还记得，"一战"后的国际反战团体"光明团"的一些重要文告，也是在这里起草，发往法国，与著名作家巴比塞直线联系的。这些工作，都由泰翁的主任秘书钱达博士在二楼指挥秘书们夜以继日而完成的。钱达先生嘱咐魏风江那句话"你来呀"犹在耳际回响。现在我回来了，但钱达先生却永远走了。魏风江耳际回响着天籁之音："我只愿你认我为一个与你同样的人，不可视我为你的导师或先驱。"……呜呼，而今物在人无了！这位76岁的中国老人坐在"乌大阳"的门槛上啜泣了。

魏风江在第二母校真理学院度过了三个充满圣爱的日日夜夜。他会见了学院的总负责人、圣雄甘地的三儿媳妇尼尔玛拉·拉姆达斯·甘地和孙女曼玛。曼玛是甘地的"行动手杖"，一直侍候在祖父身边。甘地遇刺时，曼玛扑在祖父身上，不过她没有受伤。魏风江还参观了真理学院新村的众多单位：妇女农学院，教育医院，嘉斯杜白医院，图书馆——这是按照甘地遗愿，在他故居前那块空地上建造起来的，还有造纸厂等各种小型企业。50多年来，真理学院按照甘地生前规划，扩大充实了，看到了这些，魏风江也很感动。

4月27日，魏风江在新德里印度国会大厦接受拉吉夫·甘地总理的亲切接见。拉·甘地身材魁伟，面色红润，天真而亲切的微笑使魏风江一下联想到他母亲的少女时代——带着酒窝的动人微笑。这位年轻的印度总理握着魏风江的手，久久谛视，好像会晤熟悉的亲友那样。他盛赞魏教授在30年代时与印度人民同甘共苦，参与印度民族独立斗争的国际主义精神。他说自己因为视察马德拉斯，才回首都不久，未能及时会见，深表歉意。他说，全印度都知道你，都惦记着你，今天你回来了，我十分高兴，希望你再留几天（魏因此延期两天返国）。魏风江向拉·甘地总理赠送了三张他当年拍摄的尼赫鲁照片、一张英迪拉签字原件。拉·甘地仔细打量着外公相片和母亲娟秀的字迹，十分激动。当即在母亲签字下面签了自己的名字交还魏风江。魏希望拉·甘地能到中国去访问。拉·甘地爽朗地说，我想去中国访问，要是去了，那么你就是第一个邀请我的人。

1988年，北京，来华访问的印度总理拉·甘地暨夫人接见魏风江父女

拉·甘地访杭未遂，遗憾无法弥补

北京，1988年12月，这位印度总理偕夫人索妮娅果然应邀访问中国了。拉·甘地在他下榻的钓鱼台国宾馆约见了专程由杭州赴北京的魏风江。他说，这次因为国事访问，日程已排满，无法抽身去杭州，"下次来华，一定要到美丽的杭州去，看看你家中那间有名的'泰戈尔纪念室'，看看你任校长的越秀外国语学校。"但是，魏风江引以终身遗憾的是，这位尼赫鲁家族第三代杰出的政治家、印度老同学英迪拉的公子始终没有来成杭州！1991年5月21日，拉吉夫·甘地作为印度国大党（英）主席，在马德拉斯竞选时遇刺，不幸身亡。

友谊并未因此中止。根植于两大古文明民族绵延了数千年的友谊，一位中国平民与印度显赫家族、政府首脑的友谊，正如尼赫鲁所言，"继续存在着，还会继续发展下去"。

1991年7月，印度新任总理拉奥给魏风江寄来了亲笔签署的信，称他是泰戈尔——亚洲文艺复兴宗师——的学生，实在是极为幸福的。

1991年是泰戈尔诞生130周年，也恰逢魏风江八十寿辰。9月27日，印度海达大使代表印度文化关系委员会，专程到杭州，携来一座泰戈尔塑像，赠送给魏风江，这位印度大文豪唯一的中国学生。

1992年5月，印度总统文卡塔拉曼访华，在杭州亲切接见了魏风江。

1993年初，印度新任驻华大使来到杭州，拜访魏风江，参观他家中的"泰戈尔纪念室"。

1993年9月，访问中国的印度总理拉奥（兼任国际大学校长）在北京亲切接见魏风江。

同年10月，访华回国不久的拉·甘地遗孀索妮娅·甘地夫人致信魏风江，回忆1988年随丈夫访问北京，两家人会聚（魏女儿也参加会见）的往事，衷心祝愿魏风江健康长寿。

1994年，在北京、南京、上海、广州等中国19个城市举办印度文化节的开幕式上，魏风江应邀到上海，作为贵宾，与印度文化部副部长赛尔简女士会见，互赠礼物。

1997年，87岁高龄的魏风江应印度共和国邀请，再次飞赴新德里，参加印度独立50周年和印度国际大学成立60周年盛大庆典活动。作为国宾，他受到印度总统纳拉扬的接见。国大党领袖索妮娅·甘地夫人在寓所亲切会见魏氏父女，促膝叙旧。魏风江在印度待了15天，所到之处，受到高规格接待和热烈欢迎。他满载印度人民对中国人民的深情厚谊而归。

2004年3月5日，魏风江病逝于杭州的寓所，享年93岁。笔者是首先获悉这一噩耗而转告浙江省文史馆的。在3月11日的告别会上，笔者见到了专程赶来杭州的印度驻上海领事馆总领事先生，他将印度总理瓦杰帕依先生的一份唁电交给魏风江的女儿魏超云，并向魏教授合十致哀。亓完不平常人生之路的浙江省文史研究馆馆员魏风江先生躺在灵床上，十分安详。笔者想，他会回到他的恩师古鲁特父身边继续求教的。

魏风江（右二）在他的宅第"诗人泰戈尔纪念室"接受笔者（左）采访

张大千海外播画记

讲学大吉岭（印度），营造"八德园"（巴西），会晤毕加索（巴黎），乔迁"环筚庵"（美国），"摩耶精舍"失明画庐山（台北）……这都是曾在杭州灵隐寺当过一百天和尚的张大千在世界各地留下的精彩至极的画踪。甚至这位美食家落笔的菜单，也是无价的墨宝。这些令人叫绝的故事，凭笔者这支拙笔，能否得其三昧？

被徐悲鸿称为"五百年来第一人"、被刘海粟誉为"真百世雄豪"、为美国纽约世界现代美术博览会选作"当代世界第一大画家"的张大千（1899—1983），游历海外30余年，尤其是遨游欧美之旅，正是他艺术升华到高峰的时期，期间的艺事与人生故事却鲜为人知。

笔者曾在广西北海市有缘结识了张大千的长房孙媳、美丽的牛婕女士。她的公公、张大千先生长子张心智先生是宁夏博物馆馆长、著名古玩古画鉴定专家；她的先生张洪宁先生供职于宁夏图书馆，是画家；她本人毕业于师范学院美术系。我通过与她交谈，得知许多张大千的生活轶事，获益匪浅。现将故事一鳞半甲，不揣冒昧地缀连成文，以飨读者诸君。

讲学大吉岭（印度）

> 得向湄南重握手，
> 春风鬓影满宾筵。
>
> （张大千诗，大吉岭）

1945年抗日战争胜利后，寓居成都北郊昭觉寺的张大千，飞往北平，住在颐和园养云轩，与傅心畬为邻，与于非闇联办画展，任徐悲鸿的北平艺专名誉教授，作品参展联合国教科文组织举办的世界美展，先后在巴黎、伦敦、日内瓦、布拉格等地展出。三年后，正值他知天命之年，南下香港。翌年，即1949年赴印度讲学。从此，张大千一袭中国长袍、一部美髯、一支画笔、一口川腔，开始了"文化大使"式遨游诸国的生活。

他寓居香港九龙时，得悉北平和平解放（1949年1月31日），即作《赠润之先生·荷花图轴》一幅，托北上参加中国人民政治协商会议的中国国民党革命委员会中常委何香凝带去赠呈毛主席。此画现藏毛泽东故居，并被收入《毛泽东故居藏书画家赠品集》一书中。

1950年他应印度大吉岭大学之邀，踏上佛国土地讲学。他又在新德里讲学、办个人画展，赴菩提伽耶朝佛圣，南游阿旃陀石窟，观摩那里有名的壁画。尚在抗战中期，张大千率家人、学生等，西行河西走廊，来到敦煌莫高窟，临摹壁画三年（1941—1943年）这一壮举又在阿旃陀石窟继续，临摹洞内壁画三个月，抱了一只印度小猿回香港。他对他的学生讲解中国佛教艺术与印度佛教艺术异同，就是以莫高窟与阿旃陀窟壁画做比较的，还饶有趣味地说："猿和猴不一样，猿是君子，猴是小人。猿最有灵性，最有感情。"

张大千与佛有缘。尚在21岁时，为了逃婚，跑到松江禅定寺出家，大千就是该寺方丈逸琳法师给他取的法号（张大千原名正权，又名爰）。后又挂单宁波观宗寺、杭州灵隐寺，为了躲避正式剃度——烧戒，与德高望重的方丈辩论，又逃到上海，被他二哥抓

张大千远行海外前和梅兰芳合影（1949年，上海）

回老家四川内江，完婚。以后，"大千"名扬世界。张大千对这段传奇经历并不讳言，曾说："我早年有两件事，对我影响很大：一是被土匪掳去，被迫为土匪当了师爷一百天；二是出家做和尚，也是一百天。"

张大千在香港又住了一年，1952年，越两大洋，到了南美洲的巴西。

营造八德园（巴西）

> 十载投荒愿力殚，
> 故山归计尚漫漫。
> 万里故乡频入梦，
> 挂帆何日是归年？

（张大千诗，八德园）

他先横穿太平洋来到阿根廷，在首都布宜诺斯艾利斯附近曼多洒城筑"呢燕楼"住下。从此，他开始了美洲大陆艺术与生活。他在布城举办画展，然后兴致很浓地两次去北美旅游，欣赏尼亚加拉大瀑布、霍伊巨穴、沃特金斯大峡谷等雄奇壮美的大自然风光。到了纽约，他以数幅作品参加华美协进社举办的"当代中国画展"。西半球艺术界开始认识这位美髯公中国画家。

过了两年，1954年，张大千缘大西洋来到有名的南回归线城市巴西圣保罗。他发现市郊摩吉地方有块峡谷地，酷似故乡成都平原，那里林木葱郁，碧水潆洄。他的无限乡情被勾起："五洲行遍犹寻胜，万里归迟总恋乡"（《怀乡》）。打听到业主是位意大利籍药厂老板，就出巨资购

张大千在自画像前（1968年，巴西）

下了270亩土地，大兴土木，修建新宅。这就是有名的"八德园"。于是在南美洲大国巴西土地上出现了一座十分典型的中华园林。

张大千早在1932年曾住苏州名园网师园，养虎作画。如今在异国他乡，张大千以地道中国风格造园，寄托万里故乡之梦恋。这里有飞檐翘角、乌瓦粉墙的四合院，有青石板铺成的天井。院内遍植松、柏、竹、梅、桃、李、柑橘。他精养牡丹、海棠，种子据说是从中国运去的。他置石为棋台，叠石为假山，饲猿猴于林木间。他又挖泥造湖五个（大的有12亩），建五亭桥，颇有扬州瘦西湖风致，天鹅悠闲划水，夏天便是接天莲叶无穷碧，映日荷花别样红了。即使绿肥红瘦，还有暗香浮动，因为回归线上四季如春。张大千把绘画所得收入，大都用在造园上，真可谓"十载投荒愿力殚"了。这座"八德园"不仅成了大洋彼岸炎黄游子一解乡愁的去处，而且也成为西方友人一睹中华文化异彩的博览会。

他的一位表弟喻钟烈先生（黄花岗烈士喻培伦大将军之子）是这样描述他的游园感受的：

1965年秋，我与内人终于踏上征途，飞越大西洋去巴西他家度假。在"八德园"住了两个星期，重享了那失去已久的"天伦之乐"。我们每日晨起静听园中鸟鸣猿啼。早餐后环绕"五亭湖"散步。湖上寂无一人，宛似仙境。湖中悠游的两只天鹅还是他从瑞士买回来的。离湖边不远，在一棵枯树旁也有小墓一座。碑上刻有"笔冢"二字，这是张大千埋葬他用过的废笔之处……

为了替我们洗尘，他（患糖尿病，必须注意饮食）还是叫私厨特地做了一桌精美的酒席。又亲笔写好菜单，送去厨房，然后给我留作纪念。当晚席上赫然有"白汁鱼唇"、"红烧大乌参"这样的名菜，真使我"受宠若惊"。

他这"大观园"似的家，对我这个寄篱异国的游子来说，确有不能抗拒的诱惑。

张大千还是位美食家，十分注重菜谱的艺术性和烹调技巧。他有一句调侃性名言："穿和吃比起来，应该是吃居第一，吃在自己肚子里，最为实惠；穿是给人家看的，好坏与自己的关系不大。"他长期身居异邦，但一日三餐，始终坚持中华菜肴。早点常是油条、烧饼、小笼包、雪菜火腿面、皮蛋稀饭等。中晚餐以川菜为主，四菜一汤，都用大盘海碗盛。他尤爱吃肉，诸如东坡肉、腐乳肉、梅干菜焐肉。午点也是中式的，如湖州粽子。即便午茶，必定是福建乌龙、铁观音，须使宜兴陶器茶具。待客时满座中餐佳肴，色香味美不胜收，都为中国名厨掌勺。有时他亲下厨房，露一手他的创作："银丝牛肉"、"蚂蚁上树"等。"大风堂菜谱"已成为张氏家传。张大千哲嗣张心智、张洪宁父子都擅长烹调技艺。

张大千在巴西"八德园"一住17年，便以此园为基点，开展他海外辉煌无比的艺术活动，展示东方艺术的迷人魅力，渐渐地登上了世界画坛的巅峰。

会晤毕加索（巴黎）

纵一苇，凌万顷，沂流光。盈虚消长，如彼逝水一何长。……洗盏与子酌，枕藉向东方。（张大千词《水调歌头》）

1956年冬、1957年春，他先后在东京举办"张大千书画展览"、"张大千临摹敦煌壁画展览"，并出版《大风堂名迹》画册。

1956年，在世界艺术的至高殿堂——巴黎罗浮宫，他又展出了"张大千临摹敦煌壁画展览"。

1941至1943年三年中，张大千率门人子侄在敦煌莫高窟临摹五胡十六国、北魏、西魏、北周、隋、唐、五代、宋、西夏、元等历朝代的壁画、雕塑共计300多幅。1943年夏又在安西榆林窟（万佛窟）临摹壁画60多幅。出国前，曾在成都举办过"张大千临摹敦煌壁画展"（1944年），出版过《张大千临摹敦煌画展特技》、《敦煌临摹白描画》（四川）、《敦煌壁画临摹品》（上海）。张大千是国内第一个去敦煌，并将敦煌艺术大规模向海内外介绍的画家。评论家认为，因为三年敦煌面壁临摹，深受魏唐宋诸代画风影响，张大千改变了以前人物画格调，形成了他特有的为世界画坛推崇的气度豪迈雍容的画风。

1958年，张大千参展于纽约世界现代美术博览会。

1959年，他以12幅大泼墨、大泼彩技法作品，参加巴黎博物馆永久性的"中国画展览"。又在台北举办了"张大千先生国画展"。

1960年、1961年，他在巴黎、布鲁塞尔、雅典、马德里、日内瓦等欧洲名城先后举办"张大千先生近作展"。在巴黎举办他的巨幅《荷》画特展。1961年，他的巨幅画作《荷》为纽约现代博物馆购藏。

1962年，香港举办"张大千书画展"，出版《张大千画集》。同年，他回到巴西

张大千临摹敦煌壁画《红衣大士》（1943年，敦煌）

"八德园"，潜心创作《蜀江图卷》。

1963年，65岁的张大千在新加坡维多利亚纪念堂举办"张大千画展"。在美国纽约赫希尔艾德朗画廊展出他的六屏巨幅"荷画"，被美国著名杂志《读者文摘》高价购藏。

1964年，张大千办巡回画展于科隆（联邦德国）、曼谷（泰国）、吉隆坡（马来西亚）。让女儿张心瑞（由巴西）回国时，带画回故乡赠送亲朋。

1965年，首次在伦敦举办个人画展。

1966年，先后在巴西等地举办个人画展。

1967年，他在美国斯坦福大学、卡米尔莱克美术馆举办个人画展。同年，应邀到台北，在历史博物馆举办近作展。

1968年，更是张大千艺术业绩辉煌的一年。70岁的他完成波澜壮阔的长卷《长江万里图》（分10个系节）。该图以四川都江堰索桥为起点，经重庆、三峡、武汉、南京等地，历千山万壑，奔腾跌宕，百川汇聚，浩浩荡荡至吴淞口，倾泻入东海。祖国锦绣河山，尽收一卷。叶浅予评说此画云："画法基本上是复笔重色，加上大片泼彩。论景是千山万壑，气势雄伟；论意是寄情山河，缅怀祖国。处理这样宏大的布局，寄托深厚的思国之情，不是一般'胸有丘壑'的山水修炼所能胜任，必须具备气吞山河的胸襟和饱满的爱国热情，才可以发挥得淋漓尽致。'外师造化，中得心源'之说，在这个巨幅画卷中得到充分体现。"张大千画长江是寄托他的念国思乡的深情，所以绘成后，首先在中国台北历史博物馆举办特展。之后，应邀到美国纽约、芝加哥、波士顿等城市巡回展出。

同年，张大千还应邀先后在斯坦福大学、普林斯顿大学作《中国艺术》演讲。

1969年，在台北故宫博物院举办"张大千临摹敦煌壁画特展"。同年，又到美国洛杉矶、纽约等地办巡回画展。

……

简直是一部史诗，而其中最璀璨的几页便是会晤毕加索、《秋海棠》获金奖、创作《长江万里图》。

1956年初夏，张大千先后在巴黎罗浮宫博物馆、东方美术馆展出了他的"张大千临摹敦煌壁画展览"，灿烂辉煌的中华文化和临摹者艰苦卓绝的工作，轰动了西方艺术世界。人们似乎第一次目睹一位身穿中国长袍，美髯拂胸的如诗如画的艺术家，双目朗朗，声如洪钟地同他们

张大千暨夫人徐雯波会晤毕加索（1956年，巴黎）

交谈，比泰尔戈更富有东方色彩。看他，当场启砚研磨，挽袖握管，并非传言中大泼大扫，而是深思熟虑，有条不紊地一笔一笔勾画下去。东方式的睿智似乎随着这支神奇的毛笔，流泻在几乎透明的宣纸上，而且又随手送与仰慕他的人了。简直不可思议，张大千以中华文化丰厚的积淀和现代世界艺术潮流的精粹征服了西方人。

张大千曾说："在我想象中，作画根本无中、西之分，初学时如此，到达最高境界也如此。"（《画说》）保罗·毕加索（1881—1973）是当时西方画坛执牛耳大师，却公开宣称，自己走向抽象是受了中国的影响。他用毛笔练中国画，速写本有五册之多。张大千亦努力将油画的长处融入中国画，艰苦实践，达到神韵相同的境界。这两位绘画大师早已"心有灵犀一点通"，终于在1956年7月间，在巴黎城郊的一幢古堡别墅相会，交流艺事。张氏即兴创作一幅竹画，毕氏画了一个头像，然后在各自的画作上署名，互相赠予。在古堡花园内，张大千一袭长衫，偕穿旗袍的夫人徐雯波和身着条纹夹克衫的毕加索合影留念，这是史无前例的两个绘画世界、两种文化的碰撞，可谓"东张西毕鸣全球"、"此会画林旷百世"（中国画坛称），欧洲报界则直言称誉为"东西艺术界的高峰会"。

民国人物风流录

随着1958年参加国际艺术学会暨在纽约举办的世界现代美术博览会，以一幅《秋海棠》荣膺该学会颁发的金质奖章，并被授予"当代世界第一大画家"称号后，张大千终于成功进入了西方艺术世界，成为中国现代画坛代表。

诚然，欧洲人同样狂热地塑造偶像，崇拜的偶像，他们中有一些懂艺术、爱艺术的人，以求得主办张大千画展为终身荣耀。1961年联邦德国科隆市阿佩鲁斯大街中国画廊女老板李必喜（中国名字）辗转几重关系，终于请到张大千来她画廊办画展，并亲临画展开幕式。她受宠若惊，立刻印张氏画册，发请柬，预订头等旅馆套房，策划展览日程，安排旅游等等。5月3日，张大千夫妇莅临，翌日，李必喜画廊举行记者招待会、酒会。预展时，本市名流、德国各地汉学家、博物馆长、收藏家及散居西欧各国的张氏朋友、学生纷至沓来，热闹非凡。张大千现场作画，随画随送，客人们以拥有一张张氏笔泽而欢欣。张氏的老厨师陈大师傅也来了，人们饱尝张氏的中华美食，赞不绝口。画展正式开展那天，科隆市长光临，并在莱茵河的水上酒家设宴，还邀请张氏夫妇顺河漫游波恩。5月10日，恰逢张大千六十华诞，东道主在莱茵河豪华游艇上为他做寿。沿途不少游艇上的德国人目睹了这位目光炯炯、神采奕奕的美髯公的风采，真如张大千词中描绘的情景："挟瑟共惊中妇艳，据鞍人羡是翁强，且容老子饮壶觞。"（《浣溪沙》，六十岁寿）

乔迁环筚庵（美国）

> 风景不殊，百本梅花为老伴。
> 日月甚稔，三杯竹叶祝新春。
>
> （张大千环筚庵春联）

张大千在南美阿根廷、巴西侨居17年，后因巴西政府要修建拦水大坝，他的八德园适在水库之中，只好忍痛割爱，于1970年移居美国，将园中林石好花随家搬迁。到美国西部后，他一眼看中濒临太平洋的艺术城，加州卡米尔，购屋住下，取名"可以居"，住了两年。1972年，他购地建造新园林，命名为"环筚庵"，一住又是六年，在美国共八年。

这时张大千已年过古稀。如果说花甲时是他的壮年气盛分赴世界各地播种中华文化的岁月，那么现在该是收获荣誉的金秋时节了。

　　71岁，他以62幅临摹本，在台北举办的"张大千临摹敦煌壁画特展"，获台北故宫博物院赠予"保粹报国"金匾。

　　74岁，他先后在美国旧金山砥昂画廊、洛杉矶恩克伦画廊和台北历史博物馆举办个展和四十年作品回顾展。

　　75岁（1973年），在中国台北历史博物馆举办"张大千创作国画四十年回顾展"。在东京中央美术馆举办"张大千画展"。在纽约举办"张大千同次子张心一画展"。

　　76岁，他在香港举办画展，并出版《张大千画集》。同年美国加州太平洋大学授张大千人文博士学位。

　　78岁，台北先后选编出版了《张大千书画集》、《张大千作品选集》、《张大千绘画艺术》、《张大千九歌图卷》，摄制并出版《张大千国画艺术》音像带。

　　别离祖国大陆已近30年，虽然年年出游欧美及远东，饱赏名山大川，"海角天涯鬓已霜，挥毫蘸泪写沧桑。五洲行遍犹寻胜，万里归迟总恋乡。"（《怀乡》）他1968年绘制的巨作《长江万里图》系爱国恋乡性灵感召之结晶。他把全部心力寄情于这幅长近六丈的图卷中，以成都都江堰索桥为起点，历千山万壑，大江奔腾跌宕，百川汇聚，浩浩荡荡流泻到上海崇明岛，流入东海，把祖国万里锦绣河山和自己心底的眷恋缠绵，倾泻长卷满纸。只有张大千那样阅历丰富，又具"外师造化，中得心源"而画技炉火纯青的艺术大师，并运用了他最终独创的大泼墨大泼彩技法，才能创作出如此鸿篇巨制。已故中国画大师刘海粟回忆老友张大千："指点金瓯美，看琳琅满壁，俊逸妖娆。变奇幻为渊穆，真百世雄豪！"是也。

摩耶精舍成千古（台北）

> 独自成千古，
> 悠然寄一丘。
>
> （张大千联《题梅丘》）

　　1978年，张大千已届八十高龄，"挂帆何日是归年"？在祖国大陆特殊时代背景下，返四川老家难于成行，于是他带着一块在美国收集到的奇石"梅丘"，举家由"环筚庵"迁回到台湾省。他要在这块中国土地上走完人生最后旅程。他在台北市士林区内溪、外溪交汇处买了一块地皮，毕其余年积蓄于一役，构筑"摩耶精舍"。这是一座胜过"八德园"、"环筚庵"，而且是建造在中国土地上的大风堂的艺术园林，寄托着他生命之清风朗月和胸襟丘壑。

笃信佛学的大千居士，把自己住宅建成养性修行的精舍，颐养天年。他挖泥造湖，引内、外双溪水进园，园中有湖，湖边垂柳。路径为黄山松、老梅，以及不知名的野花所拥，大有返璞归真的情趣。园子中央，兀立一块形似台湾岛的巨石，石上镌有张大千手迹"梅丘"，它就是他从美国携回起居与共的爱石。为了重温大吃北京烤肉的旧梦（抗日战争前后，张大千居北平琉璃厂桐梓胡同，作画颐和园听鹂馆），他特建一座粗木为柱、棕皮为顶的"烤棚"，成为招待乡友的一个好去处。"摩耶精舍"院落中最精彩的地方，就是"双连亭"。这里青山四合，内、外溪分流而去。登亭歇午，或读书，或作诗，或远眺遐思，并将院内闲适和院外野趣聚合在一起，这种情愫，对浪迹天涯的老艺术家是特别需要的。除了日常起居的四合院外，张大千还在园中最僻静一隅，另辟一幢作画小楼，打开楼窗，极目四望，他看到了什么？"寰海风光笔底春，看山还是故

张大千创作巨制《庐山图》，前排右一是夫人徐雯波，后排右一为张学良（1982年，台北）

乡青"，但"半世江南图画里，而今能画不能归"！心海无尽思乡之波，召唤出一幅长3丈6尺、高6尺的绢本泼墨泼彩巨幅《庐山图》，尽管此际老画家已经双目失明了。

在作《庐山图》前，1980年82岁时，他与台湾美术学院院长黄君璧（香港称张大千、傅心畲、黄君璧为"中国现代画坛三杰"）合作绘巨幅山水《宝岛长春图》。黄氏系张氏五十年故交，早年以互赠换元、明古画名噪一时；1978年张大千返台定居时，赠黄君璧一盆由巴西运至美国，再运到台湾地区的已七十年树龄的古松。

应旅日华侨之请，张大千于1981年8月开笔巨制《庐山图》，有一幅照片写实当时情景：张大千在他的特大画桌前持笔作画，右侧夫人徐雯波俯腰拉纸（绢），后排自左至右分别是张群、王新衡、张学良三人在现场观赏作画。张学良被张大千称"汉卿宗兄"，尚居美国环筚庵时，一次子夜2时赏梅，恰逢月食，即兴写诗并画赠"汉卿老宗兄"，诗句云："看到夜深明月蚀，和香和梦共朦胧。"

《庐山图》是在张大千去世前三个月完成后，未及润色而立刻面世——在台北历史博物馆"张大千书画展"上展出的（1983年1月）。晚年的张大千，身患糖尿病、心脏病，严重的眼疾也在折磨他。画家能没有眼睛吗？他是在用生命最后的膏血画那飞云险峰、巉岩奇石、银瀑深谷、山岚丛林……总之匡庐之万千气象，无一不在他的笔端流泻。尽管大师一生没有去过庐山，但他心中却有一座庐山。他胸怀祖国大山巨川，拥有一个锦绣大千世界。

张大千先生于这年3月9日，因心力衰竭住院，4月2日8时15分仙逝，终年85岁。4月14日10时，遗体在台北殡仪馆火化。一颗巨星陨落了，但"当代中国画苑中留下了他丰富的印迹"（吴作人语）。16日举行简朴而肃穆的公祭，严家淦、蒋经国和谢东闵题赠了"艺苑宗师"、"亮节高风"、"艺坛流徽"挽匾。骨灰安厝在摩耶精舍他的爱石"梅丘"之下。

后　记

告　慰

　　这本书历经沧桑后，终于由母校的出版社出版了。首先要告慰前不久鹤驾西去的妻，因为她生前见证了我二十多年的外勤采访和连夜撰写的过程，而且大多数是经过她电脑打字成稿，发往全国各地期刊而面世的，而今选辑其中精粹篇章成书（限于民国题材）出版，然而，她却没有看到。就是她住院撒手人寰的前一两天，她还目睹我在她的病榻侧畔床头柜上用笔记本电脑正稿的情景，她说，"你昼夜伺候我，同时昼夜写作，太辛苦了。"我说这部书稿虽然命运多舛，但碰上"识货"的出版人，会脱颖而出的，现在不如未雨绸缪，多下些功夫，做踏实"齐清定"，但这需要时间，而时间是最公平的……

　　"一天给人都是24小时，你我他都一样，'我'没有特照，多给一小时、一刻钟、一分钟。"

　　我这句口头禅，她带着幽默与苦涩，给我代说了。她也是学文的人（1965年杭州大学中文系毕业），曾经热衷于写作，深昧采写（或选材）、构思和发表的苦乐。在这一层面上，应该是心有灵犀一点通的。

　　"你不要忘记，若是你这部书出版，里面也有我的一分辛劳。"

　　"岂止是辛劳，而且是心血。"我紧接上说，"这部书的多数篇是你在我潦草原稿上打字，几次校对、改正后而成稿的，有的你还陪我去采访。我采写郁达夫的原配夫人孙荃，已成稿，但急需郁达夫故居的照片，必须实地踏访摄影，时值2007年'罗莎'台风肆虐不久，富春江水汹涌湍急，你怎么也不放心我一个人去富阳，最后还是你陪了我去。当时你因为甲垢炎而拔去了大拇趾甲，每走一步都钻心痛呢。"

　　"你知道就好。"她平淡地回答。接着她调侃我了："只怕你们男人家没良心，功成名就后便忘记了怎么过来的。但无论怎样，我绝对保证你的营养，还有冷暖。"

　　"是呀，养兵千日，用于一时。是我报效的时候了。"我也调侃地回答。

　　"我不许你这样拼命，你是74岁的人了。女儿全靠你。你事业如日中天，你那本《蒙古王爷》（按，全名是《黄金家族的最后一位王爷》）要等着出版；你还想写'蒋经国与贾亦斌'；我还看到你那么苛刻利用零星时间，在写'采访手记'系列。人活着，健康地活着，多好呀！我这里，你不用花太多时间，况且我们不是用了护工嘛。"

　　妻开刀摘除肿瘤后，我立即雇了护工，但这位大嫂整个晚上呼呼大睡，从不主动去伺候。我与她作了分工，我值上半夜，一面在电脑上誊录修改书稿，一面警惕妻的动静，随时喂水、抹痰、塞屉盆，或者轻声慰励一二句；下半夜劳务就由护工操持。我当然是睡不稳实的，有时跳起来帮助。手术后妻没有力气喊叫，而且深更半夜也不好意思弄出很大声响，只有我做丈夫的才知道她的要求，于是由我代劳了。这样，接连几个子夜下来，我吃不消了，好几次回家往返途中，在10路或91路公交车上熟睡透了，等到司机赶我下车，发觉竟已到达浙大紫金港或祥符桥终点站。没有办法，换辆车往回乘，车子悠晃，又美美地催我重返梦乡，待到一阵骚动，上车人抢座位，把我弄醒，发觉到了平海街或西站起点站。恼怒之下，下了个狠心"打的"，并关照师傅："到了要把我叫醒。"妻知道之后，十分心疼，说："你赶紧把沙发拉开来，现在就睡一觉，我少吃一次甲鱼，没有关系。"或者说："让女儿今晚来陪我。"但是女儿白天上班，不是掮着摄像机出去采访，就是窝在格子办公间里埋头写稿，她还幼嫩呢。姜是老的辣，暂时困难由我来承担吧。这个时候，发觉她手术刀痕一直不能愈合，时不时咳嗽，有痰。医生在护士站告诉我与女儿："她胸腔、腹腔积水很严重，致创口无法愈合，很危险。怎么搞的？她体内蛋白质一点也没有了，营养贫乏到像非洲饥饿儿童那样！"我们回答，她因为患糖尿病，每餐只吃一调匙饭，一片肉，少些蔬菜。做胃镜、肠镜时和动手术前，又几天不进食，把体内清水都拉光了。现在医生隔一天给妻输次血浆和白蛋白；我们则不间断地炖甲鱼、老鸭或熬鲫鱼汁给她吃。以前忌甲鱼的妻十分配合，吃得津津有味。我略为放心，殊不知死神已悄悄向她靠近，禁锢她在这张病床上，而她却乐观地说："医师已告诉我，打算在我原来创口上再浅浅划一刀，加快创口愈合，让我早点出院。啊，我从这里出院后，先回家待一两天，吃点好吃的菜肴，再去肿瘤医院，乘此机会叫钟点工来好好打扫下，把家里的晦气统统赶出去！"

　　嗣后一天，她起床后，在卫生间盥洗，然后由我搀扶着在病房走廊里散步。

朱文楚、陈玲玲夫妇在西湖白堤

"呀，人家多挤，四人间，多人间，还有睡走廊的。而我住二人间，有沙发、彩电、冰箱。我明白了，你是让我作……次享受？"

她把不祥的话吞了下去，突然迸出一句："以后我们不能再吵了，要好好过日子啦。"

我赶紧解释："病区正好有二人间床位，我毫不犹豫要下了。别去想花钱的事，譬如今年夏天去鄂尔多斯作客，我俩住宾馆的标准间，这钱还要多着呢。"至于平日里口角，我则回应："不是冤家不聚首，增添生活色彩。我你都是任着真性子做人的，是夫妻嘛，掩遮不了的。但总是我惹了你，是我不对，现在我不是在补过吗？"

她突然上唇一皱，眼睛红了。陈宝宝（她的乳名、我对她的昵称）在"文革"中是顶过生死巨浪的过来人，不轻易哭，也从来没有发声哭过。所谓泣不成声，于她就是这样的境界，我是最熟识不过的。我也很易激动，但现在她是癌症手术后的重病人，一联想到医生嘱咐的，"病理化验的结果是最恐怖的'透明细胞癌'，已晚期，你们要有充分的思想准备，就是去做化疗，后果是生活质量很低，病人极度痛苦。"当然，这一事实我与女儿是紧瞒她的。我只是反复强调，"你放心好了，无论花多少钱，下多少工夫，化疗也好，到同德医院求中医也好，煎一百帖中药也好，吃价昂的'红归'也好，我都会承担下来。你别忘，我还有一支笔呢。而你一脸福相，一切都会化险为夷的。"她淡淡一笑，说："文楚，我知道，我们政苑小区这套房子就是你这支笔写出来的。我去做了化疗后，身体肯定不行了，不能给你打字了，好在你已在用'写字板'使电脑，用得很熟练了。不过我会用我的电子邮箱给你发稿的。"

但是情况骤变。就在这句话的下午——6月3日的下午2时多，她对我说，"我呼吸不过来，你快去叫护士长来。"我说，你不是在鼻塞输氧吗？

"不行，不行。不够，不够！"

护士长来了，给她改用面罩输氧。面罩还是不行。护士长改用一个球状器械进行人工输氧，稍好，但不能持久。仪器显示，她的心跳、血压、血氧等情况颇见险重。我已收到"病危通知"。我正在打电话给女儿，唤她速来，并把耳畔刮到的一句话"至多不过两三天了"传给她时，突然听到妻呼了一声："医生快救救我！我要死于心脏病了！"

这是她留给尘世的最后一句话，6月3日下午4时多。我停止了电脑正稿，被排挤在医护抢救人员圈子外，木然地应他们吩咐在一张张纸上签字，甚至医师们（包括从浙医二院请来的心血管科专家）把她生命押注在一架呼吸机上时，我还呆问："你们在抢救吗？"此后，妻再也没有讲过话，再也没有对我作过表示。她嘴巴里插进气管，被全身麻醉了。过不久，她心脏停搏了！忙乱中医师们立刻施行人工按摩术抢救，一个接着一个，轮番施行，总算把她抢救过来了。第二天上午又发生了一次。

待到医生们全部撤走，护士长安排一个护士值班（同室另一病友也被转移他室）时，我扑到妻的病床前，大声唤叫："陈宝宝！""玲玲，你醒醒，我们回家去吧！"护士慰劝我。女儿哭泣的同时拉拉我衣服："老爸，夜深了，妨碍别的病房。"我老泪纵横——要是往昔，她定会精神抖擞地应对，要么贬排我、挖苦我，甚至骂我"你这个神经！"要么千言万语慰藉我，把我按捺在沙发里，给我重新泡茶，帮我出主意，战胜对方。"同是天涯沦落人"，靠了政策，才回到正常人的生活里，但她、我的灵魂都受伤了，都不同程度地被扭曲、变形。经过我高中同学郑君牵引，我们的相逢可说似曾相识，大有"在天比翼鸟"、"在地连理枝"之感，没有经历恋爱期就结合了，共同生活一开始就彼此敞开城府，既是倾诉对象，又是宣泄对象。27年来一直如此，恨时狠得切齿，爱时好得掏心。而今天，陈宝宝，我的妻玲玲，你怎么变得像陌路人一样，连我、连你最宝贝女儿的呼唤都无动于衷呢？

记得16天之前（5月18日）下午5时，她刚从手术室里被推出来时，我抢上前去，叫一声"陈宝宝！""嗳！"她嗓音十分清脆地回答。我告诉她，她的那个挎包由我拎着，保卫得好好的，她满意地解颐，漾出了笑容。她那个颇高级又沉重的挎包里到底有哪些东西、是什么样的"秘密"，我尊重她的人格，不仅没有去翻看，而且从没有向她打听过。她是个极聪明的人，在读杭州大学中文系时，曾被严厉的任铭善先生（时"摘帽右派"）顿首赞评为"可教孺子"。她对高等物理、高等数学悟性极好，几乎无师自通。20世纪80年代初，落实政策，她这位老姑娘带着"史无前例"的创伤，调回到省城一家与她学习专业风马牛不柜及的商业经营公司后，于1984年与我结婚，就全身心投入家庭建设，41岁有了女儿后，干脆申请退休，做"全职妈妈"，把心血灌注于我们的女儿。20世纪80年代，她曾热衷写电视剧本，她很有这方面的才气，但到处碰壁，挤不进那个圈子。后来在我策励下，写了个中篇破案小说，发表在上海一家知名期刊上。过不久，她似乎对那个"拿腔作势"滑稽又"南面百城"威严的圈子全然失却兴趣了，别出心裁地关注起"飞碟"、"圆盘形飞行器"，乃至绵绵未来、漫漫星际来。

她往这个虚无缥缈的黑洞探究得太认真、太全身心了，设想得太浪漫、太荒诞了，因之严重地损害了她的健康——竟至摧毁了她的免疫长城。唉！现在，还有什么事后诸葛亮的话可讲呢。

说良心话，我不敢大声呼喊她。呼吸机抢救，不过是帮她维持非常脆弱的生命而已。生命如游丝，在生死隧道里飘忽，随时可能被人间的震响击得粉碎。但是人间——多少家事、多少业事、多少情事、多少儿女事、多少琐碎事牵连扯着她，不允许她离开尘世，她才66岁，让她再活十年、十五年一点不过分呀。

"陈宝宝，你要拒绝！你要挺住！女儿尚未成家，需要你呀！"

"妈妈！妈妈！妈妈……"

"舅妈，寅寅离不开你！你要挺住，好日子还长呢。"

"嫂子，嫂子，坚持！坚持！创造奇迹，我们会到普陀山去还愿。"

也许游魂是被拉住了，昏迷竟日的妻竟睁开布满红丝的双眼，朝大家看了十几秒钟。这十几秒钟改造了4日傍晚乃至今日凌晨的氛围，她在为活下去而斗争呢。亲眷们散去后，看看妻虽闭着双眼，却也一脸平静，对照仪器上显示的生命迹象是相应的，因此我就抱着"到普陀山观世音菩萨膝下还愿"的幻想，打开笔记本电脑，点击到"民国风流录"文件夹，翻到《解读"二梦一秘录"的唐人》篇，继续誊录修改起来。我一边看电脑，一边看嘴里插了气管的纹丝不动的妻，一边瞥几眼仪器上所显示的心跳、血压、血氧指数。亲爱的妻还活着，因为她这些指数比我的还要好！于是我盼望奇迹出现，否极泰来。上半夜就这样过去了。女儿要和我换班。我说我没有事，以前常这样漏夜写作，你妈给我送来夜宵后，她去睡觉了，我还要再写一两个小时呢。我心里明白，妻已踏上不可逆转的黄泉之路了，所谓"奇迹"，不过命运弱者的自我安慰而已。就这样，我惴惴不安地写到翌日（6月5日）凌晨3时，实在熬不住，只好把熟睡的女儿唤醒，换班，并告诫她，破晓前4、5点钟是生命最低潮最危险时刻，"你要留意着，有点不对，立刻叫醒我！"我熬得已经意识模糊了，连最后也没看妻一眼。

果然，夜昼交替，晨光熹微之时，大声"妈妈、老妈，妈妈你醒醒！"的叫唤催醒了我，我一下蹦到妻病床前，只见她双眼睁得大大的，呆滞，目不转睛，没有神色光泽。不对啊！我大叫一声"陈宝宝"，她的眼睛没有丝毫反应。她已经在发高烧，而且不能用药。我伸手去抹她眼皮，竟僵硬得闭不上。她还有什么心事放不开呢？我挨近她耳朵说："陈宝宝，你放心好了！女儿会与我相处好好的，从此我们父女俩相依为命了。她过段时间会跳槽，会找到一个工资较高、有双休日的单位。你放心好了！我会照顾好自己的。那本书会出版的。你放心好了！你的包包我会保护好的，我知道，你要的东西，我会让你带去的……陈宝宝，你放心去吧，往生西方……"我没有哭唤。她、我这一知识层次的人，既不会抢天呼地号啕，也不致哭唤泣诉痛不欲生，但是失去的似流逝的水，永远不会返回了。内心深处的悲痛是条潜流，无时无刻不在剥落我的灵魂，我唯有用沉默来舔抚渗血的它。但是逝者却动容了。

……最后给她沐浴净身了，都是好心的护师、护士们来操作的，我自动退却到圈子外，嘱托她们动作轻些，别惊醒了她（呼吸机已拆除）。我实在不放心，视线穿越过众多肩臂，我终于看到她了，皮肤依旧白皙，面容特别娴静，突——然——我绝对没有眼花——绝对不是错觉——她，她在一二秒钟之内，上唇一皱，面容骤变！

"啊！她哭了！"我大叫。

主刀医师慰劝我，说是"幻觉"。

是事实。我目睹，妻在留恋人世，留恋女儿，留恋丈夫，留恋家庭，留恋亲友，更留恋她自己的事业……尽管希望稍纵即逝，但谁也无力回天了。

当时笔记本电脑还没有关上，忙乱中，我就在正稿未竟的"唐人"稿末，加了一行字："时妻病危抢救，不幸撒手人寰，稿中断。一个绝顶聪明的人一去不复返了。"

　　此后，我的思路无法回到这部书稿中，因为"昔人已乘黄鹤去，此地空余黄鹤楼"，楼中处处是她影！书稿中的文章，不是她在电脑上打过字，就是我校对后，她一个字一个标点符号给我改正。假如说我们这一代人作文是在绞压心灵，那么她的劳作怎么会不掺渗她的血汗呢？我这样一搁就是一个多月，直到她"五七"之后，我携女儿，由堂妹作伴，去西天目韦驮菩萨道场，在巍峨庄严的大雄宝殿，请七位和尚给她做了一天"往生西方"的超度佛事，心灵才稍为熨平，重新打开电脑，续稿。

　　浮世本来多聚散！现在，书稿及照片（其中有妻拍摄的）已交付浙江大学出版社了，面世在望了，噙泪，告慰妻子。

朱文楚

2011年9月4日

图书在版编目（CIP）数据

民国人物风流录. / 朱文楚著.—杭州：浙江大学
出版社，2015.12
ISBN 978-7-308-12776-9

Ⅰ.① 民… Ⅱ.① 朱… Ⅲ.① 纪实文学–作品集–中国–当
代 Ⅳ.① I25

中国版本图书馆CIP数据核字（2014）第002450号

民国人物风流录

朱文楚　著

责任编辑	胡　畔（llpp_lp@163.com）
责任校对	宋旭华
封面设计	熊猫布克
出版发行	浙江大学出版社
	（杭州市天目山路148号　邮政编码310007）
	（网址：http://www.zjupress.com）
排　版	浙江时代出版服务有限公司
印　刷	杭州杭新印务有限公司
开　本	710mm×1000mm　1/16
印　张	22.5
字　数	430千
版印次	2015年12月第1版　2015年12月第1次印刷
书　号	ISBN 978-7-308-12776-9
定　价	46.00元